DROEMER

ANDERS
DE LA
MOTTE

WINTERFEUER NACHT

KRIMINALROMAN

Aus dem Schwedischen
von Marie-Sophie Kasten

DROEMER

Die schwedische Originalausgabe erschien 2018 unter dem Titel
»Vintereld« bei Forum, Stockholm.

Besuchen Sie uns im Internet:
www.droemer.de

FSC
www.fsc.org
MIX
Papier aus verantwortungsvollen Quellen
FSC® C083411

Deutsche Erstausgabe November 2019
Droemer Taschenbuch

Redaktion: Viola Eigenberz
Covergestaltung: Alexandra Dohse / grafikkiosk.de
Coverabbildung: shutterstock, angela kotsell
Satz: Adobe InDesign im Verlag
Druck und Bindung: CPI books GmbH, Leck
ISBN 978-3-426-30741-0

2 4 5 3 1

Für Anette,
für alles, was wir zusammen gemacht haben.
Und alles, was uns noch erwartet.

Vedarp und der See Vintersjö sind beides fiktive Orte. Genau wie Nedanås in *Spätsommermord* und Reftinge in *Sommernachtstod* basieren sie auf meiner Heimat in Nordwest-Schonen, insbesondere den Kommunen Bjuv, Åstorp und Ängelholm.

PROLOG

Sie hatte den See immer geliebt. Fast ein halbes Jahrhundert lang war dieser Platz ihr Zufluchtsort gewesen. Eine Welt, die zwar nicht frei von Sorgen war, wo das Böse aber nie hatte Fuß fassen können. Zumindest hatte sie sich das eingeredet. Jetzt wusste sie es besser.

Sie fröstelte, wie sie da am Rande des Schwimmstegs saß und die Beine aus dem eiskalten Wasser hob. Faltige Haut, krumme Zehen und Krampfadern, die dünne, blaue Spinnennetze auf ihren Waden bildeten. Wann war es dazu gekommen? Wann hatte sie die Füße einer alten Frau bekommen?

Genau wie mit dem restlichen Älterwerden ließ sich das nicht an einen bestimmten Zeitpunkt knüpfen. Stattdessen handelte es sich um eine schleichende Veränderung, wie wenn das Herbstlaub langsam fiel und man eines Morgens aufwachte und es um den See herum Winter war.

Das Eis bildete bereits einen dicken Kreidekreis am Ufer entlang, und die hohen Bäume, die beinahe bis zum Saunaschuppen neben dem Steg reichten, erstreckten sich kahl in den Abendhimmel. Die Kolonie Krähen, die mittlerweile die einzigen Gäste des Feriendorfes waren, beobachteten sie von dort oben mit wachsamen dunklen Augen.

Es besteht keine Gefahr, dachte sie. Ich werde nicht baden. Ihr braucht euch keine Sorgen zu machen.

Sie zog die Füße ein und wickelte sich das Handtuch fester um den Körper. Die Bewegung brachte den Steg zum Schaukeln, und die rostigen Ketten, mit denen er an Pfeilern befestigt war, rasselten. Die Saunawärme strömte unter dem Handtuch hervor und verwandelte sich in Dampf, als sie auf die kalte Winterluft traf.

Vorsichtig strich sie mit der einen Hand über die grauen, rissigen Planken.

Der Steg hätte schon vor mindestens einem Monat gesäubert, geteert und winterfest gemacht werden müssen, so wie sie es früher getan hatten. Aber genau wie mit so vielen anderen Sachen im Feriendorf hatte sie diesen Kampf schon lange aufgegeben. Oder vielleicht auch einfach nur die Lust verloren.

Nach dem Herzinfarkt Anfang Herbst, ihrem zweiten und vermutlich vorletzten, wie Doktor Olsson säuerlich bemerkt hatte, verbat er ihr das Winterbaden.

»Dein Herz verträgt keine weiteren Belastungen, Hedda. In keinerlei Hinsicht …«

Eigentlich sollte sie operiert werden, in ihrem Poststapel im Haus lagen mehrere Aufforderungen, aber sie verabscheute Krankenhäuser genauso sehr wie Ärzte.

Bis vor einigen Wochen hatte sie daher auf die Aufforderungen und die Ermahnungen des Doktors gepfiffen. Ihr Leben bestand ohnehin nur darin, mit der Katze auf dem Schoß im Fernsehsessel zu sitzen und sich vom Vormittags-, Nachmittags- oder Abendgrog in eine andere, glücklichere Zeit versetzen zu lassen. Sich Gesichter, Stimmen, Gelächter ins Gedächtnis zu rufen. Erinnerungen an Sommer und Winter, die vorüber waren. Erinnerungen an die Kinder. Ihre Kinder, so nannte sie sie. Laura, Jack, Peter, Tomas. Und dann Iben. Die arme, arme kleine Iben.

An manchen Winterabenden meinte sie fast, sie dort draußen hören zu können. Autotüren, die zuschlugen, fröhliche Stimmen, Füße, die vor der Haustür den Schnee abstampften. Manchmal sprang sie sogar vom Sessel auf, um sie zu Hause willkommen zu heißen, ihnen zu sagen, wie sehr sie sich nach ihnen gesehnt und sie vermisst hatte.

Aber wenn sie die Haustür öffnete, war der Platz draußen immer menschenleer. Dreißig Jahre Leere. Sehnsucht, Schuld. Warum sollte sie das noch länger hinauszögern? Warum die wenigen Genüsse opfern, die es noch gab, um ein paar Jahre mehr zu leben? Der Doktor konnte zum Teufel gehen. So dachte sie jedenfalls.

Bis zu diesem Morgen vor wenigen Wochen, als ein Wagen draußen auf dem Hof gestanden hatte. Eines der wenigen Male, dass sie sich bereit erklärt hatte, Besuch zu empfangen. Widerwillig war sie nüchtern geblieben, hatte sogar geduscht und saubere Kleider angezogen. Sie hatte sich eingeredet, dass alles schnell geklärt sein würde.

Aber als sich die Autotür öffnete, schien etwas in ihrem Kopf klick zu machen. Es hatte einen Lichtfunken ausgelöst, der so klar war, dass sie sich die Hand vor die Augen schlagen musste.

Einen Moment lang hatte sie gedacht, sie hätte einen Schlaganfall. Dass sie auf ihrer eigenen Türschwelle tot umfallen würde, bevor sie auch nur ein Wort mit den Besuchern wechseln konnte. Aber nach einer Sekunde war das vorbei gewesen und die Welt zu ihrer bleichen Novembertrübe zurückgekehrt. Sie war mit Begrüßungsphrasen, Namen, dann einem geschäftlichen Vorschlag und Zahlen gefüllt worden, genau wie geplant.

Trotzdem meinte sie während des gesamten Gesprächs, eine schwache Stimme im Hinterkopf wahrzunehmen, die sie seit Jahren nicht mehr gehört hatte. Als junge Frau hatte sie sich von dieser Stimme leiten lassen, aber nach dem Luciabrand, als ihr klar geworden war, dass ihre Intuition sie betrogen hatte, hatte sie nicht mehr hingehört, sie in Alkohol und Selbstmitleid ertränkt. Bis jetzt.

Denn in den Tagen nach dem Besuch war die schwache Stimme lauter geworden. Sie hatte ihr immer energischer erklärt, dass das Unmögliche möglich geworden war. Dass sie nach all diesen Jahren eine neue Chance bekommen hatte. Die Chance, in die Vergangenheit zurückzukehren. Die Chance, ein paar ihrer Fehler wiedergutzumachen, diejenigen zu schützen, die sie liebte.

Aber sie musste vorsichtig vorgehen – sich vor dem Feuer in Acht nehmen.

Sie schaute auf ihre verkrüppelte linke Hand hinab. Auf das

Narbengewebe, das sich über ihren Handrücken zog, und die zwei Stümpfe, die alles waren, was von ihrem kleinen Finger und ihrem Ringfinger übrig geblieben war. Mit der anderen Hand griff sie nach ihrem Abendjoint und dem Feuerzeug, die sie beide neben sich auf den Steg gelegt hatte. Seit Sommer 1975 oder vielleicht 76 pflanzte sie im Treibhaus hinter dem Werkzeugschuppen ihr eigenes Marihuana an. Eigentlich sollte sie auch darauf verzichten, aber das Gras half ihr, ihre Gedanken zu sammeln. Darüber nachzudenken, was sie als Nächstes tun sollte.

Laura anrufen, war ihr erster Impuls gewesen. Aber sie hatte es nicht gemacht. Hatte sie vielleicht Angst? Wahrscheinlich. Angst davor, als verrückte Alte abgetan zu werden, noch bevor sie das Unerhörte erklären konnte, das sie entdeckt hatte. Oder vielleicht fürchtete sie etwas noch Schlimmeres: dass Laura einfach auflegen würde. Das wäre allerdings völlig verständlich.

Sie hatte Laura damals im Stich gelassen, sie hatte alle im Stich gelassen. All ihre Kinder.

Sie behielt den süßen Rauch im Mund, bevor sie ihn in den Abendhimmel steigen ließ. Der Mond, der über dem See hinaufkletterte, verwandelte die Wasseroberfläche allmählich in fließendes Silber. Hedda gegenüber, am langen Nordufer, reckte sich der Bergkamm als steiler Schatten empor. Nur eine einsame Lampe durchbrach die kompakte Dunkelheit dort drüben. Wie immer zog dieses Licht Heddas Blick an.

Natürlich hätte sie das Feriendorf verkaufen sollen. Ihr wurde viel Geld geboten, mehr, als sie jemals brauchen würde.

Ein kluger Mensch hätte prompt unterschrieben. Er hätte die Krähenkolonie, das Haus und den baufälligen Schwimmsteg verlassen, um seine letzten Jahre an einem behaglicheren Ort zu verbringen. Er hätte sich nicht von einer längst eingeschlafenen Intuition stören lassen und darauf verzichtet, an der Vergangenheit zu rütteln.

Ein kluger Mensch.

Ihr Blick wanderte wieder zum nördlichen Ufer. Zu dem einsamen Licht.

Dreißig Jahre, war schon so viel Zeit vergangen? Sie musste Laura anrufen, auch wenn sie Angst davor hatte. Sie musste ihr erklären, was vor sich ging. Ihr sagen, dass sie sich in Acht nehmen sollte. Aber zuerst musste sie sich ihrer Sache ganz sicher sein. Die Intuition durch konkrete Beweise ersetzen. Denn die Wahrheit tat weh. Und außerdem konnte sie gefährlich sein. Immerhin war bereits ein junger Mensch gestorben, und andere waren ihr Leben lang gezeichnet. Und vielleicht wären noch mehr an der Reihe. Das war jedenfalls nicht auszuschließen.

Sie schaute wieder auf ihre verbrannte Hand und streckte die rosa Fingerstümpfe aus.

Ein Windstoß fegte durch die Baumkronen, und gleichzeitig begannen die Krähen sich unruhig zu bewegen, schlugen mit den Flügeln und gaben gellende Warnschreie von sich. Vielleicht ein Fuchs oder eine allzu aufdringliche Eule? Dann würden sich die Vögel schnell wieder beruhigen, sobald sich die Bedrohung entfernt hatte.

Aber die Warnrufe hielten an, nahmen an Stärke zu und schwollen zu einer Kakofonie aus Lauten und Bewegungen an.

Sie wusste, was das bedeutete. Jemand näherte sich dem Feriendorf. Jemand, den die Krähen nicht kannten.

Ein Fremder.

Sie drehte den Kopf zum Waldrand, aber das schwache Licht der Außenlampe ihres Hauses wurde von der Dunkelheit zwischen den Bäumen verschluckt.

Ein paar Sekunden lang hoffte sie, dass sie sich geirrt hatte. Aber die warnenden Krähenschreie gingen weiter, ohne ein Anzeichen, dass sie nachlassen wollten.

Sie hatte kein Motorengeräusch gehört und auch kein Scharren von Schritten auf Kies, also kam der Fremde durch den Wald. Sie erhielt hier draußen fast niemals Besuch, und definitiv keinen, der so durch die Dunkelheit geschlichen kam.

Das konnte eigentlich nur eine Sache bedeuten: Sie war zu eifrig gewesen. Hatte zu tief gegraben. Sich irgendwie verraten.

Es rasselte in ihrer Brust, ein spitzer, brennender Schmerz, den sie leider wiedererkannte.

Was sollte sie jetzt tun?

Das Telefon befand sich drüben im Haus, und auch wenn sie es vor dem Besucher erreichte, wen sollte sie anrufen? Was sollte sie sagen?

Dass die Vergangenheit zurückkam. Wer sollte ihr das wohl glauben?

Und wenn sie jetzt zum Haus rannte, würde sie definitiv ihre Angst zeigen.

Denn sie hatte Angst, das ließ sich nicht leugnen. Angst um sich, aber vor allem um Laura. Das Rasseln in der Brust nahm zu, machte ihre Atmung flach.

Flucht war ausgeschlossen, also blieb ihr nichts anderes übrig, als ruhig sitzen zu bleiben und zu Ende zu rauchen. Darauf zu hoffen, dass die Güte trotz allem siegen würde. Vor allem an einem Platz wie diesem.

Sie wandte sich wieder dem See zu und nahm einen tiefen Zug. Dabei versuchte sie, ihre zitternde Hand zur Ruhe zu bringen.

Eine schwache Vibration im Steg ließ die altersschwache Vertäuung wieder ihren Klagesang aufnehmen. Das Geräusch mischte sich mit dem der Krähen und mit ihrem eigenen rasselnden Herzschlag. Sie unterdrückte den Reflex, sich umzudrehen. Stattdessen blieb sie zum Wasser gewandt sitzen.

Die Schritte hörten direkt hinter ihrem Rücken auf. Der Steg wippte immer noch leicht auf dem Wasser, bevor er zur Ruhe kam. Fast gleichzeitig wurden auch die Krähen still. Als wären sie neugierig und wollten hören, was gesagt wurde.

Sie schaute zu dem ersehnten Licht auf der anderen Seite.

Dann nahm sie einen letzten Zug und warf die Kippe ins Wasser. Die Glut beschrieb einen Bogen, bevor sie von der Dunkelheit verschluckt wurde. Ein Opfer an den Wassergeist, dachte sie. Plötzlich überkam sie eine seltsame Ruhe. Eine Art Traurigkeit, die ihr rasendes altes Herz dämpfte.

»Ich weiß, warum du da bist«, sagte sie, ohne sich umzudrehen. »Du möchtest herausfinden, wie viel ich weiß.«

Es kam keine Antwort.

Langsam drehte sie den Kopf.

Der Besucher stand nur einen Meter entfernt, türmte sich über ihr auf wie ein Schatten. Die Kapuze war über den Kopf gezogen, das Gesicht lang im Finstern.

»Ich habe mir alles ausgerechnet«, sagte sie langsam. »Das Angebot für Gärdsnäset, das Bauprojekt, wer wohl dahintersteckt.«

Der Besucher stand noch immer still und unbeweglich da.

Sie überlegte, ob sie wirklich weitersprechen sollte. Aber jetzt war es zu spät aufzuhören. Zu spät, um zu bereuen. Die Wahrheit musste ans Licht. Lauras wegen. Der anderen Kinder wegen. Ihretwegen.

Sie füllte die Lungen mit Luft. Schluckte.

»Der Luciabrand …«, sagte sie und merkte gleichzeitig, wie der Besucher leicht den Kopf hob. »Darum geht es bei alldem.«

Sie wandte sich wieder dem See zu, ließ ihren Blick auf dem einsamen Licht dort drüben auf der anderen Seite ruhen.

»Ich weiß, was in jener Nacht wirklich passiert ist«, sagte sie. »Und warum es passiert ist …«

1

Sie hat den Winter immer gehasst, schon seit sie klein war, oder zumindest beinahe. Früher einmal gab es Schlittschuhfahrten und Rodelhänge, Lagerfeuer, heiße Schokolade aus der Thermoskanne und Freunde, mit denen man sie teilte. Aber das ist lange her, das war vor dem Winterfeuer.

Jetzt gibt es nur noch Kälte.

»Also … Laura.«

Ihr Tischherr schaut bestimmt schon zum dritten Mal verstohlen auf das Namensschildchen neben ihrem Weinglas.

Er heißt Niklas, und bisher erweist er sich als ebenso uninteressant wie nervös. Niklas hat es schon geschafft, sich die Krawatte schmutzig zu machen, oder noch schlimmer: bewusst eine Krawatte gewählt, auf der bereits ein Fleck war, als er sich für das Abendessen fein gemacht hat.

»Woher kennst du Stephanie?«

Die Frage ist fast lächerlich vorhersehbar.

»Wir haben uns vor ein paar Jahren bei der Arbeit kennengelernt. Aber jetzt sind wir gute Freundinnen.«

Laura versucht, einigermaßen höflich zu klingen. Sie sagt nicht, dass Steph ihre beste Freundin ist und, so traurig sich das vielleicht anhören mag, an sich auch ihr einziger enger Kontakt. Möglicherweise abgesehen von Andreas.

Er fragt noch irgendetwas, aber der lautstarke Alphamann ihnen gegenüber, der seit seinem großartigen Erscheinen vor einer Dreiviertelstunde Hof hält, sagt etwas Lustiges, und das Gelächter der übrigen Gäste übertönt Niklas' Stimme.

Sie hätte dieses Abendessen absagen sollen, ganz wahrheitsgemäß erklären sollen, dass sie Kopfschmerzen hat und außerdem einen Haufen Arbeit. Aber sie hatte Stephanie versprochen zu kommen. Versprochen, sich gut zu benehmen und dem nervösen Niklas eine Chance zu geben.

»Es ist wichtig, dass du back in den Sattel steigst, Laura. Find somebody new. Yihaa!«

Letzteres hat Stephanie ehrlicherweise nicht gesagt, das hat Laura für sich hinzugefügt. Sie nimmt einen kräftigen Schluck Wein und denkt sich, dass sie ungerecht ist. Steph ist in den USA aufgewachsen und spricht daher beide Sprachen gleichzeitig. Manchmal hat Laura den Eindruck, dass sie es absichtlich macht, die Mischung übertreibt, um sich von der Menge abzugrenzen, was kaum nötig ist.

Sie schaut zum Kopfende des Tisches. Steph ist wie immer hübsch und trägt ein genau im richtigen Maße ausgeschnittenes Kleid. Das blonde Haar ist perfekt geföhnt, sie hält den Kopf auf eine Art und Weise schief, dass alle Männer in ihrer Nähe ihr sofort zu Füßen liegen. Steph ist zwei Jahre älter als sie, aber die Schönheitsoperationen, die sie hat machen lassen, sind so diskret und professionell, dass niemand sie auch nur auf einen Tag älter als vierzig schätzen würde.

Laura selbst sieht exakt wie fünfundvierzig aus. Sie hat Krähenfüße in den Augenwinkeln und eine Sorgenfalte auf der Stirn, die auf der kreideweißen Haut, wie nur Rothaarige sie haben, besonders gut sichtbar ist. Die Haarfarbe und den Hautton hat sie von ihrem Vater geerbt, den verbissenen Ausdruck um ihren Mund herum hat sie sich dagegen selbst zugelegt.

Laura trägt ein langärmeliges Hemd und darüber eine Kaschmirjacke, und obwohl es im Raum so heiß ist, dass einige Herren schon ihre Krawatten gelöst haben, sind ihre Finger und ihre Nasenspitze eiskalt. Das sind sie immer, das ganze Jahr hindurch, dank des Winterfeuers. Oder besser gesagt: wegen. Dankbarkeit verspürt sie deshalb nicht.

Sie und Steph sind in vielen Dingen das genaue Gegenteil. Steph ist offen und extrovertiert, hat sich ganz allein eine eigene Firma aufgebaut. Sie selbst hat die ihres Vaters übernommen. Sie hat sich *an den gedeckten Tisch gesetzt,* wie ihre Mutter ihr gegenüber in regelmäßigen Abständen hervorhebt.

Stephanie muss Lauras Blick gespürt haben, denn sie schaut in ihre Richtung und nickt vielsagend. Sie weiß, was das heißt. *Reiß dich zusammen, Laura, gib ihm eine Chance.*

Sie seufzt innerlich und wendet sich dann Niklas zu. Sie versucht, nicht auf den Fleck auf seiner Krawatte zu schauen.

»Entschuldige, ich habe nicht ganz verstanden, was du gesagt hast.«

Niklas errötet.

»Ach, ich habe nur gefragt, ob du auch in der Investmentbranche tätig bist.«

»Nein, ich arbeite im Risikomanagement. Vor allem im soften Sektor.«

Niklas schaut verständnislos drein, und ihr wird klar, dass sie die Antwort genauer erklären muss.

»Wir schätzen Menschen ein. Ob sie für eine Beförderung oder Anstellung geeignet sind. Vielleicht hast du schon mal den Begriff Screening gehört?«

»Du meinst, dass ihr das Strafregister anschaut und so was …?«

Sie hört an seinem Tonfall, dass er nicht versteht, was nicht weiter verwunderlich ist. Ihr Arbeitsfeld ist gelinde gesagt klein.

»Das Strafregister ist nur ein kleiner Teil. Wir wollen ein vollständigeres Bild von einer Person bekommen. Die ökonomischen Verhältnisse überprüfen, die Familienverhältnisse, mit alten Lehrern sprechen, früheren Arbeitgebern, Kollegen. Zusammengenommen führen wir über hundert verschiedenen Kontrollen durch und laden manchmal auch noch zu intensiven Interviews ein.«

Sie lässt weg, dass Letzteres ihre besondere Spezialität ist, sie will ihn nicht unnötig erschrecken. Tatsächlich hat sie sich das meiste, was Niklas angeht, schon zusammengereimt, oder zumindest das Wichtigste. Sodass sie absolut nicht daran denkt, ihn noch einmal zu treffen, egal, was Steph sagt.

»Wer sind eure Kunden?«

Eine gute Frage, das musste man ihm lassen. Wenn das ein Interview wäre, würde sie jetzt einen kleinen Schnörkel in die eine Ecke ihres Auswertungsformulars kritzeln, um zu markieren, dass er schlauer war, als er aussah.

»Vor allem Personalberater«, antwortet sie. »Aber auch Unternehmen oder Behörden, die intern auf Führungspositionen oder hohe Chefposten befördern. Manchmal sind es auch Investoren, die wissen wollen, mit wem sie es zu tun haben.«

»Wie Stephanie?«

»Genau.«

Gerade als Laura die Höflichkeit erwidern und Niklas nach seinem Job fragen will, mischt sich das Alphamännchen in ihre Unterhaltung ein. Er ist etwa fünfzig Jahre alt, und sie braucht nicht auf sein Namensschildchen zu schauen, um zu wissen, wie er heißt.

»Du arbeitest also im Bereich Personalberatung?«

Das Alphatier hat bereits die Aufmerksamkeit des restlichen Tisches, sodass sich jetzt alle Blicke auf sie richten.

»Nein«, antwortet Laura schroff, weil sie schon weiß, worauf er hinauswill.

Aber so einfach lässt er sich natürlich nicht abwimmeln.

»Ich bin nämlich auf der Suche nach einer neuen Herausforderung.«

Sie schüttelt den Kopf.

»Wie gesagt, ich mache keine Personalberatung.«

Aber das Alphatier hört nicht zu.

»Ich erhöhe in der Regel den Umsatz schon im ersten Jahr um mindestens zehn Prozent«, sagt er. »Diese Woche war ein Artikel über mich in der *DI*, hast du ihn gesehen?«

Laura wendet sich demonstrativ an Niklas, aber das Alphatier versteht den Wink nicht.

»Mindestens einmal pro Woche rufen mich Headhunter an«, fährt er fort. »Manchmal bieten sie reine Fantasiegehälter. Aber ich suche nach der richtigen Herausforderung. Was hast du gesagt, für welche Firma du arbeitest, Lena?«

Steph greift ein, bevor Laura dazu kommt, ihn abzufertigen. »*Laura* ist Geschäftsführerin ihres eigenen Unternehmens, Tobias. Sie schätzt solche Leute wie dich ein, sucht nach euren Schwachstellen. The skeletons in your closets. Du solltest dich lieber vor ihr in Acht nehmen.«

Vereinzelt bricht Gelächter aus, und hätte Tobias auch nur das kleinste bisschen Fingerspitzengefühl, hätte er die Sache auf sich beruhen lassen. Stattdessen beugt er sich über den Tisch.

»So, so. Na, wie würdest du mich denn einschätzen, Laura? Welche Schwächen habe ich?«

Er lächelt breit, zeigt seine frisch gebleichten Zähne und nimmt einige der übrigen Gäste für sich ein.

Laura bemerkt Stephanies Blick, und natürlich sollte sie den Mund halten, aber Alpha-Tobias sieht so selbstgefällig aus, wie es nur eine gewisse Sorte Mann kann. Er hat wirklich darum gebeten.

Steph schüttelt den Kopf, aber Laura beschließt, nicht in ihre Richtung zu schauen.

»Ich habe schon massenhaft Leute wie dich getroffen«, brüstet sich Tobias. »Hobbypsychologen, die glauben, sie könnten Menschen dadurch einschätzen, dass sie sie einen blöden Test ausfüllen lassen. *Kannst du deine drei größten Schwächen aufzählen? Welche Farbe verknüpfst du mit deiner Persönlichkeit? Wenn du ein Auto wärst, welche Marke wärst du dann?* Das ist doch alles Bullshit.«

Er lacht laut und erhält wieder Rückendeckung von einigen, hauptsächlich männlichen Gästen. Gestärkt von der Unterstützung beugt er sich noch weiter vor und streckt einen Zeigefinger aus, der eine dünne, klebrige Haut über dem Nagel hat.

»Aber mach ruhig, Laura, give me your best shot!«

»Okay, aber vergiss nicht, dass es deine Idee war.«

Sie trinkt einen Schluck Wasser, stellt das Glas ab und studiert Tobias dabei gründlich. Sie lässt den Blick von der Rötung an seinem Haaransatz über den Oberkörper bis zu den Händen wandern. Am Tisch ist es mucksmäuschenstill geworden.

»Du bist verheiratet«, beginnt sie. »Aber das da ist nicht deine Gattin.«

Sie deutet mit einem Nicken auf die zwanzig Jahre jüngere Frau, die zwei Stühle weiter sitzt und mit Tobias gekommen ist.

»Du bist mit dem Auto hierhergefahren, um die Gelegenheit zu nutzen, ihr deinen teuren Wagen vorzuführen. Theoretisch könnte er von einer italienischen Marke sein, aber um die richtig gut fahren zu können, braucht es Zeit, und du bist nicht der Typ, der Geduld hat, deshalb tippe ich auf einen leichter zu manövrierenden Porsche.«

Tobias' Blick flackert.

»Eigentlich hast du schon zu viel getrunken, aber du willst trotzdem nach Hause fahren, damit dein teures Gefährt nicht an der Straße parken muss. Was wiederum bedeutet, dass du dich weder um die Risiken und Konsequenzen für dich noch für andere scherst. Da du mit dem Auto gekommen bist, wohnst du nicht in der Stadtmitte, sondern vermutlich auf Lindingö oder in Djursholm. Deinen übertriebenen »I«s nach zu urteilen, tippe ich auf Ersteres, deine Satzmelodie deutet allerdings darauf hin, dass du irgendwo an der Westküste geboren und aufgewachsen bist.«

Sie macht eine Pause, lässt ihn einen Moment lang zappeln und bemüht sich, Stephs Blick nicht zu begegnen. Das hier ist einfach zu leicht. Und es macht Spaß.

»Dein Anzug ist von Brioni, deine Uhr eine Rolex, die Krawatte von Fendi«, fährt sie fort. »Natürlich in Rot, denn in irgendeiner Autobiografie hast du gelesen, dass das die Farbe der Macht ist. Autobiografien sind im Übrigen das Einzige, was du liest. Und du hast erst vor Kurzem eine Haartransplantation machen lassen.«

Sie lehnt sich zurück. Versucht, nicht allzu selbstgefällig auszusehen.

»Fazit: Du bist eine risikofreudige Midlife-Crisis auf zwei Beinen. Wie gefällt dir diese Einschätzung?«

Am Tisch herrscht immer noch Totenstille. Tobias schnappt nach Luft, als wäre er kurz davor zu explodieren.

Ohne Vorwarnung beginnt Steph zu lachen. Sie bricht in ein lautes, ansteckendes Gelächter aus, das die anderen mitreißt und die Stimmung schnell wieder entspannt.

»Sag nicht, dass ich dich nicht gewarnt habe«, ruft sie, als das Gelächter in ein vergnügtes Murmeln übergegangen ist. »Laura ist fucking lebensgefährlich.«

Tobias kippt den Inhalt seines Weinglases hinunter.

»Verdammt, woher weißt du das alles?«

Er klingt gekränkt, aber auch ein wenig beeindruckt.

»Willst du das wirklich wissen?«, fragt Laura.

Das Gemurmel am Tisch hört wieder auf. Sie sieht ihn ruhig an.

»Ich habe den Artikel über dich in der Zeitung gelesen. Da stand, woher du kommst, wo du wohnst und dass du seit vielen Jahren verheiratet bist. Aber deine Begleitung trägt keinen Ehering.« Sie deutet wieder auf die jüngere Frau, deren Hände auf der Tischdecke zu sehen sind. »Auf dem Foto in der Zeitung hattest du außerdem einen höheren Haaransatz.«

Und du hast etwas Klebriges auf den Fingern, das wahrscheinlich Rogaine ist, denn falls die Transplantation nicht glücken sollte, kannst du dir nichts Schlimmeres vorstellen, als eine Glatze zu bekommen. Diese Erkenntnis behält sie allerdings für sich. Es gibt trotz allem Grenzen.

Tobias errötet wieder. Der Schock und die Verwunderung haben sich inzwischen gelegt. Jetzt ist er wütend, fühlt sich gedemütigt und überlegt wahrscheinlich gerade, ob er sie eine Bitch nennen, aufstehen und hinausstürmen soll oder ob er so tun soll, als halte er ihr die andere Wange hin und sei ein guter Verlierer. Sie vermutet Letzteres. Alles andere wäre dämlich.

»Und das Auto?«, fragt ihr Tischherr. »Woher wusstest du, dass er Porsche fährt?«

Sie zuckt mit den Achseln.

»Er ist direkt nach mir gekommen und hat draußen geparkt. Ich habe gesehen, wie sie aus dem Wagen stiegen, als ich zur Tür ging.«

Wieder bricht Gelächter aus. Tobias bleibt sitzen, grinst verlegen und gibt sogar vor, an dem Spaß teilzuhaben. Eine kluge Entscheidung.

Eine der Frauen am Tisch lacht so heftig, dass sie kaum noch Luft bekommt. Sie greift nach ihrem Wasserglas, wirft es um, und als sie sich vorbeugt, gerät eine ihrer Locken zu nahe an eine brennende Kerze.

Laura sieht, was gleich passieren wird, und öffnet den Mund, um die Frau zu warnen. Aber es ist zu spät. Eine Stichflamme, dann ein Schrei.

Nach einem kurzen Augenblick ist alles vorüber. Die Locke ist verbrannt, die Flamme gelöscht. Alles, was zurückbleibt, sind aufgeregte Stimmen und der beißende Geruch nach verbranntem Haar.

Die gesamte Aufmerksamkeit richtet sich auf die Frau, daher merkt niemand, dass Laura aufsteht und aus dem Zimmer eilt. Ihr Magen zieht sich zusammen, sie spürt kalten Schweiß im Nacken.

Sie schafft es gerade noch, die Toilettentür hinter sich abzuschließen, den Wasserhahn aufzudrehen und ihre Haare beiseitezuschieben, bevor sie ins Waschbecken bricht.

Hinterher spült sie sich den Mund aus, schnäuzt sich mehrmals, um den Geruch nach verbranntem Haar aus der Nase zu bekommen. Doch er scheint sich festgebissen zu haben.

Sie schaut sich im Spiegel an und stellt fest, dass sie womöglich noch blasser als sonst aussieht.

»Beruhige dich«, murmelt sie. »Ganz ruhig.«

Nach einer Weile geht es ihr besser. Sie lauscht Richtung Esszimmer. Die aufgeregten Stimmen haben sich gelegt. Ein leichter Luftzug verkündet, dass jemand ein Fenster geöffnet hat.

So im Nachhinein muss sie sich eingestehen, dass es keine

gute Idee war, Tobias so herunterzumachen. Wenn sie nicht ihre Show abgezogen hätte, hätten die Haare der Frau nicht Feuer gefangen, und sie selbst würde nicht hier stehen und Erbrochenes aus Stephs Marmorwaschbecken spülen.

Ihre Kopfschmerzen sind schlimmer geworden, und am liebsten möchte sie einfach nach Hause fahren, sich einigeln und nichts mit Menschen zu tun haben müssen. Aber sie will Steph nicht enttäuschen.

Sie holt ihr Handy aus der Handtasche. Eine SMS und zwei verpasste Anrufe. Der erste stammt von einem Kontakt namens *Ex-Mann/Stalker Andreas.*

Einer von Stephs kleinen Scherzen, den sie so hat stehen lassen. Sie ist schließlich selbst schuld, weil sie ihr Handy einen Moment lang unbeaufsichtigt ließ. Außerdem ist es nicht ganz falsch.

Ein gutes Jahr nach der Scheidung ruft Andreas immer noch fast täglich an. In den letzten Wochen haben die Telefonate zugenommen. Natürlich sollte sie ihn bitten, damit aufzuhören. Ihm erklären, dass sie beide mit ihrem Leben vorankommen sollten. Doch sie hat es nicht getan.

Der zweite verpasste Anruf ist von einer Nummer, die sie nicht kennt. Eine Festnetznummer mit einer Vorwahl, die ihr vage bekannt vorkommt.

Sie öffnet eine Such-App. Die Telefonnummer gehört zu einer Kanzlei Håkansson in Ängelholm, und sobald sie den Ortsnamen gelesen hat, beginnt eine schwache Alarmglocke in ihrem Hinterkopf zu läuten. Ohne lange darüber nachzudenken, ruft sie an. Aber eigentlich erwartet sie nicht, dass am Freitagabend um acht Uhr jemand ans Telefon geht.

»Håkansson.«

Der Mann am anderen Ende spricht einen knarrigen, schonischen Dialekt.

»Hallo, ich heiße Laura Aulin. Sie haben mich vorhin angerufen?«

»Ach, wie gut, dass Sie zurückrufen …«

Sie hört das Rascheln von Papier.

»Also, es geht um Ihre Tante. Hedda. Hedda Aulin. Haben Sie kürzlich mit ihr gesprochen?«

Die Alarmglocken läuten immer stärker, und Laura spürt die Übelkeit wieder in sich aufsteigen.

»Wir … haben keinen Kontakt.«

»Nicht?«

»Nein, schon seit vielen Jahren nicht mehr. Ist ihr etwas zugestoßen?«

Die kurze Stille beantwortet die Frage. Sie schluckt.

»Mein aufrichtiges Beileid, Ihre Tante ist leider von uns gegangen.«

»Wann?«

»Irgendwann in der Nacht zu Montag, wird vermutet.«

Ohne Vorwarnung beginnt es am Rücken unter ihrer Haut zu kribbeln. Eine schmerzhafte Kombination aus Wärme und Kälte, die sie seit Jahren nicht mehr gespürt hat. Jedenfalls nicht im Wachzustand.

»Tja, wie auch immer …«, fährt Håkansson fort. »Ihre Tante hat mich neulich kontaktiert, um ein Testament aufzusetzen. Sie sind die Alleinerbin.«

Er verstummt, wartet darauf, dass Laura etwas erwidert, aber sie weiß nicht, was sie sagen soll.

»Wie Sie sicher verstehen, gibt es hinsichtlich der Hinterlassenschaften einige praktische Entscheidungen zu fällen«, redet er weiter.

»Ja … ich verstehe«, quetscht sie hervor. »Kann ich Sie morgen wieder anrufen?«

»Montag reicht völlig. Es eilt nicht direkt. Wie gesagt, mein Beileid. Ihre Tante war …« Er zieht den Satz in die Länge, als suche er nach den richtigen Worten. »Eine sehr spezielle Frau.«

Das Gespräch endet, und Laura bleibt mit dem Handy am Ohr stehen. Die Haut an ihrem Rücken brennt wie Feuer, Schweißtropfen bahnen sich ihren Weg zum Hosenbund hinunter. Ihr restlicher Körper ist eiskalt.

2

Wasser ist nichts, wovor man Angst haben muss, Laura. Nicht, solange man Respekt davor hat.

Heddas Worte hallen durch Lauras Kopf, während sie schwimmt.

Der Pool in der Spa- und Fitnessetage des Gebäudes ist zwanzig Meter lang, und Laura durchpflügt eine Bahn in fünfzehn Sekunden. Sie atmet nur unmittelbar nach der Rollwende und macht gleichmäßige Bewegungen, bei denen sie nicht unnötig Sauerstoff verbraucht. Sie schwimmt eine Bahn nach der anderen und hat normalerweise nichts im Kopf als das Geräusch des Wassers und das Pochen des Pulses gegen die Schläfen. Aber heute ist es anders. Die Gedanken kreisen, Stimmen und Erinnerungen werden wach.

Sie war nie gut in Sport. Vor allem nicht in Sportarten, in denen man zusammenspielen musste. In den teuren Privatschulen hatte sie genug Gelegenheit, das herauszufinden.

Mit dem Schwimmen war es anders. Da gab es keine Mannschaftskameraden oder Bälle. Nicht einmal wirkliche Gegner. Nur sie und das Wasser.

Es war Hedda, die ihr beigebracht hat, richtig zu schwimmen. Davor hatte sie Schwimmunterricht in Singapur bekommen. Sie schaffte gerade einmal eine panische Bahn Hundekraul mit einem Privatlehrer neben sich, während ihre Mutter auf einem Liegestuhl saß und in der *Vogue* blätterte.

Hedda hatte ihre Angst bemerkt, und an einem Sommerabend nahm sie sie mit hinaus zu dem kleinen Ruderboot. Laura war damals sieben Jahre alt, aber sie erinnert sich noch an das kleinste Detail. An den Vollmond und den Sternenhimmel über ihnen. Die Stille, als Hedda die Ruder mitten auf dem See hochzog.

»Der See trägt dich«, sagte sie. »Du musst ihm nur vertrauen. Und ich bin direkt hinter dir. Auf dem ganzen Weg zurück nach Hause.«

Sie deutete auf den Strand, wo die Lichter der Ferienhäuser zu sehen waren.

»Bist du bereit?«

Laura atmete ein, nickte. Dann kippte Hedda das Boot um.

Laura duscht wie immer in der Kabine ganz links, in der alle Fugen zwischen den Kacheln sauber sind und der Wasserstrahl am gleichmäßigsten herabströmt. Bevor sie hineingeht, spritzt sie sorgfältig die Wände und den Boden ab. Die schwarze Sprühflasche, die sie bei sich hat, beinhaltet zur Hälfte Wasser, zur Hälfte Chlorlauge. Eine Mischung, die garantiert die meisten Mikroorganismen abtötet, die sich auf dem Boden befinden können. Trotzdem behält sie die Badeschlappen an.

Ihr Badeanzug ist langärmelig, er erinnert an einen Neoprenanzug, und sie zieht ihn erst aus, nachdem sie die Duschkabinentür hinter sich geschlossen hat. Hier drin kann niemand sie sehen, und sie braucht nicht den Rücken zur Wand zu drehen, während sie duscht.

Hedda und sie wiederholten diese erste Schwimmtour jeden Sommer. Gemeinsam kippten sie das Boot um, obwohl es eigentlich nicht mehr nötig war. Wenn das Wasser richtig warm war, hatten sie es nicht eilig, zum Strand zu kommen, dann lagen sie stattdessen draußen auf dem See auf dem Rücken und ließen sich treiben, während sie Hedda erklärte, wie die verschiedenen Sternbilder hießen.

Das kleine Ruderboot lag am nächsten Morgen für gewöhnlich am Ufer direkt vor dem Haus.

»Das Boot kennt den See genauso gut wie ich. Es findet allein nach Hause.«

Als sie fertig geduscht hat, wickelt sie sich in den Bademantel, zieht die Kapuze über den Kopf und fährt mit dem Fahrstuhl direkt in ihre Wohnung. Während sie geschwommen ist, war die Putzfrau da. Jetzt ist sie wieder verschwunden und hat nichts anderes hinterlassen als einen schwachen Geruch nach Sauberkeit.

Laura kickt die Badeschlappen weg und geht barfuß über den glatten Kalksteinboden. Unterwegs richtet sie die kleine Guan-Di-Statue, die den Eingang vor bösen Geistern bewacht und die von der Putzfrau beim Abstauben der Kommode ein paar Millimeter verschoben wurde.

Die Fußbodenheizung in der Wohnung ist voll aufgedreht, das Thermostat zeigt fünfundzwanzig Grad an. In einer Ecke steht ein Kamin. Das Feuer ist eigentlich eine Gasflamme, die sich steuern und kontrollieren lässt und hinter Panzerglas eingekapselt ist. Laura zündet das Feuer mit einer Fernbedienung an und vermeidet es, die Flammen anzuschauen. Dann zieht sie ihre Fellpantoffeln an.

Es ist kurz nach drei an einem Samstagnachmittag. Über den schneebedeckten Dächern von Stockholm wird es allmählich dunkel. In der Wohnung ist es still, das einzige Geräusch ist das schwache Rauschen des Verkehrs tief unten auf der Straße. Laura macht noch nicht das Licht an, sie nimmt das Handy von der Ladestation. Keine Nachrichten oder verpassten Anrufe. Nicht, dass sie welche erwartet hätte. Sie ist es, die jemanden anrufen müsste. Sie hätte es schon heute Morgen machen sollen, aber sie hat es hinausgezögert.

»Madeleine Aulin.«

Im Hintergrund sind Stimmen zu hören.

»Hallo, Mama. Ich bin's. Bist du beschäftigt?«

»Pierre und ich haben Gäste.«

»Aus Schweden?«

»Ja. Nur ein paar alte Bekannte.«

Ein schwach veränderter Tonfall, den Laura sofort durchschaut.

»Ist Marcus da?«

Die kurze Pause beantwortet die Frage.

»Sie sind gestern gekommen. Ganz kurzfristig. Er hatte so viel Stress, und das Au-pair kümmert sich um die Kinder, bis die Weihnachtsferien beginnen.«

Laura presst die Zähne zusammen. Rein formell ist sie Marcus' Chefin, aber natürlich hat ihr kleiner Bruder mit keinem Wort erwähnt, dass er vorhatte, sich freizunehmen. Und schon gar nicht, dass er zu ihrer Mutter und Pierre nach Mallorca reisen wollte.

Ihre Mutter deutet Lauras Schweigen auf ihre Weise.

»Wir sind nicht davon ausgegangen, dass du kommen kannst. Marcus sagte, du hättest viel zu tun. Aber natürlich bist du jederzeit willkommen. Das weißt du.«

Laura bewegt die Kiefer, um die Spannung zu lösen. Natürlich kann sie die Einladung nicht annehmen, teils weil die nicht von Herzen kommt, teils weil sie sich kaum etwas Grässlicheres vorstellen kann, als in der protzigen spanischen Villa von ihrer Mutter und Pierre zusammen mit Marcus' lauter Familie Weihnachten zu feiern. Aber wenn sie ablehnt und es wie immer, wenn eine Familienzusammenkunft ansteht, auf die Arbeit schiebt, würde sie ihnen recht geben. Sie würde damit gutheißen, dass die Familie sie ausgeschlossen hat.

»Hast du eigentlich mit Andreas gesprochen?«, fragt ihre Mutter, bevor sie einen Entschluss fassen kann.

»Wieso?«

Die Frage überrascht sie und gleichzeitig auch wieder nicht.

»Marcus hat ihn neulich zufällig am Stureplan gesehen, zusammen mit einer Frau. Es schien ihm etwas peinlich?«

Ihre Mutter lässt das Letzte wie eine Frage klingen. Als würde sie irgendeine Erklärung erwarten.

»Wir sind seit einem Jahr geschieden. Andreas darf treffen, wen er will.«

Ein kurzes Geräusch im Hörer. Vielleicht ein Schnauben.

»Tja, nicht einmal seine Geduld ist endlos.«

Sie hat auf diesen Kommentar gewartet, seit der Name Andreas fiel. Die säuerliche kleine Bemerkung, die Laura daran erinnert, dass sie sich lächerlich benimmt. Dass sie so schnell wie möglich aufhören sollte, Ärger zu machen, und Andreas bitten sollte, sie zurückzunehmen, bevor es zu spät ist.

»Hast du gewusst, dass Tante Hedda tot ist?«

Ein Feuerzeug klickt. Ihre Mutter raucht immer noch, obwohl ihr Vater an Lungenkrebs gestorben ist. Ein langes Ausatmen, ein Seufzer voller Tabakrauch, während Lauras Gehirn automatisch das Krankheitsrisiko nach fünfundfünfzig Jahren Nikotinkonsum bewertet.

»Ja, ich habe davon gehört«, sagt ihre Mutter. »Traurig.«

»Warum hast du mich nicht angerufen und es mir erzählt?«

Stille, noch ein Rauchseufzer.

»Ich habe einfach nicht daran gedacht. Pierre und ich waren ziemlich mit dem Haus beschäftigt. Und du hast doch wohl auch genug zu tun? Wie hast du überhaupt davon erfahren?«

»Gestern Abend hat mich ein Anwalt angerufen. Hedda hat mir Gärdsnäset vererbt.«

»Aha.«

Laura erahnt die Unruhe hinter dem neutralen Wort.

»Warum hat sie das wohl gemacht, glaubst du?«

»Keine Ahnung. Hedda war immer etwas eigen. Wie du sicher weißt, war sie nicht einmal so höflich, sich zu melden, als dein Vater starb. Ihr eigener Bruder. Nach allem, was wir für sie getan hatten. Was willst du überhaupt mit einem alten Feriendorf?«

Wieder lag Schärfe in der Stimme. Wie eine Andeutung, dass Laura etwas falsch machte oder gemacht hatte. Sie zog es vor, das zu ignorieren.

»Die Beerdigung ist am Samstag. Ich habe vor, hinzufahren.«

Wieder ein Zigarettenzug.

»Denkst du, dass das so klug ist?«

»Ich bin Heddas nächste Angehörige.«

»Du fährst also nur deshalb hin? Weil du so gutmütig bist?«

Laura presst wieder die Kiefer aufeinander.

»Es ist wohl eher wegen ihm?«, fährt ihre Mutter fort. »Dem Findelkind?«

Das Gefühl, durchschaut worden zu sein, treibt ihr die Hitze ins Gesicht.

»Er heißt Jack.«

Ihre Mutter schnaubt.

»Er ist abgehauen, weißt du das nicht mehr? Er hat dich im Stich gelassen, als du es besonders schwer hattest.«

»Ja, ich erinnere mich.«

Die Worte schneiden ihr ins Herz, vor allem, weil sie wahr sind.

»Du warst noch keine sechzehn, es war eine lächerliche Teenagerliebe. Und trotzdem kannst du nicht aufhören, an ihn zu denken. Du hoffst bestimmt, dass er bei der Beerdigung auftaucht.«

Laura zwingt sich, nicht darauf zu antworten.

»Wenn ich du wäre, würde ich mich fernhalten. Gärdsnäset ist ein schrecklicher Ort, und nach allem, was passiert ist, begreife ich nicht, dass du überhaupt …«

Ihre Mutter unterbricht sich, zieht zweimal kurz an der Zigarette.

»Was ich versuche zu sagen, Laura …« Ihre Stimme ist weicher geworden, fast ein bisschen besorgt. »Man sollte nicht an der Vergangenheit rühren. Das führt selten zu etwas Gutem, glaub mir.«

Laura steht im Schlafzimmer vor dem großen Wandspiegel. Sie zögert einen Augenblick, bevor sie den Bademantel öffnet und ihn zu Boden fallen lässt. Die letzte verbliebene Wärme vom Duschen entschwindet, sie schaudert.

Der Raum ist dunkel, nur ein kleiner Lichtstrahl findet seinen Weg hinein und lässt ihre Haut noch blasser aussehen als sonst. Laura löst den Knoten im Nacken und schüttelt ihr rotes Haar aus, sodass es über ihre Schultern fällt. Dann verschränkt sie die Arme vor der Brust. Ohne den Blick vom Spiegel zu wenden, dreht sie langsam den Oberkörper. Der Fleck beginnt auf der unteren Hälfte des linken Schulterblatts. Je weiter sie sich dem Spiegel zudreht, desto mehr wächst er, wird zu einem großen Feld rauen Narbengewebes, das sich von der Schulter schräg den Rücken hinunter ausbreitet. Sie zittert wieder.

Einige kurze Augenblicke lang kann sie sich an alles erinnern. An das Prasseln der Flammen, den Geruch nach Ruß, verbranntem Haar und Fleisch, der so intensiv ist, dass sie ihn im Mund schmecken kann.

Den Schmerz am Rücken, der zugleich heiß und kalt ist.

Dann das schwebende Gefühl, als jemand sie über das Eis trägt, immer näher an das schwarze, kalte Wasser dort draußen. Und zum Schluss die Schreie. Ihr eigener und der von jemand anderem.

3

Die Saftbar liegt in der Birger Jarlsgatan direkt neben Stephanies Fitnesscenter und ist voll mit Frauen, die geklont sein könnten. Daunenjacken über der Sportkleidung, perfekte Frisuren, das Saftglas in der einen Hand und das Telefon in der anderen. Gespräche, die eher an Monologe erinnern, weil keine der anderen in die Augen schaut.

Steph unterscheidet sich von den anderen Gästen in einem wichtigen Punkt. Sie hat tatsächlich richtig trainiert, was man sowohl an ihren Kleidern erkennen kann als auch an dem dünnen Schweißfilm, der noch auf ihrer Stirn zu sehen ist. Steph macht keine halben Sachen, was eine der Eigenschaften ist, die Laura an ihr mag. *Go big oder go home,* wie Steph immer sagt. Laura selbst geht nie ins Fitnessstudio. Schweißverschmierte Geräte, gemeinsame Umkleideräume, offene Duschen und neugierige Blicke.

»Um das Ganze zusammenzufassen, ziehst du also in Erwägung, in ein Kaff in Schonen zu fahren, um eine Tante zu begraben, die du seit einer Ewigkeit nicht mehr gesehen hast, und alles nur, um deine Mutter zu ärgern, zu der du kaum Kontakt hast?«

Steph nimmt einen Schluck von einem Saft, der so viele Zutaten hat, dass der Mann hinter der Theke vier Minuten gebraucht hat, um ihn zu mixen.

Laura antwortet nicht, teils weil Steph nicht ganz unrecht hat, teils weil sie nicht die ganze Geschichte erzählen kann. Sie reibt die Handflächen aneinander und versucht, die Fingerspitzen wieder warm zu bekommen. Draußen herrschen Minusgrade, und obwohl es noch nicht Dezember ist, sind die mehrere Dezimeter hohen Schneehaufen am Bordsteinrand bereits schmutzig braun.

»Wie lange kennen wir uns jetzt schon?«, fragt Steph. »Haben wir uns nicht in dem Jahr kennengelernt, in dem ich hierhergezogen bin?«

»Im Jahr darauf. Du bist im September 2015 nach Schweden gezogen, wir haben uns im Januar 2016 getroffen.«

»Also fast zwei Jahre. Es fühlt sich länger an. Jedenfalls hast du mich schon zigmal über meine Ex-Männer und den Unterschied zwischen Amerikanern und Schweden reden hören. Ich weiß dafür inzwischen alles über dein – vorsichtig ausgedrückt – spezielles Verhältnis zu deiner Mutter und deinem deadbeat von kleinem Bruder. Und auch über deine Scheidung und Stalker-Andreas. Aber über eine reiche Tante in Schonen hast du noch keinen Ton gesagt.«

Steph hebt die Augenbrauen, aber ihre Stirn bleibt glatt.

»Hedda war nicht reich«, sagt Laura.

»Nicht? Ich dachte, du hättest gesagt, du würdest erben.«

»Ich habe heute Morgen eine E-Mail von dem Anwalt bekommen. Hedda war im Prinzip völlig verarmt. Es gibt ein Stück verpfändetes Land, das ist alles.«

»I stand corrected. Du hast eine *arme* Tante, über die du bisher keinen Mucks gesagt hast. Warum nicht?«

Weil ich das alles hinter mir gelassen habe, will sie sagen. Aber das stimmt natürlich nicht. Stattdessen vermeidet sie es, antworten zu müssen, indem sie mit den Achseln zuckt.

»Du weißt, dass wir ziemlich viel umgezogen sind, als ich klein war«, sagt sie. »Mein Vater hat in weiten Teilen Südostasiens gearbeitet, sodass ich fast jedes Jahr die Schule wechseln musste.«

Sie erhält ein Nicken zur Antwort.

»In den längeren Ferien wohnte ich meistens bei meiner Tante, in ihrem Feriendorf in Schonen. Hedda hatte keine eigenen Kinder, deshalb war sie wie eine zweite Mutter für mich. Ich hatte dort auch Freunde. Ich liebte es, dorthin zu fahren.«

»Aha?«

Die perfekten Augenbrauen sind noch immer hochgezogen. Laura holt Luft.

»Als ich fünfzehn war, passierte im Winter ein Unfall. Ein Brand …«

Steph beugt sich interessiert vor.

»Meine Freunde und ich haben im Tanzpavillon der Ferienanlage das Luciafest gefeiert, im Winter war das Gebäude sonst geschlossen. Eine typische Teenagerparty. Plötzlich fing es an zu brennen.«

Sie verstummt, überlegt, wie viel sie erzählen soll. Dann entscheidet sie sich für die offizielle Version.

»Der Tanzpavillon ist komplett runtergebrannt. Es gab viel Rauch und ein großes Durcheinander. Alle versuchten hinauszukommen. Eine meiner Freundinnen schaffte es nicht.«

Steph wird bleich. Ihre Augen glänzen.

»Wie schrecklich.«

Steph legt die Hand auf ihren Arm. Die Geste rührt Laura fast. Steph kann bei Geschäften steinhart sein und derb wie ein Pferdehändler. Aber das ist nur die Oberfläche.

»Sie hieß Iben«, fügt Laura hinzu. »Wir waren beste Freundinnen.«

Steph drückt ihren Arm, und eine Weile sitzen sie schweigend da.

»Was …« Steph räuspert sich. »Was ist dann passiert?«

Laura reißt sich zusammen. Über den Rest kann sie besser sprechen, aber leicht ist es auch nicht.

»Meine Eltern holten mich ein paar Tage später nach Hause nach Hongkong. Gleich darauf wurde ich krank. Ich wurde von einem Virus befallen, bekam eine Hirnhautentzündung und lag mehrere Monate im Krankenhaus. Als ich endlich wieder auf den Beinen war, wollten meine Eltern weder darüber sprechen, was passiert war, noch über Tante Hedda. Und mich schon gar nicht wieder dorthin reisen lassen.« *Ich nenne den Virus Winterfeuer, er hat unter anderem mein inneres Thermostat zerstört, was der Grund dafür ist, dass ich fast immer friere.*

Das Letzte behält sie für sich, genau wie die Tatsache, dass sie seitdem ihr ganzes Leben gezwungen war, Pillen zu schlucken, um den Albträumen zu entgehen. Stattdessen unterstreicht sie ihre Erzählung mit einem schuldbewussten Lächeln, das sie problemlos aufsetzen kann. Steph sieht schockiert aus.

»Ach, was für eine schreckliche Geschichte.« Sie drückt noch einmal ihren Arm. »Du musst dich furchtbar gefühlt haben.«

Laura zuckt mit den Schultern, ihr fällt keine bessere Reaktion ein.

»Das ist lange her. Tatsächlich habe ich seit Jahren nicht mehr daran gedacht.«

Eine Lüge, aber in ihrem jetzigen Gemütszustand merkt Steph es nicht.

»Und deine Tante hat später nicht versucht, Kontakt zu dir aufzunehmen?«

Laura schüttelt den Kopf.

»Wir schrieben uns sonst immer Briefe, aber in den Monaten, die ich im Krankenhaus verbrachte, meldete sich Hedda kein einziges Mal. Darüber war ich natürlich traurig, aber ich schrieb ihr dennoch weiter, ohne eine Antwort zu erhalten. Bestimmt ein Jahr lang, dann gab ich es auf. Kein einziger Brief, nicht die kleinste Postkarte, obwohl sie wie eine zweite Mutter für mich gewesen war.«

»Nicht einmal, als du erwachsen warst?«

Lauras Kiefermuskeln sind angespannt.

»Ich habe von Hedda seit Winter 1987 keinen Ton mehr gehört. Ich verstehe überhaupt nicht, warum sie beschlossen hat, mir die Ferienanlage zu überlassen. Aber Hedda war ein bisschen speziell …«

»Wieso?«

»Sie malte Bilder, arbeitete mit Keramik, nähte eigene Kleider und machte eben diese ganzen Achtundsechziger-Sachen. Mein Vater nannte sie einen übrig gebliebenen Hippie.«

»Klingt charmant, wenn du mich fragst.«

»Das war es auch. Jedenfalls für mich als Kind. Ich liebte es, bei ihr zu wohnen. Es gab keine Regeln, keine …«

Laura merkt, dass sie unbewusst die Mundwinkel hochgezogen hat, und lässt das Lächeln schnell wieder verschwinden.

»Aber Hedda war auch unglaublich stur. Und nachtragend.«

Sie denkt an all die Male, die sie den ordentlichen Poststapel auf dem Sekretär vor der Haustür durchgeschaut hat. An das verärgerte kleine Kopfschütteln ihrer Mutter, wenn sie nachfragte, ob es wirklich keinen Brief an sie gab. *Wie kann man sich einer Fünfzehnjährigen gegenüber so verhalten? Einem Menschen gegenüber, den man wie sein eigenes Kind behandelt hat?* Sie reibt wieder die Fingerspitzen aneinander. Die Kälte lässt nicht nach.

»Und jetzt ist es zu spät für eine Versöhnung. Alles, was bleibt, ist ein letztes Lebewohl. Gott, wie schrecklich.«

Steph zieht das Saftglas zu sich heran und kaut gedankenverloren auf ihrem Strohhalm herum.

»Kommt dein kleiner Bruder auch zur Beerdigung?«

Laura schüttelt den Kopf.

»Marcus und sie haben sich nie kennengelernt. Er ist ja sieben Jahre jünger als ich, und meine Mutter wollte uns nicht beide die Ferien über wegschicken.«

»Du meinst, dass sie Marcus nicht wegschicken wollte? Sie konnte es nicht ertragen, so lange von ihrem kleinen Prinzen getrennt zu sein.«

Steph spitzt den Mund und spricht in Babysprache, sodass Laura lachen muss.

»Meine Mutter und Tante Hedda waren sich nie richtig grün.«

»Jetzt gefällt mir deine Tante noch besser.«

»Es gibt noch einen anderen Grund, warum ich hinfahren will.«

Eigentlich hatte sie nicht vor, davon zu reden, aber Steph gelingt immer das Kunststück, dass sie gute Laune bekommt.

»Aha …« Steph beugt sich vor. »Die Intrige verdichtet sich.«

»Es gab da einen Jungen. Wir haben auch den Kontakt verloren nach …« Laura sucht nach den richtigen Worten. »Allem, was passiert ist.«

Steph hebt ein wenig das Kinn, sieht aus, als würde sie sie genauestens studieren, was Laura unerwartet nervös macht. Stephs Blick scheint sich durch ihren Schädel zu bohren, mitten hinein in ihre Gedanken. Es gibt so vieles, was sie nicht erzählt hat. Dinge, die sie verschwiegen, verdrängt hat.

Steph lacht auf.

»Ah. Und jetzt hoffst du, dass dein Traumprinz zur Beerdigung kommt? Ein dreißig Jahre alter Flirt, bereit, wiederaufgenommen zu werden.«

»Ja, vielleicht.«

Laura seufzt erleichtert auf.

»Wann fährst du?«

»Am Donnerstag nach der Arbeit. Sonntagabend geht es zurück.«

Steph nimmt einen langen Schluck von ihrem Saft.

»Willst du, dass ich mitkomme?«

»Danke, aber ich weiß, dass du Beerdigungen hasst.«

Sie schätzt das Angebot, sehr sogar. Aber Laura kann sie unter keinen Umständen mitnehmen. Denn was passiert, wenn Steph erfährt, was in dieser Lucianacht tatsächlich geschehen ist? Was Laura getan hat?

4

Aulin Consulting befindet sich in einem schönen alten Gebäude im Viertel Östermalm. Deckenstuck, dunkles Holz, Kristallleuchter und persische Teppiche. Laura hätte lieber etwas Moderneres, Zweckmäßigeres und weniger Kostspieliges. Sie schlägt das jedes Mal vor, wenn es um das neue jährliche Budget geht, aber ihre Mutter weigert sich seit dem Tod ihres Vaters, etwas zu ändern, und Marcus unterstützt sie immer dabei.

Das Unternehmen hat neunzehn Angestellte, elf davon in Teilzeit: Jura- und Journalistikstudenten, die Register kontrollieren, diverse öffentliche Dokumente beantragen und Lebensläufe durchsehen. Darüber hinaus hat die Firma vier Risikoberater und einen Statistiker auf der Gehaltsliste sowie Gunvor, die ihr Vater als seine Sekretärin angestellt hatte, als sie Mitte der Neunzigerjahre aus Asien zurückkamen. Laura weiß, dass ihre Mutter und Gunvor fast täglich miteinander sprechen und sie selbst nicht einmal die Kaffeemarke in der Mitarbeiterküche wechseln kann, ohne dass es weitergegeben wird.

Die Ausrichtung zu ändern und sich darauf zu konzentrieren, Menschen zu bewerten statt Gebäude und Autos, war ihre Idee. Ihr Vater ließ sich widerwillig darauf ein, nur ein Jahr, bevor er starb. Ihre Mutter wirft ihr das vor, das weiß sie. Sie behauptet mehr oder weniger direkt, dass es diese Umstrukturierungen waren, die ihn getötet haben, weniger der Krebs. Tatsächlich hatten sie keine andere Wahl. Ihr Vater hatte die Sache nicht mehr richtig im Griff, und die Firma, die jetzt floriert und sowohl ihre Mutter und Pierre als auch sie selbst und Marcus ernährt, war damals dabei unterzugehen. Aber darüber sprechen sie nie. Ihr Vater war unfehlbar, ein Heiliger. Sankt Jacob. Punkt!

Ihr eigenes Büro, das einmal ihrem Vater gehörte, liegt ganz am Ende des Flurs. Auf dem Weg dorthin kommt sie an Marcus' geschlossener Tür vorbei. Wie gewöhnlich ist es ihm gelungen, sich davonzustehlen, während sie mit etwas anderem beschäftigt war. Marcus hat ein komisches Talent dafür.

Sie ist wie meist die Erste im Büro. Sie ist mit der Zahnschiene neben dem Kissen aufgewacht und musste daher den Tag mit der Einnahme von zwei Paracetamol beginnen.

»Zähneknirschen und Spannungskopfschmerzen, good for you. Dann kannst du Botox auf Rezept bekommen!«

Steph meint es gut, aber Laura würde sich niemals Nervengift ins Gesicht spritzen lassen. Und sich auch keinen Operationen, Impfungen, Sonnenbädern oder irgendwelchen anderen physischen oder psychischen Belastungen aussetzen, die sich vermeiden lassen. Belastungen, die den Virus, der sich irgendwo in ihr versteckt, auslösen können. Wie eine Schwangerschaft.

Sie zwingt ihr Gehirn, eine andere Richtung einzuschlagen, zieht an den Ärmeln ihrer Kaschmirjacke, damit sie die Handgelenke bedecken, und macht die Extraheizung unter dem Schreibtisch an, bevor sie den Computer hochfährt.

Sie googelt das Feriendorf Gärdsnäset. Zu ihrer Überraschung findet sie die Adresse einer Homepage. Aber als sie den Link anklickt, erscheint die Mitteilung, dass es die Seite nicht mehr gibt und der Domainname frei ist.

Stattdessen sucht sie nach dem See Vintersjö.

Der See, liest sie auf der Wikipediaseite, liegt in der Kommune Vedarp im Nordwesten der Landschaft Schonen. *Er hat eine Tiefe von dreiundzwanzig Metern, eine Fläche von fünf Quadratkilometern und befindet sich sechsundsechzig Meter über dem Meeresspiegel. Der lang gezogene See wird aus den Bächen gespeist, die von dem Höhenzug Hallandsåsen herabfließen, sowie von einer unterirdischen Quelle, die mitten in den See mündet.*

Die Gemeinde Vedarp mit 4058 Einwohnern liegt in einer Bucht am Westufer des Sees.

Die nördliche, weitgehend unbewohnte Seeseite grenzt an die Hänge des Hallandsåsen und ist zum großen Teil Naturschutzgebiet. An der südlichen Seite des Vintersjö befinden sich einige Gebäude, vor allem Ferienhäuser, aber auch ein paar ganzjährig bewohnte Häuser. Am Ostufer des Sees liegt das Schloss Vintersjöholm mit Wurzeln bis ins 16. Jahrhundert.

Laura bleibt einen Moment reglos vor dem Bild des Sees und des Schlosses sitzen. Schließlich nimmt sie all ihren Mut zusammen, verlässt Wikipedia und sucht nach den Worten *Vintersjö* und *Brand*. Wie erhofft landet sie keinen deutlichen Treffer. Aber so leicht gibt sie nicht auf. Sie stößt auf eine Tageszeitung aus der Vintersjö-Region und findet das Archiv, in dem es eingescannte Bilder aus der Zeit vor dem Internet gibt. Sie wählt *Oktober 1987* in der Menüleiste, dann *Lokalnachrichten* und scrollt bis zum Gesuchten vor.

Der erste Artikel ist nicht besonders beunruhigend.

Fehlerhafte Elektrik wahrscheinlich schuld am Brand in Sommerhaus am Vintersjö.

Der nächste Artikel ist einige Wochen später erschienen und umfangreicher.

Erneuter Brand im Feriendorf am Vintersjö. Brandursache ungeklärt.

Die dritte Schlagzeile hat eine viel dickere Schrift, und sie spürt, wie sich Kälte in ihrem Körper ausbreitet.

Noch ein Brand am Vintersjö. Polizei schließt Brandstiftung nicht aus.

Und schließlich kommt sie zu der Schlagzeile, gegen die sie sich nicht wehren kann. Die die Kälte bis in ihr Herz strömen lässt.

Tragödie am Vintersjö. Junge Frau kommt in heftigem Brand ums Leben.

Sie will gerade den Artikel vergrößern, um weiterzulesen, als es an die Tür klopft.

»Guten Morgen!«

Wie immer kommt Gunvor ins Zimmer, ohne auf eine Aufforderung zu warten.

»Hier komme ich mit deinem Morgentee.«

Gunvor umrundet den Schreibtisch und stellt eine dampfende Tasse neben die Tastatur, wobei sie ungeniert auf den Bildschirm schaut. Laura schließt schnell das Fenster über den Brand.

»Du siehst müde aus, kleine Laura.« Gunvor legt den Kopf schief und streicht ihr über das Haar. »Du achtest doch gut auf dich?«

Laura antwortet nicht. Sowohl die Geste als auch der Kommentar ärgern sie. Sie ist die Geschäftsführerin der Firma, aber Gunvor spricht mit ihr, als wäre sie immer noch die kleine Laura, die den Papa zur Arbeit begleitet hat.

»Es ist nicht leicht, allein zu sein«, fährt Gunvor fort. »Ich weiß noch, wie es für deine Mutter war, als Jacob starb. Sie hat sich monatelang eingeschlossen, hat kaum etwas gegessen.«

Gunvor redet weiter, aber Laura hört schon nicht mehr zu. Sie hat diese Geschichte schon oft gehört, und am liebsten möchte sie Gunvor anfauchen und sagen, dass Andreas nicht tot ist, dass sie nur geschieden sind und dass sie absolut nicht mit ihrer Mutter verglichen werden will. Aber das würde natürlich zu nichts führen. Ein solcher Ausbruch würde sofort zu einem Gesprächsthema am Mittagstisch auf Mallorca werden.

»… welch ein Glück, dass deine Mutter Pierre gefunden hat. So ein eleganter und höflicher Mann, genau, was sie brauchte.«

Und arm, fügt Laura im Stillen hinzu. Aber das hindert ihn nicht daran, das Geld ihrer Mutter auszugeben. Ganz zu schweigen davon, dass er auch noch mit Ratschlägen um sich wirft, wie das Unternehmen zu führen sei.

Sie arbeitet ihre E-Mails ab sowie die Anrufe, die sie tätigen muss. Aber es fällt ihr schwer, sich zu konzentrieren, und ihr Blick wandert immer wieder zum Bildschirm. Schließlich öffnet sie den Artikel.

Er ist nicht besonders lang. Zuerst die groß aufgemachte Überschrift, gefolgt von einem grobkörnigen Foto von Baumstämmen, Schnee und einem brennenden Gebäude.

In der Lucianacht kam es zu einem tragischen Brand im Tanzpavillon der Ferienanlage Gärdsnäset. Angaben zufolge feierten sechs Jugendliche aus der Gegend in dem winters geschlossenen Gebäude, als das Schicksal zuschlug. Vier Personen wurden bei dem Brand verletzt, und eine fünfte – ein sechzehnjähriges Mädchen – kam ums Leben. Laut Hauptbrandmeister Arne Jeppson deuten sowohl der schnelle Verlauf als auch die Tatsache, dass es die Jugendlichen nicht aus dem Gebäude schafften, auf einen Brandanschlag. Die Polizei hat Ermittlungen wegen Brandstiftung aufgenommen. Es ist nicht auszuschließen, dass die Tragödie in Zusammenhang mit den Bränden steht, die bereits im Herbst und Winter am Vintersjö gelegt wurden.

Sie hört auf zu lesen und bleibt vor dem Computer sitzen. Die Artikel über den Brand sind relativ schwer zu finden, was bedeutet, dass Steph nicht bei einer kurzen Suche darauf stoßen kann. Und bis jetzt steht hier auch nichts Ungewöhnliches. Nichts, was sie nicht schon erzählt hätte. Es ist der letzte Artikel, der sie beunruhigt.

Verdächtiger im Fall Luciabrand festgenommen.

Die Polizei bestätigte, man habe eine Person festgenommen, die im Verdacht stehe, die Feuer am Vintersjö gelegt zu haben. Ermittlungsnahen Quellen zufolge soll es sich um einen jungen Mann aus der Gegend handeln, wobei der Verdacht auch den tragischen Luciabrand einschließt, bei dem eine junge Frau ums Leben gekommen ist.

Andreas ruft sie an, als sie auf dem Weg nach Hause ist. Die ersten beiden Male drückt sie den Anruf weg. Aber er gibt nicht auf. Sie schiebt die Mütze ein wenig zur Seite und steckt sich die Kopfhörer der Freisprechanlage in die Ohren. Der kurze Augenblick in der Kälte genügt ihren Fingern, um steif zu werden.

»Ich habe das von deiner Tante gehört. Wollte nur wissen, ob du okay bist.«

Laura seufzt tief. Sie weiß genau, wer hinter diesem Anruf steckt, und erhält auch sogleich die Bestätigung.

»Deine Mutter sagte, du würdest zur Beerdigung fahren.«

»Ja …« Kopfschmerzen trüben ihre Gedanken, trotzdem kann sie sich die Fortsetzung leicht ausrechnen. »Und jetzt hat sie dich dazu gebracht, mich anzurufen und zu überreden, es bleiben zu lassen.«

Ein Schweigen, das sich nur als Ja deuten lässt. Andreas ist ein netter Mensch. Viel zu nett.

»Ich dachte nur, dass das vielleicht keine so gute Idee wäre, so kurz vor …«

Er stockt, wartet darauf, dass sie etwas sagt.

»Sie wäre am Freitag zwei geworden«, fährt er mit trauriger Stimme fort, als sie nicht antwortet. »Ich habe dich angerufen, ich dachte, wir könnten zusammen zum Friedhof fahren.«

Ja, Andreas, ich kann auch rechnen. Ich weiß, wie viele Jahre, Monate und Tage es her ist. Ich glaube, ich könnte sogar die Minuten und Sekunden nennen, die seitdem vergangen sind. Aber was hilft das?

Natürlich sagt sie nichts davon laut. Niemals, zu niemandem. Sie begnügt sich mit einem einfachen: »Ich war eingeladen.«

»Ich mache mir Sorgen um dich, Laura«, murmelt er. »Du wirkst so …«

»So was?«

»Ich weiß nicht. Verschlossen.«

»Verschlossen?«

»Ja. Herrgott, du hast dir letztes Jahr nicht einmal freigenommen, als …«

Wie gewöhnlich schafft er es auch bei diesem Wort nicht richtig, es auszusprechen.

»… die Scheidung war, Andreas. Wir sind geschieden. Erinnerst du dich? Und trotzdem rufst du mich weiter an.«

»Du bedeutest mir immer noch was. Ich mache mir Sorgen …«

»Damit solltest du aufhören, denke ich. Lebe dein eigenes Leben weiter und lass mir meins.«

Erneutes Schweigen. Er will etwas sagen, und sie ahnt auch, was. Sie hilft ihm aus der unangenehmen Lage.

»Du hast jemanden kennengelernt, stimmt's?«

»Wer sagt das?«

Ein leises Schnaufen.

»Mama, wer sonst? Offenbar hast du Marcus neulich zufällig getroffen.«

»Ja …« Sie kann hören, wie unangenehm es ihm ist. »Ich hätte es gerne selbst erzählt. Sie ist eine alte Kollegin …«

»Du schuldest mir nichts, Andreas«, unterbricht sie ihn. »Kein bisschen.«

Sie hält inne, versucht, gefasst zu klingen.

»Ich freue mich für dich, aber hör auf, meiner Mutter irgendwelche Gefallen zu tun, ja?«

Sie beendet das Gespräch vor der Pforte zu ihrem Haus. Dann hält sie den Schlüsselchip an das Lesegerät, passiert die Schleusen mit den verschlossenen Türen und bleibt ein paar Sekunden unterhalb des Kameraauges im großräumigen Foyer stehen. Im Aufzug zögert sie und wählt schließlich den untersten Knopf statt des obersten auf der Kontrolltafel.

Ihre Abstellkammer gähnt vor Leere. Zwei gleich aussehende Plastikkästen sind alles, was sich darin befindet. Seit sie letztes Jahr eingezogen ist, war sie nicht mehr hier unten.

Die Möbel in der Wohnung oben sind alle neu, sie hat sie am selben Tag bei NK bestellt, an dem sie den Wohnungsvertrag unterschrieben hat. Andreas wollte, dass sie massenhaft Sachen mitnahm, Dinge, die sie gemeinsam gekauft hatten,

Geschenke, die er ihr gemacht hatte. Aber sie sagte Nein. Alles, was sie mitnehmen wollte, war die kleine Guan-Di-Statuette, die sie von ihrem Vater bekommen hatte, und diese beiden Kästen.

Sie streicht mit der Hand zärtlich über die linke Box. Es liegen ein winzig kleiner Body darin, ein Stoffkaninchen und ein Blatt Papier mit zwei kleinen Abdrücken. Einer Hand und einem Fuß. Sie öffnet den Deckel nicht. Stattdessen vergewissert sie sich, dass die beiden Plastikklammern, die ihn seitlich festhalten, an Ort und Stelle sind.

Der Inhalt der rechten Kiste ist viel älter.

Darin liegen zwei in Luftpolsterfolie gewickelte Bilderrahmen, zwei Urkunden: ein zweiter und ein dritter Platz bei der Schwimmmeisterschaft der Universität, die einmal in ihrem Studentenzimmer hingen. Neben den Rahmen liegt ein Stapel Kursbücher über Verhaltenswissenschaft, Umgang mit Risiken und Interviewtechniken. Und darunter findet sie das Buch, das sie gesucht hat. *The Great Gatsby*. Der Umschlag ist abgenutzt, die Seiten sind gelblich. Auf der ersten Seite befindet sich ein Stempel. *Saint Paul's Hospital. Hong Kong.* Der Name lässt die Haut an ihrem Rücken heiß werden.

Fast drei Monate lag sie im Saint Paul's. Sie konnte kaum ihre Arme und Beine bewegen, ihr Körper tat so weh, dass sie keine Berührung ertrug. Schließlich wurde sie ins künstliche Koma versetzt, war zwei Wochen lang bewusstlos.

Ein Enterovirus, sagten die Ärzte. Nicht ungewöhnlich bei jungen Frauen. Vermutlich fand der Virus den Weg in ihren Körper, als sie wegen der Brandverletzungen infektionsgefährdet war, und verursachte daraufhin eine Gehirnhautentzündung. Ihre Mutter drohte, die Krankenhäuser zu verklagen, sowohl das in Ängelholm als auch das in Hongkong. Sie behauptete, dass eines von ihnen gegen die Hygienevorschriften verstoßen haben musste.

Laura selbst weiß es besser. Sie weiß genau, woher das Winterfeuer gekommen ist und warum.

Vorsichtig hebt sie den hinteren Teil des Schutzumschlags an. Dahinter steckt eine abgegriffene Fotografie. Durch den Druck und das Alter klebt das Bild am Buchrücken fest, aber indem sie vorsichtig daran zieht, bekommt sie das Foto los.

Die Fotografie stellt sechs Personen auf einem Schwimmsteg dar. Es ist Sommer 1987, und sie ist fünfzehn Jahre alt. Die Sonne scheint, alle sind glücklich. Niemand ahnt die Katastrophe, die wenige Monate später passiert. Jack steht ganz rechts. Sie streicht mit dem Zeigefinger über sein lächelndes Gesicht. Seine Augen verursachen ein leichtes Beben in ihrer Brust, wie sie es nicht mehr gespürt hat seit der Nacht im Krankenhaus, als sie ihn zum letzten Mal gesehen hat.

Sie sind hinter mir her. Ich muss weg.

5

WINTER 1987

»Was für ein schönes Foto. Wo wurde es aufgenommen?« Die Frau im Flugzeugsitz neben ihr zeigte auf die Fotografie, die Laura in der Hand hielt.

Sie hieß Ewa mit w, das hatte Laura auf dem Boardingpass gelesen, den die Frau als Lesezeichen benutzte. Das Buch hatte keinen Schutzumschlag, und Ewa hielt es auf eine Art und Weise, die andeutete, dass sie den Titel nicht unbedingt zeigen wollte. *Das Tal der Pferde* wahrscheinlich oder etwas von Jackie Collins.

»Am Vintersjö. Ein See in Nordschonen.«

Ewa und sie waren nebeneinander platziert worden, als Laura am Frankfurter Flughafen umsteigen musste. Laura hatte sie heimlich studiert, so wie sie es jedes Mal bei ihren Klassenkameraden gemacht hatte, wenn sie die Schule wechseln musste. Sie hatte versucht herauszufinden, wer sie war, indem sie zuhörte und beobachtete. Hatte versucht, sich jedes Detail einzuprägen: Kleider, Zugehörigkeiten, Interessen.

Wenn sie gleichaltrig wären und in dieselbe Klasse gingen, dann wäre Lauras nächster Schritt gewesen, sich in der Mensa neben Ewa und ihre Freunde zu setzen. Sie hätte zugehört, worüber sie redeten, an den richtigen Stellen gelacht und vorsichtig versucht, in die Gruppe hineingelassen zu werden. Sie hätte versucht, den Stempel des neuen Mädchens loszuwerden und akzeptiert zu werden.

»Das hier muss deine Mutter sein.«

Ewa zeigte auf die Frau ganz links im Bild.

»Nein, das ist meine Tante Hedda.«

»Ach. Ihr seht euch so ähnlich. Die gleiche Haarfarbe. Sie ist schön, finde ich«, beeilte sich Ewa hinzuzufügen.

Laura sagte nicht, wie oft sie sich in ihrer Kindheit schon gewünscht hatte, nicht rothaarig zu sein. Ihre Mutter hatte sogar vorgeschlagen, dass sie sich die Haare färbte, um an ihrer neuen Schule nicht gehänselt zu werden.

Die Menschen mögen keine, die anders sind. Aber das heißt nur, dass die Leute Idioten sind, nicht dass mit dir irgendetwas nicht stimmt. Du bist perfekt, so wie du bist. Meine kleine Prinzessin.

Die Flugreise hatte sich diesmal besonders lang angefühlt. Der erste Film war zwar *Dirty Dancing* gewesen, den ihre Mutter sie nicht hatte im Kino sehen lassen. Aber die Filme danach waren wahnsinnig langweilig gewesen, und nicht einmal die Taschenbücher, die sie mitgenommen hatte, halfen gegen Lauras Rastlosigkeit.

»Ist von den anderen jemand dein Cousin oder deine Cousine?«

Einer der Feriengäste hatte im Sommer das Foto gemacht, nur wenige Tage, bevor Laura zurück nach Hongkong fliegen musste.

»Tante Hedda nennt uns immer ihre Kinder«, sagte sie. »Aber sie hat gar keine eigenen. Sie war die Tagesmutter von Iben, Peter und Tomas, als sie klein waren, und Jack ist ihr Pflegekind.« Laura zeigt auf Jack. »Er wohnt bei ihr, seit er elf war.«

Ihr Finger blieb ein paar Sekunden auf seinem Gesicht, bevor sie ihn zu dem dunkelhaarigen jungen Mädchen im Trainingsanzug weiterwandern ließ, die ziemlich genau in der Mitte des Bildes stand, zwischen Jack und ihr.

»Ibens Familie wohnt in Källegården, das ist neben der Ferienanlage meiner Tante.«

Iben hatte die Arme um ihre Schultern gelegt und ihre Köpfe so nahe zu sich gezogen, dass sie Wange an Wange standen.

»Aha, sie sieht sportlich aus.«

Laura sah sich wieder Iben an. Sie sah aus, als würde sie

Jacks Wange ein weniger fester an sich drücken als Lauras. Bestimmt ein Zufall. Das redete sie sich jedenfalls ein, seitdem sie das Foto per Post von Tante Hedda bekommen hatte.

»Iben hat fast alle Schulrekorde in Leichtathletik geschlagen. Und sie hatte super Noten bei der Mittleren-Reife-Prüfung. In allen Fächern.«

»Oh, das ist aber toll.«

Laura schob den Finger schnell weiter zu dem kräftigen, kurz geschorenen Jungen, der schräg hinter Iben stand, fast am Rand des Stegs. Sein Blick war nach unten gerichtet, als wollte er der Kamera ausweichen. Gewisse Leute im Ort nannten Tomas wegen seiner Tics den Zwinkerer. Manchmal so, dass er es hörte.

»Tomas wohnt weiter weg, draußen im Wald auf einem Hof namens Einsiedel. Er und Peter sind beste Freunde. Sie helfen im Sommer immer im Feriendorf mit.« Dann zeigte sie auf Peter, der neben Tomas stand. Er lächelte breit und hielt seine Finger wie zwei Hasenohren hinter ihren Kopf. »Sie kümmern sich um den Kiosk und die Minigolfbahn, mähen den Rasen und verleihen Boote.«

Laura war kurz davor zu erzählen, dass Peter sie manchmal die Totenkopfbande nannte, aber sie war sich ziemlich sicher, dass Ewa nie *Die Goonies* gesehen hatte. Peters Onkel hatte einen Videoverleih in Helsingborg und gab Peter heimlich Kopien der neuesten Filme, wenn seine Eltern nicht dabei waren.

»Unser Herr Jehova liebt keine Filme«, spottete Peter oft. »Aber Kinder in Erwachsenenkleidung und Leute, die bei fremden Menschen an der Tür klingeln, damit hat er kein Problem.«

Peter liebte *Die Goonies*.

»Wir sind genau wie sie. Eine Bande von Außenseitern. Ich bin Mouth, Tomas ist Chunk, und Jack ist Brand. Und die Mädchen sind Andy und Stef ...«

»Darf ich sehen?« Ewa setzte sich eine Lesebrille auf. Laura reichte ihr das Foto. »Wie schön das aussieht mit dem See und dem Steilhang dahinter. Die reinste Idylle. Bist du oft dort?«

»Fast jede Ferien. Mein Vater arbeitet viel«, fügte Laura in dem entschuldigenden Ton hinzu, der sich immer einschlich, wenn sie über ihren Vater sprach.

»Und deine Mutter auch?«

»Sie hat viel anderes zu tun.«

Laura gab dazu keine weitere Erklärung. Aber Ewa schien es zu verstehen.

»Haben die Schulen in Hongkong schon Weihnachtsferien?«

Laura schüttelte den Kopf.

»Nein, eigentlich nicht. Aber ich gehe auf eine internationale Schule. Viele Familien reisen über Weihnachten nach Hause, deshalb hören wir früher auf und haben stattdessen eine Woche weniger Sommerferien.«

Ewa gab ihr das Foto zurück.

»Ich kann verstehen, dass es dir am See gefällt. Ihr seht alle so glücklich aus: du, deine Tante und deine Freunde. Ihr werdet bestimmt wunderbare Weihnachtsferien zusammen verbringen.«

6

Deine Mutter wollte dich Jaqueline nennen, kannst du dir das vorstellen? Nach Jackie Kennedy. Wenn das nicht überheblich ist! Aber zum Glück konnte ich ihr das ausreden, und deshalb heißt du Laura, nach meiner Großmutter, deiner Urgroßmutter.

Lauras weißer SUV ist viel zu groß für eine Person, schluckt zu viel Benzin und verschmutzt die Umwelt zu stark. Aber von allen Pkw, bei denen in den letzten Jahren ein Crashtest gemacht wurde, ist gerade ihr Modell das sicherste. Ein hoher, vierradgetriebener Streitwagen mit doppeltem Frischluftfilter und einem Computer, der mit einer Menge an Sensoren und Kameras alle Risikofaktoren registriert und berechnet.

Wenn sie im Wagen sitzt, kann ihr niemand und nichts etwas anhaben. Dieser Gedanke gefällt ihr.

Drei Nächte, so lange bleibt sie in Schonen. Gerade lang genug, um Hedda zu begraben, Gärdsnäset zu verkaufen und wieder nach Hause zu fahren. In den letzten Tagen hat sie versucht vorzuarbeiten. Sie hat zwei eingehende Interviews geführt, den E-Mail-Berg abgetragen und das Büro auf zwei Tage ohne sie vorbereitet.

Trotz all ihrer Vorbereitungen kommt sie nur bis Linköping, bevor ihr Arbeitshandy klingelt. Es ist Ola, ihre rechte Hand. Er klingt verlegen, weshalb ihr sofort klar wird, worum es geht.

»Was hat Marcus angestellt?«

Es braucht eine halbe Stunde und drei Anrufe, um die Sache zu klären. Marcus selbst geht natürlich nicht ans Telefon, er ist wahrscheinlich vollauf damit beschäftigt, sich von ihrer Mutter umsorgen zu lassen.

Als sie ihn das dritte Mal anruft, ist sie so gereizt, dass sie beinahe einen Unfall baut. Sie will gerade einen Lastwagen überholen, als das Warnsystem des Wagens zu blinken und piepen anfängt, und im letzten Moment bemerkt sie den schwarzen BMW, der sich genau in ihrem toten Winkel befindet. Der Fahrer hupt und gibt Lichtzeichen, als er vorbeifährt, und es dauert eine ganze Weile, bis ihr Herzschlag wieder zu seinem gewohnten Rhythmus zurückgefunden hat.

Der tote Winkel. Sie mag diesen Ausdruck nicht. Marcus befindet sich fast immer in ihrem toten Winkel. Ganz außen im Augenwinkel, außerhalb ihrer Kontrolle, aber zugleich viel zu nah dran.

Kurz nach der Abfahrt von der Autobahn hält Laura an, um zu tanken. Dann bleibt sie eine Weile hinter dem Steuer sitzen, in der Hand einen Becher mit ekligem Tankstellentee, der eigentlich zu nichts anderem taugt, als sich die Finger daran zu wärmen. In Schonen liegt viel weniger Schnee als in Stockholm, nur etwa fünf Zentimeter, und das Thermometer am Armaturenbrett zeigt wenige Minusgrade an, aber der Wind und die feuchte Luft bewirken, dass es sich viel kälter anfühlt. Einzelne Flocken schweben herab, und die Wolken am Himmel signalisieren, dass sie bald Gesellschaft bekommen. Sechshundert Kilometer waren offenbar nicht genug, um dem Winter zu entkommen.

Die Entschlossenheit, die sie hierhergeführt hat, lässt langsam nach. Es gab doch trotz allem gute Gründe, warum sie Vintersjö und Gärdsnäset einmal den Rücken gekehrt hat. Allerdings ist sie nicht da, um in der Vergangenheit zu wühlen. Nur, um Jack zu sehen.

Hedda war wie eine Mutter für ihn, und wenn er erfahren hat, dass sie tot ist, müsste er am Samstag bei der Beerdigung auftauchen. Und was passiert dann? Würde sie ihn überhaupt wiedererkennen? Man kann sich ziemlich verändern in einem halben Leben. Wenn er nun glatzköpfig ist und einen Bierbauch hat? Oder noch schlimmer: Was ist, wenn Jack Frau und Kinder hat, wenn er glücklich ist und ein gutes Leben führt? Wenn er nicht so an sie gedacht hat wie sie an ihn?

Auf diese Fragen weiß sie keine Antwort. Die letzte Spur, die sie von Jack Gerhard Olsson gefunden hat, ist ein Vermerk des Finanzamts von 1989, der besagt, dass er nicht mehr in Schweden gemeldet ist und man nicht weiß, wohin er verschwunden ist. Danach taucht niemand dieses Namens mehr in einem schwedischen Melderegister auf. Und auch nicht in den ausländischen Registern, zu denen sie Zugang hat, aber die decken nicht alles ab. Das Ende der Achtzigerjahre war eine turbulente Zeit in Europa. Ganze Nationen hörten auf zu existieren. Eine gute Zeit, wenn man sich einen neuen Namen und eine neue Identität zulegen wollte. Ein neues Leben.

Sie schließt kurz die Augen, ruft sich wieder das Bild seines achtzehnjährigen Gesichts in Erinnerung, wie er an ihrem Krankenhausbett saß. Der Schreck in seinem Blick, die Angst, die ihm fast die Stimme abschnürt, als er sich verabschiedet. Das Gefühl seiner Lippen auf ihren. Dann ist er weg. Ohne eine einzige Spur zu hinterlassen.

Traut sich Jack wirklich zurück an den See? Und traut sie sich selbst?

Es wäre so leicht, auf die Autobahn zurückzufahren und sich wieder nach Norden aufzumachen. Niemand würde ein Wort über die Angelegenheit verlieren, und sie schuldet Hedda nichts.

Kein einziger Brief, keine einzige Postkarte in dreißig Jahren. Nicht der kleinste Beweis dafür, dass Hedda an sie dachte, sie vermisste, sich nach ihr sehnte, so wie Laura selbst es tat.

Hat Hedda ihr deshalb Gärdsnäset hinterlassen? Als eine Art Entschuldigung? Das ist immerhin ein Gedanke, mit dem sie etwas anfangen kann. Außerdem sind sie und Jack keine verschreckten Jugendlichen mehr, sondern zwei erwachsene Menschen mit einem eigenen Leben im Gepäck.

Sie legt den Gang ein und rollt langsam von der Tankstelle.

Lauras erster Gedanke, als sie sich Vedarp nähert, ist, dass sie sich nicht mehr richtig zurechtfindet. Die Straße ist breiter, und weder das Industriegebiet mit dem Lidl-Geschäft noch die Reihenhaussiedlung gegenüber existierten zu ihrer Zeit.

Es dämmert allmählich, und die Dunkelheit gepaart mit dem Schneefall erschweren die Orientierung. Die grauen Eternitfassaden, die das Dorf einmal dominierten, sind weg, verschwunden hinter ungefährlicherem Material in bunten Farben.

Aber die Eisenwarenhandlung ist noch da, auch wenn sie ein neues Schild hat. Sie fragt sich, ob Sven-Erik das Geschäft noch betreibt, realisiert jedoch, dass er, wenn er denn noch lebt, über achtzig sein muss, was ihr unwirklich vorkommt.

Das Haus mit dem Nähbedarf ist weg und wurde durch ein moderneres Gebäude ersetzt, in dem sich eine Pizzeria und ein Solarium befinden. In dem Komplex, in dem das Postamt lag, sind jetzt ein Fitnessstudio und ein Bestattungsunternehmen. Sie sucht nach dem Neonschild von Wohlins und entdeckt, dass die Konditorei durch ein Espresso House ersetzt wurde. Davor, neben einem selbst gebauten Traktor, hängen ein paar Jugendliche mit Mopeds herum, die ihrem Wagen hinterherstarren, als sie vorbeifährt.

Nicht einmal die Kirche sieht aus wie in ihrer Erinnerung. Das alte, grüne Kupferdach wurde durch ein schwarzes aus Blech ersetzt, wodurch die Kirche unfreundlich aussieht. Der Weihnachtsbaum davor erscheint ihr kleiner als früher, und die Lampen wirken kälter.

Unbewusst hat sie sich wohl vorgestellt, dass Vedarp noch genauso aussieht wie in ihrer Kindheitserinnerung, was lächerlich ist. Dass das Dorf in dem Moment, als sie es verlassen hat, in eine Zeitschleife geraten ist. Aber das Leben hier ist natürlich ohne sie weitergegangen. Kindischerweise verletzt sie diese Tatsache.

Ein Schild am Kreisverkehr weist nach links zum See hinunter und nach rechts zu Schloss Vintersjöholm. Sie wählt den rechten, fährt an graubraunen Siebzigerjahre-Häusern vorbei, die ihr bekannter vorkommen. Peters Familie wohnte in einem davon. Die einzigen Zeugen Jehovas des Ortes, die ihren Sohn kaum seinem Hobby nachgehen ließen, aus Angst, er könne sich beim Modellbauen an dem Leim berauschen.

Sie fragt sich, ob Peter wohl noch im Dorf wohnt und, wenn ja, ob er übermorgen zur Beerdigung kommt. Der Gedanke erfreut sie ein bisschen.

Sie muss an das letzte Mal denken, als sie und Peter sich gesehen haben. Das Besuchszimmer im Krankenhaus. Der Anwalt, den ihr Vater aus Stockholm einfliegen ließ, der große, unangenehme Polizist mit der Boxernase ihnen gegenüber am Tisch.

»Na, Kinder. Wer glaubt ihr, hat das gemacht? Wer hat den Tanzpavillon angezündet?«

Sie schüttelt die unbehagliche Erinnerung ab. Stattdessen versucht sie, die Gedanken wieder auf Jack zu konzentrieren. Wird sie ihn wiedererkennen? Wird er sie wiedererkennen?

Hinter der Villengegend sieht man die Sporthalle. Ein Schild weist dorthin, und Laura ist schon daran vorbeigefahren, als sie registriert, was darauf steht. Sie bremst abrupt und schaut in den Spiegel, bevor sie zurücksetzt.

Das Schild ist weiß mit schwarzen Buchstaben und sieht ziemlich neu aus. Es zeigt Richtung Sporthalle, Schwimmbad und dem, was einmal die Vintersjö-Schule war. Aber jetzt nicht mehr.

Iben-Jensen-Schule, steht auf dem Schild.

»Scheiße«, brummt Laura. Warum, weiß sie selbst nicht so genau.

Der kurvige Weg nach Gärdsnäset ist auch nicht mehr ganz derselbe. Vielleicht liegt es daran, dass der Wald rundherum höher geworden und näher gerückt ist. Die Bezeichnung »große Straße«, wie sie einmal genannt wurde, klingt jetzt lächerlich angesichts des grauen Streifens holperigen Asphalts, der nicht einmal eine Mittellinie hat.

Die Bushaltestellen sind weg, und die Linie 132, die sie so oft zwischen Gärdsnäset und Vedarp genommen hat, scheint nicht mehr zu verkehren.

Eine andere Erinnerung kommt hoch. Hirsche auf der Fahrbahn, ein Auto im Graben, und sie rennt die Straße entlang, gefangen im Scheinwerferlicht wie ein verschrecktes Tier.

Hat an diesem Abend vielleicht alles angefangen? Der Schritt auf die Katastrophe zu. Oder war es schon vorher? Auch möglich.

Vielleicht hat alles schon am Flughafen Kastrup angefangen.

7

WINTER 1987

Jack wartete direkt hinter den Türen in der Ankunftshalle. Er sah genau wie im vergangenen Sommer aus. Die blonden Haare, die blauen, leuchtenden Augen, die ein weiches Gefühl in ihrer Brust auslösten.

»Hi, Prinzessin!«

Eigentlich wollte sie ihn bitten, nicht mehr diesen kindischen Kosenamen zu benutzen, weil sie jetzt eine junge Frau war, keine kleine Prinzessin mehr. Aber bevor sie etwas sagen konnte, hob er sie in einer festen Umarmung in die Luft. Sie schloss die Augen, vergrub ihre Nase heimlich an seinem Hals und sog seinen Duft ein. Aftershave und Zigaretten. Und noch etwas anderes, was das weiche Gefühl in ihr noch verstärkte. Sie hatte sich diesen Moment die letzten zwölf Stunden über ausgemalt und wollte ihn so lange wie möglich genießen.

Aber dann sah sie, dass sie nicht allein waren. Iben stand da, zog Jack eifrig am Arm und warf sich Laura um den Hals, sobald er sie losgelassen hatte.

»Endlich bist du da! Ich habe so darauf gewartet!«

Iben hatte Jack offenbar den weiten Weg vom Vintersjö hierher begleitet, was Laura glücklich machen müsste. Und sie freute sich auch, redete sie sich selbst ein. Sehr.

»Wie schön, dass du auch hier bist«, brachte sie hervor. Sie zwang sich zu einem Lächeln, damit die Worte echter klangen.

Zugleich wurde sie das nagende Gefühl der Enttäuschung nicht los. In ihrer Fantasie gab es nur sie und Jack – allein.

Jack nahm ihre Tasche und ging auf den Ausgang zu, während sich Iben bei Laura einhakte.

»Wie war die Reise?«, fragte sie. »Hast du uns vermisst?«

Seit dem Sommer war mit Iben eine Veränderung vor sich gegangen. Sie war ihre Zahnspange losgeworden, die sie getragen hatte, seit sie zwölf war, und sie war geschminkt. Aber es gab noch etwas anderes, etwas, das Laura schwer in Worte fassen konnte. Als wäre Iben in nur wenigen Monaten viel erwachsener geworden.

Außerhalb des Terminals fiel schwerer, mit Schnee vermischter Regen. Laura erkannte Jacks weißen Saab schon aus der Ferne. Sie war dabei gewesen, als er im Sommer das Auto gekauft hatte. Sie hatte ihm geholfen, es zu waschen und zu reinigen, neue Bezüge für die Sitze gekauft.

»Soll ich dir auch einen Wunderbaum kaufen?«, hatte sie gelacht und auf das Gestell mit den Duftbäumen an der Kasse gezeigt. Jack hatte gegrinst und den Kopf geschüttelt.

Jetzt hing ein roter Duftbaum am Rückspiegel, und das ganze Auto roch eklig künstlich nach Erdbeere. Sie suchte nach Jacks Blick, aber Jack war damit beschäftigt, ihr Gepäck in den Kofferraum zu verfrachten. Aus irgendeinem Grund ärgerte sie dieser hässliche Baum. Sie kramte in ihrem Rucksack und fand das Geschenk für ihn, eine amerikanische Autozeitschrift.

»Hier, die habe ich dir am Flughafen besorgt.«

»Danke!«

Er nahm die Zeitschrift entgegen und wollte gerade noch etwas sagen, als Iben sie an die Hand nahm.

»Komm, sitz bei mir hinten, dann können wir quatschen.«

Lauras Ärger nahm zu. So hatte sie sich die Autofahrt überhaupt nicht vorgestellt. Jack und sie sollten vorne nebeneinander sitzen, vielleicht sogar darüber reden, was im Sommer passiert war. An diesem letzten Abend draußen auf der Brücke, als er sie geküsst hatte. Oder sie ihn, je nachdem, wie man es betrachtete.

Stattdessen saß sie mit Iben auf der Rückbank, und alles, was sie von ihm sah, waren sein Nacken und sein Blick im Rückspiegel.

Iben brachte Jack dazu, ein paar der Songs zu spielen, die sie im Sommer immer gehört hatten, und nachdem sie Iben eine Weile hatte reden hören, ließ Lauras Irritation nach. Es würden andere Tage kommen, viele Tage, an denen sie mit Jack allein sein konnte, bevor die Weihnachtsferien vorbei waren.

Iben und sie begannen beim Refrain von »Last Christmas« mitzusingen, immer lauter, bis sie fast schrien.

Jack schielte im Rückspiegel zu ihnen hin und lächelte, als sich ihre Blicke trafen. Sein Lächeln erweckte wieder dieses weiche Gefühl in ihr.

Auf der Fähre hinüber nach Helsingborg kauften sie Süßigkeiten, die gleichen wie immer. Yankie-Schokoriegel für Laura und eine Tüte Fazer-Lakritz für Iben. Für sich selbst kaufte Jack Zigaretten, eine Stange rote Prince.

Als sie an Helsingborg vorbei waren, machten die Wärme und die sanften Bewegungen des Wagens Lauras Augenlider immer schwerer.

»Ich mach nur kurz die Augen zu«, murmelte sie.

Sie wachte wieder auf, als sie die Autobahn verließen. Iben schlief, den Kopf an ihre Schulter gelehnt. Jack hatte das Fenster ein paar Zentimeter geöffnet und rauchte. Laura saß still da, während sie Jack heimlich betrachtete. Das blonde Haar in seinem Nacken, seine schmalen Finger um die Zigarette. Im Hintergrund spielte das Autoradio »I want to know what love is« von Foreigner.

Ihre Augenlider fielen langsam wieder zu, aber das Letzte, was sie aufnahm, war Jacks Gesicht im Rückspiegel. Zu ihrer Überraschung registrierte sie, dass er beunruhigt aussah.

Als sie das nächste Mal aufwachte, waren sie fast da. Der Schneeregen von Kastrup war in dicke Flocken übergegangen, und sie hätte gern die Weihnachtsdekoration in den Schaufenstern von Vedarp gesehen, die hübschen Lichter in dem großen Weihnachtsbaum vor der Kirche. Aber sie hatten das Zentrum schon passiert und befanden sich auf der kurvigen kleinen Straße hinter dem Dorf, die weder beleuchtet war noch einen Mittelstreifen hatte.

»Wir sind gleich da«, sagte Jack, der gemerkt hatte, dass sie wach war.

Iben schlief noch, und Laura saß ganz still da, um sie nicht zu wecken. Endlich waren sie allein. Oder zumindest fast.

Jack lächelte sie im Rückspiegel an, aber der beunruhigte Zug um Mund und Augen von vorhin war immer noch da. Er wurde sogar stärker, je mehr sie sich Gärdsnäset näherten.

»Was ist los?«, fragte sie.

»Was meinst du?« Er versuchte, sich dumm zu stellen.

»Komm schon, ich sehe dir an, dass irgendwas ist.«

Jack wand sich in seinem Sitz, bewegte dann den Kopf, als wollte er im Spiegel kontrollieren, ob Iben wirklich schlief.

»Es ist nicht alles wie sonst«, sagte er leise.

»Wie meinst du das?«

Jack sah wieder auf die Straße. Der Wald um sie herum wurde dichter, war immer seltener von offenen Wiesen unterbrochen.

»Es sind einige Dinge um den See herum passiert. Dinge, die …«

Die Abzweigung kam näher, und das große Schild mit den Symbolen für Hütten, Badeplatz und Camping tauchte auf. Jack wandte den Blick vom Rückspiegel ab, ging vom Gaspedal und bog in die Straße Richtung Gärdsnäset ein.

»Was für Dinge?«, wollte sie wissen.

Ihre Stimme wurde am Ende etwas lauter, weshalb sich Iben an ihrer Schulter regte.

Im Rückspiegel konnte Laura sehen, wie Jack die Lippen zusammenpresste.

»Nichts. Vergiss, dass ich was gesagt habe.«

Iben richtete sich auf und streckte die Arme zur Decke aus.

»Sind wir schon da?«

»Ja«, sagte Jack ein bisschen zu laut. Dann schüttelte er fast unmerklich den Kopf, um Laura klarzumachen, dass ihre Unterhaltung zu Ende war.

Sie kamen an der Tannenschonung vorbei, fuhren nach einigen Hundert Metern durch hohen Laubwald, wo der Schnee zu Füßen der gerade gewachsenen Baumstämme eine weiße Decke ausgelegt hatte.

Die Autoscheinwerfer beleuchteten den großen Torbogen, der ihr Sommerprojekt gewesen war. Es hatte mit ausgeschnittenen Bildern und handgezeichneten Skizzen auf Heddas Tafel begonnen und damit geendet, dass sie Jack geholfen hatten, das Fundament zu gießen und die Pfosten zu errichten.

»Du wirst erwartet«, sagte Jack mit seiner normalen Stimme.

Hinter dem Torbogen breitete sich das Feriendorf Gärdsnäset aus. Ungefähr zwanzig feine, kleine, rote Hütten standen zwischen den Bäumen verteilt. Jede Außenlampe brannte. Sie verbreiteten ein willkommen heißendes Licht, das durch die dünne Schneedecke noch verstärkt wurde.

Alles war so schön, dass Laura fast vergaß, was Jack gerade erzählt hatte.

Zwei Reihen Außenkerzen fassten den kleinen Weg ein, sie fuhren an dem großen Hauptgebäude in der Mitte des Feriendorfes vorbei und blieben am Wendehammer vor Tante Heddas Haus stehen, das ganz am Ende der Landzunge lag.

Hinter dem Haus und der Brücke breitete sich der See aus, wobei zuerst eine mehrere Meter breite Eisschicht kam und dann das dunkle Wasser, in dem sich hier und dort die Lichter des Ufers spiegelten.

»Willkommen zu Hause, Prinzessin«, sagte Jack und sah wieder so aus wie immer.

Die Tür zu Heddas Haus öffnete sich, und ihre Tante kam herausgerannt. Hinter ihr erschienen Tomas und Peter und dann noch eine Person. Eine junge Frau in Jacks Alter, die vor dem Eingang stehen blieb.

»Wer ist das?«, fragte Laura.

»Das ist Milla. Sie ist im Herbst nach Gärdsnäset gezogen. Hat Hedda nichts davon erzählt? Tomas und Peter sind schon total verknallt in sie.«

Laura schüttelte den Kopf. Zugleich sah sie, dass Jack wieder diesen unruhigen Ausdruck im Gesicht hatte.

8

Laura ist so in Gedanken versunken, dass sie beinahe die Abzweigung nach Gärdsnäset verpasst. Es gibt kein Schild mehr wie früher, nur eine kleine, kaum sichtbare Lichtung zwischen den hohen Nadelbäumen.

Der Wald umschließt dicht den Weg, der kaum mehr als eine schneebedeckte Reifenspur ist. Hier und da gibt es so tiefe Löcher, dass sogar ihr großer Wagen ins Schlingern gerät. Vereinzelte Flocken fallen immer noch zwischen den Bäumen, aber es hört allmählich auf zu schneien.

Erst als der hohe Nadelwald in Laubwald übergeht, findet sie sich wieder zurecht. Sie entdeckt den Torbogen über der Straße, oder besser gesagt die Reste davon.

Jetzt sieht er ziemlich trist aus.

Die Pfosten und der Rahmen stehen noch, aber die meisten der mühsam zusammengezimmerten Holzbuchstaben, die einmal auf dem Bogen angebracht waren, sind entweder kaputt oder ganz verschwunden, sodass der Name *Feriendorf Gärdsnäset* nicht mehr lesbar ist. Die schönen Rosenbüsche, die sie und Tante Hedda zu beiden Seiten gepflanzt haben, sind zu enormen Hecken angewachsen, deren spitze Dornen gegen die Seitenspiegel des Wagens kratzen.

Zwischen den Bäumen ist es fast ganz dunkel, aber im Licht der Autoscheinwerfer erkennt Laura ein paar Silhouetten verfallener Hütten. Klaffende Löcher sind da zu sehen, wo früher Fenster und Türen waren, was die kleinen Häuser wie Totenköpfe wirken lässt. Sie fährt an dem vorbei, was einmal das Hauptgebäude gewesen ist, das Zentrum des Feriendorfs. Das Dach ist eingesunken, die Fenster sind vernagelt. Die Eingangstür scheint nicht mehr ganz zu schließen. Sie passiert das baufällige Haus, ohne danach zu schauen, ob die Telefonzelle an der Rückseite noch da ist.

Fast das ganze Dorf liegt im Dunkeln. Das einzige Licht ist eine einsame Außenlampe direkt am Wasser.

Da öffnet sich der Wald zu dem kleinen Wendehammer hin, und sie sieht das wohlbekannte Haus ganz vorn auf der Landzunge. Heddas Haus. Dahinter breitet sich der See aus. Zehn, fünfzehn Meter Eis, danach schwarzes Wasser. Das Licht von Millers Bootshaus, weit entfernt am nördlichen Ufer, spiegelt sich im Wasser. Dadurch sieht der See wie ein riesiges Auge aus, das sie still beobachtet.

»Willkommen zu Hause, Prinzessin«, murmelt sie.

Kurt Håkanssons Wagen taucht nach nur fünf Minuten auf. Genau zur vereinbarten Zeit, was sie zu schätzen weiß.

Håkansson sieht ungefähr so aus, wie Laura sich einen Familienanwalt vorgestellt hat. Ein kleiner, leicht übergewichtiger Mann um die sechzig mit Brille. Er trägt eine Kappe und Autohandschuhe, fährt einen Mercedes Kombi, den er mit laufendem Motor stehen lässt, und plaudert etwa dreißig Sekunden lang darüber, ob die Straße hierher neu gemacht werden sollte. Danach spricht er noch genau eine halbe Minute über das Wetter, während er einen Stapel Papiere hervorholt, öffnet die Heckklappe seines Wagens und breitet die Papiere auf dem Boden des Kofferraums aus.

»Sollen wir nicht lieber ins Haus gehen?«

Håkansson verzieht das Gesicht.

»Nein, Ihre Tante …« Er scheint nach den richtigen Worten zu suchen. »Hat so einiges gesammelt. Es ist ziemlich chaotisch da drin, weshalb ich vorgeschlagen hatte …«

Er unterbricht sich und lässt den Rest des Satzes in der Luft hängen. Es war ihre Idee, sich gleich heute Abend zu treffen und nicht morgen in seinem Büro. Sie konnte nicht warten.

»Außerdem geht das hier ganz schnell«, fährt Håkansson ablenkend fort. »Ich brauche an drei Stellen Ihre Unterschrift, das ist alles. Es gab wie gesagt eine kleine Versicherung, die die Beerdigungskosten deckt. Einen Grabstein, einen einfachen Sarg und einen Kranz. Das einzige übrige Vermögen der Erbmasse ist, wie Sie sehen, das Land hier.«

Er zeigt auf einen Grundstücksvermerk auf einem der Dokumente. *Gärdsnäset 1:40.*

»Ein paar Interessenten haben sich bereits gemeldet. Möchten Sie, dass ich mich darum kümmere, oder wollen Sie es selbst tun?«

»Sie dürfen sich gerne darum kümmern. Ich habe nicht vor, irgendetwas zu behalten.«

»Das klingt vernünftig.«

Håkansson blättert zu der richtigen Seite in seinen Papieren und kreuzt die Stellen an, an denen sie signieren muss. Seiner Körpersprache nach zu urteilen, möchte er nicht länger bleiben als nötig.

»Danke, dass Sie hier rausgekommen sind«, sagt sie, als sie ihre Unterschriften getätigt hat.

Sie schämt sich ein bisschen dafür, dass sie ihn in der Dunkelheit hierherbestellt hat. Aber sie hatte sich nicht vorstellen können, dass Gärdsnäset so heruntergekommen sein würde.

»Keine Ursache«, erwidert Håkansson. »Ich hatte sowieso am See zu tun. Wir haben in der Nähe des Dorfes ein Sommerhaus, und ich schaue im Winter ein paarmal danach. Spüle die Wasserleitungen durch, leere die Mausefallen und so weiter.«

Laura zieht wieder ihre Handschuhe an. Ihre Finger sind schon ganz steif.

»Seit wann haben Sie das Haus?«

»Seit Anfang der Achtzigerjahre. Meine Frau und ich kamen im Sommer oft hierher zum Tanzen. So habe ich Hedda kennengelernt.«

Er wird still, merkt, dass er sich verraten hat. Dass er ein Terrain betreten hat, das er eigentlich umgehen wollte.

»Traurige Geschichte, dieser Luciabrand 1987«, murmelt er. »Gärdsnäset wurde danach nie mehr, was es einmal war. Und Ihre Tante auch nicht.«

Er deutet auf die verfallenen Hütten.

»Der Anfang vom Ende, könnte man sagen.«

»Wer hat sie gefunden?«, fragt Laura, vor allem, um das Gesprächsthema zu wechseln.

»Der Briefträger. Der Briefkasten oben an der Landstraße ist schon lange außer Betrieb, deshalb kam er hier raus, die paar Male, die Ihre Tante Post bekam. Er merkte, dass etwas nicht stimmte, weil die Tür nicht verschlossen, aber niemand zu Hause war. Dann hat er sie da draußen entdeckt.«

Er zeigt auf den Schwimmsteg, der nur als dunkler Umriss auf dem Eis zu erkennen ist.

»Im Wasser?«

Laura zuckt unwillkürlich zusammen.

Er nickt.

»Sie lag direkt an der Brücke. Das Herz hatte aufgegeben. Offenbar hatte der Arzt ihr verboten, im Winter zu baden, aber Hedda war nicht der Typ, der auf einen gut gemeinten Rat hörte, oder?«

»Nein …« Lauras Blick bleibt an dem schwarzen Wasser hängen, das schwach dort draußen an der Brücke glitzert. »Hedda liebte den See«, murmelt sie.

Håkansson sammelt die Papiere ein.

»Tja«, sagt er in geschäftlichem Ton und reicht ihr einen Schlüsselbund. »Dann gehört Gärdsnäset Ihnen. Wir sehen uns bei der Beerdigung am Samstag, und ich melde mich wegen des Verkaufs. Dann viel Glück. Mit allem«, fügt Håkansson nach kurzem Zögern hinzu.

9

WINTER 1987

Das Abendessen fand mitten im Feriendorf im Haupthaus statt, einem quadratischen Gebäude mit Flachdach, das eher wie ein Bungalow aussah als wie ein Blockhaus und in dem sich ein großer Speisesaal, eine Küche und Toiletten befanden.

Laura mochte das Haupthaus. Sie mochte das Gefühl von Gemeinschaft, das von dem Gebäude ausging, den Geruch nach Hunderten von Mahlzeiten, der sich im Linoleumboden und den gelblichen Holzpaneelen festgesetzt hatte.

Heddas Gemälde bedeckten die Wände, ihr Lieblingsbild hing beim Essen direkt vor ihr. Das Bild stellte den See am frühen Morgen dar, und der Bergkamm im Hintergrund sah aus wie der Umriss eines schlafenden Riesen.

Laura hatte diesen Moment so sehr herbeigesehnt. Iben und Jack neben ihr, Tante Hedda ihr gegenüber am anderen Tischende. Peter, der den Clown spielte, und Tomas, der meist schwieg und zuhörte.

Aber trotzdem wollte sich das Glücksgefühl immer noch nicht richtig einstellen.

Milla schien in Ordnung zu sein, auch wenn ihr Stil viel zu cool für Vedarp und Gärdsnäset war. Sie hatte halblanges toupiertes Haar mit rosa Strähnen, eine Brille mit dunklem Rahmen, und sie trug eine Jeansjacke über einem mintgrünen Kapuzenpulli und löchrige stonewashed Jeans, exakt das Modell, das Lauras Mutter ihr selbst nicht kaufen wollte.

»Hallo, Laura. Cool, dich endlich kennenzulernen«, hatte sie gesagt, als sie sich die Hand gaben.

Ihre Augen waren dunkel und wach, ihr Dialekt erinnerte

an Lauras eigenen, ein ziemlich neutrales Reichsschwedisch. Sie hatte versucht, Milla einzuschätzen, wie sie es mit ihren Klassenkameraden machte, aber es war schwer, hinter die farbenfrohe Fassade zu blicken.

Außerdem hielt sich Milla bedeckt, sie sprach nicht viel, sondern schien die meiste Zeit zuzuhören, was es noch schwieriger machte, sie zu beurteilen.

Genau wie Iben gesagt hatte, schienen Peter und Tomas auf unterschiedliche Arten um Millas Aufmerksamkeit zu buhlen. Peter, indem er witzig war, Tomas, indem er Gefälligkeiten übernahm.

Laura war noch nicht dazu gekommen, ihre Tante zu fragen, warum sie Milla in ihren Briefen nicht erwähnt hatte, aber sie hatte verstanden, dass Milla nicht sehr lange in Gärdsnäset bleiben würde, vielleicht war das der Grund?

Aber nicht Milla war es, die das Glücksgefühl dämpfte, sondern das, was Jack im Auto gesagt hatte. Was hatte er damit gemeint, dass gewisse Dinge am See passiert waren? Dinge, über die er offenbar nicht sprechen wollte, wenn Iben dabei war. Und warum war er so unruhig, beinahe ängstlich?

Laura wurde in ihren Gedanken unterbrochen, als Hedda aufstand und an ihr Glas klopfte.

»Liebe Laura. Endlich bist du hier. Wir haben so auf dich gewartet. Gärdsnäset ist nicht dasselbe ohne dich. Aber jetzt sind alle meine Kinder wieder zu Hause, und das freut mich so sehr …« Heddas Augen glänzten, und sie räusperte sich. »Wir stoßen also auf dich an, Laura. Ein Prosit darauf, dass du endlich wieder zu Hause bist.«

Nach dem Essen setzten sie sich in die Sessel vor dem Kamin. Die Flammen stiegen hoch, und die Wärme rötete ihre Gesichter. Jack holte die Gitarre, und er, Iben und Laura sangen »Hold me now« und »You're the voice«, genau wie im Sommer. Tante Hedda, Tomas und Peter klatschten nach jedem

Lied überschwänglich Beifall, und einen Moment lang war alles fast genauso wie immer. Aber Laura warf dennoch ab und zu einen Blick auf Milla. Versuchte erneut, klug aus ihr zu werden.

Milla saß die meiste Zeit über still und unbeweglich da, aber nach einer Weile hatte Laura den Eindruck, dass sie Jack und Iben beobachtete. Sie folgte ihren Bewegungen, ihren Mienen, beugte sich ein Stückchen vor und hörte noch genauer zu, wenn sie miteinander sprachen.

Saßen sie ein wenig zu nah beieinander? Sahen sie sich öfter an als jemand anderen? Sie dachte an das Foto, das sie im Flugzeug dabeigehabt hatte. Ibens Wange, die sich an Jacks drückte.

Das Unwohlsein überkam sie aus dem Nichts. Sie stand auf, murmelte, dass sie auf die Toilette müsse, schlich sich aber stattdessen durch die Eingangstür hinaus.

Draußen hatte es aufgehört zu schneien, die Luft war klar und kalt, und zwar auf eine Art und Weise, wie sie es nur hier am See sein konnte. Es war fast komplett still, alles, was man hörte, waren die Geräusche aus dem Haupthaus und ein Vogel, der aus der Ferne rief. In Hongkong, Singapur und an allen anderen Orten, an denen sie gewohnt hatte, war es niemals still, und Laura merkte, wie sehr ihr das fehlte. Sie lehnte den Rücken an einen Baum, drehte das Gesicht nach oben und atmete eine lange Dampfsäule aus, während sie versuchte, ihre Gedanken zu ordnen.

Welchen Verdacht hatte sie eigentlich?

Dass Jack und Iben eine Beziehung hatten? War es das, was Jack im Auto gemeint hatte?

Den Gedanken nur in Worte zu fassen tat so weh, dass sie sich den Bauch halten musste.

Im Haupthaus hatte Jack wieder angefangen zu spielen. Laura kannte den Song nicht, aber Iben offenbar schon. Als Jack zum Refrain kam, sang sie die Oberstimme so schön mit, dass Laura der Atem stockte.

Sie stieß sich vom Baum ab und rannte vom Haus weg. Tränen brannten hinter ihren Augenlidern, und sie biss sich auf die Lippe, um sie zurückzuhalten.

Heddas Haus hatte falunrote Wände und weiße Fenster, genau wie die Hütten im Dorf. Die grauen Eternitplatten des Daches waren so sauber und frei von Moosen und Algen, dass Jack sie mit einem Hochdruckreiniger gesäubert haben musste, als er am Ende der Saison Großputz gemacht hatte.

Im Haus gab es eine Küche, ein Wohnzimmer und drei kleine Schlafzimmer. Eines davon hatte Jack gehört, bevor er in die Wohnung zog, die sie ihm im Dachgeschoss des Bootshauses eingerichtet hatten. Jetzt benutzte Tante Hedda sein altes Schlafzimmer als Büro und Atelier.

Das Haus war wie immer sauber und ordentlich. Es roch nach einer Mischung aus Teer, Ölfarben, Katze und See, was Laura immer mit Hedda verband und ihr ein ruhiges, sicheres Gefühl gab. Aber heute Abend funktionierte es nicht so gut wie sonst.

»Hallo, George, hast du mich vermisst?«

Die grau getigerte Katze strich liebevoll um Lauras Beine. Sie nahm sie auf den Arm und drückte die Katze so fest, wie sie es wagte. Die Magenschmerzen ließen etwas nach.

Ihr Zimmer war voller Sachen, die sie und Tante Hedda über die Jahre zusammen hergestellt hatten. Zeichnungen, Keramiken, sogar Gemälde.

Ihr bestes Bild hatte Tante Hedda eingerahmt und mitten an die Wand gehängt. Es stellte eine Frau dar, die auf einem Stein saß und sich im See spiegelte. Langes, blauschwarzes Haar, das wie Seegras aussah, bedeckte die Vorderseite des Körpers, sodass man nur erahnen konnte, dass die Frau nackt war.

Hedda hatte geschworen, dass sie eines frühen Morgens mit eigenen Augen die Wassernixe auf dem flachen Stein am Oststrand hatte sitzen sehen, direkt unterhalb des Schlosses.

Dass sie seitdem immer ein halbes Butterbrot ins Wasser warf, bevor sie angeln ging, um die Nixe zu besänftigen.

»Ein Stück Brot für Vater, ein Stück Brot für Mutter. Und ein Stück für die Nixe, die unten wohnt am Grund.«

Laura mochte alle Geschichten von Hedda, aber die über die Wassernixe war ihr absoluter Favorit. Manchmal, vor allem im Winter, kam die Nixe sogar an Land, um jemanden zu suchen, den sie in die Tiefe locken konnte. Die Nixe war sehr schön, aber ihr verbrannter, löchriger Rücken verriet sie. Deshalb zeigte sie ihn selten. Nicht einmal auf Lauras Bild. Alles, was man sah, war ein unheilvoller dunkler Fleck, der an der einen Schulter zu erahnen war und auf den Laura besonders stolz war.

Sie ging zum Schreibtisch und griff nach dem gerahmten Foto, das in dem Regal darüber stand. Auf dem Foto war Jack elf und sie selbst acht. Er hatte den Arm um sie gelegt, schaute wachsam und zugleich unruhig in die Kamera. Der Ausdruck erinnerte an denjenigen, den sie erst vor wenigen Stunden im Rückspiegel gesehen hatte.

Wieder stiegen ihr Tränen auf. Sie umarmte George, drückte das Gesicht in sein weiches Fell.

Das Geräusch eines lauten Motors ließ sie aus dem Fenster schauen. Ein paar Scheinwerfer waren drüben am Haupthaus zu sehen. Sie erkannte die Umrisse eines wohlbekannten Vans. Ibens Vater. Die Rücklichter leuchteten wie zwei böse Augen.

10

Laura winkt Håkansson hinterher, als sein Wagen davonrollt. Dann bleibt sie eine Weile in der Dämmerung stehen. Das Beste wäre, ins Auto zu steigen, die Heizung anzudrehen und zum Hotel nach Helsingborg zu fahren. Morgen früh zurückzukommen, ausgeruht und bei Tageslicht, genau wie geplant.

Aber irgendetwas passt nicht zusammen. Es ist ein Gefühl, das sich nicht abschütteln lässt. Sie schaut wieder zum Steg hinaus.

»Der See trägt dich«, murmelt sie. »Du musst ihm nur vertrauen.«

Unsinn, natürlich. Worte, die ein Kind trösten sollen.

Damals, vor langer Zeit, funktionierte es. In der Sekunde, in der Hedda das Ruderboot umkippte und sie im Wasser landeten, glaubte Laura zu spüren, wie etwas da unten sie an die Oberfläche hob. Sie bildete sich ein, dass Hedda ein besonderes Verhältnis zum See hatte. Sie hatte sie sogar manchmal zu ihm reden und ihm kleine Liedchen vorsingen hören.

Dass das kalte, dunkle Wasser Heddas altes, kaputtes Herz zum Stillstand brachte, ist vollkommen logisch.

Dennoch scheint es ihr undenkbar, auf eine Art und Weise, die sie nicht richtig erklären kann. Vielleicht ist es das Kind in ihr, das nicht akzeptieren will, dass doch alle Menschen alt werden und sterben.

Auch solche, von denen man glaubte, sie seien unsterblich.

Sie wiegt den Schlüsselbund in der Hand. Die Schlüssel sind matt und vom jahrelangen Gebrauch abgenutzt.

Die Tür ist nur ein paar Meter weg. Ganz unten befindet sich eine Katzenklappe. Direkt daneben stehen ein paar leere Futterdosen. Laura wird klar, was das heißt. Sie geht auf den überdachten Eingang zu und findet den richtigen Schlüssel beim zweiten Versuch.

Ein stickiger, ekelhafter Geruch schlägt ihr beim Öffnen entgegen, sodass sie einen Schritt zurück macht. Sie bleibt in der Tür stehen und starrt in die Dunkelheit. Sie erkennt das Holzspalier, das den Eingangsbereich von dem großen gegenüberliegenden Wohnzimmer abtrennt.

»Miez, miez, miez«, flüstert sie.

Ein grauer Umriss löst sich aus der Dunkelheit.

»Hallo, George«, sagt sie, als die grau getigerte Katze um ihre Beine streicht und laut maunzt.

Auch wenn dieser George fast haargenau so aussieht wie die Katze, an die sich Laura erinnert, weiß sie natürlich, dass es nicht dasselbe Tier ist. Rein rechnerisch hat es wahrscheinlich seit 1987 schon zwei oder drei andere Georges gegeben. Aber die Art, wie sich die Katze ihr gegenüber verhält, wirkt, als ob sie eine alte Bekannte wäre und nicht eine Fremde. Wahrscheinlich hat es etwas damit zu tun, dass das arme Tier halb verhungert sein muss.

»Schauen wir mal, ob wir etwas zu fressen für dich finden.«

Sie tastet nach dem Lichtschalter. Dann holt sie tief Luft und macht sich stark, bevor sie ihn betätigt. Es ist schlimmer, als sie es sich vorgestellt hat. Das Wohnzimmer hinter dem Holzspalier ist vom Boden bis zur Decke vollgestellt. Stühle, Badezimmermöbel, Armaturen, Kartons, ein paar aufeinandergestapelte Betten und dahinter noch mehr Gegenstände, so dicht gedrängt, dass sie im schwachen Schein der nackten Glühbirne, die an der Decke hängt, nicht zu erkennen sind. Und dann der Gestank. Eine Mischung aus Feuchtigkeit, altem Müll, Staub, Abwasser, Essensresten, Katzenklo und ungewaschenem Menschen. Der Geruch nach menschlichem Verfall.

Ein schmaler Gang führt durch das Gerümpel weiter ins Haus hinein. Die Katze folgt ihr, als sie sich widerwillig einen Weg zur Küche bahnt. Überall liegen darin Berge von Papier:

vergilbte Kataloge, Werbebroschüren, Briefumschläge. Auf der Spüle stehen Plastikkanister und leere Alkohol- und Limonadenflaschen in solcher Menge, dass sie kurz davor sind, in das Becken zu kippen. Sie spürt, wie es in ihr kribbelt, sie atmet durch den Mund und versucht trotz Handschuhen, nicht mehr anzufassen als nötig. Schweiß läuft ihr den Rücken hinunter.

»Ganz ruhig«, sagt sie zu sich selbst.

Die sauber ausgeschleckten Näpfe der Katze stehen auf dem Boden. Zum Glück konnte George die Katzenklappe benutzen, um heraus- und hineinzukommen. Er konnte etwas Schnee fressen, um nicht zu verdursten. Die leeren Katzendosen vor dem Haus sahen ziemlich neu aus. Wahrscheinlich war jemand vorbeigekommen und hatte sich der Katze erbarmt. Aber wer? Vielleicht der nette Briefträger.

Sie öffnet den Kühlschrank. Im obersten Fach liegen ein paar Packungen mit Fertiggerichten, im zweiten entdeckt sie Glasflaschen mit Grape Tonic und eine Packung längst abgelaufener Milch. Das Katzenfutter steht in einem der Schränke, und sie muss die Handschuhe ausziehen, um die Dose aufzumachen. Dann versucht sie, einen rosabeigefarbenen und nach Fisch stinkenden Klumpen in den Futternapf zu füllen, ohne dass ihr schlecht wird.

George stürzt sich auf das Essen, verschlingt die Hälfte in der kurzen Zeit, die Laura benötigt, um den Trinknapf am Wasserhahn zu füllen. Sie bleibt mitten im Raum stehen, schaut zu, während die Katze frisst, und vergleicht sie wieder mit derjenigen, die sie gekannt hat. Hedda suchte eine neue Katze immer mit Bedacht aus. George ist eine Sie, benannt nach dem jungenhaften Mädchen Georgina aus den Fünf-Freunde-Büchern, die Hedda ihr oft vorlas, als sie noch klein war.

Das Ekelgefühl lässt ein wenig nach, wird durch etwas anderes, Unbestimmtes ersetzt. Sie schaut aus dem Küchenfenster. Die Scheibe ist schmutzig grau, und auf dem Fenstersims drängen sich vier Porzellanfiguren und ein kaputter Kerzenhalter nebeneinander sowie ein Badethermometer und ein Militärfeldstecher, der mit grünem Gummi ummantelt ist. Der Mond lugt zwischen den Wolken hervor und lässt das Wasser glitzern. Die Lampe an Millers Bootshaus leuchtet in der Ferne am nördlichen Ufer. Sie fragt sich, ob Johnny Miller noch in dem großen, düsteren Haus wohnt und ob er in dem Fall immer noch den Mythos des zurückgezogenen Ex-Rockstars mit langen Haaren und Bart pflegt, der sich hinter hohen Mauern versteckt.

Als sie und Iben klein waren, spielten sie, dass Johnny Miller ein Troll war, der einen Schatz bewachte. Manchmal malten sie sich aus, über den See zu rudern und den Schatz zu stehlen, das Schloss Vintersjöholm zu kaufen und bis ans Ende ihrer Tage glücklich dort zu leben. Wenn man Kind war, war alles so einfach. Ein Schatz, ein Schloss und eine beste Freundin waren alles, was man für das ewige Glück brauchte.

Sie geht zurück ins Wohnzimmer, schaltet noch eine schwache Deckenlampe ein und läuft vorsichtig durch die Berge an Gerümpel, die fast die gesamte Fläche einnehmen. Das Sofa an der hinteren Wand kommt ihr bekannt vor, nur wesentlich schmutziger und abgesessener, als sie es in Erinnerung hat. Eine Decke und Kissen liegen darauf. Der Couchtisch ist voller Zeitungen, leerer Flaschen, Schnapsgläser, Zigarettenpackungen und einem überbordenden Aschenbecher. Eine Reihe staubiger Bilder steht hinter dem Fernseher an die Wand gelehnt.

Das drückende Gefühl in der Brust wächst. Jahrelang versuchte sie, sich vorzustellen, was Hedda denn machte, was so wichtig war, dass sie nie die Zeit fand, sich zu melden. Sie fand eine Menge Entschuldigungen für sie, die eine fantasievoller als die andere, damit es weniger wehtat. Jetzt weiß sie es besser. Hedda hat sich in Alkohol, Zigaretten, Fast Food und Selbstmitleid gesuhlt, bis ihr Körper es schließlich nicht mehr aushielt. Das Testament ist keine Geste der Versöhnung, sondern nur eine Methode, alles auf sie abzuwälzen.

Hier, sieh mal, was ich angerichtet habe, Prinzessin. Jetzt kannst du aufräumen! Denn hinter anderen herzuräumen ist doch das, was du am besten kannst, nicht wahr? Hinter deinem Vater, deiner Mutter und deinem kleinen Bruder. Also warum nicht hinter mir?

Ihre Mutter hatte recht. Sie hätte sich mit ihren Kindheitserinnerungen begnügen sollen. All die schönen Stunden mit Hedda, die jetzt von diesem Elend in den Schmutz gezerrt wurden. Und warum?

Wegen einer blöden Jugendliebe.

George streicht um ihre Beine. Wahrscheinlich möchte das arme Tier mehr zu fressen. Sie will zurück in die Küche gehen, aber die Katze bahnt sich einen Weg Richtung Schlafzimmer. Das Tier bleibt kurz stehen und sieht sich nach ihr um, als warte es darauf, dass sie ihm folgt.

Aber Laura hat genug erforscht. Ihre Neugier ist gestillt, sie will jetzt in ihren Wagen steigen, ihre Hände desinfizieren, bis sie brennen, und dann zum Hotel fahren. Sie möchte sich das Elend und den Gestank abduschen und ihre Kleider samt Winterjacke und Handschuhen in die chemische Reinigung geben. Morgen früh wird sie Håkansson anrufen und ihn bitten, Gärdsnäset so schnell wie möglich an den Höchstbietenden zu verkaufen, und wenn die Beerdigung vorbei ist, wird sie niemals mehr einen Fuß hierhersetzen.

Sie leert den letzten Rest aus der Katzenfutterdose in den Napf und erwartet eigentlich, dass die Katze wie eine Rakete angerannt kommt. Aber George taucht nicht auf. Laura wäscht sich die Hände am Wasserhahn und wischt sie sich an der Hose ab, bevor sie nach der Katze schaut. George sitzt am Ende des Flurs. Er sieht sie an und miaut laut.

»Tschüss, Katze«, murmelt sie und geht auf die Haustür zu.

Aber da setzt sich die Rechenmaschine in ihrem Kopf in Gang. Wie lange reicht eigentlich eine Dose Katzenfutter? Wie viele Tage kommt eine Katze im Winter allein zurecht?

Gärdsnäset gehört jetzt ihr. Das Grundstück, das Haus, das

Gerümpel und die Katze. Außerdem ist es ungerecht, ihre Wut auf die arme George zu richten. Vielleicht könnte sie Håkansson bitten, einen neuen Besitzer für sie zu finden?

Sie seufzt und dreht sich um.

»Komm, George, du darfst eine Runde Auto fahren«, sagt sie und versucht, nicht daran zu denken, wie viele Katzenhaare auf ihre weißen Ledersitze kommen werden.

Aber gerade, als sie sich die Katze schnappen will, duckt die sich weg, nimmt Reißaus und schlüpft durch eine Tür, die einen Spalt offen steht.

Laura flucht. Am einfachsten wäre es wahrscheinlich, die Katze im Haus zu lassen und Håkansson zu beauftragen, sie zu holen. Aber da hört sie sie wieder miauen. Diesmal lauter, als würde sie nach ihr rufen. Zögernd geht sie ihr hinterher, duckt sich unter einem der zahlreichen staubigen Spinnennetze hindurch, die von der Decke hängen. Sie stößt die Tür mit der Fußspitze an, um die Klinke nicht anfassen zu müssen. Der Flur ist so zugemüllt, dass sie erst in dem Moment, als die Tür aufgeht, erkennt, in welches Zimmer die Katze gelaufen ist.

Sie hält die Luft an.

Der Teppichboden, die Marienkäfertapete, die sich genau an der Deckenleiste löst. Ihre alten Zeichnungen, das Regal mit den kindlichen Keramiken und das kleine Ölbild, auf das sie einmal so stolz gewesen ist. Alles hier drin sieht genauso aus, wie sie es in Erinnerung hat. Das Mondlicht fällt durch das Fenster, und der weiße Schimmer im Raum verstärkt den unwirklichen Eindruck.

Sie macht einen Schritt in das Zimmer hinein.

Der Boden ist sauber, das Bett gemacht. Eine Zahnbürste liegt auf dem Nachttisch. Sie sieht aus, als würde sie auf jemanden warten. Auf einen Gast, der niemals kam.

Laura setzt sich auf die Bettkante. Der Bettbezug ist verwaschen, das Motiv ist nicht mehr zu erkennen, aber sie weiß, dass es einmal ein Einhorn dargestellt hat. Sie streicht mit der Hand über den weichen Stoff.

George springt auf das Bett, streicht ein paarmal um sie herum und legt sich dann zurecht.

Laura knöpft ihre Jacke auf, legt sich hin und rollt sich neben der Katze zusammen. Das Bettzeug riecht nach Waschmittel, als wäre es erst kürzlich gewaschen worden. George schnurrt leise.

Auf dem Bild über ihnen spiegelt sich die Wassernixe. Im Mondlicht kann man den schwarzen Fleck auf ihrer Schulter erkennen.

Sie hat das Bild zwei Jahre vor dem Luciabrand gemalt. Trotzdem ist es unmöglich, in der jungen Frau mit dem verbrannten Rücken kein unheilvolles Vorzeichen zu sehen.

Sie schließt die Augen und zieht George näher zu sich heran. Die Katze schnurrt weiter. Der Zimmerduft und die warme Katze neben ihr fühlen sich so schrecklich bekannt an.

Einen kurzen Moment lang scheint die Zeit im Zimmer stillzustehen. Sie ist fünfzehn, bald sechzehn, und es war noch nicht der dreizehnte Dezember 1987.

Noch gibt es die Möglichkeit, alles in Ordnung zu bringen.

Die Katastrophe aufzuhalten.

11

WINTER 1987

Der Van von Ibens Vater stand direkt vor dem Haupthaus. Eigentlich hatte Laura überhaupt keine Lust, ihr Zimmer zu verlassen, aber sie wusste, dass Tante Hedda und die anderen es komisch finden würden, wenn sie nicht herauskam, um sich zu verabschieden. Also trocknete sie ihre Tränen und spritzte sich ein bisschen kaltes Wasser ins Gesicht, bevor sie ihre Jacke anzog und wieder zu den anderen ging.

Ibens Vater Ulf war groß und durchtrainiert. Wie gewöhnlich trug er einen Trainingsanzug und eine Mütze mit dem Emblem des Leichtathletikvereins, unter der ein eckiges Gesicht zu sehen war.

»Hallo, Laura, willkommen zu Hause!«, sagte er. »Versuchst du immer noch, den Leuten eine ordentliche Aussprache beizubringen?«

Laura lächelte pflichtschuldig. Als sie Kinder waren, hatte sie eines Sommers versucht, Iben Reichsschwedisch beizubringen. Ulf Jensen gefiel diese Erinnerung offenbar.

Sie selbst war gerade nicht so glücklich darüber. Es fiel ihr sogar schwer, in Ibens Richtung zu schauen.

Ibens Vater strahlte eine natürliche Autorität aus, die bewirkte, dass alle ihm zuhörten, ohne dass er auch nur die Stimme zu heben brauchte. Man hatte ein bisschen Angst vor ihm, mochte ihn aber zugleich. Ulf Jensen betrieb eine Baufirma, saß im Gemeinderat und war außerdem Trainer im Leichtathletikverein. Über Ibens Mutter sprach nie jemand. Laura wusste nicht genau, warum. Sie hatte Tante Hedda sagen hören, dass Sofia Jensen die Familie verlassen hatte, als Iben klein war, und sich nie mehr gemeldet hatte.

Zu Hause in Källegården hatte Ulf für Iben und ihre Halbbrüder eine kleine Trainingsanlage gebaut. Laufbahn, Sprunggrube und einen Betonkreis für Diskurswerfen und Kugelstoßen. Manchmal hatte Laura sich ausgemalt, wie es wäre, wenn sie Ulf Jensen zum Vater hätte statt ihres eigenen.

»Also, Iben, Zeit, nach Hause zu fahren.«

Laura versteifte sich, als Iben die Arme um ihren Hals legte.

»Wir hatten gar keine Zeit, richtig miteinander zu sprechen, du und ich.«

»Neiiin …« Laura versuchte, wie immer zu klingen.

»Morgen Abend habe ich Training. Aber vielleicht können wir uns nach der Schule kurz bei Wohlins treffen? Um vier?«

»Ja, klar«, murmelte Laura.

»Vielen Dank, Hedda«, sagte Ulf Jensen, als er in den Wagen stieg. »Und zögere nicht, mich anzurufen, wenn du etwas siehst oder hörst. Wir müssen diesen Mistkerl unbedingt erwischen.«

»Was hat er damit gemeint?«, fragte Laura, als der Wagen davongerollt war.

Ihre Tante holte tief Luft.

»Es hat um den See herum diesen Winter ein paarmal gebrannt«, erwiderte sie. »Ulf und ein paar andere aus dem Dorf glauben nicht, dass es sich um Unfälle handelt.«

»Was, soll jemand mit Absicht Feuer gelegt haben?«

»Das denken sie jedenfalls.« Hedda zuckte mit den Schultern. »Aber es gibt keine Beweise. Die Leute reden einfach viel.«

Ihre Tante legte den Arm um Laura und lenkte sie Richtung Haus.

»Ach, es ist höchste Zeit, schlafen zu gehen. Jack schließt das Haupthaus ab, dann können wir schon ins Bett gehen. Du musst völlig fertig sein, meine kleine Prinzessin.«

Laura sah sich nach den anderen um. Sie hörte Jack im Haupthaus rumoren. Wie gewöhnlich hielt er sich von Ibens Vater fern. Laura wusste nicht genau, warum, aber heute Abend fand sie das ganz gut.

Drüben an der Längsseite des Gebäudes hatten sich Peter und Tomas schon auf ihre Mopeds gesetzt. Milla stand zwischen ihnen und schien leise etwas zu sagen, denn die beiden Jungs beugten sich zu ihr vor.

»Gute Nacht!«, rief Hedda. Sie erhielt ein Winken zur Antwort.

Laura wollte sie nach Milla fragen. Was sie in Gärdsnäset machte, warum Hedda sie in ihren Briefen nicht erwähnt hatte. Aber sie fühlte sich völlig erschöpft. Sie wollte nur noch ins Bett schlüpfen und diesen ganzen Abend hinter sich lassen.

Laura wachte mitten in der Nacht auf, so wie immer nach Langstreckenflügen. Sie lag ein paar Minuten wach, bevor sie einsah, dass sie nicht mehr einschlafen würde.

Gedanken kreisten durch ihren Kopf. Sie ging den ganzen Nachmittag und Abend noch einmal durch, alle Kommentare, Blicke, kleine Gesten.

Iben wusste, was sie für Jack empfand. Jack wusste, wie sie für ihn empfand. Und dennoch hatten die zwei sie hintergangen. Der Gedanke schmerzte sie so, dass sie nicht still liegen konnte.

Um George nicht zu wecken, die sich am Fußende zu einer Kugel zusammengerollt hatte, stand sie ganz leise auf. Sie öffnete die Kleiderschranktür. Ein Stück Schaumstoff klebte unten daran. Ein Überbleibsel aus dem Sommer, in dem Laura sich an der spitzen Ecke verletzt hatte. Ihre Mutter wusste gar nichts von diesem Vorfall und auch nichts von den zwei Stichen, mit denen ihr Schienbein genäht werden musste.

Unter einer Plastikmatte im Schrank gab es eine Holzklappe mit eingebautem Handgriff. Ein kalter Luftzug schlug ihr entgegen, als sie die Klappe öffnete. Sie hatte den Kriechkeller unter dem Haus vor einigen Sommern entdeckt, als

Tante Hedda ihre Hilfe brauchte, um einen verstopften Abfluss zu reparieren. Sie hatte die kleine Inspektionsluke gesehen und sich ausgerechnet, dass sie genau in ihr Zimmer führen müsste.

Seitdem war der Kriechkeller ihr Versteck. Sie schob den Oberkörper durch die Luke und richtete die Taschenlampe auf den Pfosten, der am nächsten stand, tastete dahinter umher und zog eine alte Zigarrenkiste mit dem Schriftzug *Montecristo* auf dem Deckel hervor.

In der Kiste befanden sich ein paar Kleinigkeiten, Briefe, die sie und Iben sich geschrieben hatten, ein Freundschaftsring, den sie mit Tante Heddas Hilfe aus Silberdraht angefertigt hatten. Und dann eine lange schwarze Feder, die sie draußen am See gefunden hatten.

»Eine Schwanenfeder«, hatte Tante Hedda gesagt. »Von einem schwarzen Schwan. Einem cygne noir.«

»Was bedeutet das?«, hatte Laura gefragt.

»Dass nichts unmöglich ist«, hatte Hedda geantwortet und dann auf diese Art gelacht, bei der man nicht wusste, ob sie einen Scherz machte oder es ernst meinte. »Das ist wahrscheinlich ein Geschenk für dich von der Wassernixe.«

Tatsächlich war sich Laura ziemlich sicher, dass dieses Geschenk eine ganz gewöhnliche Krähenfeder war. Sie hatte nie einen schwarzen Schwan gesehen, weder in einem Tierpark noch im Fernsehen und schon gar nicht hier am See. Trotzdem behielt sie die Feder.

Draußen hatte es wieder angefangen zu schneien, dicke Flocken diesmal. Laura stellte sich ans Fenster, sah dem Schneetreiben eine Weile zu und rollte die Feder zwischen den Fingern, während ihr Atem die Scheibe beschlug. Der See glitzerte leicht dort draußen, und Richtung Westufer konnte man am Himmel den schwachen Lichtschein des Dorfes erahnen. Dem Haus genau gegenüber, weit entfernt am Nordufer, leuchtete die einsame Lampe von Millers Bootshaus genau wie immer. Laura hauchte ein paarmal extra ans Fenster und schrieb mit der Feder ihre Initialen in die beschlagene Stelle, dann Jacks. Sie hatte gerade noch die Zeit, ein Herz darum zu malen, bevor alles wieder verschwand. Der leise Schneefall nahm zu.

Sie wollte gerade wieder ins Bett gehen, als sie draußen eine Bewegung wahrnahm. Ein paar der Außenlampen des Feriendorfes brannten noch, und einen kurzen Augenblick lang sah sie jemanden zwischen den Bäumen. Eine Silhouette mit flatterndem Haar, die sich fast unnatürlich schnell zwischen den Schatten bewegte, bevor sie von der Dunkelheit verschluckt wurde. Eine junge Frau.

Laura keuchte auf.

Manchmal, vor allem im Winter, kommt die Nixe sogar an Land, um jemanden zu suchen, den sie mit sich in die Tiefe locken kann. Um ihre Einsamkeit zu lindern.

Sie drückte das Gesicht ans Fenster.

Aber der Wald lag wieder dunkel und still da.

12

Laura wacht davon auf, dass George VIII., oder welche Ordnungsnummer die Katze auch hat, sich an ihre Wange schmiegt. Draußen ist es hell, Laura streckt sich, und es dauert einen Moment, bis ihr klar wird, dass sie die ganze Nacht auf dem Bett geschlafen hat.

Sie muss auf die Toilette, ihr Mund ist trocken und ihre Kiefer und Zähne schmerzen, weil sie ohne ihre Beißschiene geschlafen hat.

Sie schiebt die Katze beiseite und rappelt sich auf. Das Badezimmer ist ungefähr in dem Zustand, den sie erwartet hat. Ein einziges schmutziges Handtuch, Emaille, die vom tropfenden Badewannenhahn vergilbt ist. Der Toilettensitz quietscht beängstigend. Sie bedeckt die Klobrille mit Papier, bevor sie sich äußerst vorsichtig daraufsetzt. Die Brause der Badewanne ist in Reichweite, und sie kann den Versuch nicht lassen, daran zu ziehen, aber sie lässt sich nicht bewegen. Laura sieht weder Seife, Shampoo noch ein Handtuch, Hedda muss also unten in der Sauna neben dem Schwimmsteg geduscht haben.

Im Tageslicht sieht das Haus noch trister aus. Beim Gedanken daran, dass sie hier geschlafen hat, juckt es sie am ganzen Körper. Sie sollte zum Hotel fahren und dieses ganze Elend von sich abschrubben, genau wie sie es schon gestern Abend vorgehabt hat. Aber ihre Neugier ist wiedererwacht und hält sie, gepaart mit einem Funken Nostalgie, noch hier fest.

Sie schaut durch die Türen in die übrigen Zimmer. Heddas Zimmertür lässt sich vor lauter Gerümpel kaum öffnen. Der Decke und dem Kissen auf dem Sofa nach zu urteilen, hat sie die letzten Jahre wohl im Wohnzimmer geschlafen. In das Büro-Atelier kommt Laura zwar hinein, aber es ist voller Pappkartons. Im obersten liegen blaue Buchführungsordner kreuz und quer übereinandergestapelt.

Sie geht ins Wohnzimmer, um sich das Durcheinander bei Tageslicht anzusehen. Die meisten Sachen kommen offensichtlich aus den Hütten. Sie meint einen Stapel Holzstühle wiederzuerkennen sowie Teile einer Kücheneinrichtung, und als sie ein paar von Heddas selbst gemachten Aschenbechern auf einem alten Kühlschrank entdeckt, ist sie sich sicher.

Hedda hat wohl versucht zu retten, was zu retten war. Vielleicht hatte sie sogar etwas mit all den Sachen vor, zumindest am Anfang. Das muss viele Jahre her sein.

Laura geht in ihr Zimmer zurück. Es ist wie eine Insel der Ordnung in einem Meer aus Chaos. Sie streicht mit den Fingern über das Bücherregal und bekommt nur eine dünne Staubschicht auf die Spitze ihres Zeigefingers. Hedda muss hier erst kürzlich sauber gemacht haben. Vielleicht nur wenige Tage vor ihrem Tod?

Aber warum?

Warum für jemanden ein Zimmer putzen, der nie kommt? Jemand, den Hedda in den letzten dreißig Jahren nicht einmal versucht hat einzuladen, auf den sie aber trotzdem zu warten schien.

Die gestrige Wut hat sich gelegt und anderen Gefühlen Platz gemacht.

Vor allem Wehmut.

Das verblichene Foto von ihr und Jack als Kinder steht noch im Regal. Sie sehen sich ziemlich ähnlich. Sie sind beide blauäugig, sie rothaarig, er blond. Ihr achtjähriges Ich lächelt, schaut Jack aus den Augenwinkeln bewundernd an. Er ist drei Jahre älter und vor Kurzem eingezogen.

Das ist Jack. Er wird bei uns wohnen.

Warum denn?

Weil das jetzt sein Zuhause ist. Wir sind seine Familie.

Sie hatte eigentlich nie Jacks ganze Geschichte gehört, Hedda hatte nur gesagt, dass Jacks Mutter sich nicht um ihn kümmern konnte und er bei verschiedenen Pflegefamilien gewohnt hätte. Aber in Gärdsnäset habe Jack endlich einen Platz gefunden, wo er willkommen war. Geliebt.

Sie stellt das Foto zurück und geht zum Kleiderschrank in der Zimmerecke. Eine Latzhose und ein T-Shirt, die einmal ihr gehört haben müssen, hängen darin. Viele verschiedenfarbige Flecken sind darauf, was ihrer Brust einen Stich versetzt.

Ölfarben, Pastell, Kohle.

Gleichmäßige Bewegungen, Prinzessin. Hab Geduld.

Sie kniet sich auf den Boden. An der spitzen Ecke der Schranktür klebt immer noch das Stück Schaumgummi, das Hedda angebracht hatte, um ihr Schienbein zu schützen. Sie hebt die Plastikmatte vom Boden des Schranks an, öffnet die Inspektionsluke und leuchtet mit ihrem Handy in den Kriechkeller hinein.

Das Erste, was sie sieht, ist ein großer Gegenstand, den sie nicht wiedererkennt. Eine Art Ventilator, der leise surrt. Dahinter erstreckt sich ein Lüftungsrohr aus Blech durch den gesamten Kriechkeller bis zu einem Lüftungsgitter an der Seeseite.

Laura versucht, die Stelle zu finden, die ihr immer als Versteck diente. Aber die Zigarrenkiste ist weg. Im Grunde genommen spielt das keine Rolle. Sie weiß kaum noch, was sich darin befand außer dieser schwarzen Feder, von der ihre Tante behauptete, sie stamme von einem cygne noir.

Inzwischen weiß Laura, was mit diesem Begriff gemeint ist. Sie hat in Wirtschaftskreisen davon gehört. Ein schwarzer Schwan ist eine Anomalie, etwas, das alte Wahrheiten infrage stellt. Wie zum Beispiel, schwanger zu werden, wenn man über vierzig ist, obwohl die Ärzte gesagt haben, dass es unmöglich wäre.

Nichts ist unmöglich, meine kleine Prinzessin. Nicht einmal das Unmögliche.

Sobald sie vor die Tür tritt, beginnen die Krähen warnend zu krächzen. Gestern Abend waren die vielen Nester in den Bäumen beim Haus und neben der Brücke wegen der Dunkelheit nicht zu erkennen. Die schwarzen Vögel mit den fast lächerlich großen Schnäbeln setzen sich auf die äußersten Astspitzen, flattern mit den Flügeln, krächzen und starren sie an. Einige der unruhigsten kreisen schon über ihr in der Luft. Zu ihrem Ärger stellt sie fest, dass sie ihren Wagen direkt unter einem der Bäume geparkt hat und das Dach schon voller Flecken ist. Vogeldreck beinhaltet neben zahlreichen Krankheitserregern auch Ammoniak, das sich langsam durch den Autolack frisst.

Sie muss eine Waschanlage finden, und zwar so schnell wie möglich. Aber zuerst muss sie noch einen Ort inspizieren.

Die steile Holztreppe an der Breitseite des Bootshauses ist schneebedeckt, und am Geländer fehlen Stangen. Sie geht daher ein paar Schritte hinauf und wiegt sich dann in den Knien, um die Stabilität zu testen. Die Treppe bewegt sich kaum, knarrt nur ein wenig.

Die Tür zum Dachgeschoss ist abgeschlossen und das Fenster daneben mit einer Sperrholzplatte bedeckt. Sie probiert die Schlüssel von Tante Heddas Schlüsselbund. Beim fünften Versuch erwischt sie den richtigen. Die Klinke quietscht, als sie die Tür vorsichtig öffnet.

Jacks alte Wohnung besteht an und für sich nur aus einem einzigen Raum, der sich über das gesamte Dachgeschoss des Bootshauses erstreckt. Sie hat selbst mitgeholfen, den Dachboden auszubauen. Oder besser gesagt waren Hedda und Jack für den Bau verantwortlich. Ihr eigener Einsatz bestand darin, die Decke, die Pfosten und die Dachbalken anzustreichen. Jack ließ sie sogar die Farbe wählen. Eine weiße Lasur, durch die die Maserung des alten Holzes hindurchschien und den Raum heller wirken ließ.

Inzwischen sind die Wände vor Schmutz und Staub grau geworden. Sämtliche Fenster sind zugenagelt, und obwohl zwei Glühbirnen an der Decke sogar noch angehen, als sie den Lichtschalter betätigt, macht die Wohnung einen düsteren Eindruck.

Sie geht ein paar Schritte in den Raum hinein. Der Boden knarrt leise, ihre Füße hinterlassen Spuren im Staub. Es riecht feucht und verlassen.

Genau wie in Heddas Haus steht hier einiges an Gerümpel herum. Dinge, die Tante Hedda zu retten versucht hat: Minigolfschläger, ein großes Eisreklameschild und noch ein paar andere Sachen vom Kiosk. Aber über die Hälfte der Fläche ist leer. Wahrscheinlich schaffte es Hedda einfach nicht, noch mehr Dinge die steile Treppe hinaufzutragen, und nahm sie stattdessen mit in ihr Haus.

Sie späht durch die Tür ins Badezimmer. Das Wasser im Geruchsverschluss der Toilette ist getrocknet, und es riecht nach Abwasser. Der Badezimmerschrank ist bis auf eine uralte, zusammengerollte Tube Pepsodent leer, und der Spiegel ist voller Fliegendreck. Sowohl hier als auch in der kleinen Kochnische ist das Wasser abgestellt. Im Kühlschrank befinden sich nur tote Mehlkäfer.

Im Alkoven am hinteren Ende der Wohnung steht Jacks Bett, aber sie hat keine Lust, sich daraufzusetzen. Das Bettzeug ist fleckig, und ein großes Spinnennetz erstreckt sich vom Betthaupt bis zu einem der Dachbalken hinauf.

Auf dem Nachttisch liegt eine amerikanische Autozeitschrift. Die Seiten sind gewölbt, das Titelbild ist verblasst, aber der Jahrgang ist trotzdem noch zu lesen: Dezember 1987.

Hier, die habe ich dir am Flughafen besorgt.

Sie berührt die Zeitschrift, lächelt in sich hinein. Sie erinnert sich an die Autofahrt mit Jack und Iben von Kastrup hierher. Wie jung sie damals war. Wie dumm.

Schuldgefühle steigen in ihr auf, was sie nicht gerade überrascht. Sie hat schon ihre abendliche Tablette nicht genommen und muss bald ihre Morgendosis aus der Tasche kramen, wenn sie keine Albträume bekommen möchte.

Sie schließt die Tür hinter sich. Hier gibt es keine Hinweise auf Jack, falls sie geglaubt hatte, welche zu finden.

Oben vom Treppenabsatz aus ist der traurige Zustand des

Feriendorfes noch deutlicher zu sehen. Moose und Algen haben eine dicke Schicht auf den Dächern von Heddas Haus und der Sauna gebildet. Die einst rote Wandfarbe ist von der Sonne gebleicht, und die Tür zum Umkleideraum der Damen hängt schief. Trotzdem hat das Ganze etwas Schönes an sich. Etwas Schönes und Trauriges.

Das war einmal ein geliebter Ort.

Die Krähen nehmen ihre Warnschreie wieder auf, als sie die Treppe hinuntergeht. Einer Eingebung folgend wählt sie den Weg am Schuppen mit den Umkleideräumen und der Sauna vorbei und geht weiter Richtung Landesteg.

Von der dünnen Schneeschicht ist das vermooste Holz sehr rutschig. Die Ketten zwischen den schief stehenden Pfeilern sind rostig und geben einen quietschenden Ton von sich, der die Krähen noch mehr aufzuregen scheint.

Der Steg ist lang. Sie erinnert sich daran, dass im Sommer Segel- und Ruderboote hier vertäut lagen. Sie und Iben durften ihnen Namen geben, und Tomas und Peter schrieben sie mihilfe von Schablonen, die Jack erstellte, auf die Reling.

Sie passiert die Mitte des Stegs, betritt den neueren Teil. Den Schwimmsteg zu verlängern, war eine von Jacks vielen Ideen.

Dann können die Leute mit dem Boot hierherkommen, Eis essen und Minigolf spielen. Vielleicht sogar mit einem Passagierboot vom Dorf aus, wenn hier Tanz ist.

Alles hatte sich verwirklicht.

Hedda hatte den Dorfverein davon überzeugt, ein flaches Boot zu mieten, das samstags- und mittwochsabends mit tanzhungrigen Passagieren hin- und herpendelte. Aber der Anleger ist nicht mehr da. Vielleicht hat er sich bei einem Herbststurm aus der Vertäuung gerissen und ist in der Bucht von Alkärret gelandet, auf halbem Wege zwischen Feriendorf und Schloss? Ist dort wie ein gestrandeter Wal liegen geblieben und wird von der Natur langsam zersetzt. Oder er ist einfach gesunken. Eine Opfergabe für die Wassernixe.

Sie kennt sogar die Melodie noch.

Ein Stück Brot für Vater, ein Stück Brot für Mutter. Und ein Stück für die Nixe, die unten wohnt am Grund.

Hedda behauptete, dass sie das Lied von einem alten Fischer gehört habe, der es wiederum von seinem Urgroßvater gelernt hätte. Ein Märchen natürlich, ungefähr wie das mit der Schwanenfeder.

Sie rümpft die Nase. Kaum vorstellbar, dass sie einmal fast an diese Geschichten geglaubt hat.

Sie schaut in das dunkle Wasser unterhalb des Badestegs hinab. Der schwache Strom Richtung Alkärret bewirkte, dass das Wasser draußen am Ende des Stegs selten gefror, und in den Wintern, in denen es das doch tat, war es leicht, ein Loch ins Eis zu schlagen. In der Sauna zu sitzen, bis der Schweiß hinunterrann und die Hitze auf der Haut brannte, und dann mit einem Handtuch bekleidet hinaus auf die Brücke, ein kurzer Lauf auf Zehenspitzen.

Nicht zögern, einfach reinspringen!

Dann der Schock, das Gefühl von tausend Nadelstichen auf der Haut, das Herz, das gegen die Brust hämmerte. Und schließlich die Endorphine, die durch den Körper rauschten, wenn man benommen und aufgewühlt zurück auf den Steg kletterte.

Sie warteten immer aufeinander, bevor sie zurück zur Sauna und unter die Dusche gingen, und hinterher tranken sie heiße Schokolade vor dem Kamin im Wohnzimmer. Sie trugen sich ins Badebuch ein, während die Euphorie von der kurzen Abkühlung noch anhielt und sich mit dem Glück mischte, hier beisammenzusitzen.

Sie zittert. Trotz der dicken Jacke friert sie wieder. Das Narbengewebe auf ihrem Rücken macht sich bemerkbar, erinnert sie daran, dass ihre letzte Begegnung mit dem eiskalten Seewasser weder euphorisch noch glücklich war.

Laura reibt sich die Hände mit Desinfektionsmittel ein, bevor sie das Navigationsgerät auffordert, ihr den Weg zur nächsten Tankstelle mit Autowaschanlage zu zeigen. Sie startet den Motor und versucht, sich nicht auszumalen, wie viele Infektionsherde sich nur wenige Zentimeter über ihrem Kopf befinden, auf dem Weg, sich durch die Panzerschale zu fressen.

Das Hüttendorf sieht bei Tageslicht noch schlimmer aus. Bei nahezu allen der einst so hübschen kleinen Häuser wuchern Pflanzen durch die Wände, und genau wie beim Haupthaus sind manche Dächer komplett eingestürzt, entweder durch das Gewicht der dicken Moos- und Laubschichten, die sich darauf angesammelt haben, oder wegen herabgefallener Äste. Die Natur ist auf gutem Wege, sich die ganze Umgebung zurückzuerobern. Vielleicht ist das nicht das Schlechteste.

Während der Autofahrt denkt sie weiter an Tante Hedda. Daran, dass sie trotz allem in dem See sterben durfte, den sie liebte. Das sollte tröstlich sein. Aber irgendetwas passt nicht ins Bild. Es ist nur ein leises Gefühl, das sie aber ärgerlicherweise nicht loswird.

Bei der Arbeit weist sie ihre Mitarbeiter immer zurecht, wenn sie auf abstrakte Begriffe wie Instinkt und Intuition verweisen. Dann fordert sie sie auf, Fakten herbeizuschaffen oder die Sache fallen zu lassen.

Ein guter Rat, den sie selbst befolgen sollte.

Die Tankstelle liegt draußen an der Schnellstraße. Nachdem die Rotorbürsten die ätzenden Infektionsbomben von ihrem Autodach gewaschen haben, kauft Laura Frühstück für sich und Fressen für George. Die Angestellte im Laden ist eine junge Frau um die zwanzig, die übertrieben freundlich lächelt.

»Ein Trinkjoghurt und vier Dosen Katzenfutter. Ist das alles?«

Laura murmelt irgendeine Antwort. Sie unterdrückt den Impuls zu erklären, dass die Katze nicht ihr gehört, dass sie keine »einsame Frau mit Katze« ist. Auch wenn sie genau das ist. Sie sucht in der Reisetasche nach ihrer Medikamentendose und schluckt eine der kleinen Pillen, bevor sie den Wagen startet. Niemand, abgesehen von Andreas, weiß, dass sie Antidepressiva braucht. Eine schwache Dosis, die sie im Prinzip seit der Universität nimmt, um den Albträumen zu entgehen. Die sie in den letzten Jahren verdoppelt hat, um noch andere Gedanken zu verdrängen. Gedanken, die mit dieser Kiste voller Babysachen und den kleinen Hand- und Fußabdrücken zusammenhängen, die sie ganz unten in ihren Keller verbannt hat.

Zurück in Gärdsnäset parkt sie unter Bäumen, die keine Krähennester haben. Die Vögel begrüßen sie mit denselben gellenden Warnschreien wie heute Morgen.

Bevor sie aus dem Wagen steigt, schaut sie auf ihr Handy. Sie stellt fest, dass sie trotz des schlechten Empfangs hier draußen doch zumindest eine SMS bekommen hat.

Wollte nur wissen, ob da unten in der Provinz alles ok ist. Melde dich mal! Drück dich, Steph.

Alles ok, antwortet sie. Wie gewöhnlich fällt es ihr schwer, die richtige Schlussformulierung zu finden. Sie fügt ein pflichtschuldiges *Drück dich* ein, steckt das Handy weg und öffnet die Autotür.

Während der Fahrt hatte sie Zeit, ihre Pläne zu ändern. Statt George im Auto mitzunehmen, hat sie vor, die Katze zu füttern und dann die Schüsseln ordentlich zu füllen, sodass sie es ein paar Tage aushält. Danach will sie ins Hotel gehen, um zu duschen, sich umzuziehen und einen Kranz für Hedda zu besorgen. Dann bleibt nur noch die Beerdigung morgen, bevor sie diesen traurigen Ort endlich hinter sich lassen und zu ihrem normalen Leben zurückkehren kann.

Vorausgesetzt, Jack taucht nicht auf. Dieser Gedanke ist immer noch seltsam anziehend. Oder irritierend, je nachdem, wie man es sieht.

Ohne Vorwarnung rutschen ihre Füße weg. Sie sieht gerade noch ihre Zehenspitzen in der Luft, bevor sie mit einem dumpfen Knall auf den Boden schlägt. Die hastige Bewegung erschreckt die Krähen, sie verlassen die Baumkronen mit Geschrei und füllen die Luft wieder mit ihren krächzenden Rufen.

Sie bleibt auf dem Rücken liegen, schnappt nach Luft und versucht dabei, den Schaden einzuschätzen. Das Steißbein schmerzt, die Frage ist, ob es gebrochen ist. Ihr Handy hat kaum Empfang, schafft sie es, zum Auto zu kriechen und zur Notaufnahme zu fahren? Nach einer Weile lässt der Schmerz allerdings etwas nach, und sie kann sich aufsetzen. Das Steißbein tut ziemlich weh, als sie sich die Jacke abklopft. Die Eisplatte, auf der sie ausgerutscht ist, verbirgt sich unter einer dicken Schicht Schnee, aber das ist es nicht, was ihren Blick anzieht. Neben der Eisplatte, unmittelbar am Fuße einer großen Buche, liegen einige Zigarettenkippen.

Sie geht in die Hocke und inspiziert sie genauer. Fünf Stück rote Prince liegen auf dem Schnee. Es hat ungefähr zur gleichen Zeit aufgehört zu schneien, zu der sie gestern Abend hier angekommen ist, was bedeutet, dass die Zigarettenstummel frisch sind.

Sie richtet sich auf. Von hier aus sieht man Heddas Haustür und ein paar Fenster. Also hat gestern Abend oder sogar heute Morgen hier draußen jemand gestanden. Lange genug, um fünf Zigaretten zu rauchen. Sie sucht nach Fußspuren. Und entdeckt sie fast sofort. Grobe Sohlen, in einer gewundenen Linie vom Wald hierher. Dann ungefähr den gleichen Weg zurück.

Ein Raucher, der nur aus einem Grund hierhergekommen sein kann.

Um sie zu beobachten.

13

WINTER 1987

Laura schlief lange, blieb dann noch eine Weile liegen und horchte nach Tante Hedda, aber das Haus war still. Ihre Gedanken kreisten um die Gestalt, die sie meinte in der Nacht gesehen zu haben. War es in Wirklichkeit nur ein Traum gewesen? Das glaubte sie nicht.

Aber was hatte sie dann gesehen? Oder besser gesagt: wen?

Sie schaute aus dem Fenster. Ein grauer Dunst hing über dem See und führte einen beunruhigenden Brandgeruch mit sich, der sich bis in ihr Zimmer ausbreitete.

Draußen in der Küche traf sie nur auf George, die um ihre Beine strich.

Auf der Arbeitsplatte lag ein Zettel.

Guten Morgen, meine liebe Laura.
Im Heizungskeller ist ein Wasserrohr geplatzt, deshalb muss ich nach Ängelholm fahren und ein paar Sachen holen. Du hast so fest geschlafen, dass ich dich nicht wecken wollte.
Bin bald zurück!
Tante Hedda

Sie schaute aus dem Fenster. Heddas und Jacks Autos waren beide weg.

George schien ihre Enttäuschung zu spüren, sie strich immer wieder um ihre Beine, wie um sie zu trösten.

Unter dem Zettel lag das Badebuch. Eine Art Gästebuch mit karierten Blättern, in dem Hedda sorgfältig jedes Bad dokumentierte. Datum, Uhrzeit, Temperatur, wer gebadet hatte.

Das ist lustiger als ein Tagebuch, sagte sie immer. *Und irgendwie habe ich einen Narren daran gefressen.*

Das diesjährige Buch war grün. Die letzten Wochen und Monate enthielten nur Eintragungen von Hedda und zwischendurch Jack, aber wenn man ein paar Seiten zurückblätterte, war es wieder Sommer, und es gab deutlich mehr Namen.

Laura, Iben und Hedda.

Hedda, Laura und Jack.

Hedda, Jack, Laura, Iben und Peter.

Der einzige Name, der nie auftauchte, war Tomas.

Tomas hatte keine Angst vor Wasser, denn er ruderte, segelte und angelte. Er konnte sogar ein Stück ins Wasser waten, wenn etwas anbiss. Aber er hatte noch nie sauniert und war nie abends vom Steg ins Wasser gesprungen. Nicht einmal Peter wusste, warum.

Sie toastete Brot und blätterte in der Lokalzeitung, während sie aß. Fast die halbe Zeitung bestand aus Anzeigen verschiedener Unternehmen, die frohe Weihnachten wünschten. Außerdem gab es ein paar Kurzmeldungen zu einem Verkehrsunfall und einem Feuer.

Der Meldung nach handelte es sich um einen Brand in einem leer stehenden Haus. So etwas passierte wohl kaum von allein. Konnte Ulf Jensen also recht haben? Legte jemand um den See herum Feuer? Der Gedanke war unangenehm, aber zugleich auch ein bisschen spannend.

Neues Rekordjahr für Vedarps Leichtathletikverein. Erfolgstrainer aktuell für größere Aufgaben bereit.

Sie überflog den Artikel, in dem Ulf Jensen stolz aufzählte, welche Medaillen der Club bei welchen Wettkämpfen gewonnen hatte. Über die Hälfte gingen auf Ibens Konto. Der gestrige Tag tauchte wieder in ihrem Kopf auf. Die Gesten, Blicke. Die Lieder, die Jack und Iben zusammen geübt hatten.

Die Magenschmerzen kamen zurück.

Gegen drei Uhr war Hedda immer noch nicht zu sehen, also nahm Laura den Bus oben an der großen Straße. Der Busfahrer erkannte sie, bat sie, ihre Tante zu grüßen, und ließ sie umsonst mitfahren.

Ein Teil von ihr wollte so weit weg wie möglich von Iben sein. Aber ein anderer, stärkerer Teil wollte die Wahrheit wissen.

Vor Wohlins saß Peter auf seinem Moped. Er bemerkte nicht, dass sie kam, und zuckte zusammen, als sie ihm auf den Helm klopfte.

»Hallo, was treibst du so?«

Er setzte den Helm ab und lächelte verlegen.

»Ich warte auf Tomas, und du?«

»Ich treffe mich mit Iben im Café, aber sie muss dann noch zum Training. Sehen wir uns nachher?«

»Tomas und ich müssen ein paar Sachen erledigen.«

»Was denn für Sachen?«

Die Frage schien ihm unangenehm, er mied ihren Blick.

»Nichts Besonderes.«

»Für Milla?«

Sie wusste nicht genau, wie sie darauf kam.

Er schaute weiterhin weg. Bevor sie noch etwas sagen konnte, hörte man ein herannahendes Moped. Peter setzte schnell seinen Helm auf.

»Wir sehen uns später!«

Peter kickte den Motor an und fuhr im selben Moment an, in dem Tomas in Sicht kam.

Laura blieb auf dem Gehweg stehen, während sich die Rücken der beiden rasch entfernten.

Wohlins Konditorei stammte aus den Vierzigerjahren. Die Einrichtung bestand aus dunklem Holz und Messing. Das ganze Lokal roch gemütlich altmodisch.

»Hallo, Laura! Du bist also wieder zu Hause.«

Ella Bengtsson, die seit mindestens zwanzig Jahren das

Café betrieb, war eine kräftige Frau mit fröhlichen Augen und einem lauten Lachen.

»Du bist ganz schön gewachsen seit dem Sommer. Wie alt bist du denn jetzt?«

»Im März werde ich sechzehn.«

»Sechzehn, bist du wirklich schon so alt? Ich erinnere mich noch daran, wie Hedda dich das erste Mal dabeihatte. Du kannst nicht älter als vier oder fünf gewesen sein. Du sahst so süß aus mit deinen Zöpfen. Und jetzt bist du schon eine junge Frau.« Sie strich Laura über die Wange. »Die Jungs in der Schule müssen ganz verrückt nach dir sein.«

Laura errötete.

»Ich gehe auf eine Mädchenschule. Da gibt es keine Jungs.«

»Nicht? Wie schade. Aber hier im Dorf schwärmen sicher auch einige für dich. Peter Larsson ist dir doch schon immer wie ein Hündchen nachgelaufen. Und dann dieser andere …«

»Tomas.«

»Genau, Tomas Rask.«

Auf Ellas verschwitzter Stirn tauchte eine kleine Falte auf. Laura wusste, dass das mit Tomas' Vater zu tun hatte. Viele im Dorf hatten Angst vor Kent Rask.

Laura bestellte eine Zimtschnecke und Limonade und setzte sich an einen Fenstertisch, von dem aus sie über den kleinen Platz blicken konnte. Die Lichterkette im Weihnachtsbaum leuchtete bereits in die Dezemberdunkelheit.

Sie schaute auf die Uhr. Iben war zehn Minuten zu spät, was ungewöhnlich war. Das Stechen im Magen machte sich wieder bemerkbar. Ein Teil von ihr wollte aufstehen und gehen. Aber sie musste Bescheid wissen.

Viertel nach vier kam Iben hereingestürmt.

»Tut mir leid, dass ich zu spät bin.«

Als sie Jacke und Mütze auszog und sie über einen freien Stuhl hängte, roch es leicht nach Zigaretten. Iben bemerkte es selbst.

»Ich habe in der Pause mit einigen Leuten in der Raucherecke gesprochen«, sagte sie. »Bevor ich nach Hause zu meinem Vater fahre, muss ich die Jacke auslüften.«

Iben rauchte nicht, ihr Vater würde das niemals erlauben. Laura hatte die Geschichte gehört, wie Ulf Ibens Brüder beim heimlichen Rauchen erwischt hatte. Er hatte Christian und Fredrik gezwungen, fünfzig Runden um den Sportplatz zu laufen. Fünfzig Runden, das waren zwanzig Kilometer. Die letzte halbe Stunde hatte es in Strömen geregnet, aber Ulf ließ sie nicht aufhören, bis sie fertig waren.

Laura sah, dass sich Ibens Mund bewegte, aber hörte nicht richtig zu, was sie sagte. Sie war vollauf damit beschäftigt, Ibens Gesicht zu studieren. Sie war heute wieder geschminkt. Ihre Wangen waren rot, die Augen glänzten. Ein neuer, schwacher Duft stieg von Ibens Jacke auf. Einer, den Laura sehr wohl kannte.

Der eindringliche Geruch eines roten Wunderbaums.

»Du hast Jack getroffen«, unterbrach sie Iben mitten im Satz. »Ihr seid zusammen …«

Ihre Stimme brach.

»Also, Laura …« Iben wurde blass. »Diesen Herbst sind ziemlich viele Sachen passiert.«

Sie legte die Hand auf Lauras Arm.

»Mein Vater will mich nicht aufs Sportgymnasium nach Malmö lassen, obwohl er es versprochen hat. Er sagt, es wäre besser, wenn ich weiter zu Hause wohne und mit ihm trainiere. Aber ich halte es in diesem Nest nicht mehr aus. Ich muss hier weg. Jack …«

Ihre Stimme wurde unsicher.

»Jack ist der Einzige, der es versteht. Der Einzige, der mich unterstützt.«

Laura schlug ihre Hand weg.

»Du hast gewusst, was ich fühle. Was im Sommer zwischen mir und Jack passiert ist.«

Iben schüttelte den Kopf.

»Du begreifst das nicht, Laura. Du tauchst hier nur in den Ferien auf, wenn alles gut ist. Du siehst nichts von … all den anderen Sachen.«

»Welche anderen Sachen? Wie du alle Wettkämpfe gewinnst, überall Bestnoten bekommst? Ist das so verdammt stressig, dass du mich hintergehen musst?«

Iben schüttelte immer noch den Kopf. Tränen liefen ihr über das Gesicht, aber das bekümmerte Laura nicht. Im Gegenteil, es fühlte sich gut an, die Rollen getauscht zu haben. Diejenige zu sein, die verletzte, und nicht die, die verletzt wurde.

»Du begreifst das nicht«, wiederholte Iben.

Laura stand auf. Ihre Brust, ihr Hals, ihre Wangen fühlten sich ganz heiß an.

Iben hatte sie hintergangen, und dennoch versuchte sie, so zu tun, als sei sie die Bemitleidenswerte. Aber diesen Wettkampf würde sie nicht gewinnen.

»Du kannst mich mal, Iben«, sagte Laura. »Ich will nie mehr mit dir sprechen, kapiert? Ich hoffe, du krepierst.«

Sie merkte, wie Ella Bengtsson von der Kasse aus zu ihnen hinübersah, riss ihre Jacke an sich und rannte zum Ausgang, ohne jemanden anzuschauen.

14

Ich werde dich immer lieben, Prinzessin!
Immer? Sogar wenn du tot bist?
Haha, ja. Sogar dann …

Die Kirche von Vedarp sieht so aus, wie Laura sie in Erinnerung hat. Weiß verputzte Wände, Bänke aus dunklem Holz, die sich an ihrem wehen Steißbein steinhart anfühlen. Ein Altar mit einem weißen Tuch, einem Kreuz und zwei Kerzenständern und dahinter ein Altarbild, das nichtssagend genug ist, um die Aufmerksamkeit nicht von der Predigt abzulenken.

Der Sarg ist einfach. Glattes, weiß lasiertes Kiefernholz, bei dem die Maserung durchscheint. Er erinnert sie an einen anderen, kleineren Sarg. Sie stopft die Erinnerung zurück in die Kiste, wohin sie gehört.

Der Bestattungsunternehmer und sein Helfer haben den Sarg auf einem Wagen hereingerollt und ihn vorn in der Kirche aufgestellt.

»Möchten Sie sie sehen?«, fragt er. »Wir haben noch Zeit.«

Das ist nicht Hedda, ist ihr erster Gedanke, als der Deckel geöffnet wird. In Lauras Kopf ist Hedda etwas über vierzig, hat langes rotes Haar und Sommersprossen. Sie ist zäh, stark und kann jeden zum Teufel schicken und einem mit dem nächsten Atemzug sagen, wie sehr sie einen liebt.

Die Frau, die im Sarg liegt, ist alt und hat lange graue Haare. Die Haut ist bleich und faltig, sieht aus, als trüge sie immer noch Spuren der Kälte aus dem Wasser. Die über der Brust gefalteten Hände sind voller Altersflecken und die Finger krumm.

An der einen Hand sind der kleine Finger und der Ringfinger nur zwei Stümpfe, bedeckt mit dem unebenen Narbengewebe, das Laura nur allzu gut kennt. Ihr Rücken wird heiß. Die Erinnerung ist wieder da. Das Prasseln der Flammen, der Geruch nach verbranntem Fleisch. Schreie, die ihr in den Ohren wehtun. Ihre eigenen, aber auch die von jemand anderem. Jemandem, der sie über das Eis trägt. Das Gefühl, auf einer Wolke aus weißglühendem Schmerz zu schweben.

Und dann zuletzt, in dem Moment, bevor das eiskalte Seewasser die ganze Welt auslöscht: Heddas Gesicht über ihr. Tränen, Wut. Schmerz.

Du hast dir meinetwegen die Hand verbrannt, denkt sie. Um mich zu retten. Warst du deshalb wütend auf mich? Hast du dich deshalb nie mehr gemeldet? Oder weil du wusstest, dass alles meine Schuld war?

Hedda antwortet nicht, weder in ihrem Kopf noch in der realen Welt. Tote tun das in der Regel nicht.

»Sie können den Deckel jetzt schließen«, sagt sie.

Das Hotel hat ihre Bluse und ihr schwarzes Jackett samt dazugehöriger Hose gereinigt und gebügelt. Eigentlich war es nicht notwendig. Sie achtet auf ihre Kleidung und benutzt immer einen Anzugkoffer, um das Risiko für Falten gering zu halten. Aber Kleider fühlen sich trotzdem immer am frischesten an, wenn sie direkt aus der Reinigung kommen, noch mit der Plastikhülle bedeckt sind und leicht nach Chemikalien riechen.

Das Hotel hat einen Pool, was der Grund ist, warum sie sechzig Kilometer zusätzlich gefahren ist, um dort zu übernachten. Gestern schaffte sie dreitausend Meter, nachdem sie vier Arbeitsgespräche geführt hatte. Sie hat versucht, die letzten Reste von Gärdsnäset und Heddas Haus von sich abzuwaschen, aber es ist ihr nicht richtig geglückt. Es ist jetzt ihr Haus, ihr baufälliges Feriendorf, sind ihre übel zugerichteten Besitztümer. Ein unangenehmes Durcheinander, das sich durch ihren Kopf frisst wie der Vogelschiss durch ihr Autodach und das sie so schnell wie möglich abhaken möchte. Sie ist den gestrigen Tag jetzt schon ein paarmal durchgegangen. Hat versucht herauszufiltern, worum es bei diesem unguten Gefühl, das sie nicht verlassen will, eigentlich geht. Aber stattdessen sind ihre Gedanken jedes Mal zu den Zigarettenstummeln gewandert, die sie gefunden hat. Rote Prince, dieselbe Marke, die Jack früher geraucht hat.

Ist er es gewesen da draußen in Gärdsnäset? Stand er zwischen den Bäumen und beobachtete sie, aber hatte nicht den Mut, zum Haus zu kommen und anzuklopfen? Wird er in Kürze hier aufkreuzen?

Eine Viertelstunde bevor die Beerdigungsfeier beginnt, ist sie doch noch nervös geworden und zugleich, auch wenn es unpassend ist, ein bisschen aufgeregt.

Die Kirchentür knarrt, und sie dreht sich eifrig um. Aber es ist nur Håkansson. Der Jurist nickt ihr kurz zu und setzt sich in eine der hinteren Bankreihen. Hinter ihm kommen drei große Männer in dunklen Anzügen. Zwei der Männer sind um die fünfzig, der dritte etwas über siebzig. Sie gehen direkt auf sie zu, als würden sie sich kennen, und Laura steht von der Kirchenbank auf.

Die Haare und Augenbrauen des älteren Mannes sind kreideweiß, der Blick hinter den Brillengläsern ist intensiv und wohlbekannt. Sie erkennt ihn, noch bevor er den Mund öffnet.

»Tja, kleine Laura. Lange nicht gesehen. Versuchst du immer noch, den Leuten eine ordentliche Aussprache beizubringen?«

»Nein, jetzt nicht mehr«, antwortet Laura.

Sie sieht Ulf Jensen sofort zwei Dinge an. Sie erkennt es an seinen eingefallenen Augen, seiner grauen Gesichtsfarbe und der Zahnprothese, die ein bisschen zu groß für seinen Mund geworden ist. Und an seiner übertrieben geraden Haltung.

Ibens Vater ist sehr krank, aber er versucht, es sich nicht anmerken zu lassen.

»Mein Beileid«, sagt er. »Hedda war ein spezieller Mensch.«

»Danke«, sagt Laura. »Und danke, dass ihr gekommen seid.«

Die Worte klingen genauso hohl, wie sie sich fühlt. Leer, kalt.

Sie hat Ulf Jensen seit kurz vor dem Brand nicht mehr gesehen. Aber sie weiß noch, was ihr Peter im Krankenhaus erzählt hat. Dass Ulfs Brüder ihren Vater niederringen mussten, um ihn daran zu hindern, in den brennenden Tanzpavillon zu stürmen. Dass er brüllte wie ein verletztes Tier.

Wegen der unschönen Erinnerung bekommt sie ein paar Sätze nicht ganz mit.

»... gehört, dass es gut für dich läuft, Laura. Wir wussten immer, dass aus euch etwas Besonderes werden würde. Aus dir und Iben.«

Laura schluckt, weiß nach wie vor nicht, was sie sagen soll. Sie schaut verstohlen zu Ibens Halbbrüdern, aber sie sind ihr keine Hilfe. Sie scheinen eher ihrem Blick auszuweichen. Was vielleicht nicht so verwunderlich ist, wenn man bedenkt, was bei ihrer letzten Begegnung passiert ist.

»Also, dann setzen wir uns wohl mal«, fährt Ulf Jensen fort. »Hast du vielleicht Zeit, hinterher noch ein paar Worte zu wechseln?«

»Selbstverständlich.«

Sie versucht, unberührt zu klingen, aber es gelingt ihr nicht besonders gut. Soll sie etwas sagen, sich entschuldigen? Aber wofür? Wie soll sie erklären, dass das, was vor dreißig Jahren geschehen ist, ihre Schuld war?

Die Kirchentür knarrt wieder, und sie dreht sich um. Aber auch diesmal kommt nicht der Besucher, auf den sie hofft. Es sind zwei alte Damen, die ihre Handtaschen an die Brust pressen. Sie nickt ihnen zu, erhält aber nur lange Blicke zur Antwort.

Der Kantor beginnt, das Präludium zu spielen, und die Orgel übertönt alle weiteren möglichen Geräusche von der Kirchentür.

Sie setzt sich, blickt zum nur wenige Meter entfernt stehenden Sarg, der mit drei Blumenkränzen geschmückt ist. Der eine gehört zum Beerdigungspaket dazu, den zweiten hat sie selbst gestern im Blumenladen bestellt, aber woher der dritte und größte Kranz kommt, der aus schönen roten und weißen Rosen gebunden ist, weiß sie nicht. Der Kranz trägt kein Seidenband mit einem letzten Gruß, einem ›In stillem Gedenken‹ oder ›Ruhe in Frieden‹. Und auch keinen Absender.

Vielleicht ist er von Ulf Jensen, aber warum steht es dann nicht dabei? Wer bestellt einen großen, sündhaft teuren Kranz, ohne seinen Namen zu nennen? Vielleicht jemand, der sich nicht zur Schau stellen will, jemand, der sich zwischen den Schatten verbirgt, während er …

»Laura?«

Die Stimme gehört einem Mann in Polizeiuniform, der direkt neben ihr steht. Einen kurzen Moment lang glaubt sie, es sei etwas passiert. Mit der Firma, mit ihrer Mutter oder mit Andreas. Aber dann wird ihr klar, dass der Mann nur ihren Vornamen gesagt hat. Er ist in ihrem Alter, seine kurz geschnittenen Haare sind leicht ergraut und bilden kleine Geheimratsecken. Seine Augen sehen zugleich froh und traurig aus.

»Erkennst du mich nicht mehr?«, fragt er.

Sein Lächeln enttarnt ihn schließlich. Das hat sie tausendmal gesehen.

»Peter«, sagt sie.

Ohne nachzudenken schlingt sie die Arme um seinen Hals. Das sieht ihr gar nicht ähnlich, und sie lässt ihn schnell wieder los.

»Ich wollte nur Hallo sagen«, erwidert er verlegen und wendet sich zum Gehen.

Sie hält seinen Arm fest.

»Kannst du nicht hier bei mir sitzen? Du gehörst doch auch zur Familie.«

Peter zögert. Sein Gesicht ist ein bisschen rot geworden.

»Natürlich«, sagt er schließlich und setzt sich neben sie.

»Kommt noch jemand von den anderen?«

Sie versucht, nicht allzu eifrig zu klingen.

Peter scheint die Frage wegen der Orgelmusik nicht verstanden zu haben, denn er lächelt sie nur noch einmal an. Bevor sie dazu kommt, die Frage zu wiederholen, klingt das Präludium aus.

Sie wirft noch einen Blick zur Tür, aber außer Håkansson, Familie Jensen und den alten Damen sind die Kirchenbänke leer. Kein Jack. Sie spürt einen Stich der Enttäuschung in der Brust. Denkt wieder an die Zigarettenstummel. An den Kranz ohne Absender.

Vielleicht mag Jack einfach keine Beerdigungen?

Der Pfarrer hält die Zeremonie vorbildlich kurz. Seine Worte sind so allgemeingültig, dass sie auf fast jeden gepasst hätten.

Die Beerdigung ihres Vaters war das komplette Gegenteil. Eine voll besetzte Kirche und eine ganze Reihe von Menschen, die Reden hielten und darüber sprachen, was für ein fantastischer Mensch und Unternehmer Jacob Aulin gewesen war. Ihrer Mutter gefiel das sehr, sie nickte zustimmend bei jedem Wort. Sie spielte die Rolle der trauernden Witwe perfekt. Tat so, als hätten sie und ihr Mann die letzten zwanzig Jahre keine getrennten Schlafzimmer gehabt. Als wäre die Firma unter seiner Leitung nicht auf dem Weg in den Konkurs gewesen und als hätte ihr Vater nicht eine andere, zwanzig Jahre jüngere Freundin gehabt, die er regelmäßig traf. Eine Frau, die ihre Mutter diskret, aber sehr deutlich von der Beerdigung und der Trauerfeier ausschloss.

An die stille Beerdigung mit dem Kindersarg erinnert sich Laura dagegen nur bruchstückhaft. Sie befand sich in einem grauen Dunst aus Kummer und Tabletten, wohin sie nicht zurückkehren will.

Aber alle Zeremonien enden gleich.

Drei kleine Schaufeln schwarzer Erde, ein letzter Psalm, dann ist es vorbei.

Eines Tages werden wir alle zu Erde, Prinzessin. Ich auch. So ist es eben. Aber bis dahin wollen wir ein langes und glückliches Leben führen.

Ein langes und glückliches Leben. Hatte Hedda das gehabt?

Hat sie es selbst?

Sie schaut wieder nach hinten zur Kirchentür, aber niemand zeigt sich. Peter bemerkt ihren Blick und lächelt etwas verlegen.

Dass er Polizist geworden ist, kann sie nicht ganz begreifen. Peter war immer der Spaßvogel der Clique, derjenige, der versuchte, alle zu unterhalten. Außerdem war ihre gemeinsame Erfahrung mit der Polizei nicht gerade positiv. Sandberg, so hatte er wohl geheißen. Ein großer, glatzköpfiger Kerl mit Boxernase, der ihr eine Heidenangst eingejagt hatte.

Seid ihr euch sicher, dass er es war? Habt ihr gesehen, wie er das Feuer gelegt hat?

Peters Lächeln ist, wie sie bereits festgestellt hat, ungefähr das gleiche wie früher. Aber sonst wirkt er viel ernster als der Mensch, den sie einmal gekannt hat. Möglicherweise liegt es an der Uniform und daran, dass sie sich auf einer Trauerfeier befinden. Aber Laura ist sich ziemlich sicher, dass der Ernst bei ihm tiefer sitzt.

Sie beobachtet Peter heimlich, während er die Lippen zu »Härlig är jorden« bewegt. Er trägt einen Ehering, wie sie registriert. Seine Fingernägel sind kurz geschnitten, die Hände sauber. Das Gesicht ist glatt rasiert, auf eine Art sauber, wie es ein Rasierapparat nie schafft. Keine Pickel, keine Schnittwunden oder kleine Toilettenpapierpflaster, die auf einen billigen Einwegrasierer verweisen. Die Schuhe sind ordentlich geputzt, das Hemd ist gebügelt und die Krawatte keine von diesen fertig geknoteten mit Gummiband, wie sie Polizisten oft haben. Die Armbanduhr, die an seinem Handgelenk hervorblitzt, ist eine Patek Philippe, was sie verwundert. Diese Art von lächerlich teuren Uhren wird normalerweise von Typen wie dem Alpha-Tobias auf Stephs Party getragen und ist garantiert nichts, was man sich von einem Polizistengehalt leisten kann.

Er hat eine Tochter im Teenageralter, erfährt sie, als sie später vor der Kirche stehen. Ansonsten stellt vor allem er die Fragen. Was sie beruflich macht, wo sie hier wohnt.

Sie erzählt von Gärdsnäset und von George, was ihn zum Lachen bringt.

»Ach. Die George-Dynastie ist weitergegangen. Weißt du noch, wie wir auf Reinkarnationsreise waren?«

»Welches Mal?«

»Ich kann mich nur an das eine Mal erinnern, als George IV. überfahren wurde. Wir müssen damals etwa zehn gewesen sein.«

»Das war meine zweite George-Reise«, lacht sie. »Wir fuhren bis Halland, bevor Tante Hedda die richtige Katze fand.«

Peter nickt. Sein Lächeln ist zugleich warm, schüchtern und ein bisschen traurig.

»Tomas wurde schlecht im Auto, sodass wie an der Straße anhalten mussten. Hedda meinte, das sei ein Zeichen, und brachte dich, mich und Iben dazu, beim nächsten Bauern zu klingeln und zu fragen, ob er Katzenbabys hätte. So hat sie George V. gefunden.«

Er macht eine Bewegung, als ob er ein Katzenjunges in die Luft halten würde, und für einen kurzen Moment verwandelt er sich in den Peter, den sie einmal kannte.

»Willkommen zurück in unsrer Familie, kleine George.«

Er wird still, unterdrückt sein Lächeln, als hätte er etwas Unpassendes getan.

»Hedda war zweifellos speziell …«, murmelt er.

Es ist das dritte Mal innerhalb von wenigen Tagen, dass jemand ihr gegenüber dieses Wort in Zusammenhang mit ihrer Tante benutzt.

»Wie oft hast du sie gesehen?«, fragt sie.

»Das letzte Mal ist Jahre her. Hedda blieb für sich. Sie öffnete nicht, wenn man hinausfuhr und anklopfte. Schon gar nicht einem Polizisten.«

»Warum nicht?«

Er antwortet nicht, verzieht nur das Gesicht, was alles bedeuten kann.

»Woher bekam sie ihr Essen?«

»Erinnerst du dich an diesen Bäcker? Der einen fahrbaren Laden hatte?«

Laura nickt.

»Sein Sohn hat das Geschäft später übernommen. Hedda kaufte alles, was sie brauchte, bei ihm. Soweit ich weiß, hat sie nach dem Brand nie wieder einen Fuß ins Dorf gesetzt. Es gab Leute, die fanden, dass Hedda dafür verantwortlich war …«

Er unterbricht sich und zuckt zusammen, scheint jemanden im Schatten unter den Kiefern entdeckt zu haben, ein Stück weiter weg auf dem Friedhof.

»Entschuldige mich«, sagt er. »Da drüben ist jemand, den ich lange nicht gesehen habe.«

Bevor sie etwas erwidern kann, verschwindet er mit raschen Schritten auf dem Friedhofsweg. In der Ferne sieht sie einen Mann. Ihr Herz beginnt heftiger zu schlagen, und sie ist kurz davor hinterherzugehen, um herauszufinden, wer das ist, aber Ibens Vater und ihre Brüder schneiden ihr den Weg ab.

»Tja, du hast also den armen Kerl getroffen.«

Ulf Jensen deutet auf Peter. Laura will ihn fragen, was er damit meint, aber Ibens ältester Bruder, Christian, kommt ihr zuvor.

»Hübsche Zeremonie.«

Er lächelt freundlich. Der andere Bruder, Fredrik, schaut die meiste Zeit zu Boden.

»Danke«, sagt sie.

»Gärdsnäset«, unterbricht Ulf Jensen. »Was passiert damit?«

Die Frage überrascht sie.

»Håkansson, Heddas Anwalt, wird sich so bald wie möglich um den Verkauf kümmern.«

Sie zeigt auf den kleinen Mann, der sich am Friedhofstor herumdrückt.

»An wen denn?«

»Es gibt wohl ein paar Spekulanten. Wenn du interessiert bist, sprich mit Håkansson.«

Ulf Jensen schüttelt den Kopf. Eine ärgerliche Falte zeigt sich auf seiner Stirn.

»Ich dachte, dass Hedda sich bereits entschieden hatte. Hat sie nichts hinterlassen?«

»Soweit ich weiß, nicht«, erwidert Laura.

Sie sieht keinen Anlass dafür, von der Misere im Haus zu berichten.

Hinter den Jensens sieht sie Peter in Gesellschaft des Mannes kommen, den sie flüchtig wahrgenommen hat. Er trägt eine Lederjacke mit Fransen und hat seine Kappe tief in die Stirn gezogen, wobei das restliche Gesicht fast ganz von einer großen Sonnenbrille und einem buschigen Bart bedeckt wird.

»Bleibst du lange?«, fragt Christian.

Laura hört sich selbst sagen, dass sie morgen nach Hause fährt. Aber ihre Aufmerksamkeit ist auf den Mann mit Bart gerichtet.

»Wie schade. Wir hatten gehofft, du würdest uns in Källegården besuchen, so wie früher.«

Ulf Jensens Ton ist weicher geworden.

Sie zwingt sich zu einem vagen Lächeln, während sie weiterhin gespannt den Mann beobachtet, der ein Stück entfernt steht.

»Ihr müsst mich entschuldigen«, sagt sie. »Es war schön, euch zu treffen.«

Sie schlüpft an den drei Männern vorbei und geht auf Peter und dessen Begleiter zu. Aber sobald sie näher kommt, erkennt sie, dass der Mann in der Fransenjacke viel zu alt ist, um Jack sein zu können. Er und Peter geben sich die Hand, und unmittelbar bevor sich der Mann umdreht, um zu gehen, begegnet er ihrem Blick und nickt ihr kurz und respektvoll zu. Sie schaut ihm nach. Seine grauen Haare sind zu einem Pferdeschwanz zusammengebunden, der ihm über den Rücken fällt. Es kann in der Gegend um Vedarp wohl kaum mehr als einen Menschen mit dem Look eines alten Rockstars geben. Oder dem eines alten Trolls.

»War das Johnny Miller?«, fragt sie.

Peter nickt.

»Kennt ihr euch?«

»Er ist mein Schwiegervater«, murmelt Peter. »Besser gesagt war mein Schwiegervater.«

»Bist du geschieden?«, will sie wissen, bevor ihr der Ehering einfällt, den er noch trägt.

»Seit zwei Jahren Witwer.«

»Krebs?«

Sie weiß eigentlich nicht, warum sie nachfragt. Die Worte kommen einfach aus ihr heraus.

»Autounfall.«

»Das tut mir leid.«

Witwer mit einer Tochter. Das erklärt, warum ihn Ulf Jensen als arm bezeichnet hat. Sie haben gleich lange getrauert, sie und Peter, und einen Moment ist sie kurz davor, es zu erwähnen. Von der Kiste in ihrem Keller zu erzählen. Aber sie beherrscht sich.

»Hast du etwas von den anderen gehört?«, fragt sie stattdessen, nachdem genug Zeit verstrichen ist, um das Gesprächsthema zu wechseln.

»Tomas' Vater wohnt immer noch draußen in Einsiedel. Das ist alles, was ich weiß.«

Er macht ein Gesicht, das den Rest ergänzen soll, aber es ist klar, dass er der Frage ausweicht. Sie will ihn nach Jack fragen, aber er kommt ihr zuvor.

»Sollen wir zu Ibens Grab gehen?«

Am liebsten würde sie Nein sagen. Sie hasst Friedhöfe und Gräber. Aber Peter ist schon vorausgegangen.

Er biegt in einen Seitenweg ein und bleibt dann vor einem großen Grabmal aus Marmor und Metall stehen.

»Familie Jensen«, steht ganz oben darauf. Danach eine Reihe von verschnörkelten dänischen Namen, die ersten aus dem frühen siebzehnten Jahrhundert. Unten rechts schaut ein kleiner weißer Stein aus dem Schnee.

Iben Margarethe Jensen

2. Januar 1972 – 13. Dezember 1987

Obwohl Laura vorbereitet ist, reagiert ihr Körper heftig. Die Narbe fühlt sich lebendig an. Als würde sie über ihren Rücken kriechen, sich in sie hineinfressen, bis sie genauso hohl wäre wie die Nixe auf dem Bild über ihrem Bett.

Iben liegt hier unter dem Schnee, während sie selbst ein halbes Leben gelebt hat. Auf mehr als eine Art. Weder sie noch Peter sagen etwas, sie stehen nur schweigend nebeneinander.

Die Schneedecke auf dem Grab ist unberührt. Sie schaut sich nach Ibens Vater und ihren Brüdern um, aber sie haben den Friedhof schon verlassen, ohne sich dem Grab auch nur zu nähern.

Peter liest ihre Gedanken.

»Es geht das Gerücht, dass sie nicht wirklich hier begraben ist. Dass Ulf ihre Asche stattdessen über dem See verstreut hat. Das ist illegal, aber es hat wohl kaum jemanden gekümmert. Ulf hat immer getan, was er wollte.«

Laura nickt.

Es fühlt sich irgendwie richtig an, dass Iben nicht hier liegt, auf einem windigen Friedhof, zu Füßen eines grässlichen Monuments zu Ehren lauter toter Ahnen.

Iben ruht im See. Das hat Ulf Jensen gut gemacht.

Vielleicht sollte sie dasselbe mit Heddas Asche tun? Sie und Iben zusammen im See ruhen lassen.

Sie schließt die Augen, während sie sich ihre Tante und Iben draußen auf dem Steg vorstellt, nur wenige Schritte von ihr entfernt auf dem Weg Richtung Wasser.

Komm schon, Prinzessin, nicht zögern!

Wie aus dem Nichts kommt das ungute Gefühl wieder, noch stärker als vorher. Das Gefühl, auf das sie nicht hören wollte, weil sie im Gegensatz zu Hedda nicht an Ahnungen und Intuition glaubt, sondern an Fakten. An das, was man sehen, messen und beweisen kann. Aber das Gefühl lässt nicht nach. Es flüstert ihr zu, dass irgendetwas an der ganzen Sache nicht stimmt, dass unter der Oberfläche etwas vor sich geht, etwas, das ihr entgangen ist.

Sie öffnet die Augen und wendet sich an Peter.

»Gibt es einen Polizeibericht über Heddas Tod?«

15

WINTER 1987

Laura hatte gerade den Bus nach Gärdsnäset verpasst und keine Lust, eine Stunde auf den nächsten zu warten. Die Bushaltestelle war außerdem der erste Platz, an dem Iben nach ihr suchen könnte.

Iben, die sie verraten und hintergangen hatte. Es musste Iben gewesen sein, die Laura in der Nacht gesehen hatte, das war ihr jetzt klar. Iben, die von Källegården abgehauen war, nachdem ihr Vater und ihre Brüder eingeschlafen waren, um noch ein paar Stunden mit Jack verbringen zu können.

Das Stechen im Magen war zu einem Krampf geworden, der ihr Übelkeit verschaffte und sie zwang, immer wieder anzuhalten und mit den Händen auf den Knien auszuruhen.

In ihrem Hals brannte ein Schluchzen, das sie nicht herauslassen durfte. Noch nicht, nicht, bevor sie zu Hause in Gärdsnäset bei Hedda war. Sie richtete sich auf, ging weiter. Zwischen Vedarp und dem Feriendorf lagen knapp vier Kilometer, ein Spaziergang, der normalerweise eine halbe Stunde dauerte.

Sie war gerade an der Stelle vorbeigekommen, an der die Straßenbeleuchtung endete und der Wald begann, als sie anfing zu frieren. Ihr Körper hatte sich noch nicht an den Temperaturunterschied gewöhnt, und nur ein paar Minuten später begannen ihre Beine zu zittern.

Sie lief schneller, drehte sich dabei aber immer wieder um und hielt nach einem Auto Ausschau.

Nach einigen Minuten sah sie Scheinwerferlicht, das sich zwischen den Bäumen näherte, und sie hob den Arm und winkte. Der Wagen nahm schnell die Kurve, nur das eine Vorderlicht funktionierte, wodurch das Fahrzeug einäugig aussah. Sie machte einen vorsichtigen Schritt auf die Straße, damit sie besser gesehen wurde. Das Motorengeräusch änderte sich, als der Fahrer vom Gas ging. Es war ein alter, klappriger Volvo, den sie nicht kannte. Das Seitenfenster wurde heruntergekurbelt.

»Soll ich dich mitnehmen?«

Der Fahrer war ein Mann um die fünfzig. Er trug zurückgekämmtes Haar und einen Schnurrbart, der bis über sein Kinn herunterhing. Neben ihm auf dem Beifahrersitz saß ein großer, schwarzer Hund. Laura erkannte den Mann. Kent Rask. Tomas' Vater.

Sie schluckte.

»Wohin willst du?«

Laura sah sich unruhig um. Die schmale Straße war dunkel und leer. Ihre Knie zitterten vor Kälte.

»Gärdsnäset«, sagte sie, so fest sie konnte.

Kent Rask betrachtete sie von oben bis unten. Er verzog die Lippen zu etwas, was vielleicht ein Lächeln war.

»Steig ein.«

Er jagte den Hund auf die Rückbank und öffnete die Beifahrertür.

Der Wagen roch nach Tier, Zigaretten, Schweiß und Öl. Laura setzte sich ganz vorne auf den fleckigen Sitz.

Kent Rask zündete sich eine Zigarette an, während er belustigt zusah, wie sie nach dem Gurt suchte.

»Ich habe die Gurte abgemacht«, grinste er. »Ich fand, dass sie bloß stören.«

Die Gangschaltung knackte, und der Wagen fuhr an.

»Du bist die Nichte von Hedda Aulin.«

Eine Feststellung, keine Frage. Er nahm einen tiefen Zug aus der Zigarette und blies den Rauch Richtung Fensteröffnung, ungefähr so, wie Jack es immer tat.

»Mmm«, sagte Laura.

Obwohl es im Auto stank, war es schön, im Warmen zu sein.

Der Wagen wurde schneller. Aufgrund des kaputten Vorderlichts sah man nur die halbe Straße. Der Hund hatte sich mitten auf die Rückbank gesetzt. Seine Schnauze war nur zwanzig, dreißig Zentimeter von Lauras linkem Ohr entfernt, und seine Zunge hing aus dem offenen Maul. Er hatte große, weiße Zähne.

»Das Mädel aus der Stadt, dessen Vater in Geld schwimmt.«

Er machte sich über sie lustig, deshalb antwortete sie nicht. Das schien ihm nichts auszumachen.

»Für deine Tante läuft es auch nicht schlecht. Den ganzen Sommer ausgebucht. Sie und dieses Findelkind haben aus Gärdsnäset richtig was gemacht.«

Die spöttische Bezeichnung ließ Laura zusammenzucken.

»Er heißt Jack.«

Kent Rask grinste.

»Wenn du es sagst …«

Er zog wieder an seiner Zigarette und hielt mit der anderen Hand lässig das Steuer. Drei Punkte waren in die Falte zwischen Daumen und Zeigefinger tätowiert. Auf dem Handrücken war ein Dreieck oder möglicherweise eine Pyramide.

Der Wagen wurde noch schneller. Die Straße war zwar geräumt, aber an manchen Stellen lag zusammengepresster Schnee.

»Ihr habt eure eigene kleine Clique da draußen. Du, mein Tomas, Peter Larsson und die Tochter von Ulf Jensen. Hedas kleine Schar Tageskinder. Und dann noch Findel-Jack.«

Laura sah weg. Sie waren bereits einen Kilometer gefahren. Noch einer, dann waren sie an der Abzweigung, und sie hätte aussteigen können.

»Du und Iben Jensen, ihr seid beste Freundinnen, was?« Er blies Rauch aus. »Ihr Vater ist ein verdammter Wichtigtuer. Dauernd erzählt Ulf Jensen von seinen tollen Vorfahren und dass Källegården seit sechzehnhundertschießmichtot in Familienbesitz ist. Du hast bestimmt dieses Familienwappen gesehen, von dem er behauptet, sie hätten es beim Renovieren im Wohnhaus an der Wand gefunden.«

Er schnaubte, kurbelte die Scheibe noch ein paar Zentimeter weiter herunter und schnippte die Zigarettenkippe durch die Öffnung.

»Der Geizhals behauptet, seine Familie wäre adlig, aber er hat dieses Geschmiere garantiert selbst hingemalt. Hat das alles erfunden, um sich wichtig zu machen.«

Er nahm eine Kurve so eng, dass das Fahrzeug ins Wanken geriet. Laura hielt sich am Sitz fest. Sie näherten sich der Abzweigung nach Gärdsnäset, und er müsste jeden Moment langsamer werden.

»Und über seine Tochter wacht er auch wie ein Falke. Der Kerl, der mal versuchen wird, sich ihr zu nähern, ist ganz schön arm dran. In Ulfs Augen taugt doch keiner, der nicht einen adligen Namen hat, das kann ich dir versprechen. An seiner reinrassigen Zuchthündin lässt er keine Dorfstrolche herumschnüffeln. Oder was sagst du dazu, King?«

Der große Hund spitzte die Ohren, als er seinen Namen hörte.

»Aber es lässt sich nicht leugnen, dass Iben ganz schön ansehnlich geworden ist«, fuhr Kent fort. »Du übrigens auch. Wie heißt du doch gleich?«

Er legte die rechte Hand auf den Schalthebel, wobei der kleine Finger dicht an ihrem Knie war. Sie rutschte mit beiden Beinen so nah an die Tür wie möglich.

»Laura«, quetschte sie hervor.

Jetzt war die Abzweigung ganz nah, gleich würde das Schild auftauchen. Aber Kent fuhr in derselben Geschwindigkeit weiter.

»Laura, stimmt, ja. Laura Aulin. Wie alt bist du, Laura?«

»Fast sechzehn.«

»Aha. Dann bist du ja legal.«

Er grinste wieder, sehr unangenehm diesmal.

Laura drehte schnell den Kopf weg. Trotz des schwachen Scheinwerferlichts konnte sie die Ausschilderung Richtung Gärdsnäset hundert Meter vor ihnen erkennen.

»Sie können mich da rauslassen«, zeigte sie.

Kent Rask machte keine Anstalten, langsamer zu werden.

»Ich habe erst noch was Kleines zu erledigen«, sagte er. »Ein paar Sachen, die ich deiner Tante schulde. Ich dachte, wir könnten sie zusammen holen, danach fahre ich dich dann ganz nach Hause.«

»Das ist nicht nötig. Ich kann das letzte Stück zu Fuß gehen. Tante Hedda erwartet mich, sie wird bestimmt unruhig, wenn ich nicht ...«

»Eine Viertelstunde hin oder her spielt doch wohl keine Rolle. Dann haben wir Zeit, uns besser kennenzulernen.«

Der Wagen fuhr an dem Schild nach Gärdsnäset vorbei. Die nächste Abzweigung führte zu Jensens Hof.

»Halten Sie bitte an«, sagte Laura.

»Keine Sorge. Das dauert nicht lange.«

Ihre Angst schien ihn zu amüsieren.

Laura tastete nach dem Türgriff und warf einen kurzen Blick durch das Seitenfenster, wo die Bäume vorbeihuschten. Sie würde sich nie trauen, während der Fahrt hinauszuspringen, und selbst wenn sie es täte, würde sie sich höllisch wehtun. Aber nach der Abzweigung nach Källegården gab es nur noch kleinere Waldwege. Keine Nachbarn, niemand im Umkreis mehrerer Kilometer außer dem Schloss.

Ohne Vorwarnung begann der große Hund zu bellen. Laura war kurz davor aufzuschreien.

»Still, King!«

Kent Rask drehte sich um und hob seine Faust gegen den Hund.

Weiter vorne auf der Straße bemerkte Laura einige graue, vierbeinige Gestalten. Drei große Hirsche wurden im Licht des schwachen Autoscheinwerfers erkennbar. Sie standen mitten auf der Straße, mit gebeugten Köpfen, und machten keinerlei Anstalten wegzuspringen.

»Vorsicht!«, schrie sie.

Kent Rask trat auf Bremspedal. Laura wurde nach vorne

geschleudert und schlug sich die Stirn am Armaturenbrett. Im Inneren des Wagens waren laute Geräusche zu hören. Kents Flüche, Hundegebell, das Quietschen der Bremsen. Die Reifen, die über den Asphalt schlitterten, dann auf Schnee und Kies am Straßenrand trafen.

Ein kurzer Stoß, danach war es totenstill.

Laura tastete nach dem Türgriff. Die kalte Nachtluft machte ihren Kopf wieder klarer. Der Wagen stand in Schieflage mit dem linken Kotflügel im Graben. Eine Dampfwolke stieg von der Motorhaube auf. Sie krabbelte hinaus und rutschte ein paarmal aus, bevor es ihr gelang, auf die Fahrbahn zu kommen. Die Luft roch verbrannt. Ihr Schädel pochte von dem Stoß gegen das Armaturenbrett. Sie hörte Kent Rask immer noch fluchen, während er versuchte, die Fahrertür aufzumachen, die vom Straßengraben blockiert wurde.

Instinktiv begann sie, Richtung Gärdsnäset zurückzulaufen.

Die Abzweigung lag fünfhundert Meter entfernt, aber vorher gab es einen Waldpfad, den sie und Iben immer benutzten, wenn sie einander mit dem Fahrrad besuchten. Sie konnte ihn auch im Dunkeln gehen, wenn es nötig war.

Hinter ihr schlug eine Wagentür zu, gefolgt von dem scharrenden Geräusch, das der Anlasser eines Automotors verursachte.

»Spring nicht an, spring nicht an, spring nicht an«, flehte sie innerlich mit tränenerstickter Stimme.

Das Aufheulen des Motors ließ sie einen Blick über die Schulter werfen, sie sah Rück- und Bremslichter durch eine dichte Abgaswolke hindurch. Sie bewegten sich langsam, dann mit einem Satz, als der Wagen wieder auf die Fahrbahn kam. Laura versuchte, schneller zu rennen. Der Pfad war immer noch über hundert Meter entfernt, und die Straße war zu beiden Seiten von dichtem, fast undurchlässigem Nadelwald umgeben.

Sie schaute noch einmal über die Schulter. Kent Rask hatte

es geschafft, das Fahrzeug zu wenden. Das einzelne Vorderlicht des Wagens leuchtete ihr einäugig entgegen, als er Fahrt aufnahm. Aber aus der entgegengesetzten Richtung näherten sich auch Scheinwerfer. Ein Auto mit eingeschaltetem Fernlicht.

Sie hob die Arme und winkte wild, um den Fahrer zum Halten zu bringen. Der einäugige Volvo war jetzt direkt hinter ihr, aber sie rannte weiter, mitten in das Scheinwerferlicht des anderen, schnell näher kommenden Fahrzeugs hinein. Sie hörte das Geräusch von Bremsen, erst die quietschenden von Kent Rasks Auto, danach die von dem anderen, neueren. Dann sah sie, welcher Wagen vor ihr angehalten hatte. Der Van von Ibens Vater. Die Fahrertür ging auf, und Ulf Jensen stieg aus.

Sie stürzte auf ihn zu und warf sich ihm an den Hals. Vor Erleichterung brach sie in Tränen aus.

»Was ist passiert, Laura? Geht's dir gut?«

Sie schluchzte an seiner Brust, ohne ein Wort herauszubringen.

Die Tür des Volvos öffnete sich.

»Was zum Teufel treibst du, Kent?«, wollte Ulf wissen.

»Auf der Straße waren Hirsche«, sagte Kent Rask. »Wir sind im Graben gelandet. Sie hat wohl einen Schreck gekriegt.«

Laura bekam vor lauter Weinen keine Luft mehr, sodass sie nicht sprechen konnte, aber sie schüttelte so heftig den Kopf, wie sie konnte.

»Ist es wirklich das, was passiert ist, Laura?«, fragte Ulf.

Laura schüttelte weiter den Kopf und presste ihr Gesicht an seine Brust.

Kent Rask kam mit dem großen, schwarzen Hund neben sich näher.

»Sie hat nur einen Schreck gekriegt. Ist halt an das Leben auf dem Land nicht gewöhnt. Ich fahre sie nach Hause nach Gärdsnäset.«

Ulf Jensen hob die Hand.

»Du hast deinen Teil für heute Abend getan. Ich fahre Laura nach Hause, dann kannst du Hedda morgen früh erklären, was passiert ist.«

Kent Rask schaute Ibens Vater wütend an. Der schwarze Hund begann zu knurren.

»Ich bin für sie verantwortlich. Ich fahre sie nach Hause.«

Die beiden Männer starrten sich an. Keiner von ihnen schien nachgeben zu wollen.

»Du scheinheiliger Mistkerl«, brummte Kent Rask. »Stolzierst auf deinem Hof herum und prahlst mit deiner feinen Familie. Aber du vergisst, dass ich weiß, welche Leiche bei dir im Keller liegt.«

»Was zum Teufel meinst du damit?«

Ibens Vater war rot geworden.

»Nichts.«

Kent Rask trat ein paar Schritte zurück und brummte etwas, was den Hund zum Schweigen brachte.

»Fahr sie nach Hause, wenn du willst, Ulf. Ich habe wahrlich Wichtigeres zu tun, als mich um verrückte Mädchen zu kümmern.«

Er spuckte aus, und sein Rotz landete nur wenige Zentimeter von Ulf Jensens Schuh entfernt. Dann drehte er sich um und ging zu seinem Wagen zurück.

16

Die Polizeiwache von Vedarp befindet sich im Giebel des Rathauses und besteht nur aus zwei Zimmern mit einer schmalen Teeküche dazwischen. Der vordere Raum ist eine kleine Rezeption, der hintere Peters Büro.

Öffnungszeiten dienstags und donnerstags 12-14 Uhr, steht auf einem Schild an der Tür. *Außerhalb dieser Zeiten wenden Sie sich bitte an die Polizeiwache in Ängelholm oder an 11414. In Notfällen rufen Sie 112.*

»Tja, hier arbeite ich«, sagt Peter und breitet die Arme aus. »Möchtest du einen Kaffee?«

»Lieber Tee, wenn es den gibt.«

»Kein Problem. Geh rein und setz dich so lange.«

Im hinteren Zimmer stehen ein paar Sessel, ein Schreibtisch und einige Regale. Auf dem obersten Regalbrett steht ein Modell. Ein Flugzeug aus dem Zweiten Weltkrieg, so detailgenau und sorgfältig konstruiert, dass man sogar sieht, wie der winzig kleine Pilot im Cockpit den Daumen hebt. Peter hat mit dem Modellbau, der schon als Kind sein Hobby war, offenbar weitergemacht und ein höheres Niveau erreicht. Das ist irgendwie süß.

Auf dem Brett darunter steht ein großes Schulfoto von einem Mädchen im Teenageralter, das Peters Tochter sein muss. Es hat kurze, rabenschwarze Haare, stark geschminkte Augen und zwei Ringe in der rechten Augenbraue. Der Blick ist zugleich trotzig und gelangweilt.

Neben dem Bild der Tochter steht ein Hochzeitsfoto. Auf dem Bild scheint Peter etwa dreißig Jahre alt zu sein, er trägt Paradeuniform und eine weiße Schirmmütze. Er schaut mit glücklicher Miene in die Kamera. Die Frau neben ihm kann nicht älter als fünfundzwanzig sein. Sie ist platinblond und, auf eine kühle und ein bisschen unpersönliche Art, sehr schön.

Das Kleid, das sie trägt, sieht teuer aus, der Ring am Finger auch. Wahrscheinlich hat ihr Vater bezahlt. Johnny Miller ist vielleicht kein Troll, aber er ist so reich wie einer. Sie denkt an Peters teure Armbanduhr. Vermutet, dass sie ein Hochzeitsgeschenk war.

An den Wänden hängen zahlreiche gerahmte Diplome. Interpol, FN, Europol.

Es fällt ihr schwer, dies alles mit dem Peter zusammenzubringen, mit dem sie aufgewachsen ist. Den Auszeichnungen nach ist er ein guter Polizist. Jemand, der in der Welt herumgekommen ist. Trotzdem sitzt er hier, allein in einer winzigen Lokalwache mitten im Nirgendwo.

»Wo hast du gearbeitet, bevor du hierhergekommen bist?«, fragt sie, als er mit zwei verschiedenen Tassen eintritt.

Er stellt sie auf den Schreibtisch und hält ihr eine kleine Kiste mit unterschiedlichen Teebeuteln hin, bevor er antwortet.

»Reichskriminalamt. Oder Nationale Operative Abteilung, NOA, wie es jetzt heißt. Aber das ist schon zwei Jahre her.« Er setzt sich auf seinen Schreibtischstuhl. »Nachdem Viktoria gestorben war, habe ich mich beurlauben lassen. Ich habe erst im Frühjahr wieder angefangen zu arbeiten.«

Er nimmt einen Schluck aus seiner Tasse.

»Das hier ist ein guter Job«, fährt er fort. »Vielleicht nicht so spannend, aber ich bin mein eigener Herr und kann mit dem Rad zur Arbeit fahren. Zu Hause sein, wenn Elsa aus der Schule kommt. Bist du eigentlich verheiratet?«

Sie schüttelt den Kopf über den raschen Übergang.

»Seit einem Jahr geschieden.«

Jetzt ist sie dran, das Thema zu wechseln, am besten schnell. Bevor er dazu kommt zu fragen, ob sie Kinder hat.

»Deine Tochter ist sehr hübsch«, sagt sie und deutet mit einem Nicken auf die Fotografie von Elsa.

»Danke.« Peters Gesicht erhellt sich. »Elsa hat es etwas schwer, seit Viktoria gestorben ist. Aber wir sind auf einem guten Weg. Sie kommt im Herbst in die Oberstufe.«

Peter stellt seine Tasse weg und drückt ein paar Tasten am Computer. Der Drucker in einer Ecke des Raums erwacht zum Leben.

»Ich war als Erster draußen in Gärdsnäset. Der Landbriefträger fand Hedda früh am Nachmittag. Er rief die 112. Ich kam kurz vor der Feuerwehr und dem Krankenwagen.«

Er steht auf, holt die ausgedruckten Dokumente und legt sie vor sie hin.

»Das sind die Anzeige und mein Bericht. Mehr gibt es nicht. Bei einem natürlichen Todesfall wird keine Obduktion gemacht. Hedda hatte zwei Herzinfarkte, den letzten Anfang Herbst. Doktor Olson hatte sie davor gewarnt, in die Sauna zu gehen und im Winter zu baden, aber du kannst dir sicher vorstellen, was Hedda von solchen Dingen hielt.«

»Sie schickte ihn zum Teufel, nehme ich an?«

Peter lächelt schief.

»So in etwa.«

Laura gefällt sein Lächeln.

Zurück im Hotelzimmer legt sie die Papiere, die sie von Peter bekommen hat, vor sich auf den Schreibtisch. Ihr Telefon summt, was es auf der Fahrt von Vedarp hierher auch schon ein paarmal getan hat. Es ist Andreas, der anruft, aber sie hat weder Zeit noch Lust, jetzt mit ihm zu sprechen.

Eigentlich weiß sie selbst nicht, wonach sie im Polizeibericht sucht. Vielleicht ist es nur der Versuch, das irritierende Gefühl zum Schweigen zu bringen.

Peters Bericht ist kurz, in trockener Amtssprache gehalten, frei von Emotionen.

Kriminalinspektor Peter Larsson wurde am oben genannten Tag wegen einer tot aufgefundenen Person zur Ferienanlage Gärdsnäset gerufen. Die Meldung machte Landbriefträger John Elwin. Im Wasser neben dem Badesteg fand sich der Körper einer älteren Frau.

Dann folgt eine Liste der Maßnahmen, die ergriffen wurden. Die Freiwillige Feuer barg ihren Körper, der Krankenwagen wurde nicht benötigt und daher weggeschickt, der diensthabende Arzt gab offiziell bekannt, was alle bereits wussten.

Der diensthabende Arzt G. Olsson stellte um 14:43 Uhr den Tod fest. Seiner Einschätzung nach hatte der Leichnam mindestens seit dem Vorabend im Wasser gelegen. Er identifizierte die Tote als Hedda Aulin, 72 Jahre alt, wohnhaft an genannter Adresse und zudem Patientin Olssons.

Und dann die letzte Zeile, in der alles zusammengefasst wurde:

Zum Zeitpunkt der Anzeige bestand kein Verdacht auf ein Verbrechen.

Laura liest die Zeugenbefragung des Landbriefträgers, der nur die gleiche Geschichte erzählt, die sie schon von Håkansson gehört hat. Dass er zum Haus fuhr, anklopfte, aber keine Antwort bekam, ins Haus schaute, feststellte, dass es leer war, und dann von der Haustür aus etwas im Wasser liegen sah. Erkannte, was es war, und die 112 anrief.

Das letzte Blatt ist ein Protokoll mit ein paar Digitalfotos, die Peter gemacht haben musste.

Laura nimmt sich zusammen.

Auf dem ersten sieht man den Körper im schwarzen Wasser. Hedda liegt auf dem Bauch, und alles, was über die Wasseroberfläche ragt, sind der Hinterkopf, der obere Teil des Rückens und die Rückseite der Arme. Die Haut ist kreideweiß, das graue Haar voll zarter Eiskristalle, und alles wirkt auf gewisse Weise schrecklich, schön und unwirklich zugleich. Es erinnert an ein Bild aus einem alten Märchenbuch.

Die schwache Strömung hat den Körper gegen den Steg gedrückt, anstatt ihn mit sich nach Alkärret wegzuführen. Etwas Helles ist an dem einen Bein zu sehen. Sie beugt sich näher zum Bild. Wahrscheinlich ein Handtuch. Aber warum liegt es im Wasser, halb um das eine Bein gewickelt? Es kann natürlich hineingeweht worden sein. Der Körper hat eine ganze Nacht und einen halben Tag im See gelegen, Zeit genug für den Wind, das Handtuch zu ergreifen.

Sie liest Peters Kommentare zu den Fotos durch. Er hat auch den Umkleideraum im Saunaschuppen fotografiert. Er hat das Aggregat in der Sauna kontrolliert und festgestellt, dass es an eine Zeitschaltuhr gekoppelt ist, die die Sauna jeden Abend um halb sechs ein- und um zehn Uhr ausschaltet, und dass Heddas Kleider an einem Haken hingen.

Sie greift nach dem letzten Bild. Es zeigt den Steg aus einiger Entfernung. Ein schwacher Dunst hängt über dem Wasser, und weit draußen auf der anderen Seite kann man den Umriss von Johnny Millers Haus erkennen.

Das Bild ist schön, aber auch beunruhigend, ohne dass sie richtig weiß, warum.

Laura lehnt sich zurück und verschränkt die Hände im Nacken. Hier ist nichts Seltsames zu finden. Eine alte Frau sauniert und badet, obwohl sie zwei Herzinfarkte gehabt hat und entgegen den Anweisungen ihres Arztes. Warum begnügt sie sich nicht damit?

Sie bekommt langsam den Verdacht, dass es ihr um etwas anderes geht. Dass es eigentlich die Enttäuschung wegen Jack ist, die an ihr nagt. Sie ist hierhergefahren, hat sich all dem ausgesetzt, und dann taucht er nicht auf. Vielleicht, weil er nicht wollte, aber noch wahrscheinlicher, weil er irgendwo anders auf der Welt lebt und nicht die geringste Ahnung hat, dass Hedda tot ist. Weil er seit vielen Jahren weder an den Vintersjö noch an Gärdsnäset noch an Hedda oder sie selbst den geringsten Gedanken verschwendet hat. Und warum hätte er das auch tun sollen? Jack wurde im Prinzip von hier weggejagt. Er fürchtete um sein Leben.

Aber die Zigarettenstummel, flüstert eine leise Stimme in ihrem Ohr. Fünf rote Prince, genau die Marke, die Jack geraucht hat.

Allerdings ist Prince nicht gerade eine besondere Marke. Vielleicht war es einfach ein neugieriger Dorfbewohner, der einen Blick auf sie werfen wollte. Die Erklärung wirkt dünn, das merkt sie selbst. Aber im Moment hat sie keine bessere.

Sie steht auf. Der Badeanzug, den sie im Badezimmer auf den Handtuchhalter gehängt hat, ist seit gestern getrocknet, und sie beschließt, noch einmal ein paar Tausend Meter zu schwimmen, um den Kopf frei zu kriegen. Um Jack, Peter, Hedda und den Vintersjö ein für alle Mal hinter sich zu lassen, bevor sie morgen früh zurückfährt.

Leider befindet sich eine lautstarke Familie mit Kindern im Pool. Laura wartet eine Weile im Bademantel auf einer Bank ab, aber als die Familie Gesellschaft von einigen glotzenden Geschäftsleuten mit behaarten Bierbäuchen bekommt, beschließt sie aufzugeben.

Auf dem Weg zur Umkleide kommt sie an der Sauna vorbei. Es ist niemand drin, also schlüpft sie hinein. Sie lässt den Badeanzug an, trotz eines Schilds mit dem Hinweis, dass es verboten ist. Sie setzt sich und genießt die Wärme und den Duft nach warmer Kiefer.

Fünfundachtzig Grad, dem Thermometer an der Wand zufolge. Perfekte Saunatemperatur, hätte Hedda gesagt.

Und plötzlich begreift Laura, dass sie etwas übersehen hat. Was an der ganzen Sache nicht stimmt.

17

WINTER 1987

Am nächsten Morgen bedeckte das Eis noch ein Stück mehr vom See.

»Wenn es so weitergeht, können wir am Wochenende die Schlittschuhe rausholen«, sagte Hedda und legte den Arm um Laura. »Du hast doch wohl nicht vergessen, wie man eisläuft?«

Sie gingen auf dem östlichen Weg durch das Feriendorf. Dabei folgten sie dem Seeufer, kamen an den Hütten zehn und zwölf vorbei, dann an der verschneiten Minigolfbahn und am Fußballplatz. Laura hatte zu Jacks Fenster hinaufgeschaut, als sie das Bootshaus passierten, aber das Licht oben war aus und die Gardine vorgezogen.

Es war erst Viertel nach sieben, und der Sonnenaufgang begann allmählich, den Himmel zu erhellen. Hedda zog den Schlitten mit der Axt hinter sich her.

Das Schloss Vintersjöholm besaß eine große Weihnachtsbaumplantage hinter Alkärret am östlichen Ende des Sees. Jedes Jahr schlichen sich Hedda und Laura an einem frühen Morgen kurz vor dem Luciatag durch den Sumpf zum Tannenwald. Wenn sie einen perfekten Baum gefunden hatten, hielt Laura Wache, während ihre Tante die Axt schwang. Dann eilten sie mit ihrer Beute zurück, bevor jemand sie erwischte.

»Wie zwei Guerillakämpfer nach einer Razzia«, sagte Hedda immer.

Normalerweise war das Weihnachtsbaumschlagen eine von Lauras Lieblingstraditionen, aber an diesem Morgen fiel es ihr schwer, in die richtige Stimmung zu kommen.

»Wie geht es deiner Beule?«

Hedda blieb stehen und strich Laura über die Stirn.

»Es geht.«

Laura hatte nicht alle Details des gestrigen Abends erzählt, sondern im Großen und Ganzen Ibens Vater beigepflichtet, als dieser seine Version der Ereignisse geschildert hatte. Dass Kent Rask sie mitgenommen hatte, dass sie im Graben gelandet waren und dass sie vom Aufprall etwas benommen gewesen war. Sie wollte den Rest nicht erzählen, weder dass Kent Rask ihr Angst gemacht hatte, noch warum sie überhaupt auf eigene Faust nach Hause gelaufen war, anstatt auf den Bus zu warten.

Hedda hatte zum Glück nicht so viel gesagt. Sie hatte lediglich Ulf Jensen für die Hilfe gedankt, die Beule untersucht und Laura in die Augen geleuchtet, um zu kontrollieren, ob sie eine Gehirnerschütterung hatte. Dann hatte sie zum Abendessen einen Nudelauflauf gemacht, die Arme um Laura geschlungen und neben ihr auf dem Sofa gesessen, bis Laura vor dem Fernseher eingeschlafen war, als verstünde sie, dass jetzt Nähe gefragt war und kein Kreuzverhör.

»Ist dir schlecht?«

Laura schüttelte den Kopf.

»Ulf sagte, dass ihr kurz hinter der Abfahrt nach Källegården von der Straße abgekommen seid. Warum hat Kent dich nicht einfach am Gärdsnäsweg rausgelassen?«

Eine gute Frage. Laura hatte sie sich auch schon hundertmal gestellt. Warum war Kent Rask weitergefahren? Was wäre passiert, wenn die Hirsche nicht aufgetaucht wären?

»Er hat gesagt, dass er etwas holen will, was er dir schuldet.«

»Aha.«

»Weißt du, was er damit meinte?«

Hedda nickte.

»Eine alte Sache, ich dachte, er hätte es vergessen. Waldgeschäfte, du weißt schon.«

Waldgeschäfte, die behielt man immer ein bisschen für sich. Wie das eine Mal, als Tante Hedda ihr beigebracht hatte, aus

Lehm und Tannennadeln im Gartenhaus »Elchscheiße« herzustellen und sie in Dosen zu füllen, um sie im Laden an deutsche Sommertouristen zu verkaufen.

Laura wollte fragen, was für Waldgeschäfte Hedda und Kent Rask miteinander betrieben, aber ihre Tante ging jetzt schneller und hatte ein paar Meter Vorsprung. Laura war erleichtert und kam sich zugleich ein bisschen dumm vor. Kent Rask hatte wirklich etwas zu erledigen gehabt. Ihre Angst war unnötig gewesen.

»Hier möchte Jack im Frühjahr roden.« Hedda wies zwischen die Bäume. »Er denkt, dass wir hier acht bis zehn Wohnwagen hinstellen könnten und mindestens genauso viele Zeltplätze, wenn wir nur die Feuchtigkeit vom Sumpf in den Griff bekommen.«

Jacks Name versetzte Laura einen Stich.

Sie erreichten die Steinmauer, die das Feriendorf zum Sumpf hin eingrenzte. Über die Mauer führte eine Mischung aus Treppe und Steg mit einem ordentlichen Geländer zu beiden Seiten.

»Hier, fass hinten an.«

Gemeinsam hoben sie den Schlitten hinüber. Der Schnee machte die Holzstufen rutschig, und es dauerte ein paar Minuten, bis sie auf der anderen Seite waren.

Alkärret war der einzige Berührungspunkt zwischen Källegården und dem See. Ein paar Hektar tief liegenden Sumpflandes, eingeklemmt zwischen Gärdsnäset und Vintersjöholm, das weder für den Ackerbau noch als Bauland taugte. Ulf Jensen hielt im Sumpf Schafe, eine ungewöhnliche Rasse, die das ganze Jahr über draußen blieb und deren Name sehr schwierig auszusprechen war. Laura und Iben hatten die Schafe mit ihren blauschwarzen Köpfen und glotzenden Augen immer ein bisschen hässlich gefunden, aber meistens hielten sich die Tiere in der Nähe der Landstraße auf, wo der Boden weniger sumpfig war, sodass man sie kaum zu Gesicht bekam.

Der Fußpfad ging in einen kleinen, schneebedeckten Steg

aus parallel liegenden Brettern und seitlich eingeschlagenen Pfosten über, der sich zwischen den Baumstämmen hindurchschlängelte. Hier und da war der Schnee weggeweht, und man sah dunkle Felder gefrorenen Wassers.

»Der Blick der Wassernixe«, sagte Hedda und zeigte auf die Eisflächen. »Also, überleg dir, was du tust.«

Sie knuffte Laura mit dem Ellenbogen in die Seite.

Laura verzog das Gesicht, um deutlich zu machen, dass sie sich nichts aus alten Märchen machte. Trotzdem musste sie immer wieder verstohlen auf die schwarzen Eisflächen starren. Sie sahen wirklich wie Augen aus.

Der Sumpf lag beinahe still da, alles, was man hörte, waren das Geräusch ihrer Schritte und das schwache Schaben des Schlittens auf dem Steg. Die Stille wurde ab und zu aus der Ferne von den Rufen einiger früher Krähen unterbrochen.

Laura wollte Hedda vom gestrigen Tag erzählen. Von dem Treffen mit Iben. Von ihr und Jack. Aber zugleich wollte sie es seltsamerweise auch nicht. Vielleicht hatte sie Angst vor dem, was die Tante sagen würde. Stattdessen beschloss sie, ein anderes Thema anzusprechen, das sie störte.

»Warum hast du in deinen Briefen nichts von Milla gesagt?«, fragte sie.

Hedda blieb stehen.

»Ach, ich dachte, ich hätte es getan, aber es war so viel los im Herbst.« Die Tante machte eine entschuldigende Geste. »Eine alte Freundin von mir, die weiter oben im Norden Sozialarbeiterin ist, meldete sich. Eigentlich war nicht geplant, dass Milla länger als zwei, drei Wochen hierbleiben würde. Aber die Dinge entwickelten sich anders, deshalb habe ich eingewilligt, dass sie hier wohnen kann, bis sie im Frühjahr achtzehn wird. Wir haben im Winter viel Platz. Nur Jack und ich sind hier draußen.«

»Und ich!«, sagte Laura schroff.

Hedda lächelte, blieb wieder stehen und strich ihr über die Stirn.

»Und du natürlich. Ich hätte wirklich etwas sagen sollen. Kannst du mir verzeihen?«

Laura wollte irgendwie noch eine Weile sauer sein. Aber Hedda hatte dieses Gesicht, das es so schwer machte, ihr böse zu sein.

»Klar«, brummte sie.

Ihre Tante schlang die Arme um sie und bohrte ihr einen Finger in die Rippen.

»Ich habe nichts gehört. Verzeihst du mir?«

Laura machte einen Schritt vom Steg hinunter, verlor das Gleichgewicht und landete in einer Schneeverwehung, Hedda über sich. Die Tante kitzelte sie weiter.

»Sag, dass du mir verzeihst. Jetzt.«

Laura strampelte und versuchte, keine Miene zu verziehen, aber das war unmöglich. Sie war extrem kitzelig, und Hedda wusste genau, wie sie das ausnutzen konnte.

»Ja, ja, ich verzeihe dir«, lachte sie.

Die Kitzelei hörte auf, ihre Tante rollte sich zur Seite, und sie blieben nebeneinander im Schnee liegen.

»Ich liebe dich, meine perfekte kleine Prinzessin.«

Laura antwortete nicht. Das Glücksgefühl, nach dem sie suchte, seitdem sie hier angekommen war, schien endlich in Reichweite zu sein. Aber dann fiel ihr wieder der gestrige Tag ein.

»Warum musste Milla umziehen?«, fragte sie, um die Gedanken fernzuhalten.

»Sie hatte einige Probleme. Musste für eine Weile weg.«

»Was für Probleme?«

»Sie geriet in die falschen Kreise. Machte ein paar Dummheiten. Das passiert schnell, wenn man jung und dumm ist und meint, man sei unsterblich. Ich war selbst auch so.«

»Was hast du gemacht?«

Hedda antwortete nicht, stattdessen rappelte sie sich auf, klopfte sich den Schnee ab und streckte Laura eine Hand entgegen.

»Na, was sagst du? Sollen wir den Baum schlagen, bevor der Förster aufwacht?«

Sie kletterten wieder auf den Steg hinauf und liefen weiter Richtung Schloss. Laura ging voran, Hedda folgte einige Meter weiter hinten mit dem Schlitten. Das heisere, aufgeregte Geschrei der morgendlichen Krähen war immer stärker zu hören, je näher sie einem Stück festeren Landes kamen, auf dem eine alte Eiche wuchs. Schwarze, flatternde Flügel waren oben in dem alten Baum zu sehen, aber die Vögel waren so beschäftigt, dass sie Hedda und Laura kaum registrierten.

Dann, wie aus dem Nichts, stank es so heftig, dass Laura kaum noch atmen konnte. Petroleum, verbranntes Haar, Fleisch, das zu lange auf dem Grill gewesen war.

»Laura«, sagte Hedda warnend, aber sie hatte bereits den Blick nach oben gerichtet.

In einer Schlinge von einem Ast herab hing ein Körper. Laura stöhnte auf, erkannte einen dreieckigen, blauschwarzen Kopf, dessen Zunge heraushing. Eine Brust mit weißen Rippen und Reste verbrannter Wolle.

Eine Krähe saß auf dem verbrannten Kopf des Schafkadavers und schlug immer wieder seinen harten Schnabel tief in die leeren Augenhöhlen. Sie zog etwas Graues, Wabbeliges heraus, das sie mit einer zuckenden Bewegung hinunterschluckte.

Der Gestank schien trotz der Kälte mit jeder Sekunde zuzunehmen, sodass sich Lauras Magen zusammenzog. Sie zwang sich, den Blick von dem toten Schaf abzuwenden, und eilte zum nächsten Baum. Sie stolperte, fiel auf die Knie und schaffte es gerade noch, sich nicht auf ihre Jacke zu erbrechen.

»Nicht schon wieder«, hörte sie Hedda murmeln. »Nicht noch eins …«

18

Es beginnt zu dämmern, und die Außenbeleuchtung geht gerade an, als sie ihren Wagen vor Heddas Haus parkt. Die Krähen heißen sie mit ihrem üblichen Geschrei willkommen.

George kommt durch die Katzenklappe gerannt, als würde das Tier sie an ihren Schritten wiedererkennen. Die Katze streicht so hingebungsvoll um ihre Beine, dass Laura stolpert und dabei gegen die leeren Futterdosen tritt, die vor der Haustür stehen. Sie bleibt stehen. Vier Dosen, zählt sie. Zwei mehr als gestern.

Sie schaut zum Wald hinüber, aber zwischen den Bäumen ist es bereits dunkel.

»Hallo?«, ruft sie. »Ist da jemand?«

Keine Antwort. Sie bleibt noch eine Minute stehen und lauscht, aber alles, was sie hört, ist der Wind in den Baumkronen.

Sie öffnet die Tür, schließt sie hinter sich und sperrt ab. Obwohl sie diesmal auf das Chaos im Haus vorbereitet ist, ekelt es sie fast genauso wie am Tag zuvor. Sie geht zwischen Möbeln und Bergen an Gerümpel hindurch und betätigt alle Lichtschalter, die sie findet.

Das Badethermometer liegt im Küchenfenster neben dem Fernglas und den Porzellanfiguren, so wie sie es in Erinnerung hatte.

Es zeigt neunzehn Grad an, was bedeutet, dass es einigermaßen funktioniert. Auf der einen Seite hat das Thermometer einen Schwimmer mit einer Plastiköse, damit man es mit einer Schnur verankern kann und es nicht wegschwimmt.

Warum liegt das Thermometer hier drin, anstatt wie immer am Badesteg zu hängen, sommers wie winters? Darauf gibt es eine vernünftige Antwort. Vielleicht war Hedda einfach nicht mehr so an der Wassertemperatur interessiert gewesen. Das war nicht schwer nachzuprüfen. Laura bahnt sich einen Weg zum Kamin in der einen Ecke des Wohnzimmers. An der Wand daneben hängt ein Bücherregal voller Bücher, die mit Staub, Spinnennetzen und toten Fliegen bedeckt sind. Auf dem untersten Brett befinden sich Notizbücher mit grünem oder blauem Deckel. Bestimmt über vierzig Stück.

Das ist lustiger als ein Tagebuch. Und irgendwie habe ich einen Narren daran gefressen.

Sie zieht das Badebuch ganz links heraus, das weniger staubig als die anderen ist und daher das aktuelle sein müsste.

Die Seiten sind in Spalten eingeteilt, was ihrer Erinnerung entspricht. Eine für Datum und Uhrzeit, eine breitere für die badenden Personen, eine Spalte für die Außentemperatur und zum Schluss eine für die Wassertemperatur.

1. Januar 2017, 19:32, Hedda, Luft 0 Grad, Wasser +2 Grad, lautet der erste Eintrag im Buch.

Der folgende ist beinahe identisch.

2. Januar 2017, 19:26, Hedda, Luft -1 Grad, Wasser +2 Grad.

Laura blättert vor. Hedda badete im Prinzip jeden Abend. Das Datum ändert sich, die Luft- und die Wassertemperatur steigen langsam an, die einzige Spalte, die unverändert bleibt, während die Tage zu Wochen und zu Monaten werden, ist die für den Namen. Hedda badete allein, Abend für Abend, aber fühlte sich dennoch gezwungen, es genauso sorgfältig zu notieren wie die übrigen Angaben.

Es hat etwas Manisches und zugleich Trauriges an sich, das Gästebuch eines einsamen Menschenlebens.

Laura blättert weiter. Die einzige Unterbrechung kommt Ende September. Sie dauert fast drei Wochen, was Laura überrascht, bis sie begreift, dass das wohl die Zeit war, in der Hedda nach ihrem zweiten Herzinfarkt im Krankenhaus lag. Mitte Oktober ist Hedda dann wieder da. Sie trotzt den Anweisungen des Arztes und setzt ihr Herz weiterhin täglich hohen und niedrigen Temperaturen aus, die sie genauso sorgfältig wie vorher in ihrem Buch notiert.

Und dann, am zwölften November, hören die Aufzeichnungen im Badebuch auf, genau eine Woche, bevor Hedda stirbt. Dafür kann es zwei Erklärungen geben. Die eine und einfachste ist, dass Hedda einfach die Lust daran verloren hat, ihre Badetouren einzutragen. Dass sie ohne Vorwarnung eine Routine unterbrochen hat, der sie mindestens vierzig Jahre lang minutiös gefolgt ist.

Die zweite Erklärung, und Laura ist überzeugt, dass die zutrifft, ist, dass Hedda aus irgendeinem Grund das Thermometer aus dem Wasser geholt und beschlossen hat, kein Winterbad mehr zu nehmen. Aber warum?

Wenn der Herzinfarkt im September sie nicht dazu gebracht hat, den Rat des Arztes zu befolgen, was hat sie dann dazu veranlasst?

Laura denkt an die Fotos, an das Handtuch, das im Wasser lag, halb um ein Bein gewunden, als wäre es um Heddas Körper gewickelt gewesen, als sie ins Wasser fiel, und nicht vom Steg geweht worden.

Sie holt ihr Handy hervor und ruft die Nummer an, die Peter ihr gegeben hat. Er antwortet beim zweiten Klingeln.

»Hier ist Laura. Ich glaube, dass du dich bei Heddas Todesursache geirrt hast.«

Es raschelt im Telefon, als er es näher an seinen Mund schiebt.

»Warum das denn?«

Sie erzählt ihm vom Badebuch und dem Thermometer. Dann spricht sie von dem Handtuch, das nicht im Wasser gelegen haben dürfte. Peter hört ihr zu, ohne sie zu unterbrechen.

»Es gibt da eine Sache, die ich nicht erwähnt habe«, sagt er leise, als sie fertig ist.

Sie hört ihn im Zimmer herumgehen, das Geräusch einer Tür, die leise geschlossen wird.

»Also.« Er räuspert sich. »Auf dem Badesteg lag ein Feuerzeug. Als ich Heddas Haus untersuchte, fand ich Zigarettenpapier und eine ziemlich große Tüte mit Marihuana auf dem Küchentisch.«

Laura zuckt zusammen.

»Warum steht das nicht im Polizeibericht?«

»Weil ich die Sachen alle entsorgt und die Toilette runtergespült habe. Die Leute im Ort haben ohnehin schon genug Mist über Hedda geredet. Aber ich hätte es dir auf der Wache vielleicht erzählen sollen. Erinnerst du dich eigentlich noch an das Gewächshaus hinter dem Geräteschuppen?«

»Natürlich. Hedda pflanzte dort magische Kräuter an. Alraunen und Belladonna. Deshalb durften wir auf keinen Fall dorthin gehen. Denn …«

»… Magie ist nichts für Kinder«, beendet Peter den Satz.

Einen Moment lang ist es still. Lauras Hirn kommt endlich hinterher.

»Du meinst?«

»Dass diese magischen Kräuter sich als ganz gewöhnlicher Cannabis sativa entpuppt haben. Ein ziemlich professioneller kleiner Heimanbau.«

Diese Enthüllung überrascht Laura einerseits, andererseits aber auch nicht.

»Das erklärt so einiges«, sagt sie nach ein paar Sekunden Bedenkzeit. »Das Hängeschloss am Gewächshaus, die selbst gedrehten Zigaretten, die Hedda draußen auf dem Steg rauchte, wenn sie ihre Ruhe haben wollte. Dass ihre Kleider manchmal komisch rochen.«

»Das Gleiche habe ich auch gedacht. Dass wir das nicht kapiert haben.«

»Wir sind in Heddas Welt aufgewachsen«, sagt sie. »Magische Kräuter, Wassernixen, schwarze Schwäne, Katzen, die wiedergeboren wurden. So war es einfach.«

Sie sieht Hedda vor sich, draußen auf dem Steg an einem Sommerabend, allein, einen Joint in der Hand. Die Füße baumelten im Wasser, und der Blick war auf den See gerichtet.

Manchmal, Prinzessin, muss man mit seinen Gedanken allein sein.

»Denkst du, dass Hedda noch mehr Geheimnisse hatte?«, fragt sie.

»Vielleicht. Aber das werden wir wohl nie erfahren.«

Es wird still im Hörer. Im Hintergrund wird eine Tür geöffnet, dann hört man die Stimme einer jungen Frau.

»Warte kurz, Elsa. Ich bin gerade am Telefon«, sagt Peter.

Die Tür wird mit einem Knall zugeschlagen.

Er seufzt.

»Ich muss auflegen, Laura. Ich wäre dir dankbar, wenn du das alles nicht an die große Glocke hängst. Rein formell betrachtet habe ich ein Dienstvergehen begangen. Aber ich habe es für Hedda getan.«

»Natürlich. Du kannst dich auf mich verlassen.«

»Danke. Und es war übrigens schön, dich wiederzusehen. Melde dich, wenn du noch mal hier runterkommen solltest.«

Sie beenden das Gespräch, und Laura bleibt mit dem Handy in der Hand sitzen.

Bevor sie dazu kommt, es in ihre Tasche zu stecken, vibriert es. Sie vermutet, dass Andreas anruft, und will den Anruf gerade wegdrücken, als sie sieht, dass es Steph ist.

»Na, ist er aufgetaucht?«

»Wer denn?«

»Wer wohl? Dein Traumprinz. Der, nach dem du seit dreißig Jahren schmachtest, ohne was davon zu erzählen.«

»Nein«, antwortet sie. »Er ist nicht gekommen.«

Sie hört die Enttäuschung in ihrer eigenen Stimme, noch bevor sie sie spürt.

»Vielleicht ist es besser so«, sagt Steph. »Wahrscheinlich ist er verheiratet, übergewichtig und hat Haare auf dem Rücken. Or worse …«

»Was könnte noch schlimmer sein als das?«

»Demokrat, Veganer. Oder einer, der mit den Händen Herzzeichen in die Luft macht.«

Laura muss lachen.

»Sollen wir am Montag zu Mittag essen, dann kannst du mir alle Details über dein Erbe erzählen?«, fragt Steph.

»Klar. Aber das wird nur ein paar Minuten dauern.«

Sie verabschieden sich.

Laura bleibt mit dem Hörer in der Hand stehen. Das, was Peter erzählt hat, lässt sie nicht los.

Als sie Anfang der Nullerjahre begann, für ihren Vater zu arbeiten, begriff sie ziemlich schnell, dass es bei seinen vielen Geschäftsreisen nicht nur um Arbeit ging. Dass ihr Vater neben der Familie ein eigenes Leben führte, dass er rauchte und zu viel trank und Affären mit anderen Frauen hatte. Dass Dinge, die sie als Kind für selbstverständlich erachtet hatte, gar nicht mehr so klar waren, wenn man sie mit den Augen eines Erwachsenen betrachtete.

Aber bis jetzt hatte sie diesen Blick nie auf Gärdsnäset und Hedda gerichtet. Welche anderen Geheimnisse hatte ihre Tante gehabt?

Sie sieht sich in dem Chaos um. Staub, Spinnweben, tote Fliegen, Müll und schadhafte Besitztümer in solcher Menge, dass man es kaum überblicken kann. Sie unterdrückt ein Schaudern.

Die Krähen draußen beginnen zu rufen, ihre Warnschreie mischen sich mit dem Geräusch eines Automotors. Sie schaut durch eines der schmutzigen Fenster hinaus in die Dunkelheit. Ein weißer Skoda mit dem Emblem der Kommune bleibt direkt neben ihrem Wagen stehen.

Ein rundlicher Mann steigt aus dem Fahrzeug. Unruhig schaut er zu den kreischenden Krähen hinauf. Der Mann ist um die sechzig, trägt einen langen Mantel und eine Pelzmütze, wodurch er ein bisschen komisch aussieht. Sie tritt ihm vor dem Haus entgegen.

»Kjell Green, von der Kommunalverwaltung«, sagt er. Sein

Handschlag ist feucht. »Ich wollte nur ein paar Worte mit Ihnen wechseln. Es wird nicht lange dauern.«

Laura zögert einen Moment. Soll sie ihn wirklich in das Chaos hineinbitten? Aber draußen vor der Tür herumzustehen kommt ihr auch nicht richtig vor.

Greens Miene nach zu urteilen gefällt ihm das Innere des Hauses fast genauso wenig wie ihr selbst. Aber er scheint überhaupt nicht überrascht, was bedeutet, dass er schon einmal hier war. Laura führt ihn in die Küche und räumt zwei Stühle für sie frei.

Green nimmt seine Pelzmütze ab. Dabei kommt eine überkämmte Glatze zum Vorschein. Sein Blick ist nervös.

»Zuerst einmal mein herzliches Beileid. Ihre Tante war …«

Er sieht sich in der Küche um, sucht nach dem richtigen Wort.

»Speziell?«, schlägt sie vor.

»Genau!«

Er nickt dankbar, und Laura notiert sich innerlich eine kleine vier.

»Wir standen im Spätherbst in Kontakt zueinander«, fährt er fort. »Hedda war daran interessiert, Gärdsnäset zu verkaufen. Wir waren uns im Großen und Ganzen einig, als sie …«

Green räuspert sich verlegen.

Der kleine Mann verblüfft Laura. Ein Kommunalangestellter, der an einem Samstagabend arbeitet.

»Nun ja. Ich wollte jedenfalls vorbeikommen und kondolieren.«

»Danke«, sagt sie. Sie wartet auf die Fortsetzung, die garantiert noch kommt.

»Die Kommune wächst und platzt bald aus allen Nähten. Das ist natürlich gut, aber wir brauchen Grundstücke für Wohnungen, Schulen und Kindergärten. Gärdsnäset mit seiner schönen Lage würde perfekt passen. Viele neue Anwohner anlocken. Der Gegend neues Leben geben.«

Er seufzt leise, als hätte er eine Rede gehalten.

»Wann haben Sie zuletzt mit Hedda gesprochen?«, fragt sie.

Green windet sich.

»Anfang November. Eine gute Woche vor …«

Er schafft es immer noch nicht, das Wort »Tod« auszusprechen.

»Hatte Håkansson damit zu tun?«

Green schüttelt den Kopf.

»Soweit ich weiß, nicht. Ich habe Hedda das Angebot der Kommune direkt unterbreitet. Aber ich habe letzte Woche mit Håkansson gesprochen.«

»Ja, er hat so etwas erwähnt. Und es gab wohl noch einen Interessenten?«

An seinem unruhigen Gesichtsausdruck merkt sie, dass er von der Sache sehr wohl weiß.

»Vintersjöholm.« Green rutscht auf seinem Stuhl herum. »Ja, Hedda hat erzählt, dass das Schloss auch Interesse hatte.«

Die Antwort überrascht sie. Nach dem Gespräch bei der Beerdigung heute Nachmittag hat sie auf Ulf Jensen getippt. Wo kommt er also ins Spiel?

Green beugt sich vor, senkt die Stimme ein wenig.

»Wenn ich es richtig verstanden habe, hat das Schloss mehr Geld geboten. Ziemlich viel mehr. Aber Hedda war auf das Wohl der Kommune bedacht. Sie wollte nicht, dass der See in einen Spielplatz für Reiche verwandelt würde, sondern dass er eine Oase für normale Leute blieb.«

Sie bemerkt, wie sich seine Ausdrucksweise verändert. Dass sie jetzt formell und einstudiert wirkt.

Der kleine Mann steht plötzlich auf, setzt sich die Mütze über die glänzende Stirn.

»Geld ist trotz allem nicht alles auf der Welt«, endet er mit einem nervösen Lächeln. »Ich und viele andere in der Gegend hoffen natürlich, dass Sie diese Einstellung teilen, Frau Aulin.«

Sie blickt den Rücklichtern von Greens Wagen hinterher, als er zwischen den Bäumen verschwindet. Es ist offensichtlich, dass jemand den kleinen Mann hergeschickt hat. Ihn dazu gebracht hat, seinen gemütlichen Samstagabend zu unterbrechen. Jemand, der ihn nervös macht.

Ihm vielleicht sogar Angst macht.

Die Frage ist, wer.

19

WINTER 1987

Das Feriendorf war voller gedämpfter Stimmen. Von Tante Hedda, Ulf Jensen, Ibens beiden großen Brüdern. Sie hielten sich draußen auf dem Platz neben Ulf Jensens Van auf, aber Laura hatte das vereiste Badezimmerfenster angelehnt und konnte ohne Gefahr, entdeckt zu werden, heimlich lauschen.

Nicht noch eins, hatte Tante Hedda gesagt, als sie den schrecklichen Schafkadaver vor ein paar Stunden gefunden hatten. Laura hatte gefragt, was sie damit meinte, aber keine Antwort erhalten. Stattdessen hatte Hedda sie angewiesen, in ihrem Zimmer zu bleiben, mit einer Stimme, die auf eine Weise angespannt klang, wie Laura es nie zuvor gehört hatte.

Hedda hatte das Telefon in ihrem Atelier benutzt, bevor sie mit raschen Schritten zum Bootshaus hinuntergegangen war. Nach nur wenigen Minuten war Jacks Wagen davongefahren. Kurz darauf waren die Jensens aufgetaucht.

»Warum zum Teufel hast du die Polizei informiert, Hedda?«, wollte Ibens Vater wissen.

Laura konnte ihn durch den Spalt vom Fenster aus sehen.

»Weil es das dritte Mal innerhalb eines Monats ist. Das ist kein gewöhnlicher Jungenstreich.«

»Und was soll die Polizei deiner Meinung nach machen? In Alkärret einen Schnüffler positionieren?«

»Die Sache totzuschweigen hat jedenfalls nicht funktioniert. Derjenige, der die Schafe tötet, ist nicht ganz richtig im Kopf. Ich muss auch an Laura denken.«

Laura zuckte zusammen, als ihr Name erwähnt wurde, und sie beugte sich noch näher an den Fensterspalt heran.

»… jemand, der Ärger machen will«, sagte Ulf Jensen. »Ein missgünstiger Idiot, der zu feige ist, sich persönlich mit mir anzulegen, und es stattdessen auf meine Tiere abgesehen hat. Das kostet mich Tausende von Kronen. Früher oder später kriegen meine Jungs und ich ihn.«

»Aber diesmal ist es anders. Jemand hat das arme Tier mit Petroleum übergossen und dann angezündet, vielleicht während es noch lebte.«

Auf dem Platz wurde es still.

»Angezündet, sagst du …«

Einer von Ibens Brüdern räusperte sich. Es war Christian, der Ältere der beiden.

»Glaubt ihr, das hängt mit den Bränden zusammen?«

»Dann muss es ein richtig kranker Scheißkerl sein«, sagte Ibens anderer Bruder, Fredrik.

Er redete weiter und wedelte mit den Armen, aber seine Worte wurden vom Lärm eines herankommenden Autos verschluckt.

Ein dunkelblauer Saab mit einer langen Antenne auf dem Dach rollte auf den Platz. Zwei Männer stiegen aus, der eine klein und breitschultrig und mit einem Unterbiss, der ihn wie eine Bulldogge aussehen ließ, der andere bestimmt zwei Meter groß, mit Boxernase und Kahlkopf. Beide Männer trugen kurze Lederjacken, und obwohl Laura sofort begriff, dass es Polizisten waren, machten sie ihr Angst.

»Sandberg«, sagte der Lange mit der Boxernase. »Das ist mein Kollege Holm. Wo ist der Fundort?«

»Folgen Sie mir«, sagte Tante Hedda, und sie und die anderen verschwanden aus Lauras Sichtfeld.

Laura schlich ins Wohnzimmer und sah gerade noch, wie Hedda, die Polizisten und die drei Mitglieder der Familie Jensen Richtung Alkärret davonmarschierten.

Sie blieb am Fenster stehen, ohne richtig zu wissen, was sie tun sollte. In ihrem Zimmer herumzusitzen wie ein Baby, kam ihr idiotisch vor.

Sie bemerkte eine Bewegung im Dunkeln, zwischen den Bäumen. Eine Gestalt mit einer Kapuze auf dem Kopf. Als die Person auf den Wendeplatz kam und neben dem Polizeifahrzeug stehen blieb, erkannte Laura, dass es Milla war. Ohne richtig zu wissen, warum, zog sie Jacke und Stiefel an und ging hinaus, um sich zu ihr zu gesellen. Sie erhielt nur ein kurzes Nicken zur Begrüßung.

»Zivilbullen«, sagte Milla und trat gegen einen Reifen des Saabs. »Das sieht man an der Antenne und dem extra Rückspiegel. Was machen die hier?«

Laura erzählte von dem toten Schaf, das sie in Alkärret gefunden hatten.

»Angezündet? Wirklich? Pfui Teufel!«

»Tante Hedda sagte, es sei nicht das erste Mal.«

»Nicht?«

Millas Augen fingen an zu leuchten.

»Ulf Jensen glaubt, dass es jemand ist, der neidisch auf ihn ist.«

»Das glaube ich nicht.«

»Warum nicht?«

»Neider reden hinter deinem Rücken schlecht über dich. Zerkratzen deine Autotür, kleben dir Kaugummi in die Haare. Aber ein Schaf zu töten, es an einen Baum zu hängen und dann anzuzünden, das ist kein Neid.«

»Was ist es dann?«

»Hass wahrscheinlich. Oder Liebe. Die Menschen machen seltsame Dinge aus Liebe.«

Laura sah zu Boden, schob mit dem Fuß Schnee hin und her.

»Ich wollte gerade Kaffee kochen«, sagte Milla. »Möchtest du einen?«

Die Nummer sechs sah genauso aus, wie Laura sie in Erinnerung hatte. Fünfzig Quadratmeter, Decke und Wände aus Kiefernholz und auf dem Boden der Kunststoffteppich, den

Jack letztes Jahr in alle Hütten gelegt hatte. Trotzdem fühlte sich die Hütte ganz anders an.

Zuerst einmal war da der Geruch. Parfum, Haarspray, Düfte, die an das Badezimmer ihrer Mutter erinnerten und die sie hier draußen nur selten roch.

In der Hochsaison half Laura meistens mit, die Hütten zu putzen. Meistens putzten sie zwischen den Gästen, aber die Stammgäste wollten auch zwischendurch gereinigt bekommen. Laura meldete sich gerade dafür oft freiwillig. Sie fand es spannend, sich zwischen den Sachen anderer Leute zu bewegen. Zu versuchen, die Personen, die hier wohnten, anhand ihrer Besitztümer und Gewohnheiten kennenzulernen, so wie sie es mit den Kleidern und dem Aussehen der Leute tat. Deshalb wusste sie Dinge über die Stammgäste, die kaum ihren eigenen Familien bekannt waren. Welche Bücher sie lasen, welche Medikamente in ihrem Badezimmerschrank standen. Welche kleinen Geheimnisse sie ganz unten in der Schublade zwischen der Unterwäsche versteckten oder unter der Matratze. Es gefiel ihr, das, was sie über die Stammgäste wusste, mit ihrem Auftreten im Hüttendorf zu vergleichen. Zu wissen, wer log, wer sich verstellte. In Millas Hütte fühlte sie die gleiche Art von Spannung. Ihre Neugier war geweckt, ihr Wunsch, mehr herauszufinden.

»Mach's dir bequem.« Milla wies auf die kleine Sitzgruppe, die mit dem Rücken zur Küche stand. »Ich setze Wasser auf.«

Der Couchtisch war mit Wochenzeitschriften bedeckt. *Okej, Frida, Starlet.* Darauf lagen sicher zehn Zigarettenpackungen. Ein großer Aschenbecher zog Lauras Blick an. In allen Hütten gab es einen Aschenbecher, den Tante Hedda getöpfert hatte. Nicht gerade Kunstwerke, aber die Sommergäste fanden sie meist niedlich, und manchmal kauften sie einen für zu Hause. Der Aschenbecher, der auf Millas Couchtisch stand, war hingegen aus Glas, und auf der einen Seite stand »John Silver«. Er sah aus, als gehöre er in ein Restaurant und nicht hier in den Wald. Woher hatte Milla ihn, und warum hatte sie ihn hierher mitgenommen? Auf diese Frage fand sie keine Antwort, genauso wenig wie auf diejenige, warum fast alle Zigarettenpackungen auf dem Tisch von unterschiedlichen Marken waren.

»Du trinkst doch Kaffee, oder?«

Milla stellte zwei Becher und eine Dose Nescafé auf den Tisch.

»Klar.«

Laura wusste eigentlich nicht, warum sie log.

Sie schaute zu Milla hinüber, versuchte, sie zu lesen. Es gab haufenweise Dinge, die ihr auffielen, die rosa Strähnen, Plastikarmbänder, Ohrringe, die löchrige Jeans. Dennoch war es überraschend schwer, sich daraus direkt ein Bild zu machen.

»Warum kommst du eigentlich hierher?«, fragte Milla und unterbrach ihre Gedanken. »Jack hat erzählt, dass ihr da, wo ihr wohnt, einen Pool und alles Mögliche habt. Sonne, Palmen, eigene Haushälterin. Warum kommst du jede Ferien in dieses Loch?«

Normalerweise wäre ihr die Antwort leichtgefallen: weil sie hier alle ihre Freunde hatte. Alle, die ihr wichtig waren. Alle, die sie liebte. Aber nach dem gestrigen Tag kam ihr diese Erklärung nicht mehr zutreffend vor.

»Seit ich klein war, habe ich alle Sommer- und Winterferien bei Tante Hedda verbracht. Das ist quasi Tradition.«

»Okay.«

Milla sah Laura forschend an. Sie schien ihr die Antwort nicht ganz abzukaufen.

»Und du? Was machst du hier?«, konterte sie.

Milla verzog das Gesicht.

»Ich musste weg. Kjell, meine Pflegevater, wurde etwas zu aufdringlich, wenn du verstehst?«

Sie nahm sich ein Päckchen Prince, holte eine Zigarette heraus und zündete sie an.

»Er hat sich auf dem Fernsehsofa ein bisschen zu nahe neben mich gesetzt, wollte, dass ich meinen Kopf auf seinen

Schoß lege. Kam zufällig …«, Milla ließ die Zigarette im Mundwinkel hängen, während sie Anführungszeichen in die Luft malte, »in mein Zimmer, wenn ich gerade geduscht hatte. Zum Schluss hat er gesagt, dass er in mich verliebt ist. Dass wir zusammen abhauen sollen.«

Sie nahm einen neuen Zug.

»Und was hast du dann gemacht?«

Millas schonungslose Ehrlichkeit überraschte Laura. Zugleich fühlte sie sich geehrt, ihre Geschichte zu hören.

»Ich hab natürlich das Sozialamt angerufen und darum gebeten, dass ich die Familie wechseln kann. Deine Tante hat mir eine der Hütten zur Verfügung gestellt, deshalb bin ich jetzt hier. Aber nur vorübergehend. Im Januar werde ich achtzehn, dann verschwinde ich.«

»Wohin denn?«

Milla blies den Rauch Richtung Decke.

»Kopenhagen, Berlin, London. Oder vielleicht irgendwohin, wo es wärmer ist. Fast alles ist besser als dieses triste Schweden. Mein Pass liegt schon in der Reisetasche.« Sie nickte Richtung Schlafzimmer. »Der eklige Kjell hatte für mich einen Pass beantragt. Der Blödmann dachte wirklich, dass wir zusammen abhauen würden.«

Milla beugte sich über den Tisch.

»Kannst du ein Geheimnis für dich behalten? Du musst schwören, dass du es keinem erzählst!«

Laura nickte, merkte, dass sie den Atem anhielt.

»Der Pass ist nicht das Einzige, was ich von Kjell bekommen habe. Ich habe dafür gesorgt, dass ich auch ein bisschen Reisegeld kriege.«

»Wie denn das?«

Milla lächelte.

»Ich habe ihm versprochen, nur zu sagen, dass wir uns gestritten haben. Nicht zu erwähnen, was der eklige Kerl gemacht hat. Damit das Sozialamt nicht die Polizei einschaltet.«

»Dann hat er dich bezahlt, damit du den Mund hältst?«

»Genau.«

Milla lächelte zufrieden. Dann stand sie auf, um das Kaffeewasser zu holen.

Laura wusste nicht so recht, was sie sagen sollte. Millas Geschichte war natürlich unschön. Sie war aber gleichzeitig froh darüber, ein Puzzleteil bekommen zu haben, das etwas über Milla aussagte. Ein Puzzleteil, das Milla wahrscheinlich nicht jedem erzählte.

Milla füllte ihre Becher mit heißem Wasser und stellte den Topf dann weg, bevor sie sich wieder auf das Sofa setzte.

»Du siehst süß aus«, sagte sie. »Wenn du willst, kann ich dich schminken. Dann siehst du ein bisschen älter aus. Ungefähr so wie deine beste Freundin mit dem lustigen Namen. Nur hübscher.«

»Iben? Sie ist nicht meine beste Freundin.«

»Nicht? Peter hat das gesagt. Dass ihr alle quasi zusammen aufgewachsen seid.«

Laura starrte auf den Tisch.

»Ein Typ«, sagte Milla. »Oder? Das ist im Prinzip das Einzige, warum sich zwei Mädchen so schnell in die Haare kriegen können. Jemand, in den ihr beide verliebt seid. Nicht Peter, er spielt zu sehr den Clown, und Tomas ist zu seltsam. Bleibt nur noch Jack mit der Gitarre.«

Laura presste die Lippen aufeinander.

Milla schüttelte den Kopf, es wirkte einerseits belustigt, andererseits energisch.

»Ich habe dir von dem ekligen Kjell erzählt«, sagte sie.

Die Fortsetzung ließ sie in der Luft hängen.

Laura zögerte ein paar Sekunden. Milla war eine Fremde, jemand, den sie eigentlich nicht kannte.

Aber zugleich war Milla auch die Einzige, die sich für sie interessierte. Die nicht vollauf mit ihren eigenen Geheimnissen beschäftigt war. Die sie wie eine Erwachsene behandelte.

»Das ist alles Ibens Schuld«, murmelte sie.

20

Im Traum sitzt Hedda ganz vorne auf dem Steg mit einer Zigarette in der Hand. Es ist ein Sommerabend, der See liegt dunkel und spiegelblank da. Sie wendet Laura den Rücken zu, ihr Blick ist auf die Lampe an Johnny Millers Bootshaus gerichtet, auf der anderen Seite des Sees. Irgendwo in der Ferne ruft ein Vogel mit klagender, trauriger Stimme.

Am liebsten möchte Laura aufspringen und sich ihrer Tante in die Arme werfen, ihr sagen, wie sehr sie sie vermisst hat. Aber im Traum ist sie die erwachsene Laura, die Laura, die wütend auf Hedda ist. Die nicht über Gefühle spricht, sondern sie in kleine Kisten sperrt und sie mit Pillen betäubt.

Hedda zieht langsam an der Zigarette, die sie in der Hand hält. Es ist eine von den selbst gedrehten, die nach Zauberkräutern riechen. Die Glut leuchtet in der Dunkelheit rot auf.

Der Schwimmsteg schwankt unter Lauras Schritten. Sie schaut auf das graue, morsche Holz. Erahnt das schwarze Wasser unter den Planken.

Als sie den Blick wieder hebt, hat sich alles verändert. Die Bäume haben ihr Laub verloren, Eis hat sich auf den See gelegt. Heddas langes Haar ist ergraut, der Rücken krumm, und an der Hand, die die Zigarette hält, sind zwei Finger weggebrannt.

»Ich wusste, dass du kommen würdest«, sagt Hedda, ohne sich umzudrehen. »Sie hat es mir erzählt.«

»Wer denn?«

Hedda zeigt mit der Zigarette in der Hand auf den See hinaus.

»Wer denn wohl?«

Sie nimmt noch einen Zug, bevor sie die Kippe ins Wasser

schnippt. Die Glut zeichnet einen Bogen in die Dunkelheit, ehe sie verlischt.

»Denkst du wirklich, dass ich von meinem eigenen Steg fallen könnte?«, fragt Hedda.

»Nein«, antwortet Laura.

Der Vogel dort draußen ruft wieder. Der wehmütige Laut hallt über die Wasseroberfläche.

»Ein schwarzer Schwan«, sagt Hedda. »Du weißt doch, was das bedeutet, oder?«

»Dass nichts unmöglich ist«, antwortet Laura. »Nicht einmal das Unmögliche.«

Hedda dreht sich um und lächelt traurig.

»Ich bin froh, dass du mir zugehört hast, Prinzessin.«

Von der sanften Stimme bekommt Laura einen Kloß im Hals. Ihre Augen füllen sich mit Tränen. Aber sie kann sich immer noch nicht bewegen.

Der Schwan da draußen ruft noch einmal. Aber der Ton klingt jetzt anders, erinnert eher an die Warnschreie der Krähen.

Und ein Stück weiter draußen auf dem See sieht sie eine Bewegung. Eine Welle, die sich der Plattform nähert, immer mehr wächst und zu einer schwarzen Wassersäule wird, die sich hinter Hedda auftürmt.

Laura öffnet den Mund, um sie zu warnen. Aber noch bevor sie einen Laut hervorbringt, hat sich die Wassersäule in eine junge Frau mit langem, blauschwarzem Haar verwandelt, die Wassernixe von ihrem Bild, aber auch jemand, den sie noch sehr viel besser kennt.

In dem Moment, in dem Laura Ibens Namen ruft, wird die junge Frau zu einer schrecklichen schwarzen Gestalt mit leeren Augenhöhlen, die nach Ruß, verbrannten Haaren und verkohltem Fleisch riecht. Die Gestalt schlingt ihre Klauen um Hedda und bohrt die langen Nägel tief in ihren Brustkorb, bevor sie sie mit einem markerschütternden Schrei mit sich in das dunkle Wasser hinunterreißt.

Laura setzt sich keuchend auf. Der Schrei der Wassernixe klingt noch in ihrem Kopf nach, und ihr Schlafanzug ist schweißnass. Sie friert so sehr, dass sie zittert, und muss über eine Viertelstunde unter der Dusche stehen, um wieder warm zu werden. Aber der Albtraum lässt sie nicht richtig los. Das ist die Strafe dafür, dass sie nachlässig mit den Glückspillen umgegangen ist. Nicht, dass die sie tatsächlich glücklich machen.

Sie bestellt sich das Frühstück auf ihr Zimmer. Den verschwitzten Schlafanzug legt sie in einen Plastikbeutel des Hotels und platziert ihn ganz oben in ihrer Reisetasche, die sie bereits am Vorabend gepackt hat. Sobald sie gegessen hat, checkt sie aus dem Hotel aus.

Hedda ist beerdigt, Håkansson kümmert sich um George und den Verkauf des Hüttendorfes. Wer am Ende kauft, die Kommune oder das Schloss, ist ihr eigentlich egal.

Sie hat ihren Auftrag erledigt und kann mit gutem Gewissen all das hinter sich lassen.

Was nagt also immer noch an ihr?

Warum will sie die logischste Erklärung nicht akzeptieren? Dass eine bekiffte siebzigjährige Frau mit schwachem Herzen im Dunkeln auf einem vereisten Steg ausgerutscht und ins Wasser gefallen ist.

Liegt es daran, dass ein Teil von ihr Hedda und den See immer noch mit den Augen eines Kindes sieht?

An die Märchen über Nixen und schwarze Schwäne glaubt, die sie erzählte? Daran, dass der See niemandem, der ihm vertraut, etwas zuleide tun kann?

Oder sucht sie nur irgendeinen Vorwand? Einen Grund, länger zu bleiben? Noch ein wenig auf jemanden zu warten, der offenbar nicht kommt.

Auf dem Weg in die Garage hinunter geht sie den Zeitablauf durch.

Hedda hatte im September einen Herzinfarkt. Sobald sie sich erholt hat, trotzt sie den Anweisungen des Arztes und strapaziert ihr schwaches Herz wieder mit Saunieren und Winterbaden. Erst einen guten Monat später, am zwölften November, hört sie damit auf. Da setzt die große Veränderung ein. Green zufolge bekam sie kurz davor das Angebot für Gärdsnäset.

Vielleicht beschloss Hedda einfach, besser auf sich aufzupassen, um das Geld noch genießen zu können. Aber noch etwas passierte ungefähr zur gleichen Zeit. Was darauf hindeutet, dass Hedda etwas ganz anderes plante.

Sobald Laura aus der Tiefgarage des Hotels herausgefahren ist, ruft sie Håkansson an.

Er meldet sich beim dritten Klingeln und scheint kein bisschen verärgert darüber zu sein, an einem Sonntag angerufen zu werden.

»Sie sagten etwas davon, dass Hedda erst kürzlich ihr Testament gemacht habe. Wann genau war das?«

Sie hört ihn in etwas blättern, das vermutlich ein Taschenkalender ist. Gab es so etwas noch?

»Hedda war am zwölften November in meinem Büro.«

»Hat sie gesagt, warum sie ein Testament aufsetzen wollte?«

»Nein, aber ich wusste, dass sie krank gewesen war.«

Er fragt nicht, warum sie das wissen will, was sie zu schätzen weiß.

»Hat Hedda erwähnt, dass sie ein Angebot für Gärdsnäset bekommen hatte? Dass sie überlegte, zu verkaufen?«

Håkansson brummt.

»Soweit ich mich erinnere, sprachen wir kurz darüber. Hedda hatte in den Jahren zuvor schon ein paarmal an einen Verkauf gedacht, deshalb nahm ich das nicht sehr ernst. Vor allem nicht, da Gärdsnäset im Testament aufgeführt wurde.«

»Also hatte sie sich am zwölften November weder entschieden, zu verkaufen, noch, an wen?«

»So habe ich es jedenfalls verstanden.«

»Aber jetzt haben wir zwei Angebote, richtig? Von der Kommune und von Vintersjöholm?«

»Das stimmt. Ich kann Ihnen am Montag die Unterlagen schicken, wenn Sie möchten.«

»Aber von Ibens Vater haben wir kein Angebot bekommen? Er hat mich bei der Beerdigung nach Gärdsnäset gefragt. Er schien anzunehmen, dass im Prinzip alles klar sei.«

»Ulf Jensen? Nein, er hat kein Gebot abgegeben. Ich glaube ehrlich gesagt auch nicht, dass das aktuell ist.«

Håkansson räuspert sich auf eine Art und Weise, die verrät, dass er etwas gesagt hat, was er bereut.

»Ich muss jetzt leider Schluss machen. Wir können uns am Montagvormittag sprechen, wenn Sie wieder in Stockholm sind.«

Er legt so schnell auf, dass sie nicht einmal mehr auf Wiedersehen sagen kann.

Sie fährt weiter, während sie den weiteren Verlauf der Ereignisse durchgeht. Irgendwann Anfang November erhält Hedda zwei Angebote für Gärdsnäset, die so interessant sind, dass sie überlegt, zu verkaufen. Aber am zwölften November setzt sie ein Testament auf, das Gärdsnäset beinhaltet, und am selben Tag hört sie auch auf, im See zu baden. Als hätte sie sich zu etwas entschlossen. Offensichtlich dazu, Gärdsnäset nicht zu verkaufen, sondern zu behalten. Denn wie Håkansson gerade selbst bemerkt hat, vererbt man wohl kaum etwas, das man zu verkaufen gedenkt.

Eine Woche später wird Hedda neben ihrem eigenen Steg tot aufgefunden.

Laura scrollt zu Peters Telefonnummer und ist so in Gedanken versunken, dass sie kaum registriert, dass sie nicht auf die E4 Richtung Stockholm fährt, sondern stattdessen der E6 nach Norden folgt, Richtung Vedarp.

»Eine kurze Frage«, sagt sie, als die Höflichkeitsfloskeln ausgetauscht sind. »Warst du oder jemand anderes da und hat George gefüttert?«

»Nein, ehrlich gesagt habe ich nicht an die Katze gedacht,

bevor du sie auf der Beerdigung erwähnt hast. Ich war erleichtert zu hören, dass sie nicht verhungert ist. Warum fragst du?«

Sie überlegt, ob sie die Zigaretten im Wald erwähnen soll sowie die Kaufangebote und die Tatsache, dass das Testament mit dem letzten Eintrag im Badebuch zusammenfällt, aber lässt es dann bleiben. Hauptsächlich, weil sie Zeit braucht, noch einmal alles durchzugehen. Zeit, darüber nachzudenken, was sie eigentlich für einen Verdacht hat.

»Jemand war da und hat sie gefüttert. Vor der Tür standen leere Katzenfutterdosen.«

»Aha. Nein, ich habe keine Ahnung, wer das gewesen sein kann.«

Es wird still am anderen Ende des Hörers. Sie sollte auflegen, tut es aber nicht.

»Mit dir alles okay?«, fragt Peter.

»Ich weiß es nicht genau«, antwortet sie wahrheitsgemäß. »Vielleicht versuche ich nur zu begreifen, dass Hedda tot ist. Dass ich kein Kind mehr bin.«

»Ich verstehe, was du meinst«, sagt er mit sanfterer Stimme. »Auch wenn wir keinen Kontakt mehr hatten, war sie in gewisser Weise immer da.«

Wieder Schweigen. Aber Laura will nicht auflegen. Noch nicht. Sie beschließt, eine Frage zu stellen, die ihr auf der Zunge liegt, seit sie ihn in der Kirche getroffen hat. Nach etwas, das schon lange an ihr nagt.

»Was ist nach dem Brand mit Tomas geschehen?«, will sie wissen. »Nachdem wir ihn der Polizei gemeldet haben.«

Sie glaubt, hören zu können, wie Peter sich bei der Frage windet.

»Er wurde zu einer Jugendstrafe verurteilt. Später war er in verschiedenen Heimen.«

»Habt ihr euch in den letzten Jahren gesehen oder voneinander gehört?«

»Nein.«

Die Antwort ist schroff und kommt ein bisschen zu schnell.

»Ich vermute mal, dass du den Polizeibericht vom Brand beim Luciafest gelesen hast.«

Er seufzt.

»Ja, das habe ich. Nicht gerade eine amüsante Lektüre. Nach unserer Aussage gingen die Polizisten hart mit Tomas um. Zu hart, würde ich sagen. Heutzutage würde man ein solches Verhör niemals akzeptieren. Aber Tatsache ist, dass Tomas ziemlich schnell gestanden hat. Außerdem hat man im Gebüsch eine Flasche Petroleum gefunden. Tomas' Fingerabdrücke waren darauf, wir brauchen uns also für nichts zu schämen, weder du noch ich.«

Sie hört ihm an, dass er schon oft versucht hat, sich das einzureden. Ungefähr so wie sie.

»Gab es jemanden, der Tomas verteidigt hat? Ihm geholfen hat?«

Einen Moment lang glaubt sie, Peter hätte aufgelegt. Aber dann ist seine Stimme wieder da.

»Niemand. Nicht einmal sein Vater.«

Eine knappe halbe Stunde später biegt Laura nach Gärdsnäset ab. Sie weiß nicht wirklich, was sie hier macht. Aber sie kann nicht zurück nach Stockholm fahren. Noch nicht, nicht, bevor sie nicht wenigstens auf ein paar Fragen, die ihr durch den Kopf schwirren, eine Antwort gefunden hat.

Als sie die letzte Kurve nimmt, bemerkt sie eine Bewegung zwischen den Bäumen. Eine schmale Gestalt in dunkler Kleidung und einem Motorradhelm auf dem Kopf läuft von Heddas Haus weg.

Sie bremst abrupt, springt aus dem Wagen und rennt hinterher.

»Stehen bleiben!«

Sie nimmt eine Abkürzung zwischen einigen Bäumen hindurch. Die dunkel gekleidete Figur ist damit beschäftigt, sich einen Rucksack aufzusetzen, sodass der Abstand zwischen ihnen kleiner wird.

Einer unbekannten Person durch den Wald hinterherzurennen ist normalerweise nichts, was sie auch nur in Erwägung ziehen würde, aber die Gestalt, die sie jagt, ist klein und schmächtig, und die Wut gibt ihr Kraft.

Der Abstand verringert sich noch mehr, bevor der Eindringling um die Ecke einer verfallenen Hütte verschwindet und nicht mehr zu sehen ist. Im nächsten Moment ist Motorenlärm zu hören. Der Eindringling sitzt auf einem Crossmotorrad und tritt den Kickschalter, als Laura um die Ecke biegt.

Der Abstand beträgt nur wenige Meter, und Laura rennt weiter. Sie streckt die Hand nach dem halb geöffneten Rucksack aus, den der dunkel gekleidete Fahrer auf dem Rücken trägt. Der Motor heult auf, Schnee und Laub spritzen vom Hinterrad auf, als das Motorrad über den glatten Untergrund rutscht. Laura berührt den Rucksack mit den Fingerspitzen, der Fahrer wendet den Kopf, sieht, wie nahe sie ist, und tritt das Gaspedal ganz durch. Das Hinterrad rutscht seitlich weg. Der Fahrer bemüht sich, gegen das plötzliche Schleudern anzukämpfen, und es gelingt ihm fast, als das Hinterrad einen heruntergefallenen Ast trifft. In einer Abgaswolke kommt das Motorrad zu Fall. Das Hinterrad dreht sich ein paarmal frei, bevor der Motor stottert und ausgeht. Der dunkel gekleidete Fahrer ist ein, zwei Meter weit geflogen, liegt auf dem Bauch und bewegt sich schwerfällig, als sei ihm einen Moment lang die Luft weggeblieben.

Der Rucksack ist halb offen. Zwei Dosen Katzenfutter sind herausgefallen.

Laura zieht die Person auf die Füße.

»Was zum Teufel treibst du hier?«

Der Fahrer setzt mühsam den Helm ab. Es ist eine junge Frau mit trotzigem Blick und kurz geschnittenem, pechschwarzem Haar. In der einen Augenbraue stecken zwei Ringe.

Laura erkennt sie sofort vom Schulfoto aus der Polizeiwache wieder.

Es ist Peters Tochter Elsa.

21

WINTER 1987

Na, wie gefällt es dir?«

Milla schraubte den Deckel auf die Mascara und trat zur Seite, damit Laura sich im Badezimmerspiegel betrachten konnte. Für einen Moment verschlug es ihr den Atem.

Natürlich hatte Laura schon versucht, sich zu schminken, einige wenige Male, wenn sie dachte, ihre Mutter würde es nicht bemerken. Aber das hier war etwas ganz anderes.

Die Person, die sie aus dem Spiegel anblickte, sah so erwachsen aus. So ... schön. Sie drehte den Kopf, bewunderte ihr Gesicht aus verschiedenen Winkeln.

»Es wird noch besser, wenn ich dir die Haare mache und etwas anderes anziehe.«

Laura konnte den Blick nicht von ihrem Spiegelbild abwenden.

»Jack wird dich nicht mehr aus den Augen lassen, das verspreche ich dir. Aber wir brauchen einen Anlass, um dich so vorzuführen. Gibt es in diesem Kaff eine Disco?«

»Manchmal im Jugendzentrum. Aber die ist meistens nur bis fünfzehn Jahre.«

»Okay, dann eben irgendeine Party?«

Laura schüttelte den Kopf.

»Wir gehen eigentlich nicht auf Partys. Peter und Tomas werden nie eingeladen. Jack ist zu alt für so etwas, und ich gehe hier nicht zur Schule, deshalb kenne ich fast niemanden im Dorf.«

»Aber Iben wird eingeladen?«

Laura zuckte mit den Schultern.

»Wahrscheinlich schon. Aber sie geht nie hin.«

»Warum nicht?«

»Das weiß ich auch nicht genau. Sie mag keine Partys. Oder … oder ihr Vater will nicht, dass sie geht.«

»Ach, so ein Typ ist ihr Vater. Was sagt er denn dann zu der Sache mit Jack?«

Laura fiel ein, was Kent Rask im Auto gesagt hatte.

»Ich glaube nicht, dass er es weiß.«

Millas Stimme bekam einen anderen Tonfall.

»Dann halten sie also alles vor Papi geheim.«

Laura hatte von Ibens Verrat erzählt. Milla hatte gesagt, dass sie vor ungefähr einem Jahr etwas Ähnliches mit einer Freundin erlebt hätte und dass sie genau wüsste, wie Laura sich fühlte. Aber ihr veränderter Ton machte Laura klar, dass sie zu viel geredet hatte. Dass sie Dinge erzählt hatte, die sie hätte für sich behalten sollen.

Sie beeilte sich, das Thema zu wechseln.

»Was tun Peter und Tomas eigentlich für dich?«

Sie hatte darüber nachgedacht, seit sie Peter vor Wohlins getroffen hatte.

Milla beobachtete Laura ein paar Sekunden lang.

»Willst du das wirklich wissen?«

Laura nickte. Es war noch ein Puzzleteil, das etwas über Milla erzählte, vielleicht sogar etwas Wichtiges.

»Okay. Aber erst setzen wir uns wieder. Ich muss eine rauchen.«

Milla ging zur Sitzgruppe zurück und klopfte eine Zigarette aus der Packung. Laura ließ sich in den Sessel ihr gegenüber sinken. Sie sah zu, wie Milla ihre Zigarette mit einem großen goldenen Feuerzeug anzündete.

»Tomas und Peter gehen in Sommerhäuser, die den Winter über leer stehen«, sagte Milla und blies Rauch aus dem Mundwinkel. »Da holen sie Alkohol und Zigaretten für mich. So langsam werden sie richtig gut darin.«

Laura keuchte.

»Was, sie brechen ein?«

»Nein«, sagte Milla. »Fast alle Sommerhäuser haben irgendwo ein Schlüsselversteck. Ein Nagel unter dem Dach, eine Keksdose im Holzschuppen. Wenn man mit dem Schlüssel aufschließt, ist es kein Einbruch. Eher ein Besuch, ohne dass man vorher um Erlaubnis fragt.«

Laura saß mit offenem Mund da, versuchte zu verarbeiten, was sie gerade gehört hatte.

»Du bist dran«, sagte Milla schroff.

»Was?«

»Es steht zwei zu eins für mich. Jetzt bist du dran, ein Geheimnis zu verraten. Etwas, das sonst niemand über dich weiß.«

Laura wusste nicht, was sie sagen sollte. Das Geheimnis, das Milla ihr gerade erzählt hatte, war enorm. Und obwohl es sie natürlich beunruhigte, fand sie die ganze Sache auch irgendwie aufregend. Milla vertraute ihr.

»Manchmal …«, fing sie an. »Ach, nein, nichts.«

»Jetzt komm schon«, mahnte Milla.

»Manchmal beobachte ich Leute. Meistens andere Mädchen in der Schule. Ich schaue mir ihre Kleider und Sachen an, höre zu, wie sie reden. Ich versuche irgendwie, sie aus der Entfernung kennenzulernen …«

»Wie meinst du das?«

»Ich versuche, Dinge über sie herauszufinden. Welche Musik oder Bücher sie mögen, ob ihre Eltern Geld haben oder nicht. Was für Sachen andere nicht über sie wissen sollen.«

»Nur indem du sie anschaust?«

Laura merkte, wie blöd das klang. Wie verzweifelt sie selbst wirken musste, weil sie Leute ausspionierte, um Freunde zu finden.

»Ich muss jetzt gehen«, sagte sie und stand abrupt auf.

Milla folgte ihr zurück. Hedda, Ibens Vater und ihre Brüder sowie die beiden Polizisten standen am Bootshaus und sprachen miteinander. Jacks Auto war immer noch weg.

»Kennst du einen von den Bullen?«, fragte Milla.

Laura schüttelte den Kopf.

»Na, dann.« Milla legte den Arm um Laura und brachte sie dazu, neben dem Polizeifahrzeug stehen zu bleiben. »Sag mir etwas über sie.«

»Was?«

»Diese Sache, von der du gerade erzählt hast. Sag mir etwas über einen der beiden Bullen.«

»Was denn zum Beispiel?«

»Egal was.«

Laura schluckte. Die beiden Polizisten standen zehn Meter von ihnen entfernt. Ihre Lederjacken und dunklen Hosen waren beinahe identisch. Eine Art Uniform, die nichts preisgab. Aber sie wollte Milla so gerne zeigen, was sie konnte.

Sie schaute in den Wagen der Polizisten. Auf der Rückbank lag eine Tüte, und sie sah, dass etwas daraus hervorschaute. Sie hielt die Hand gegen die Scheibe, um besser sehen zu können.

»Einer von ihnen besucht jemanden im Krankenhaus«, sagte sie.

»Aha, wie kommst du darauf?«

Laura presste den Finger gegen die Scheibe.

»Da drin liegt eine Tüte mit einem Blumenstrauß und einer Zeitschrift. Einer schwedischen Frauenzeitschrift. Und das, was weiter unten eine Delle macht, sieht aus wie Weintrauben. Blumen, Trauben und eine Wochenzeitschrift sind typische Mitbringsel, wenn man jemanden im Krankenhaus besucht. Eine Frau«, konkretisierte sie.

Milla sah erst auf den Rücksitz, dann zu Laura. Ohne ein Wort schob sie die Kapuze ihrer Jacke herunter und ging direkt auf die kleine Gruppe zu.

Laura wusste nicht, was sie machen sollte. Sie versuchte, Milla nicht hinterherzuschauen, aber konnte es nicht sein lassen. Innerhalb weniger Sekunden hatte diese ihren Gesichtsausdruck und ihre Körpersprache komplett verändert. Laura beobachtete, wie Milla den beiden Polizisten zunickte und lächelte, den Arm des einen Mannes streifte und den Kopf schräg legte, wie Laura es noch nie bei ihr gesehen hatte. Sogar das, was sie von ihrer Stimme hören konnte, war anders. Die Milla, mit der Laura gerade gesprochen hatte, war fast wie durch Zauberhand verschwunden und durch eine andere Person ersetzt worden, natürlich mit denselben Kleidern und denselben rosa Strähnen im Haar, aber trotzdem ganz anders. Die fünf Männer lächelten Milla an. Die Einzige, die nicht ganz so begeistert aussah, war Hedda.

Nach kurzer Zeit drehte sich Milla um und kam zurück zu Laura. Als sie über den Platz lief, setzte sie die Kapuze auf und wurde mit dieser Bewegung wieder sie selbst.

»Du hattest recht«, sagte Milla.

»Was?«

»Die Blumen und die Zeitschrift. Die Frau von dem großen Polizisten liegt im Krankenhaus. Sie fahren hin, sobald sie hier fertig sind. Ganz schön cool, Laura.«

Laura errötete bei dem unerwarteten Kompliment.

»Und was weißt du über mich?«, fragte Milla.

Darüber hatte Laura jetzt schon eine ganze Weile nachgedacht. Sie hatte versucht, die Puzzlestücke zusammenzufügen. Millas Hütte, ihre Kleider und Sachen. Die Geschichte über ihre Pflegefamilie, das mit Peter und Tomas. Die Informationen wiesen immer noch in alle möglichen Richtungen. Aber nach dem, was gerade mit den Polizisten passiert war, hatte sie das Muster erkannt. Oder besser gesagt begriffen, dass es kein Muster gab.

»Du bist jemand, der gut im Verstellen ist«, sagte sie. »Darin, eine Rolle zu spielen, damit die anderen das tun, was du willst.«

22

Laura hilft Elsa, Schnee und Laub von sich abzubürsten, das Crossmotorrad aufzustellen und es an einen Baum zu lehnen. Es ist schwer, mindestens eine Nummer zu groß für die junge Frau.

»Ich heiße Laura. Ich habe dein Foto im Büro deines Vaters gesehen.«

Die junge Frau weicht ihrem Blick aus.

»Papa will nicht, dass ich Motorrad fahre«, murmelt sie. »Er hat gedroht, es zu verkaufen, obwohl ich es von meinem Großvater bekommen habe. Nach dem Unfall meiner Mutter macht er sich dauernd Sorgen. Deshalb bin ich gerade abgehauen. Die meisten Leute tratschen furchtbar viel.«

Laura nickt langsam.

»Mein Beileid.«

Das klingt so komisch, findet Steph immer. *I'm sorry for your loss* ist viel besser. Da gibt Laura ihr recht.

»Es muss schwer sein«, fügt sie hinzu, aber das macht die Sache nicht besser.

Die junge Frau schaut auf. Ihre Augen sind schwarz.

»Meine Mutter war bescheuert. Weißt du, was bei dem Autounfall wirklich passiert ist?«

»Nein.«

»Meine Mutter war mit ihrem Freund unterwegs, oder eher ihrem Lover. Er ist viel zu schnell gefahren, kam von der Straße ab und fuhr direkt gegen einen Baum. Das Auto fing an zu brennen. Puff!« Sie wedelt mit den Händen, um das Aufflammen des Wagens zu illustrieren. »Keine Überlebenden.«

»Wie schrecklich.«

Laura läuft es kalt den Rücken herunter.

»Für Papa war es am schlimmsten. Meine Mutter und ich hatten nicht so viel Kontakt. Sie hatte eine Wohnung in Helsingborg, sie ist in Vedarp nur aufgetaucht, wenn sie verhätschelt werden oder ein paar Tage lang Mutter spielen wollte.«

Elsas Direktheit verwundert Laura, aber zugleich wird sie neugierig.

»Und dein Vater?«

Die junge Frau schnaubt.

»Papa ist viel zu nett. Er ließ sie kommen und gehen, wie sie wollte. Er hat sie getröstet, wenn ihr letzter Liebhaber sie fallen gelassen hatte, umsorgte sie, wenn sie es mit der Party übertrieben hatte.«

Elsa streift ihre Nase, um zu verdeutlichen, was sie meint.

»Sie hat ihn wie Dreck behandelt.«

Einen Moment lang wird es still, und Laura beschließt, das Thema zu wechseln.

»Du bist es, die George gefüttert hat, stimmt's?«

Elsa nickt.

»Ich wollte nicht, dass die Arme verhungert. Jetzt, wo Hedda nicht mehr …«

Elsa unterbricht sich, sieht zum ersten Mal wirklich traurig aus.

»Woher kanntest du Hedda?«

»Ich fahre mit dem Motorrad immer hier im Wald herum.« Sie zeigt in Richtung der Hauptstraße. »Da ist fast nie jemand, niemand, der mich bei meinem Vater verpfeifen kann. Einmal ist im Sommer die Kette abgesprungen. Als ich daran herumbastelte, tauchte Hedda plötzlich auf. Sie hätte mich fast zu Tode erschreckt.«

Die junge Frau macht eine Grimasse, die ein Lächeln sein könnte.

»Wir haben das Motorrad zum Hüttendorf geschoben, und sie hat mir geholfen, die Kette wieder draufzumachen. Danach wurde es so eine Gewohnheit, dass ich zum Kaffeetrinken zu ihr ging, wenn ich hier draußen herumfuhr.«

Ihre Grimasse verwandelt sich tatsächlich in ein Lächeln.

»Hedda war ein bisschen komisch, aber ich mochte sie.

Und ich mochte die Katze. Meine Mutter war allergisch, deshalb durfte ich nie ein eigenes Haustier haben.«

»Bei mir war es auch so«, sagt Laura. »George war mein Ersatzhaustier. Also, nicht diese George. Alle Katzen von Hedda hießen George.«

»Ja, das hat sie erzählt. Ich habe mich um George gekümmert, als Hedda im Herbst im Krankenhaus lag.«

Elsa schaut sich um. Ein Stück von ihnen entfernt befindet sich eine große Lichtung, und dahinter breitet sich der See aus. Ganz hinten am Strand schaut ein kleines Eisenkreuz aus der dünnen Schneedecke.

»Da ist sie wohl gestorben, oder?«, fragt Elsa. »Iben Jensen.«

Laura nickt. Ihr Gehirn hat schon den Tanzpavillon hervorgezaubert, der einmal auf der Lichtung stand. Die Flammen, die Hitze, den Gestank, den Lärm. Die Narbe erwacht zum Leben.

»Meine Schule ist nach ihr benannt«, sagt Elsa. »Direkt neben dem Eingang steht ein großer Schrank mit all ihren Pokalen.«

Laura brummt zur Antwort und versucht dabei, die Erinnerungsbilder zurückzudrängen.

»Mein Vater hat an einem Bein Verbrennungen, aber man sieht es kaum. Meine Mutter hat ihn zu einem plastischen Chirurgen geschickt, bevor sie geheiratet haben. Hedda hat ein paar Finger verloren. Wurdest du auch verletzt?«

Bei der jungen Frau klingt es so, als würden sie über das Wetter sprechen.

Laura bemüht sich, ein Pokerface zu bewahren. Die Narbe brennt so stark, dass die Schweißtropfen darauf verdampfen.

»Ich habe eine Narbe am Rücken«, erwidert sie.

Seltsamerweise lindern die Worte den Schmerz ein wenig.

»Hast du sie nicht wegoperieren lassen?«

Laura schüttelt den Kopf.

»Ich habe einen Virus. Nichts Ansteckendes«, fügt sie

schnell hinzu. »Aber etwas, was den Körper sehr anstrengt, könnte ihn aktivieren. Eine Operation zum Beispiel. Oder eine Schwangerschaft«, hört sie sich selbst sagen.

»Also hast du keine Kinder?«

»Nein.«

Laura zögert. Dann beschließt sie zu sagen, wie es ist.

»Vor zwei Jahren war ich schwanger. Es wäre ein Mädchen geworden. Aber sie ist direkt vor der Geburt gestorben.«

»An dem Virus?«

»Ich glaube. Auch wenn die Ärzte sich nicht sicher waren. Sie ist jedenfalls ohne Erklärung in meinem Bauch gestorben.«

»Wie schrecklich!«

Elsa legt den Kopf schief.

»Wie hieß sie?«

»Andreas wollte sie Saga nennen.«

»Und du?«

»Ich wollte mit dem Namen warten, bis sie auf der Welt war.«

Weil du ahntest, dass das Winterfeuer sie nehmen würde, flüstert eine Stimme in Lauras Kopf.

Elsa spürt, dass sie sich unwohl fühlt. Sie fasst Laura am Arm.

»Komm, wir gehen zurück zum Haus. George muss Hunger haben.«

Sie sitzen vor der Haustür auf der Treppe. Die Katze frisst eifrig das Futter, das Elsa dabeihatte.

Lauras Bluse ist immer noch feucht, aber die Narbe brennt nicht mehr. Stattdessen breitet sich eine seltsame Erleichterung in ihrem Körper aus.

»Spricht dein Vater manchmal über den Brand?«, erkundigt sie sich.

Elsa streicht George über den Rücken. Die Katze macht eine Runde um ihre Beine, bevor sie zurück ins Haus schleicht.

»Nein, das mit seinem Bein hat meine Mutter erzählt.«

»Weißt du, ob er Kontakt zu jemand anderem hat, der dabei war? Tomas Rask zum Beispiel?«

Sie denkt an Peters barsche und etwas zu schnelle Antwort auf ihre Frage.

Elsa runzelt die Stirn, holt ein Feuerzeug aus der Tasche.

»Ich weiß, dass er manchmal mit einem Tomas telefoniert und dass es nichts mit seiner Arbeit zu tun hat. Papa hat einen beruflichen Ton und einen privaten«, erklärt sie. »Fast alle seine Gespräche sind beruflich, aber wenn er mit diesem Tomas spricht, klingt es fast, wie wenn er mit meiner Mutter gesprochen hat. Deshalb ist es mir aufgefallen.«

Laura beugt sich vor.

»Wann hast du sie zuletzt miteinander sprechen hören?«

Elsa spielt gedankenversunken mit dem Feuerzeug, schiebt das Rädchen vor und zurück, sodass sich Funken bilden.

»Ich weiß es nicht. Aber heute Morgen lag Papas Telefon auf dem Küchentisch. Ich habe gesehen, dass er eine Nachricht von Tomas bekommen hat.«

Laura versucht, ihre Neugier zu verbergen.

»Hast du gesehen, was da stand?«

Elsa schaut auf, die Frage scheint ihr nichts auszumachen. Sie eher zu amüsieren.

»Er wollte wissen, ob er und Papa sich heute Abend sehen.«

23

WINTER 1987

Den restlichen Tag über erwähnte Tante Hedda kaum das tote Schaf, das Gespräch mit Ulf Jensen oder die Brände. Stattdessen tat sie so, als wäre alles wie immer. Sie lobte Lauras Schminke, fand es schön, dass Laura und Milla sich verstanden. Laura war klar, warum, Tante Hedda wollte, dass sie ein schönes Weihnachten miteinander verbrachten, ohne solche Unruhe wie ein Brand oder ein totes Tier. Sie fand es sogar ganz gut, dass ihre Tante versuchte, so zu tun, als sei alles in Ordnung.

Außerdem hatte sie schon genug Geheimnisse entdeckt. Über Peter und Tomas. Und über Milla, ihre neue … neue was? Freundin?

Nach dem Abendessen spülten sie zusammen ab. George strich um ihre Beine, während Tante Hedda die Essensreste in eine Katzenschüssel kratzte.

»Ich habe die Sauna geheizt. Ich dachte, es wäre höchste Zeit, dass wir ein Winterbad nehmen, oder was meinst du?«

»Gern!«

Sie warteten, bis es richtig dunkel war und die Sterne am Himmel zu sehen waren. Dann zogen sie sich im Saunaschuppen um und liefen mit Handtüchern um die Schultern auf den Schwimmsteg hinaus. Irgendjemand, vermutlich Jack, hatte den Steg vom Schnee befreit, aber Laura trippelte dennoch auf den Zehenspitzen, um das kalte Holz nicht zu berühren. Tante Hedda ging zwei Stufen die Badeleiter hinab und warf sich dann wie gewohnt ins kalte Wasser. Sie selbst blieb stehen. Sie wusste, dass sie einen Anfängerfehler machte. Die Saunawärme verließ schon allmählich ihren Körper, in wenigen Sekunden würde sie anfangen zu frieren. Aber es war so schön, hier auf dem Steg zu stehen, mit den Sternen, dem Mond, dem Eis und dem schwarzen Wasser. Sie hatte diesen Anblick schon oft gesehen, und einen Augenblick lang konnte sie sich tatsächlich einreden, dass alles so war wie immer. Sie ließ das Handtuch fallen und tastete sich auf die Leiter. Das Metall an ihren Händen und Füßen war eiskalt.

»Genau null Grad«, sagte Tante Hedda und hob dabei das Badethermometer in die Höhe, das am Steg vertäut war. »Zögere nicht, spring einfach rein, Prinzessin!«

Laura füllte die Lungen mit Luft. Schloss die Augen. Sprang.

Hinterher gingen sie gemeinsam zum Haus hinauf und fühlten dabei die wunderbare Mischung aus Wärme und Kälte auf der Haut kribbeln.

»Was willst du morgen machen?«

Laura schielte zum oberen Stock des Bootshauses hinauf. Jacks Auto war wieder da, und in seinem Fenster brannte Licht.

»Weiß nicht.«

Hedda schien ihren Blick bemerkt zu haben und blieb an der Treppe stehen.

»Sollen wir Jack fragen, ob er eine Tasse heiße Schokolade mit uns trinken will?«

»Können wir.«

Laura versuchte, nicht allzu eifrig zu klingen. Der eine Teil von ihr wollte Jack absolut nicht treffen, der andere wollte nichts lieber.

Hedda klopfte vorsichtig an Jacks Tür. Von innen hörte man Geräusche, aber niemand kam und öffnete. Sie klopfte noch einmal, diesmal fester. Der Vorhang im Fenster bewegte sich, dann wurde die Tür geöffnet. Jack trug T-Shirt und Unterhose und sah verschlafen aus.

»Hast du geschlafen?«

»Ja.«

Jack stand noch in der Tür, er versuchte, sie so wenig zu öffnen wie möglich. Laura stellte sich auf die Zehenspitzen, um über ihn hinwegzusehen, aber die Lampe, die vorhin angeschaltet gewesen war, war jetzt aus.

»Wir wollten fragen, ob du eine heiße Schokolade möchtest?«

»Danke, nicht heute Abend. Ich bin ziemlich müde.«

Er lächelte verlegen. Die Stimmung veränderte sich. Hedda schien es auch zu merken.

»Aha, dann gute Nacht«, sagte sie.

»Gute Nacht.«

Jack schloss die Tür, und Laura konnte hören, wie er den Schlüssel im Schloss drehte.

In der Wohnung war etwas, von dem er nicht wollte, dass sie es sahen. Etwas oder jemand. Diese Erkenntnis ließ die Eifersucht wieder auflodern und brachte die Magenschmerzen zurück.

Laura überlegte, ob sie Hedda etwas sagen sollte, konnte sich aber nicht richtig dazu durchringen.

Sie blieben noch einen Moment auf dem Absatz stehen. Die Aussicht von hier oben war schön. Die weiße Decke, die den See umgab, das schwarze Wasser, in dem sich das Licht spiegelte.

Aus der Ferne waren Sirenen zu hören. Steigende und fallende Töne, die immer näher kamen und dann plötzlich aufhörten.

»Riechst du den Brandgeruch?«, fragte Hedda.

Laura ließ den Gedanken an Jack fallen und schnüffelte.

»Ein bisschen.«

Jenseits der Bäume, Richtung Dorf, zeichnete sich ein flackernder Lichtschein am Himmel ab. Der Brandgeruch wurde stärker.

Noch eine Sirene war zu hören, und dann noch eine.

»Komm, wir gehen rein«, sagte Hedda und legte den Arm um Laura.

24

Laura winkt Elsa nach, als sie die löchrige Zufahrtsstraße davonrollt. Irgendwie gefällt ihr die junge Frau.

Sie hat schon lange nicht mehr mit jemandem über ihre kleine Tochter gesprochen. Oder, falsch, mit jemand anderem als Andreas. Aber er will nur wieder und wieder dasselbe durchkauen, ohne weiterzukommen. Er wirft ihr mehr oder weniger vor, dass es ihr egal ist, weil sie das Grab nie besucht. Und ihre Mutter rührt das Thema nie an, sie tut so, als ob nie etwas passiert wäre, genau wie mit allen anderen unangenehmen Dingen.

Sie versteht, warum Elsa und Hedda sich mochten. Sie sind sich in manchem ähnlich. Direkt, kühn und ehrlich. Vielleicht auch genauso nachtragend.

Sie denkt an all die Briefe, die sie Hedda geschrieben hat. An die Antworten, die sie nie bekommen hat.

Aber sie ist nicht hier, um sich in ihren alten Enttäuschungen zu vergraben, sondern um Antworten zu finden. Tatsächlich hat sie eine schon erhalten. Sie weiß jetzt, wer George gefüttert hat. Ein kleiner Sieg.

Dafür sind neue Fragen aufgekommen.

Peter hat sie offensichtlich angelogen, was Tomas betrifft, so wie sie es bereits vermutet hat. Hat er sie noch weiter belogen? Zum Beispiel im Hinblick auf Heddas Tod?

Das kleine Gewächshaus liegt hinter dem Werkzeugschuppen, genau wie Peter gesagt hat. Zweifachverglasung und die geschützte Südlage haben den großen Cannabispflanzen darin gute Wachstumsbedingungen verschafft.

So weit hat Peter offenbar die Wahrheit gesagt, den Rest kann sie nicht überprüfen, aber es fällt ihr nicht schwer, sich Hedda vorzustellen, wie sie abends auf dem Steg einen Joint raucht.

Sie muss ein paar Schritte zurückgehen. Zurück zu den Tagen um den zwölften November herum. Da ist etwas passiert. Etwas, weshalb Hedda Gärdsnäset nicht mehr verkaufen wollte.

Die Frage ist, was.

Sie geht ins Haus zurück. Das Feriendorf Gärdsnäset zu verkaufen, das fast fünfzig Jahre lang Heddas Zuhause gewesen war, muss für sie eine schwere Entscheidung gewesen sein. Eine Entscheidung, über die Hedda sicher lange nachgedacht hatte. Außerdem hatte sie zwei Angebote erhalten – ein höheres vom Schloss und ein niedrigeres von der Kommune. Hedda hätte solch einen Entschluss niemals leichtfertig gefasst.

Ganz zu schweigen vom Gegenteil. Nämlich ihre Meinung dann plötzlich zu ändern. Das Geld und die Möglichkeit auf ein bequemeres Leben auszuschlagen.

Auf einmal fällt ihr die Planungstafel ein.

Hedda wollte alles vor sich sehen, bevor sie eine Entscheidung traf. Deswegen klebte sie haufenweise Fotos, Skizzen und Gegenstände an eine große Tafel. Manchmal durften Iben und sie helfen, indem sie Bilder aus Zeitungen ausschnitten oder eigene Zeichnungen anfertigten, bis die Tafel ganz voll war.

Ein Moodboard, lange bevor dieser Begriff erfunden wurde. Nach und nach, als er älter wurde, vervollständigte Jack mit praktischeren Sachen wie Skizzen, Farbproben, Zeitplänen und Einkaufslisten die Tafel. Er überführte Heddas Visionen in die Wirklichkeit. Aber er ließ sie trotzdem immer machen. Erst die Tafel, dann die Entscheidung. Keine Abkürzungen.

Man kann nichts entscheiden, was man nicht vor sich sieht.

Hatte Hedda diesmal genauso gedacht? Hatte sie die Alternativen vor sich sehen wollen, während sie das Für und Wider abwog? Es ist jedenfalls eine Überprüfung wert.

Laura schaltet die Lampen im Haus ein, zieht Handschuhe

an und sucht im Durcheinander herum, allerdings ohne die Tafel zu finden. George hält sich ganz in ihrer Nähe auf, als würde sich die Katze wundern, was sie da treibt. Nach einer Weile fragt sie selbst sich das auch.

Wahrscheinlich hat Hedda ihren Entscheidungsprozess geändert. Vielleicht ist sie von der Tafel zu etwas Einfacherem übergegangen, wie zum Beispiel einem gewöhnlichen, guten alten Notizblock.

Das Problem ist nur, in diesem Durcheinander einen Block zu finden. Aber Hedda scheint keinen großen Radius im Haus gehabt zu haben, also beginnt Laura in der Küche.

Der Küchentisch ist voller Stapel mit Werbeprospekten, Katalogen und Umschlägen. Auf einem der Haufen liegt ganz oben tatsächlich ein Spiralblock und darauf ein Stift. Sie schlägt den Block auf. Er ist leer. Keine einzige Notiz, keine einzige Kritzelei. Aber in der Spirale hängen kleine Papierstücke von herausgerissenen Blättern. Es liegt sogar ein Fetzen direkt neben dem Block, als wäre es erst kürzlich geschehen.

Aber wo sind die Blätter mit den Notizen?

War jemand hier im Haus und hat sie mitgenommen? Jemand, der Beweise wegräumen wollte?

Es dauert ungefähr zehn Sekunden, bis ihr Hirn den Fernsehkrimi ausschaltet und wieder zu einer normalen Logik übergeht.

Zunächst einmal wäre es für einen geheimnisvollen Einbrecher leichter gewesen, den ganzen Block mitzunehmen und nicht nur Seiten abzureißen. Und außerdem – Beweise wofür?

Was hat sie eigentlich für einen Verdacht? Dass Hedda umgebracht wurde?

Auf welchen Beweisen gründet sich dieser Verdacht denn?

Ein Handtuch im Wasser, ein nicht ausgefülltes Badebuch. Oder gar der Albtraum von heute Nacht.

Sie beschließt, dass sie eine Pause braucht, und geht vor das Haus. Die kalte Winterluft macht ihr den Kopf wieder klarer.

Sie muss damit aufhören, was auch immer sie da gerade treibt.

Aus dem Wald ist ein Geräusch zu hören, ein Zweig, der mit einem Knall abbricht. Sie zuckt zusammen, verengt die Augen zu Schlitzen, um die Geräuschquelle zu entdecken. Aber das Licht der Außenlampe über ihrem Kopf lässt die Finsternis zwischen den Bäumen noch kompakter wirken.

Sie schaut hinauf. Die Krähen sind nicht besonders unruhig, also gibt es für das Geräusch wahrscheinlich eine natürliche Erklärung. Ein Reh oder einen Hirsch.

Trotzdem bleibt sie noch eine Weile draußen stehen und versucht herauszufinden, wo der geheimnisvolle Raucher stand. Aber alles ist still.

Sie geht wieder ins Haus, wo sie das Licht im Schlafzimmer und im Atelier löscht. Dann bleibt sie vor der Fernsehcouch stehen. Hedda saß hier, Tag für Tag, Abend für Abend, ganz allein. Sah fern, rauchte und trank sich drei Herzinfarkte an.

Laura setzt sich vorsichtig auf die Armlehne der Couch.

Warum kann sie trotz des Überflusses an Beweisen Hedda immer noch nicht mit den Augen einer Erwachsenen sehen? Die logischste Erklärung akzeptieren?

Hedda war eine versoffene alte Frau, die von ihrem Steg gefallen ist. Eine Frau, die nicht in der Lage war, diesen Schrott an den Meistbietenden zu verkaufen. Deren einzig vernünftiger Einfall war, ein Testament aufzusetzen, weil sie zumindest eingesehen hatte, dass ihr Herz nicht mehr lange durchhalten würde.

Gleich wird sie zum Hotel zurückfahren und ein letztes Mal den Staub und Schmutz des Hauses von sich abwaschen. Danach wird sie ein paar Bahnen schwimmen, den Zimmerservice bestellen und sich anschließend ins Bett legen. Morgen wird sie früh aufbrechen, um mit Steph zu Mittag zu essen und ein paar Stunden im Büro zu arbeiten. Sie wird zu ihrem bisherigen Leben zurückkehren.

Als sie aufsteht, fällt ihr Blick auf das erste Bild eines staubigen Stapels, der hinter dem Fernseher an der Wand lehnt. Sie erkennt es wieder.

Das Bild hing früher im Haupthaus und stellt den See an einem frühen Sommermorgen dar. Nebel hängt über der Wasserfläche, und dahinter sieht man den Umriss des dunklen Bergkamms. Als Kind fand sie, dass die Kontur der eines schlafenden Riesen ähnelte. Aber jetzt als Erwachsene stellt sie fest, dass etwas anderes an dem Bild ihr gefällt. Eine Wehmut, die von der einsamen Lampe an Millers Bootshaus verstärkt wird, die genau in dem Übergang zwischen Wasser und Land leuchtet.

Sie geht näher heran. Das Gemälde ist eindeutig Heddas bestes Werk. Der See, genau zum Zeitpunkt der Dämmerung, die Nebelschwaden, das glitzernde Wasser, der Umriss der Hügelkette und das einsame, sehnsuchtsvolle Licht auf der anderen Seite.

Sie geht um die TV-Bank herum, streckt die Hand nach dem Bild aus, als sie etwas bemerkt. Das Bild ist das erste von fünf Gemälden in dem Stapel, aber die anderen vier tragen eine dicke Staubschicht auf dem Rahmen. Das Bild mit dem See hat dagegen fast keinen Staub, was bedeutet, dass es vor Kurzem gesäubert wurde. Oder vielleicht – bewegt.

Laura hebt das Gemälde hoch. Ihre Finger ertasten etwas, das an der Rückseite hängt. Sie dreht das Bild um, hebt es auf den Stapel und lehnt es an die Wand.

Die Rückseite ist mit einer weißen Leinwand bespannt.

Das Erste, worauf ihr Blick fällt, ist die schwarze Schwanenfeder, die ganz oben hängt. Das muss ihre Feder sein, was heißt, dass Hedda die Zigarrenkiste mit den kindischen Schätzen gefunden hat.

Unter der Schwanenfeder, ungefähr in der Mitte des Bildes, sind mit Klebefilm zwei Dokumente befestigt. Zwei Angebote für Gärdsnäset, das eine von Green und der Kommune, das andere vom Schloss Vintersjöholm, unterschrieben von einem Heinz Norell mit dem Titel Projektleiter. Um die Kaufangebote herum hängen dicht gedrängt viele weitere Blätter. Kopien von alten Zeitungsartikeln, deren Schlagzeilen allzu bekannt sind. »Tragödie am See«, »Brandstiftung kostet einer jungen Frau das Leben«, »Brandstifter zu Jugendhaftstrafe verurteilt«. Ganz unten ein aus einem Block gerissenes Blatt mit Heddas schnörkeliger Handschrift.

Laura hält den Atem an.

Testament aufsetzen, steht dort als Erstes, gefolgt von einem zierlichen Häkchen.

Darunter *Laura anrufen,* gefolgt von einem Fragezeichen.

Ganz unten fünf Wörter in Großbuchstaben:

TOMAS NACH IBENS GEHEIMNIS FRAGEN!

25

WINTER 1987

Am nächsten Morgen hing ein grauer, übel riechender Dunst über dem See, genau wie an ihrem ersten Morgen hier. Brandgeruch, dessen war sich Laura ganz sicher.

Es war schon nach zehn, als sie an Jacks Tür klopfte. Er machte sofort auf und sah viel entspannter aus als am Abend zuvor.

»Hallo, Prinzessin, möchtest du Tee?«

»Gern.«

Laura wartete, während er in der Küchenecke hantierte. Neugierig sah sie sich dabei um. Alles sah aus wie immer. Das Bett war gemacht, der Boden sauber. Ordnung und Sauberkeit, so mochte es Jack. Die Autozeitschrift, die sie ihm in Kastrup gegeben hatte, lag auf dem Nachttisch, was sie freute.

»Schrecklich, was gestern in Alkärret passiert ist«, sagte sie.

Er antwortete nicht, sondern tat so, als sei er mit dem Tee beschäftigt. Sie wartete, bis er ihr gegenübersaß. Es gab zwei Dinge, die sie ihn fragen wollte. Das Einfachere zuerst.

»Was passiert hier eigentlich? Das Feuer, die toten Schafe?«

Jack trank einen Schluck Tee.

»Im Herbst hat es angefangen«, sagte er leise. »Ein paar kleine Brände, die niemand weiter beachtet hat. Mülleimer, Briefkästen. Aber dann wurden es allmählich mehr und größere Feuer. Hochsitze, Schuppen und verlassene Hütten. Die Leute wurden nervös. Und dann noch das mit Jensens Schafen.«

Jack wies mit der Hand Richtung Alkärret.

»Drei Tiere in einem Monat.«

Laura dachte daran, was sie von dem Gespräch auf dem Vorplatz mitbekommen hatte.

»Ulf Jensen verdächtigt jemanden, oder?«

Es dauerte ein paar Sekunden, bis sie Jacks Gesichtsausdruck deuten konnte. Sie stöhnte auf.

»Dich? Er vermutet, dass du die Schafe getötet hast?«

Jack starrte in seine Teetasse.

»Warum denn? Warum denkt er so etwas von dir?«

Millas Worte schossen ihr in den Kopf. Dass es beim Töten der Schafe um Hass ging. Oder um Liebe.

»Iben«, sagte sie.

Ihre Stimme wurde ganz klein.

»Ulf gefällt es nicht, dass wir uns sehen«, nickte Jack. »Er war deshalb schon mehrmals bei Hedda, und neulich haben mir ihre Brüder das sehr klargemacht.«

Er zog sein T-Shirt hoch und zeigte ihr einen großen blauen Fleck über den Rippen.

Lauras Magen zog sich zu einem harten Klumpen zusammen.

»Dann glaubt Ulf also, dass du die Schafe tötest, um dich zu rächen?«, bekam sie über die Lippen.

»So ungefähr.« Jack zuckte mit den Achseln. »Und nach dem verbrannten Schaf von gestern gibt er mir wohl auch die Schuld für die anderen Brände. Ulf spinnt …«

Er legte die Hand auf ihren Arm, so wie Iben neulich.

»Wir wollten dich nicht verletzen. Es ist einfach passiert. Nachdem du letzten Sommer weggefahren bist …«

Er verstummte wieder. Der Stein in Lauras Magen wurde immer härter. Sie wischte eine Träne ab, dann noch eine.

»Bist du in sie verliebt?«

Jack sah gequält aus. Er zog langsam seine Hand weg.

»Also, das verstehst du nicht …«

»Dann erklär es mir! Erklär mir, was seit dem Sommer anders ist!«

Jack schüttelte langsam den Kopf.

»Das kann ich nicht. Verzeih mir, aber das kann ich einfach nicht, Prinzessin.«

»Nenn mich nicht so, ich bin kein Baby!«

Die Wohnung fühlte sich plötzlich stickig an, Laura bekam keine Luft mehr. Sie stand auf und ging zur Tür, während sie mit den Tränen kämpfte.

Dann rannte sie die Treppe hinunter und bis zu Heddas Haus. Dort warf sie sich auf ihr Bett und begrub ihren Kopf zwischen den Kissen. Sie weinte so, dass ihr ganzer Körper geschüttelt wurde.

Nach einer Weile kam Hedda ins Zimmer, setzte sich zu ihr aufs Bett und strich ihr über das Haar.

»Mein Liebling«, flüsterte sie. »Manchmal tut es weh, zu leben.«

26

Man wählt seine Eltern nicht aus, Prinzessin. Genauso wenig, wie man seine Kinder auswählt.

Der Einsiedlerhof, auf dem Tomas aufgewachsen ist, findet sich tatsächlich auf der GPS-Karte. Laura war nur einmal dort gewesen. Zusammen mit Hedda und Jack. Sie erinnert sich nicht mehr, warum, glaubt aber, damals im Auto gewartet zu haben.

Der vormittägliche Himmel über den Dächern ist wolkenverhangen, der Hofplatz ist eine einzige zugefrorene Schlammpfütze. Ein klappriger Opel parkt dort. Auf dem Autodach liegt kein Schnee, was bedeutet, dass er regelmäßig gefahren wird und wahrscheinlich jemand zu Hause ist. Zwei zerzauste Hunde kommen aus der Scheune gerannt, bellen laut und rennen um ihren Wagen herum, bevor sie wieder im Inneren verschwinden.

Das morsche Rolltor ist schon lange aus der Schiene gerutscht und lehnt an der Scheunenwand. In der Scheune stehen ein paar alte Autos, die anscheinend als Hundehütten dienen.

Sie parkt so nah am Wohnhaus, wie es geht, und stellt sich mit der Front in Fahrtrichtung, damit sie so schnell wie möglich wegfahren kann. Der Wind weht eine Ladung losen Schnee vom Scheunendach herunter. Der Schnee brennt ihr im Gesicht, sie zieht eine Mütze auf und knöpft sich die Jacke bis zum Kinn zu.

Das Haus war wohl einmal grün, aber Sonne und Dreck haben die Holzbalken gelblich grau gefärbt. Eine große Plastikplane wurde über den Dachfirst gestülpt, und neben dem Schornstein hängt eine rostige Satellitenschüssel so schief, dass es aussieht, als würde sie jeden Moment herunterfallen.

Die Betontreppe ist einigermaßen freigeschaufelt, mehr aber auch nicht. Auf der Vortreppe steht eine Palette Bier unter einem schiefen Plastiktisch.

Der ganze Ort lässt Laura erschaudern. Sie bleibt vor der Haustür stehen und versucht, sich zu sammeln. Sie hätte Peter gestern Abend anrufen können, auf dem Weg zurück ins Hotel. Sie hätte ihm von Heddas Tafel berichten können. Aber nachdem sie darüber nachgedacht hatte, ließ sie es bleiben.

Peter hat sie angelogen, was Tomas betrifft. Was versucht er zu verbergen, und hängt das irgendwie mit Heddas Interesse an Tomas zusammen?

Die einzige Möglichkeit, das herauszubekommen, ist, Tomas aufzuspüren.

Laura klopft an die Tür. Sie muss das ein paarmal wiederholen, bevor sie hinter dem Milchglas eine Bewegung erkennt.

»Ja …?«

Der Alte, der die Tür öffnet, trägt einen schmuddeligen Morgenmantel und Plastikpantoffeln. Er hat dünnes Haar, eine dicke Brille und ist glatt rasiert. Früher einmal war er sicher über zwei Meter groß, aber jetzt ist er krumm und gebeugt.

»Kent Rask?«, fragt sie, obwohl klar ist, dass er es sein muss.

»Waswollnse?« Er zieht die Wörter zu einem zusammen.

»Ich suche Tomas.«

Kent Rask verzieht das Gesicht.

»Er ist nicht da.«

»Wissen Sie, wo ich ihn finde?«

»Warum?« Die Augen des Alten werden schmal. »Du erinnerst mich an jemanden.«

»Ich heiße Laura Aulin. Ich bin Heddas Nichte.«

Der Alte zeigt eine Reihe nikotingelber Zähne.

»Ach, ja. Die kleine Laura. Wie geht's deinem reichen Papa?«

»Er ist tot.«

»Aha. Wie viel hast du geerbt?«

Kent Rasks Lächeln lässt ihn wie einen alten Wolf aussehen. Er reißt die Tür weit auf und tritt ein Stück zurück.

»Ich mache nur Witze, Laura. Komm rein. Steh nicht da draußen in der Kälte.«

Laura zögert einen Moment. Sie muss daran denken, welche Angst sie einmal vor Kent Rask hatte. Sie und alle anderen. Aber das ist jetzt dreißig Jahre her, und der Alte ist weit über siebzig.

»Danke.«

Sie tritt ein. Im Haus ist es warm, sie wappnet sich gegen den zu erwartenden Junggesellengeruch, aber das Einzige, was sie riecht, ist gebratenes Fleisch.

»Komm, komm.« Er geht vor ihr durch den Flur und bedeutet ihr, ihm zu folgen.

Die Wände hängen voller Jagdtrophäen. Reh- und Hirschgeweihe mit weißen Schädelknochen, die auf kleine Holzplatten geschraubt sind. Über der Wohnzimmertür hängt ein Wildschweinkopf mit offenem Maul und starrenden Glasaugen.

»Nimm Platz.«

Kent Rask schiebt ein paar Zeitschriften vom Sofa. Ansonsten ist der Raum erstaunlich aufgeräumt. Im Fernsehen läuft irgendeine Nachmittagsserie. In einer Ecke steht ein voll aufgedrehter Elektroheizkörper mit glühenden Drähten. Der Alte scheint fast genauso verfroren zu sein wie sie.

Laura öffnet widerwillig die Knöpfe ihrer Jacke und setzt sich auf die Sofakante.

»Möchtest du Kaffee?«

Er deutet auf eine Thermoskanne, die auf dem Couchtisch steht.

»Nein, danke«, sagt sie etwas zu schnell.

Kent Rask setzt sich in den Sessel neben der Heizung.

»So, so, und warum will die kleine Laura Aulin mit meinem Tomas reden, wenn ich fragen darf?«

Sie zögert kurz. Dann beschließt sie zu sagen, wie es ist.

»Ich wollte wissen, ob er vor Kurzem mit Hedda gesprochen hat.«

»Ist Hedda nicht tot?«, grinst er.

»Bevor sie starb«, fügt Laura unnötigerweise hinzu.

Kent Rask beugt sich vor. Über Nase und Kinn zieht sich ein dünnes Netz geplatzter Äderchen.

»Und worüber hätten Tomas und Hedda sprechen sollen, was so interessant ist, dass du extra hier raus nach Einsiedel fährst?«

»Darauf kann nur er eine Antwort geben.«

»So, so …« Das Grinsen verschwindet. »Tomas ist im Heim. Da war er im Prinzip die letzten dreißig Jahre. Er ist nicht ganz richtig im Kopf, weißt du.« Der Alte tippt sich gegen die Schläfe. »Ich habe versucht, ihn geradezubiegen. Auf jede erdenkliche Art und Weise, weiß Gott. Manchmal so, dass mir die Fäuste wehtaten.«

Laura beißt sich auf die Lippe. Sie sieht Tomas' Ticks vor sich, wie er nach Möglichkeit den Augenkontakt vermied und sich an der Wand herumdrückte. Dass sie und die anderen nicht verstanden, warum er seinen Pulli nicht ausziehen wollte, um zu baden. Jetzt, im Nachhinein, erscheint ihr alles so klar.

»Aber auch wenn er draußen sein sollte, ist der Junge nicht so dumm, hier aufzutauchen«, fährt der Alte fort.

»Warum nicht?«

Kent Rask grinst wieder.

»Wegen Ulf Jensen und seinen Jungs natürlich. Sie waren oft hier und haben nach ihm gefragt. Deshalb habe ich meine Büchse immer bereit.«

Er dreht den Sessel zum Fenster und zieht die Gardine zur Seite. Eine Schrotflinte steht an die Wand gelehnt. Laura versucht, so auszusehen, als würde es ihr keine Angst machen.

»Tomas hat seine Strafe bekommen, aber ihr anderen seid verdammt billig davongekommen. Peter Larsson, der herumläuft und den Polizisten spielt. Das Findelkind und diese Schlampe, wie auch immer sie hieß, die so schnell wie möglich die Gegend verlassen haben. Hedda, die hätte auf euch aufpassen sollen. Und du natürlich, mit deinem reichen Papa und dem feinen Anwalt.« Ein kleiner Speichelfaden hängt ihm aus dem Mundwinkel. »Tomas musste allein für alles die Schuld auf sich nehmen. Die Bullen entschieden, dass er der Schuldige war und kein anderer. So war es am einfachsten.«

Er schüttelt den Kopf.

»Dreißig Jahre ist das her, aber niemand kann die Sache ruhen lassen. Die Leute im Dorf spucken auf mich. Und du weißt bestimmt, warum?«

Kent Rasks Augen verdunkeln sich.

»Weil Ulf Jensen niemanden vergessen lässt, was passiert ist. Er hat sogar die Gemeinde dazu gebracht, die Schule umzutaufen, um sicher zu sein, dass auch die kommenden Generationen lernen, was für eine verdammte Heilige seine Tochter war.«

Der Alte lehnt sich zurück, angelt eine Snus-Dose aus der Tasche und schiebt sich eine ordentliche Prise unter die Oberlippe. Offenbar hat er aufgehört zu rauchen.

»Du weißt, dass sie was miteinander hatten, was? Die heilige Iben und das Findelkind?«

»Du meinst Jack?«

Es tut immer noch weh, darüber zu sprechen, und Laura wünscht sich, der Alte hätte das Thema nicht angesprochen.

Er scheint sich nicht um ihre Richtigstellung zu kümmern.

»Ulf Jensen hielt den Gedanken nicht aus, dass seine schneeweiße Tochter mit einem Zigeuner ins Bett ging …«

»Jack war kein Zigeuner«, unterbricht ihn Laura.

»Nicht?« Der Alte grinst so, dass der Snus unter seiner Lippe zum Vorschein kommt. »Egal, in jedem Fall wäre nie jemand fein genug für Ulf Jensens Mädchen gewesen. Ich glaube, irgendwie war der scheinheilige Mistkerl auch froh über den Brand. So kriegte sie keiner. Sie bleibt für immer und ewig jung und rein. Eine schneeweiße Heilige, genau wie die heilige Lucia.«

Kent Rask schiebt den Snus mit der Zungenspitze hoch.

»Deine Tante mochte ihn nicht, hast du das gewusst?«

Laura schüttelt den Kopf. Sie hat keine Erinnerung, die diese Behauptung bestätigen würde. Hedda und Ulf schienen immer höflich miteinander umzugehen. Was so im Nachhinein vielleicht ein bisschen seltsam wirkt. Hedda war eigentlich nie höflich zu jemandem.

»Tja«, fährt der Alte fort. »Das ist der Grund, warum ich Hedda mochte. Sie durchschaute Ulf Jensens dummes Geschwätz. Diese ganze Saubermann-Fassade. Der tapfere, einsame Vater, der allein drei Kinder großziehen musste und sie alle drei zu Gewinnern machte.«

Der alte Mann beugt sich wieder vor.

»Die Mutter der Jungs ist gestorben, so weit stimmt seine Geschichte. Aber die andere Frau, Ibens Mutter, die, die er aus dem Norden mitgebracht hat.« Der Alte tippt sich wieder an die Stirn, wie vorhin, als er über Tomas sprach. »Sofia war hübsch anzusehen, aber sie war nicht ganz sauber. Eines Abends, als Ulf weg war, hat sie versucht, Källegården in Brand zu stecken.«

Laura unterdrückt ein Keuchen.

»Ulf kam gerade noch rechtzeitig nach Hause. Ich habe ihn gefahren. Wären wir zwanzig Minuten später gekommen, wäre alles vorbei gewesen.«

»Wann war das?«

Kent denkt einen Augenblick nach.

»Das muss sechsundsiebzig oder siebenundsiebzig gewesen sein. Ulf und ich haben damals ein paar Geschäfte miteinander gemacht. Tomas war auch dabei, er war erst fünf oder sechs. Ich weiß noch, wie er und Iben auf dem Rücksitz meines Wagens saßen und sich in den Armen hielten, während Ulf und die Jungs das Feuer löschten.«

»Und Ibens Mutter?«

»Sofia tanzte im Nachthemd auf dem Hofplatz herum. Sie lachte so, dass es zwischen den Häusern schallte. Sie hat bestimmt eine Viertelstunde damit weitergemacht, bevor Ulf sie zum Schweigen brachte.«

Der alte Mann leckt sich die Lippen.

»Ulf hat den Kindern gesagt, dass es ein Unfall war. Er erzählte ihnen und allen, die nachfragten, dass Sofia sie verlassen hat, weil es ihr in Schonen nicht gefallen hätte, und dass sie zurück in den Norden gegangen ist. Aber in Wahrheit wurde sie in Helsingborg in die Psychiatrie eingewiesen.«

»Was passierte danach mit ihr?«

»Keine Ahnung. Ich habe auf jeden Fall nie mehr von ihr gehört. Solche wie sie und Tomas sollten für immer eingesperrt werden.« Der Alte verzieht verächtlich das Gesicht. »Ulf hat mir zum Dank für die Hilfe eine Jagdpacht gegeben. Ich durfte sie so lange behalten, wie ich die Klappe hielt. Er hat nie gewagt, sie zurückzunehmen, nicht einmal, als er anfing, den feinen Mann zu spielen, und wir uns zerstritten haben. Er wollte wohl nicht, dass herauskommt, dass sein kleiner Engel eine Mutter hat, die im Irrenhaus sitzt.«

Er lehnt sich im Sessel zurück.

»Ich habe die ganzen Jahre über mein Versprechen gehalten. Aber jetzt bin ich zu alt zum Jagen, und außerdem ist Ulf hinter der Pacht her. Es heißt, dass er so langsam ziemlich knapp bei Kasse ist.«

Der Alte zwinkert Laura zu, was sie ärgert. Alles an diesem verbitterten alten Mann macht sie wütend. Kent Rask hat seinen eigenen Sohn geschlagen, anstatt zu versuchen, ihm zu helfen, er hat eine Pacht angenommen, um die Wahrheit über Sofia Jensen nicht auszuplaudern, und hat Iben in dem Glauben aufwachsen lassen, ihre Mutter habe sie verlassen. Der Gedanke an die sechsjährige Iben und an Tomas, allein in Kent Rasks Auto auf dem Rücksitz, während Källegården in Flammen steht und Sofia laut lachend herumtanzt, reicht aus, damit es in ihren Schläfen zu pochen beginnt.

Ist dies das Geheimnis, für das sich Hedda interessierte?

»Ich glaube, ich gehe jetzt.«

Sie steht auf, aber Kent Rask greift nach ihrem Handgelenk.

»Warum so eilig, kleine Laura? Wir haben doch noch gar nicht über deine Tante gesprochen. Deine Tante und ich haben einige Geschäfte miteinander gemacht, musst du wissen.«

Sie bleibt reglos stehen. Die Finger um ihr Handgelenk sind grob, in den Rissen daran ist etwas Dunkles. Zwischen Daumen und Zeigefinger sieht man immer noch die drei Knastpunkte. Weiter oben auf dem Handrücken ein Dreieck mit ungeraden Kanten.

Sie sollte gehen, jetzt sofort. Aber sie ist hierhergekommen, um Dinge herauszufinden, also zieht sie ihre Hand weg und setzt sich wieder auf das Sofa.

»Was für Geschäfte?«, fragt sie so gefasst wie möglich.

Sie versucht, nicht zum Gewehr hinter dem Sessel zu schauen.

»Waldgeschäfte.« Der Alte legt den Zeigefinger auf den Mund. Der Nagel ist lang, mit einem schwarzen Snus-Rand. »In den Achtzigerjahren brannte ich meinen eigenen Schnaps. Das war damals eine ziemlich lohnende Angelegenheit, als es nicht überall Spirituosenläden gab. Deine Tante war einer meiner besten Kunden.«

Er pult den Tabak mit dem Zeigefinger aus dem Mund, schmiert ihn an die Kaffeetasse vor sich und wischt sich den Finger am Morgenmantel ab. Laura schaut weg, unterdrückt ihren Brechreiz.

»Hedda verkaufte ihn im Sommer weiter an die Feriengäste«, erklärt er und bemerkt daraufhin ihre Verwunderung.

»Wusstest du das nicht? Ich dachte, ihr hättet ihr dabei geholfen. Das Findelkind war sogar manchmal hier und hat Lieferungen abgeholt.«

Laura antwortet nicht. Sie verabscheut innerlich diesen Spitznamen.

»Na ja. Als Hedda mit dem Tanzpavillon, den Booten und dem ganzen Zeug anfing, bekam sie haufenweise durstige Kunden. Meine Apparate liefen auf Hochtouren.«

Er scheint die Erinnerung eine Weile zu genießen, bevor er fortfährt.

»Wir hatten ein paar richtig gute Sommer, aber dann hat Ulf Jensen angefangen, sich einzumischen. Der Herr Saubermann wollte nicht, dass seine Tochter in die Nähe von Alkohol oder illegalen Geschäften kommt. Er hat gedroht, die Polizei zu rufen. Ich verstehe einfach nicht, warum Hedda ihn nicht zum Teufel geschickt hat. Die Hälfte der Polizisten waren unsere Kunden, und Hedda war nicht gerade konfliktscheu. Aber diesmal gab sie nach. Sie beendete unsere Geschäfte.«

»Wann war das?«

Laura versucht, nicht auf die Lippen des alten Mannes zu schauen, wo immer noch Snus-Reste hängen.

»Herbst 1987. Ich weiß es noch, weil es im selben Jahr wie der Brand war.«

Laura versucht, das, was sie soeben gehört hat, mit ihren eigenen Erinnerungen in Zusammenhang zu bringen.

»Ich bin in dem Winter einmal mit dir Auto gefahren«, sagt sie. »Du wolltest meiner Tante etwas holen. Aber wir sind im Graben gelandet.«

»Ach, daran erinnerst du dich also«, kichert der Alte. »Ja, Hedda hatte eine Lieferung im Voraus bezahlt. Nachdem Ulf ihr gedroht hatte, wollte sie das Geld zurück. Ich habe das damals ein bisschen rausgezögert, hoffte wohl, dass sie ihre Meinung ändern würde. Aber ein paar Tage vor dem Brand habe ich es zurückgezahlt.«

»Du wolltest also das Geld holen, als wir von der Straße abkamen?«

Kent Rask nickt.

»Du bist panisch wie ein kleiner Hase weggerannt. Was, dachtest du, würde ich machen? Dich vergewaltigen?«

Laura beißt die Zähne zusammen. Sie erinnert sich daran, dass Ulf Jensen auftauchte und wie kurz die beiden Männer davor gewesen waren, aufeinander loszugehen.

»Du musst ganz schön sauer auf Ulf Jensen gewesen sein«, sagt sie. »Ihr hattet schon Streit, und jetzt nahm er dir auch noch deine beste Kundin weg.«

Der Alte schnaubt.

»Sauer ist gar kein Ausdruck. Der selbstgefällige Mistkerl hat mich Tausende Kronen gekostet.«

»Was hast du dagegen gemacht?«

Kent Rask lächelt breit.

»Das würdest du wohl gerne wissen.«

Ein neues Bild taucht auf ihrer Netzhaut auf. Ein verbranntes Schaf, das an einem Baum hängt, wo die Krähen ihm das Hirn auspicken.

Sie will ihn gerade damit konfrontieren, als der Alte aufspringt. Aus der Ferne ist Hundegebell zu hören. Nicht das Gebell eines Wachhunds, wie Laura es vorhin erlebt hat, sondern ein gellendes, angsterfülltes Kläffen.

»Riecht es nicht nach Feuer?«

27

WINTER 1987

Es war bereits Nachmittag, als sie aufwachte. Trotzdem war Laura noch müde. Sie fühlte sich leer, kraftlos, gefühllos.

Von dem, wonach sie sich seit dem Sommer so gesehnt hatte, war nichts mehr übrig. Es blieben nur Verrat und Lügen.

Es klopfte leise an der Tür.

»Du hast Besuch«, sagte ihre Tante.

Laura legte den Arm über ihre geschwollenen Augen.

»Komm rein«, sagte sie.

Die Tür ging vorsichtig auf, und Peter schaute herein.

»Ich bin's nur«, sagte er. »Darf ich reinkommen?«

Sie nickte, versuchte, ihre Enttäuschung darüber zu verbergen, dass es nicht Jack war.

»Wie geht es dir?«

Er setzte sich auf ihren Schreibtischstuhl.

»Scheiße«, murmelte sie. »Dieser ganze Winter ist einfach scheiße. Alle lügen mich an. Oder verheimlichen etwas. Hedda, Iben und Jack, sogar du und Tomas.«

Peter wurde rot. Komischerweise fühlte sich das gut an.

»Ich weiß, was ihr macht«, sprach sie weiter. »Dass ihr in Sommerhäuser eindringt und für Milla Sachen klaut. Wie seid ihr bloß auf die Idee gekommen?«

Peter wurde noch röter.

»Das war Tomas. Er wollte Milla imponieren. Er mäht bei einigen Sommergästen den Rasen und weiß, wo ihre Ersatzschlüssel hängen. Er hat gesagt, man braucht nur reinzugehen und zu holen, was man will.«

»Und du hast nicht widersprochen? Du bist genauso in Milla verknallt wie Tomas. Ihr seht aus wie zwei sabbernde Hunde, wenn ihr sie anschaut.«

Der Stein in ihrem Magen wurde etwas kleiner, als würde es helfen, ihre Wut an Peter auszulassen.

»Ich habe nur versucht, auf Tomas aufzupassen«, murmelte er. »Zu schauen, dass er nichts richtig Dummes anstellt.«

»Was denn zum Beispiel? Was ist dümmer, als in ein Sommerhaus einzubrechen, wenn der Besitzer sich ausrechnen kann, dass Tomas weiß, wo der Schlüssel hängt?«

»Es gibt Schlimmeres. Viel Schlimmeres. Und Gefährlicheres.«

Peter schaute weg.

Durch ihren Kopf hallten Worte. *Hier geht ein Brandstifter um.*

Sie schnappte nach Luft.

»Du glaubst, dass Tomas die Feuer gelegt hat?«

Peter wich ihrem Blick aus.

»Das müssen wir Hedda erzählen!«

Peter stand auf.

»Nein, verdammt. Das können wir Tomas nicht antun.«

»Warum nicht? Er braucht doch Hilfe.«

Peter hielt die Hände hoch.

»Ich weiß nicht mit hundertprozentiger Sicherheit, dass er es war. Und wenn das Gerücht erst einmal in der Welt ist, wird Tomas sofort beschuldigt. Weißt du noch, als wir klein waren? Tomas gestand immer alles, sobald ihn ein Erwachsener nur ansah. Es spielte keine Rolle, ob er etwas getan hatte oder nicht.«

Peter setzte sich neben sie auf das Bett.

»Wenn die Polizei Tomas verhört, wird er gestehen, das weißt du.«

Laura nickte langsam. Peter hatte recht.

»Was sollen wir dann tun?«, fragte sie.

»Ich pass auf ihn auf. Wir können nichts machen, bevor wir es nicht ganz sicher wissen. Rede mit niemandem darüber. Versprich mir das, Laura!«

28

Kent Rask stolpert in die Diele hinaus, und Laura folgt ihm. Der Alte hat recht, der Brandgeruch wird immer stärker, je näher man der Eingangstür kommt.

Er reißt die Tür auf und läuft hinaus.

»Nein«, stöhnt er und springt die Treppe hinunter.

Er rennt über den Hof, die beiden Hunde laufen dicht um seine Beine herum. Laura selbst bleibt genau vor der Tür stehen, sie ist nicht in der Lage, sich zu bewegen.

Eine Wand aus dickem, grauem Rauch quillt aus dem Scheunentor. Er breitet sich über den Hof aus, benebelt die Sicht und füllt die Luft mit Gestank nach brennendem Holz und Stroh, wovon Lauras Knie weich werden.

Sie greift nach dem Treppengeländer, um nicht zu fallen, sinkt auf die oberste Stufe und schnappt nach Luft. Ihr Herz rast, die Narbe schlängelt sich wild über ihren Rücken. Ihr Hirn ist voller Botschaften, die allesamt mit Flucht, Davonrennen, Entkommen zu tun haben. Die ihr sagen, sie müsse so weit wie möglich vom Feuer wegbleiben.

Kent Rask scheint das Gegenteil zu machen. Er stolpert mit klappernden Pantoffeln zum Scheunentor, der Morgenmantel flattert um den halb nackten alten Körper.

Vor ihm rennen die beiden Hunde, die hoch und laut bellen.

Sie sieht sie alle direkt in der Rauchwolke verschwinden. Trotz ihrer Panik ist ihr klar, dass er das Feuer niemals allein löschen kann, und nach einigen Sekunden gelingt es ihren zitternden Händen, das Handy herauszuholen und 112 zu wählen.

»Es brennt«, bringt sie hervor. »Auf Hof Einsiedel bei Vedarp.«

Der Vermittler am anderen Ende wirkt unnatürlich ruhig,

stellt massenhaft Fragen, die sie einsilbig beantwortet. Der Alte ist jetzt schon über eine Minute in der Scheune.

Jetzt kommt der eine Hund aus der Rauchwolke heraus. Das Tier kriecht fast am Boden, hat den Schwanz zwischen die Beine geklemmt. Kent Rask kann sie nicht sehen.

Der Vermittler der Alarmzentrale redet weiter, aber Laura hört nicht mehr zu.

Die Rauchwolke wird dichter, man hört das Prasseln der Flammen. Ein unregelmäßiges Stakkato, als das Feuer versucht, das feuchte, alte Holz zu verzehren. Der Alte ist immer noch nicht zu sehen. Der Hund springt vor der Treppe im Kreis herum und weiß nicht, wohin mit sich.

Die Narbe auf ihrem Rücken erwärmt den kalten Schweiß, bringt Lauras Haut zum Kochen.

»Krankenwagen«, murmelt sie in den Hörer. »Schicken Sie auch einen Krankenwagen.«

Sie beendet das Gespräch und schafft es irgendwie, aufzustehen. Ihr Hirn befiehlt ihr immer noch, wegzulaufen, und sie stolpert zu ihrem Wagen, bekommt die Tür auf und setzt sich auf den Fahrersitz. Das Gefühl der Sicherheit, das der Wagen ihr immer gibt, lässt sie ein bisschen klarer im Kopf werden. Der einzige Weg von hier weg führt durch die Rauchwolke. Sie muss also blindlings fahren, hoffen, dass sie nicht mit irgendetwas zusammenstößt und direkt neben der Scheune stehen bleibt.

Laura startet den Wagen, legt den Gang ein. Ihre Finger umklammern das Steuer. Die Rauchwolke ist so dicht, dass sie nur ein paar Meter weit sehen kann. Irgendwo dort drin steht Kent Rasks Auto. Sie muss ihm ausweichen, während sie gleichzeitig der brennenden Scheune nicht zu nahe kommen darf.

Gerade als sie das Gaspedal treten will, erahnt sie eine Bewegung in der Rauchwolke. Kent Rask kommt mit dem zweiten Hund um seine Beine angestolpert. Das dünne Haar steht ihm vom Kopf ab, sein Gesicht ist ruß- und tränenverschmiert und der Morgenmantel am Rand versengt.

Die Taschen seines Morgenmantels sind ausgebeult, und er drückt etwas Dunkles an seine Brust. Sie öffnet die Wagentür, und in dem Moment, in dem er an ihrem linken Vorderrad zusammenbricht, erkennt sie, wofür er sein Leben riskiert hat. Fünf struppige kleine Hundewelpen.

Eine knappe Stunde später ist das Feuer unter Kontrolle. Acht Männer der Freiwilligen Feuerwehr arbeiten noch immer daran, den Brand zu löschen, aber die Rauchglocke, die über dem Platz hing, hat sich weitgehend verzogen, und es bleiben nur dünne Rauchschwaden, die zwischen den verrußten Balken und zersprungenen Dachpfannen der Scheune aufsteigen.

»Also, ist es das, was du unter ›den Ball flach halten‹ verstehst?«

Peter setzt sich neben Laura auf die Treppe. Sie hat eine Ambulanzdecke über dem Kopf, und ihre Beine zittern von dem Adrenalinschock. Ihr gesamtes Ich will weg von hier, und der einzige Grund, warum sie noch dasitzt, ist, dass ihr Wagen von der Feuerwehr zugeparkt wurde.

Die Hintertür des Krankenwagens steht offen, und Kent Rask liegt mit einer Sauerstoffmaske über dem Gesicht auf einer Pritsche darin.

»Magst du mir vielleicht erzählen, was du hier machst?«, fragt Peter.

Laura beschließt, einigermaßen wahrheitsgemäß zu antworten.

»Ich wollte wissen, ob Kent etwas von Tomas gehört hat.«

»Und, hat er?«

Sie schüttelt den Kopf.

»Dem Alten nach setzt Tomas nie seinen Fuß hierher, weil er Angst vor der Familie Jensen hat. Aber ich bin mir ziemlich sicher, dass es genauso an ihm liegt.«

Sie zeigt auf Kent Rask, der immer noch den kleinsten Welpen auf dem Knie sitzen hat. Er streicht ihm zärtlich über den Kopf.

»Begreifst du, warum er sein Leben für ein paar Hundewelpen riskiert hat? Aber Tomas hat er grün und blau geschlagen, nur weil er anders war.«

Peter antwortet nicht. Er hat einen Rußfleck an der Schläfe, und ohne darüber nachzudenken, streckt sie die Hand aus und wischt ihn weg. Bei der Berührung zuckt Peter kurz zusammen, lässt sie aber gewähren. Dann wird ihr klar, was sie macht, und sie wischt den Ruß angewidert an ihrem Bein ab.

»Hast du gesehen, wie das Feuer losging?«

Sie schüttelt den Kopf.

»Als wir rauskamen, brannte es schon ordentlich. Ich habe Kent zurück ins Haus geholfen, während wir auf die Feuerwehr warteten. Was haben sie über den Brand gesagt?«

»Dass er aller Wahrscheinlichkeit nach absichtlich gelegt wurde. Es riecht immer noch nach Benzin da drin. Aber zum Glück war das Stroh so feucht, dass die Scheune nicht komplett abgebrannt ist.«

»Wer sollte denn Kents Scheune anzünden wollen?«, fragt sie und versucht dabei, nicht auf den Rußfleck an ihrer Hose zu schielen.

»Tja, Kent Rask fehlt es nicht gerade an Feinden. Hat er dir etwas gesagt?«

»Nein, er konnte kaum sprechen. Aber in seinem Wohnzimmer steht eine Schrotflinte. Er hat gesagt, das sei wegen der Familie Jensen, aber ich weiß nicht, ob das stimmt. Er hat auf jeden Fall Angst vor jemandem.«

Peter nickt.

Im Krankenwagen scheinen die Sanitäter mit Kent Rask zu diskutieren. Ihrer Körpersprache nach zu urteilen, wollen sie mit ihm wegfahren, aber der Alte stellt sich quer. Nach einer Weile ruft einer der Sanitäter nach ihr.

»Er will mit Ihnen sprechen. Er weigert sich mitzufahren, bevor er das nicht getan hat.«

Sie steht auf und geht mit Peter im Schlepptau zum Krankenwagen.

Kent Rasks Blick ist glasig und matt. Er hebt ein wenig die Sauerstoffmaske.

»Sie hat ihm geschrieben«, keucht er. »Hedda. Sie hat all die Jahre über Briefe an Tomas geschrieben. Das war nett von ihr.«

Peter beugt sich vor, um besser hören zu können, aber der Alte registriert die Bewegung. Er starrt Peter böse an und winkt Laura, näher zu kommen.

»Ich bin mir ziemlich sicher, dass er ihr geantwortet hat«, flüstert der alte Mann ihr ins Ohr. »Hedda hat nie irgendwas weggeworfen, also müssen die Briefe in Gärdsnäset sein …«

»Was hat er gesagt?«, will Peter wissen, als der Krankenwagen weggefahren ist.

»Er hat sich um die Hunde gesorgt.«

Sie weiß, dass Peter ihr nicht die Wahrheit über Tomas sagt. Außerdem war er heute als Erster vor Ort. Er kam ein paar Minuten vor der Feuerwehr an, genau wie an dem Tag, als Hedda tot aufgefunden wurde.

Was bedeutet das?

Vielleicht nichts anderes, als dass er beide Male zufällig im Dienst war.

Sie spürt Peters Blick, erwidert ihn aber nicht.

»Ich muss eine formelle Befragung mit dir durchführen«, sagt er. »Wir können das morgen machen, wenn sich alles beruhigt hat. Sollen wir sagen, um zwei auf der Polizeiwache?«

Er lässt es wie eine Frage klingen, obwohl es keine ist, und möglicherweise ist es nur Einbildung, aber seine Stimme hat einen schärferen Klang bekommen, als wäre ihm klar, dass sie ihn anlügt.

Peter bietet ihr an, sie ins Hotel zurückzufahren, aber sie lehnt ab. Irgendwo auf der Schnellstraße kurz vor Helsingborg verschwindet der letzte Rest Adrenalin aus ihrem Körper, und der Schock erreicht sie mit voller Wucht.

Einige Zeit später, die ihr nur wie ein Augenblick vorkommt, sitzt sie in der Dusche auf dem Boden und lässt das warme Wasser über sich rinnen. Ihr Puls rast, die Narbe auf dem Rücken brennt, und sie zittert vor Kälte.

Ihr Körper ist völlig erschöpft. In ihrem Kopf spielt sich immer wieder ab, was auf dem Hof passiert ist. Der Rauch, der Gestank, Kent Rask, der sein Leben für seine Hunde riskiert. Dann das Blaulicht, die Sirenen.

Sie schnäuzt sich, bis sie den ganzen schwarzen Rotz los ist, der den Brandgeruch in ihrer Nase hält. Dann kommt sie mühsam auf die Beine, um sich den Körper und die Haare zu waschen, bis alle Hotelfläschchen leer sind.

Als sie fertig ist, steckt sie ihre Kleider in einen der Waschbeutel des Hotels und legt ihn mit ihrer Jacke und ihren Schuhen in den Flur. Aber der Brandgeruch will immer noch nicht verschwinden. Er scheint durch den Türspalt zu dringen.

Sie ruft die Rezeption an und bittet darum, dass ihre Kleider sofort geholt werden. Aber das hilft auch nichts. Der Geruch hängt noch im Zimmer, sitzt im Teppich fest, im Bettzeug und in den Gardinen.

Zum Schluss hat sie keine andere Wahl, als sich am Fenster zu schaffen zu machen. Sie nimmt ein Bügeleisen, das sie im Schrank findet, schlägt die Halterung der Sicherheitskette ab und reißt das Fenster weit auf.

Dann steht sie im Bademantel mit feuchten Haaren davor und atmet tief die kalte Winterluft ein, bis sich ihr Herz und ihre Narbe endlich beruhigt haben.

29

WINTER 1987

Tante Hedda bereitete ein spätes Mittagessen für sie zu und überredete Laura dann zu einem Spaziergang. Am liebsten wäre sie in ihrem Zimmer geblieben. Hätte sich ins Bett verkrochen und die Decke über den Kopf gezogen. Aber Tante Hedda ließ nicht locker.

»Komm!«

Sie gingen am Strand nach Westen, Richtung Dorf, statt nach Alkärret. Der Wind blies vom See her, und von weit draußen starrte das aufgerissene, dunkle Auge sie an.

»Jack mag dich«, sagte Hedda, als sie ein Stück gegangen waren. »Mehr, als du denkst.«

»In dem Fall hat er eine komische Art, das zu zeigen.«

Laura spürte Wut in sich aufsteigen.

»Warum hast du nichts davon erzählt? Ibens Vater hat sogar mit dir darüber gesprochen, weil er nicht will, dass sie sich treffen.«

»Ehrlich gesagt habe ich nicht so genau hingehört. Ulf Jensen hat einige seltsame Ideen, vor allem wenn es um Iben geht. Nachdem du im Herbst nach Hause gefahren warst, kam sie weiterhin manchmal hierher und aß mit uns zu Abend. Am Anfang dachte ich, es läge daran, dass sie dich vermisst. Und dass sie gern von Källegården wegwollte, um ein bisschen ihre Ruhe zu haben.«

Hedda hakte sich bei Laura ein.

»Ich fand es schön, sie dazuhaben. Vor allem, weil es mich an dich erinnerte. Allmählich begannen Iben und Jack, den Abend bei ihm oben zu beenden. Manchmal hörte ich sie Musik machen und singen. Und dann …«

Hedda unterbrach sich, biss auf ihrer Unterlippe herum.

»Was dann?«

Laura versuchte, nicht allzu eifrig zu klingen, was aber unmöglich war.

»Dann ist etwas vorgefallen. Nur wenige Wochen, bevor du gekommen bist.«

»Was denn?«

Hedda schaute besorgt.

»Ich weiß es nicht. Ich habe gemerkt, dass irgendetwas Jack Sorgen machte.«

Laura drehte den Kopf weg. Es war nicht schwer, sich auszumalen, was passiert war oder warum Jack ein schlechtes Gewissen bekommen hatte. Sie versuchte, die Tränen zurückzuhalten.

Sie gingen weiter zum verschlossenen Tanzpavillon. Im Sommer war das der lebhafteste Ort vom ganzen Feriendorf, aber jetzt im Winter sah das Gebäude verlassen aus. Das Kuppeldach war schneebedeckt, und große Sperrholzplatten waren in allen Fensteröffnungen angebracht.

»Die erste große Liebe kann schrecklich sein«, sagte Hedda. »Ein Haufen Gefühle, die man vorher nie gehabt hat. Liebe, Sehnsucht, Wut, manchmal sogar Hass.«

Sie blieb stehen und fasste Laura vorsichtig unter das Kinn.

»Da verliert man sich leicht. Man tut und sagt Dinge, die man später bereut, verstehst du?«

Laura nickte widerwillig.

»Jack, du und Iben seid schon so lange Freunde«, fuhr Hedda fort. »Egal, was passiert, ihr seid einander wichtig, und keiner von euch würde dem anderen absichtlich wehtun. Versuch das nicht zu vergessen, auch wenn es sich ganz schlimm anfühlt, ja?«

»Okay«, murmelte Laura.

Die Tante legte den Arm um ihre Schulter und zog sie an sich. Dann wies sie über das Eis.

»Ich habe diesen See immer geliebt. Von dem Sommer an, in dem dein Großvater mich und deinen Papa zum ersten Mal hierher mitnahm. Wir waren ungefähr so alt wie du.«

Sie drückte Laura fester.

»Wir wohnten eine Woche in Gärdsnäset«, erzählte sie weiter. »Wir segelten, angelten. Das war eine der besten Wochen meines Lebens.«

Hedda lächelte verträumt.

»Weißt du, meine erste Liebe war auch furchtbar.«

Ihre Stimme klang jetzt traurig.

»Als dein Opa starb, war ich einundzwanzig. Alt genug, um über mich selbst zu bestimmen. Dein Vater und ich erbten ziemlich viel Geld. Jacob benutzte seins, um eine Firma zu gründen. Wie du weißt, war er der Verantwortungsbewusste von uns beiden. Ich habe mein Geld anders verwendet …«

»Für was denn?«

Hedda hatte eigentlich noch nie von der Zeit vor Gärdsnäset gesprochen.

»Reisen, Partys. Alle möglichen Vergnügungen. Ich wohnte eine Zeit lang in Berlin, in Australien, dann in Südfrankreich. Ich war jung, sah gut aus und hatte Geld. Das Leben war fantastisch.«

»Und was passierte dann?«

Hedda zuckte mit den Achseln.

»Ich verliebte mich.«

»In wen denn?«

»Einen Kerl mit Gitarre. Ganz klischeehaft.« Tante Hedda lachte. »Er war ein paar Jahre älter und verdammt gut aussehend. Ein paar zauberhafte Monate lang dachte ich, er wäre der Richtige.«

»Aber das war er nicht?«

»Nein, der Traumprinz stellte sich als verheiratet heraus, was er vergessen hatte zu erzählen. Ich wurde fuchsteufelswild und machte etwas total Verrücktes.«

Sie schaute auf den See, trat gegen einen Eisklumpen.

»Was?«

»Wir haben uns gestritten. Er hatte …« Ihr Gesicht verzog sich leicht. »*Wir* hatten getrunken und Tabletten geschluckt.

Ich war high, betrunken, eifersüchtig und wütend. Keine glückliche Kombination. Es endete damit, dass ich ihm eine Flasche auf den Kopf schlug. Dann haute ich ab und ließ ihn in einer Blutlache auf dem Boden liegen.«

»Ist er gestorben?«, fragte Laura atemlos.

»Zum Glück nicht. Die Nachbarn hatten schon die Polizei alarmiert. Sie brachen die Tür auf und fanden ihn auf dem Boden. Ich wurde verhaftet, Verdacht auf schwere Körperverletzung.«

Sie trat wieder in den Schnee.

»Dein Vater hat mich gerettet. Er flog gleich am nächsten Tag nach Frankreich. Dann besorgte er einen guten Anwalt und kümmerte sich darum, dass ich hübsch zurechtgemacht und einigermaßen drogenfrei vor Gericht erschien. Ich kam mit vier Monaten Gefängnis davon.«

Hedda machte ein gequältes Gesicht.

»Und was geschah dann?«, brachte Laura schließlich hervor.

Heddas Miene wurde wieder weicher.

»Als ich rauskam, half dein Vater mir, Gärdsnäset zu kaufen. Man könnte sagen, dass das meine Rettung war. Ohne ihn wäre ich heute nicht hier.«

Ein Windstoß vom See her blies eine Schneewolke um sie herum auf.

»Du hast nie geheiratet«, sagte Laura. »Warum nicht?«

Die Tante zuckte mit den Achseln und wandte den Blick Richtung See.

»Man könnte wohl sagen, dass ich ein gebranntes Kind bin. Vom Leben, von der Liebe gezeichnet.«

Langsam, Arm in Arm, gingen sie zum Haus zurück. Ab und zu schaute Laura verstohlen ihre Tante an. Für sie hatte Hedda nie so richtig ihre eigene Geschichte gehabt. Und jetzt, wo Laura sie kannte, sah sie ihre Tante mit neuen Augen.

»Was macht man, wenn jemand, der einem wichtig ist, etwas Gefährliches tut?«, fragte sie.

Hedda sah auf.

»Was meinst du mit gefährlich?«

»Etwas, das vielleicht illegal ist.« Laura stockte. »Aber wenn man es verrät, wird alles nur noch schlimmer.«

»Ist es jemand, den ich kenne?«

Laura schluckte. Dann schüttelte sie den Kopf.

»Ein Mädchen aus der Schule.«

Hedda runzelte die Stirn.

»Das Beste, was man tun kann, ist, mit der Person zu reden.«

»Aber wenn sie nicht will, dass man sich einmischt?«

»Dann muss man wohl versuchen zu erklären, dass man sich einmischt, weil man sich um die Person sorgt. Nicht, weil man etwas Böses will. Dass Freunde so etwas tun.«

Laura nickte langsam.

Es hätte ihr unglaublich gutgetan, ihr Gewissen zu erleichtern. Zu erzählen, was Tomas und Peter taten, bevor die Sache noch schlimmer wurde. Aber Milla hatte ihr vertraut. Sie hatten Geheimnisse ausgetauscht. Und außerdem hatte sie Peter ein Versprechen gegeben.

»Bist du dir ganz sicher, dass es niemand ist, den ich kenne?«, fragte Hedda.

Laura schüttelte wieder den Kopf, sah dabei aber weg.

»Wie gesagt. Es ist ein Mädchen aus der Schule.«

30

Als Laura die Augen öffnet, ist es bereits Montagvormittag. Ihr Mund ist seltsam trocken, wie immer, wenn sie die doppelte Dosis ihrer Medizin genommen hat, und ihre Zähne schmerzen trotz der Beißschiene. Sie lässt sich Frühstück auf das Hotelzimmer bringen, obwohl sie eigentlich keinen Hunger hat.

Drei verpasste Anrufe, zwei von Andreas am gestrigen Abend, einer von Steph, die heute Morgen angerufen hat.

Sie schickt beiden die gleiche SMS. Jetzt gerade will sie mit niemandem sprechen.

Sorry, es dauert hier unten noch ein bisschen länger.

Steph antwortet fast unmittelbar.

Bist du okay?

Laura geht den gestrigen Tag im Kopf durch. Kent Rask, der Brand, ihr verspäteter Zusammenbruch. Nein, sie ist pretty fucking far from okay, wie Steph es ausgedrückt hätte. Aber das kann sie nicht erzählen. Es bestünde die Gefahr, dass Steph sich sofort ins nächste Flugzeug setzt.

Absolut, schreibt sie stattdessen. Ergänzt es um ein paar Emojis, die sie für passend hält.

Dann versucht sie, ihre Gedanken zu ordnen. Was hindert sie daran, das alles hier zu vergessen, sich ins Auto zu setzen und wie geplant nach Hause zu fahren?

Eigentlich nichts.

Warum tut sie es dann nicht?

Das Telefon beginnt zu surren. Sie ist sich ziemlich sicher, dass es Steph ist, und beschließt, nicht ranzugehen. Aber es ist das Büro, das mal wieder wegen des chaotischen Marcus' anruft. Nachdem sie sich dreißig Sekunden lang das Problem angehört hat, fasst sie einen Entschluss. Es ist höchste Zeit, dass ihr Bruder aus dem toten Winkel auftaucht. Oder besser gesagt: Zeit für sie, ihn zu zwingen, herauszukommen.

»Ich bin beschäftigt«, sagt sie. »Aber ihr bekommt von mir eine Nummer, unter der ihr Marcus erreichen könnt.«

Sie legt auf und leitet dann die spanischen Nummern ihrer Mutter weiter, sowohl vom Handy als auch vom Festnetz der Villa, bevor sie ihr Telefon ausschaltet.

Der Mann in der Eisenwarenhandlung von Vedarp ist etwas über fünfzig und kräftig gebaut. Sie erkennt ihn nicht wieder und fragt sich, ob er mit Sven-Erik verwandt ist, der den Laden früher betrieb. Vielleicht sogar sein Sohn? Aber es ist schon zu lange her, als dass sie irgendwelche Ähnlichkeiten feststellen könnte.

»Ein Container? Da sollten Sie am besten eine Speditionsfirma anrufen«, sagt der Mann und tippt etwas in die Kasse ein. »Aber …« Er schaut auf. »Mein Schwager fährt Lastwagen. Ich denke, er könnte Ihnen helfen. Wenn es ohne Quittung geht?«

Sie nickt.

»Hauptsache, das Zeug kommt weg.«

Während sie den Wagen mit Putzsachen, Gummihandschuhen, Eimern, Plastiksäcken und Reinigungsmitteln belädt, führt der Eisenwarenhändler ein Telefongespräch. Dann kommt er zu ihr auf den Parkplatz hinaus.

»Sie haben Glück. Er hat frei, Sie können den Container heute Nachmittag haben. Zu welcher Adresse?«

»Gärdsnäset. Das alte Feriendorf.«

Er stößt einen Pfiff aus.

»Das habe ich mir fast gedacht. Sie sind die Tochter von Hedda Aulins Schwester. Aus Stockholm.«

»Von ihrem Bruder. Ich heiße Laura Aulin.«

»Sie waren dabei, als der Tanzpavillon gebrannt hat. Sie, Peter Larsson, Tomas Rask und die anderen beiden. Die Pflegekinder, wie auch immer sie hießen.«

Laura verzichtet darauf, Jacks und Millas Namen zu nennen.

»Ich habe damals bei Ulf Jensen Leichtathletik trainiert«, fährt der Verkäufer fort. »Kugelstoßen und Hammerwurf, zusammen mit Fredrik, seinem jüngsten Sohn. Ulf war der beste Trainer, den ich je hatte. Er erinnert sich immer noch an meine Ergebnisse, wenn wir uns mal zufällig treffen. Fredrik und Christian waren gut, in den meisten Wettkämpfen kamen sie unter die ersten zehn. Aber Iben war ein richtiger Star. Sie hätte es weit bringen können.«

Seine Miene wird hart.

»Ich habe gehört, dass Sie gestern bei Kent Rask waren, als es brannte.«

»Ja, warum?«

Er beugt sich zu ihr. Sein Atem riecht nach Kaffee.

»Wissen Sie, es gibt Leute in der Gegend, die nicht glauben, dass Tomas Rask damals der einzige Schuldige war. Die denken, dass noch mehr beteiligt waren. Und nur wenige Tage, nachdem Sie hier aufgetaucht sind, brennt es wieder. Nach drei Jahrzehnten. Das ist doch ein bisschen seltsam, oder?«

Sie muss unbewusst schlucken, sucht nach Worten.

»Sie verkaufen Gärdsnäset doch an die Kommune, wie ausgemacht?«

Die Frage, genauso wie der schnelle Themenwechsel, überrascht sie.

»Das ist das Mindeste, was Sie für die Gemeinde tun können«, fährt der Eisenwarenhändler fort. »Ganz zu schweigen vom armen Ulf Jensen. Ein paar Hunderttausend hin oder her spielen für Sie doch keine Rolle. Sie haben doch sowieso genug Geld.«

Er klopft auf ihren Wagen, wie um zu signalisieren, dass er genau weiß, wie viel der kostet.

»Wissen Sie, das Letzte, was wir hier brauchen, ist ein Haufen reicher Schnösel, die die Immobilienpreise nach oben treiben und keine Kommunalabgaben bezahlen. Und dann noch die Bauunternehmen, die polnische Arbeiter anheuern, anstatt lokale Handwerker zu nehmen.«

Er klopft noch einmal auf das Wagendach und lächelt kühl.

»Aber Sie treffen bestimmt die richtige Entscheidung, Laura Aulin. Das hoffen wir jedenfalls.«

Zurück in Gärdsnäset zieht Laura als Erstes den Overall, die Schutzkappe, die Gummistiefel und den Mundschutz an, die sie im Laden gekauft hat. Dann öffnet sie alle Fenster in Heddas Haus und geht zum Strand hinunter, während die Zugluft die schlimmsten Gerüche vertreibt. George folgt ihr beinahe wie ein Hund. Ab und zu schaut die Katze sie verwundert an, als versuche sie herauszufinden, was Laura vorhat.

Es ist bewölkt, grau, und es herrschen nur ein paar Minusgrade. Ein schwacher Dunst hängt zwischen den Bäumen, und auf dem See hat sich die Eisdecke noch enger um das schwarze Auge in der Mitte zusammengezogen.

Der Albtraum neulich nachts. Die Nixe, die zugleich Iben war und aus dem See gestiegen kam, um ihre Klauen in Hedda zu schlagen. Obwohl es nur ein Traum war und sie weder an Wichtel noch an Trolle glaubt, lässt die Erinnerung sie nicht los. Genauso wenig die Worte, die Hedda auf die Tafel geschrieben hat: *Frag Tomas nach Ibens Geheimnis.*

Welches Geheimnis, und wie hing es mit dem Verkauf von Gärdsnäset zusammen?

Das Gespräch mit dem Eisenwarenhändler hat ihr noch ein paar Puzzleteile verschafft. Offensichtlich haben die Leute im Ort ihre eigene Meinung zu diesem Verkauf. Haben sie die auch gegenüber Hedda klargemacht? Das ist mehr als wahrscheinlich.

Und wo kommt Ulf Jensen ins Spiel? Hat er Green geschickt?

Sie denkt daran, was Kent Rask über Ulf und Ibens Mutter erzählt hat.

Kent hasst die Jensens, aber er hat auch solche Angst vor

ihnen, dass er eine Schrotflinte im Wohnzimmer stehen hat. Und das Feuer in der Scheune beweist, dass Grund zu der Angst besteht.

Die Frage ist, warum es ausgerechnet gestern gebrannt hat. Genau in dem kurzen Zeitraum, als sie selbst auf dem Hof war. Das kann eigentlich kein Zufall gewesen sein.

Aber wer hat den Brand gelegt und warum? Sollte Kent Rask damit ein Schreck eingejagt werden oder ihr selbst? Oder sogar ihnen beiden?

Frustriert tritt sie ein paarmal gegen den Schnee, dann lehnt sie sich mit dem Rücken an einen Baumstamm. Es gibt einfach zu viele Fragen.

Allerdings sagte Kent Rask, dass Hedda und Tomas sich geschrieben haben, was bedeuten muss, dass zumindest einige der Antwortbriefe irgendwo in dem Durcheinander zu finden sind. Aber nach den Briefen zu suchen heißt, dass sie sich durch drei Jahrzehnte Schmutz und Müll graben muss. Das ist nicht gerade eine Aufgabe, nach der sie sich sehnt. George scheint ihr Unbehagen zu spüren, sie reibt sich immer wieder an ihren Beinen.

Ein aggressives Motorengeräusch unterbricht ihre Gedanken. George erkennt es offenbar wieder. Die Katze verschwindet zwischen den Bäumen und umrundet das Haus, um die Besucherin zu begrüßen. Laura geht langsam hinterher. Elsa sitzt rittlings auf ihrem Motorrad.

»Was machst du da?«, fragt die junge Frau, nachdem sie den Helm abgesetzt hat.

»Putzen«, sagt Laura, was wenigstens teilweise stimmt. Elsa steigt ab und lehnt das Motorrad an einen Baum.

»Okay. Brauchst du Hilfe?«

Sie fangen damit an, sich einen Weg durch das Haus zu räumen, von der Haustür bis zu dem Zimmer, das Hedda als Büro und Atelier benutzte.

Obwohl sie im Prinzip komplett in eine Schutzausrüstung

gehüllt ist, muss Laura sich anstrengen, um nicht auf die kleine Stimme in ihrem Kopf zu achten, die ihr aufzählt, wie viele verschiedene Mikroorganismen es pro Kubikmeter Luft gibt, oder ihr die pozentiellen tödlichen Folgen nennt, falls sie sich an einer der vielen rostigen Ecken im Haus eine kleine Wunde zuzieht.

Aber Elsa arbeitet so eifrig, dass Laura sich zusammenreißen muss, um mit ihr Schritt zu halten, und als der Lastwagen mit dem Container auftaucht, sind sie schon ein ganzes Stück vorangekommen.

Der Lkw-Fahrer ist ein mürrischer Kerl, der Laura gegenüber ungefähr genauso freundlich eingestellt ist wie der Eisenwarenhändler, aber Elsa wickelt ihn um den Finger, und bald hat der Mann ihnen geholfen, zwei der alten Kühlschränke, ein Bett und eine rostige Spüle hinauszutragen, die im Wohnzimmer den Weg verstellten.

Nachdem der Lkw gefahren ist, machen sie eine Pause. Sie fegen den Schnee weg, legen ein paar sonnengebleichte alte Gartenpolster auf die Treppe, trinken Cola Zero und teilen sich eine Tüte Zimthörnchen.

»Müsstest du nicht in der Schule sein?«

»Weihnachtsferien«, antwortet Elsa.

»Ach Quatsch. Es ist noch nicht einmal Lucia.«

»Verrätst du mich bei Papa?«

»Kommt darauf an, wie gut du putzt.«

Elsa versucht, nicht zu grinsen, aber es gelingt ihr nicht ganz.

»Ihr hattet eine Bande, als ihr klein wart, oder?«

»Mmm. Dein Vater nannte uns die Goonies. Wie im Film«, fügt sie hinzu.

Aber an Elsas Miene erkennt sie, dass ihre Generation sich wohl nicht für Komödien aus den Achtzigerjahren interessiert.

»Wie war sie?«, fragt Elsa einen Moment später.

»Wer?«

»Iben Jensen. Papa will nie etwas von ihr erzählen. War sie so toll, wie alle behaupten?«

»Iben war schlau, richtig schlau. Sie hatte überall super Noten …«

Elsa winkt desinteressiert ab.

»Das weiß ich schon. Erzähl was anderes, etwas, das sonst niemand weiß.«

Laura überlegt.

»Iben war ein Wettkampftyp. Sie musste immer gewinnen und wurde total sauer, wenn sie es nicht tat. Man konnte kaum mit ihr Uno spielen, ohne dass sie wütend wurde.«

Elsa sah etwas interessierter aus.

»Ganz schön eingebildet.«

Laura zuckt mit den Schultern.

»Alle haben ihre kleinen Marotten.«

»Habt ihr manchmal gestritten?«

»Das kam schon vor.«

»Worüber zum Beispiel?«

Laura gibt die Frage zurück.

»Worüber streitest du dich mit deinen Freunden?«

»Wie kommst du darauf, dass ich so viele Freunde habe?« Elsa steht auf und schaut demonstrativ auf ihr Handy. »Ich muss nach Hause. Vielleicht komme ich morgen wieder vorbei.«

»Klar.«

Sie bleibt sitzen, während Elsa sich ihren Helm aufsetzt, das Motorrad startet und verschwindet.

Es ist ein bisschen traurig, allein zurückgelassen zu werden, nicht zuletzt, weil es langsam dunkel wird. Andererseits passt ihr das ganz gut. Wenn sie ernsthaft nach Tomas' Briefen suchen will, braucht sie dabei keine neugierigen Teenagerblicke.

Das überfüllte Atelier, das auch als Büro diente, ist wahrscheinlich der beste Ort, um mit der Suche zu beginnen. Sie trägt die Pappkartons mit der Buchführung von Gärdsnäset hinaus, ein paar alte Lampen und einen kaputten Sprossenstuhl, aber der Raum wirkt immer noch überladen. Die Regale sind voller verschiedener Kartons, Ordner und Papierstapel, und auf dem Boden drängen sich drei ungleiche Aktenschränkchen um den Schreibtisch und die Töpferscheibe. An der Wand lehnen Ölgemälde in verschiedenen Größen und unterschiedlichen Stadien der Fertigstellung aneinander. Die meisten sind naive Malereien in klaren Farben und eigentlich nicht besonders gut. Überhaupt nicht vergleichbar mit dem Gemälde, dessen Rückseite Hedda als Anschlagtafel benutzt hat.

Laura geht zum Schreibtisch. Sie blättert durch einige Papierstapel. Die meisten sind alt und scheinen mit der Buchführung von Gärdsnäset zu tun zu haben. Die Bewegung wirbelt den Staub im Raum auf, und zum sicher fünfzigsten Mal presst sie die Finger auf den Mundschutz, um sich zu vergewissern, dass er so dicht wie möglich schließt.

Aber vielleicht ist Staub nicht nur schlecht.

Sie geht zu den Bücherregalen und nimmt die Staubschicht in Augenschein, die wie ein grauer Teppich auf den Ordnern und Papierstapeln liegt. Ganz oben, im mittleren Regal, stehen sechs Schuhkartons. Auf dem obersten ist die Staubschicht viel dünner.

Sie stellt die Kartons auf den Schreibtisch.

Der erste enthält Dias. Der zweite ist voller loser Fotografien.

Sie nimmt einige heraus. Hedda als junge Frau in einem Straßencafé mit Palmen im Hintergrund. Um sie herum viele andere glückliche Menschen. Sie heben ihre Gläser und prosten dem Fotografen zu. Rein statistisch gesehen ist die Hälfte von ihnen jetzt tot, genau wie Hedda. Sie kann Stephs Stimme im Hinterkopf hören.

Was für ein kleiner Sonnenschein du bist, Laura!

Der nächste Karton ist voller Bündel mit Postkarten und Briefen, die an Hedda adressiert sind. Sie schüttet sie auf den

Tisch. Sofort erkennt sie die Handschrift auf dem dicksten Bündel.

Ihre eigene.

Laura überfliegt ein paar Karten und Briefe. Der Ton darin ist so naiv. Steph würde ihn als *needy* bezeichnen.

Liebe Hedda, ich freue mich schon so. Bald komme ich. Was machst du? Was machen die anderen?

Dieselbe *liebe* Hedda, die all diese Briefe aufbewahrte, hörte plötzlich auf, ihr zu schreiben.

Laura schämt sich ein bisschen für ihre Gedanken. Immerhin war es alles ihre Schuld. Wenn sie nicht getan hätte, was sie getan hat, würde Iben noch leben, hätte Familie und Kinder. Vielleicht hätten sie und Jack sich noch gefunden, vielleicht hätte das Leben von Peter und Tomas anders ausgesehen, vielleicht …

Sie legt ihre alten Briefe weg. Stattdessen greift sie nach ein paar Postkarten, bei denen ihr Herzschlag sofort aussetzt.

Ich bin in Hamburg.
Mach dir keine Sorgen, es ist alles in Ordnung.
Frohe Weihnachten übrigens.
Jack

Die Karte ist auf den einundzwanzigsten Dezember 1987 datiert. Eine Woche nach dem Brand im Tanzpavillon. Fünf Tage, nachdem er ihr im Krankenhaus Lebewohl gesagt hatte.

Insgesamt gibt es fünf Postkarten von Jack. Alle Grüße sind ungefähr gleich kurz, und sie wurden mit einigen Monaten Abstand verschickt. Zuerst aus Hamburg, danach aus München. Die Nachricht ist immer die gleiche: Es geht mir gut, mach dir keine Sorgen.

Aber es gibt keine Kontaktdaten. Keine Adresse, kein Postfach, keine Telefonnummer.

Die beiden letzten Postkarten wurden 1989 aus Berlin verschickt. Die letzte ist auf Oktober datiert, nur einen knappen

Monat, bevor die Mauer fiel. Auch hier die gleiche Nachricht, aber mit einem kurzen Zusatz, der ihr Herz einen kleinen Salto schlagen lässt.

Ich hoffe, du hast von der Prinzessin gehört. Dass es ihr gut geht.

Jack dachte an sie. Fast zwei Jahre nach dem Brand dachte er immer noch an sie.

Sie versucht, das alles von sich abzuschütteln, aber ein dummes Glücksgefühl hat sich in ihr festgebissen.

Ganz unten im Karton findet sie einen Brief von ihrem Vater. Die Handschrift ist gerade, der Ton sachlich. Es geht vor allem um Geld. Um Aktien ihres Großvaters und eine Immobilie, die sie geerbt haben und die ihr Vater verkauft hat. Er beendet den Brief an seine Schwester *mit freundlichen Grüßen,* was sie nicht überrascht. Überraschender ist, dass im selben Umschlag ein paar Briefe ihrer Mutter sind. Es geht darin um Laura selbst, ihre Termine. Pläne für den Sommer und Winter in Gärdsnäset. Der Ton ist höflich, nicht viel mehr.

Ein einzelner Brief klemmt an der Seite des Kartons fest. Der Umschlag trägt einen Poststempel von 1995, wodurch er deutlich jünger ist als die anderen. Die Schrift ist rund, fast kindlich.

Liebe Hedda,
danke für deine Briefe.
Ich denke oft an das, was passiert ist.
Manchmal sehe ich ihr Gesicht vor mir.
Es war nie beabsichtigt, dass jemand verletzt wird.
Aber nichts lief so, wie wir es uns gedacht hatten.
Tomas Rask

Sie liest den Brief mehrmals, versucht, die kurzen Sätze zu deuten. Tomas scheint zuzugeben, dass er hinter dem Brand steckt. Dass er es bereut. Das ist in gewisser Weise beruhigend. Aber dieser letzte Satz rüttelt sie auf.

Nichts lief so, wie wir es uns gedacht hatten.

Wer ist *wir*? Wer war noch involviert? Was hatten sich Tomas und die andere Person gedacht?

Ihre Gedanken werden von einem Klingeln unterbrochen. Reflexmäßig tastet sie nach ihrem Handy, bevor ihr einfällt, dass sie es ausgeschaltet hat, um ihre Ruhe zu haben, und man in Gärdsnäset außerdem fast keinen Empfang hat.

Das Klingeln ertönt wieder, es kommt aus dem Wohnzimmer. Auf dem Boden zwischen Sofa und Wand findet sie ein staubiges, altes Tastentelefon.

Sie hebt den Hörer ab.

»Hallo.«

»Laura? Hallo, hier ist Ulf Jensen. Ich habe gehört, dass du immer noch draußen in Gärdsnäset bist.«

»Ja, ich bleibe noch ein paar Tage.«

Sie überlegt, wer wohl geplaudert hat. Wahrscheinlich der Eisenwarenhändler oder sein Lastwagen fahrender Schwager.

»Brauchst du mit irgendetwas Hilfe? Christian und Fredrik kommen gerne vorbei.«

»Danke, aber ich komme zurecht.«

»Du brauchst nur anzurufen, weißt du. Unter Nachbarn hilft man sich gern.«

»Danke …«

»Tja«, fährt Ulf Jensen fort. »Ich wollte hören, ob du vielleicht Lust hast, heute zu uns nach Källegården zum Abendessen zu kommen?«

Ihr erster Impuls ist es, abzulehnen, eine Ausrede zu finden. Aber durch ihren Kopf schwirren so viele Fragen. Wer hat Kent Rasks Scheune in Brand gesetzt, von welchem »wir« spricht Tomas Rask in seinem Brief? Und was meinte Hedda mit Ibens Geheimnis? Der beste Ort, um das herauszufinden, ist wahrscheinlich ihr Zuhause.

»Ja, gerne«, erwidert sie.

31

WINTER 1987

Hier.«

Milla zündete eine Zigarette an, schob ihr dann den Aschenbecher über den Couchtisch zu und lehnte sich wieder auf dem Sofa zurück.

Laura hatte gelernt, eine Zigarette anzuzünden, sie filmreif zwischen den Fingern zu halten und ein paar Pseudozüge zu machen. In Wirklichkeit behielt sie den Rauch einfach ein paar Sekunden lang im Mund, bevor sie ihn wieder ausblies. Auch wenn Milla sie wahrscheinlich durchschaute, sagte sie nichts. Das war eine der Sachen, die ihr an Milla gefielen. Dass sie sich nicht einmischte, sie nicht beurteilte.

»Ich habe ein bisschen nachgedacht«, sagte Milla. »Über das mit Jack und Iben.«

»Ja?«

Laura setzte sich aufrechter hin. Der Stein in ihrem Magen machte sich bemerkbar, so wie immer, wenn das Thema zur Sprache kam. Sie hatten in den letzten Tagen ziemlich viel über Jack und Iben gesprochen. Milla war eine gute Zuhörerin, noch etwas, das Laura an ihr mochte.

»Iben wusste, dass du Interesse an Jack hattest«, sagte Milla. »Dass ihr euch im Sommer unten am Steg geküsst habt.«

»Mmm.«

Laura machte wieder einen Fake-Zug.

»Und trotzdem hat sie etwas mit ihm angefangen. Ohne sich darum zu kümmern, wie du dich fühlen würdest. Sie hat einfach ausgenutzt, dass du nicht da warst. Ihre beste Freundin.«

»Mmm«, sagte Laura wieder.

Der Stein in ihrem Magen wurde härter.

»Ich habe gesehen, wie Jack dich anschaut«, sprach Milla weiter. »Auch wenn er mit Iben zusammen ist, sieht man total deutlich, dass er noch an dich denkt.«

»Tut er das?«

Laura versuchte, nicht zu erfreut zu klingen.

Milla setzte sich plötzlich auf.

»Wir sollten ein Fest organisieren und dafür sorgen, dass Jack und Iben kommen. Ich schminke dich, mache dir die Haare und leihe dir ein paar von meinen Klamotten. Du wirst total hübsch aussehen, das verspreche ich dir. Wie Baby am Ende von *Dirty Dancing*. Jack wird kapieren, dass er das falsche Mädchen gewählt hat.«

»Glaubst du?«

»Ganz sicher.«

Milla drückte ihre Zigarette in den großen Aschenbecher.

»Tomas und Peter helfen auch mit. Wir stehen auf deiner Seite. Was sagst du dazu?«

Das war ein aufregender Gedanke. Ein Teil von ihr wollte Nein sagen. Iben und sie waren trotz allem Freundinnen. Oder besser gesagt: waren Freundinnen *gewesen*.

Denn genau wie Milla gesagt hatte, war es Iben gewesen, die alles kaputt gemacht hatte. Sie hatte ihre Freundschaft geopfert, um das zu bekommen, was sie wollte. Um zu gewinnen …

»Wann denn?«, fragte Laura.

Milla lächelte breit.

»An Lucia.«

32

Die Allee, die nach Källegården führt, sieht ungefähr so aus, wie sie es in Erinnerung hat. Ein schmaler Schotterweg, eingefasst von alten Weiden, die sich alle im gleichen Winkel vom Wind wegbeugen.

Ein Schild bei den Briefkästen informiert darüber, dass auf dem Hof Holz, Feuerwerk und Weihnachtsbäume verkauft werden. Dahinter gibt es ein größeres Schild, das ein bisschen schief hängt.

Jensen und Söhne Bau AG

Sie ist nervös, das fällt ihr auf, als sie durch die Allee fährt. Ulf Jensen wird sie kaum eingeladen haben, um ihr Vorwürfe zu machen, aber sich dem Hof zu nähern, ist ihr trotzdem unangenehm.

Källegården besteht aus zwei Teilen. Um den ersten Hofplatz gruppieren sich die Ställe, die Scheune und eine Maschinenhalle. Der zweite Platz liegt höher und ist von einem Bach umgeben, wodurch er wie eine Insel daliegt. Die Gebäude dort haben alle die gleiche gelb verputzte Fassade, aber die Garage ist wesentlich jünger als das Herrenhaus mit seinem Treppengiebel.

Die Zufahrt sowie die beiden Vorplätze sind sorgfältig geschippt, und auf dem oberen Hof steht ein Weihnachtsbaum, der fast so groß ist wie der vor der Kirche unten im Dorf.

Sie schaut nach der Sportanlage, die Ulf Jensen einmal für Iben und ihre Brüder angelegt hat. Aber da, wo früher die Laufbahn, der Diskuszirkel und die Weitsprunggrube waren, befindet sich jetzt eine dichte Weihnachtsbaumplantage.

Wie immer beginnt sie wegen des Temperaturunterschieds zu zittern, als sie aus dem Auto steigt.

Bevor sie das Haus erreicht hat, wird die Tür aufgerissen, und Ulf Jensen kommt die Treppe heruntergestiegen. Er zeigt ein breites Lächeln und sieht frischer aus als in der Kirche.

»Liebe Laura, willkommen.« Er nimmt ihre Hand in seine beiden Hände. »Wie schön, dich wiederzusehen.«

»Danke für die Einladung«, sagt sie und schielt zu dem großen rot-weißen Gemälde an der Wand.

Sie erinnert sich an die Geschichte mit dem Familienwappen der Jensens, das »entdeckt« wurde, als Ulf die Fassade renovierte, aber erst jetzt realisiert sie, was es darstellt. Eine schildförmige dänische Flagge, in deren vier Feldern ein Ritterhelm, ein Wildschwein, ein Schwert und ganz unten rechts drei Flammen zu sehen sind.

Wieder durchfährt ein Zittern ihren Körper, aber diesmal hat es nichts mit der Kälte zu tun.

»Komm rein, dann bekommst du etwas zu trinken. Soll ich deine Jacke nehmen?«

Laura erhält eine Tasse Glögg, an der sie ihre Finger wärmen kann, während Ulf Jensen sie durch das Haus führt.

Sie erkennt die Tapete mit den Medaillons wieder, die alten Musketen und Schwerter an den Wänden, das große Luftbild von Källegården, das in der Eingangshalle hängt. An die schweren Möbel aus dunklem Holz und die etwas unheimlichen Porträts von längst verstorbenen Verwandten erinnert sie sich auch. Beim Geruch ist sie sich nicht ganz sicher. Wahrscheinlich vermischt sie das mit dem Geruch bei ihrer Großmutter in Djursholm. Oder vielleicht in einem Museum.

Überall, auf fast jeder ebenen Fläche, stehen gerahmte Fotografien von Iben und ihren Brüdern. Laura vermeidet es, sie anzuschauen. An einer Wand hängen verschiedene Auszeichnungen und Urkunden. Der *Orden Seiner Majestät für rühmliche Tätigkeit* hängt ganz oben, gefolgt vom *Ehrenpreis Sport, Trainer des Jahres* und sicher zehn weiteren etwas weniger würdevollen Urkunden.

Nach einer Weile tauchen Ibens Brüder auf. Christian ist der Nettere der beiden. Er plaudert lebhaft, stellt ihr seine

Frau vor, eine fast durchsichtige Person, deren Namen Laura nicht versteht. Ihre drei Kinder begrüßen Laura, bevor sie dazu übergehen, auf ihre Bildschirme zu starren.

»Zu unserer Zeit gab es nur fünfzehn Minuten Kinderprogramm im Fernsehen, erinnert ihr euch?«, sagt Christian. »Man fragt sich, wie wir das überlebt haben.«

Im weiteren Verlauf des Gesprächs erfährt Laura, dass der kleine Bruder Fredrik geschieden ist und seine Kinder noch mit der Mutter im Haus wohnen, während er selbst zurück zu seinem Vater auf den Hof gezogen ist. Fredrik sagt nicht viel. Er schaut die meiste Zeit zu Boden und weicht ihrem Blick aus, genau wie bei der Beerdigung.

Wahrscheinlich erinnert er sich an ihre letzte Begegnung. Sie tut es jedenfalls.

Fredrik ist kräftig, sein Hemd ist am Kragen zu eng, wodurch die Falten an seinem breiten Nacken noch dicker wirken. Um seine grobe linke Hand trägt er einen frisch aussehenden Verband.

Christian folgt ihrem Blick. Er greift nach Fredriks Hand und hält sie in die Luft.

»Feuerwerk«, sagt er. »Mein Bruderherz wollte den Kindern imponieren und hat sich dabei verbrannt. Idiotisch, was? Fünfzig Jahre alt und weiß es nicht besser.«

Fredrik zieht die Hand zurück und brummt etwas Unverständliches.

Gerade als sie Richtung Esszimmer gehen, klingelt Lauras Handy. Es ist Peter. Sie schleicht sich in die Halle, um ungestört sprechen zu können. Er ist verärgert, was nicht verwunderlich ist.

»Du solltest um zwei auf der Wache sein. Zeugenbefragung, wie du dich vielleicht erinnerst?«

Sie flucht innerlich.

»Entschuldige, das habe ich total vergessen.« Sie hasst diese Worte, verabscheut sie noch mehr, wenn sie selbst sie sagt. »Ich kann morgen früh kommen, wenn du willst.«

Die Entschuldigung und der Vorschlag scheinen ihn milder zu stimmen.

»Um neun würde es passen.«

»Weißt du etwas Neues über das Feuer?«

»Wir warten noch auf das Ergebnis der technischen Untersuchung. Aber aller Wahrscheinlichkeit nach war es Brandstiftung.«

Eine kurze Stille. Sie denkt daran, was Kent Rask über die Jensens geäußert hat, und an Fredriks frische Brandwunde, und sie überlegt, ob sie etwas sagen soll, aber Peter ist schneller.

»Tja, ich wollte fragen ...« Er zögert einen Moment. Seine Stimme klingt weicher. »Wenn du heute Abend nichts vorhast, hast du vielleicht Lust, eine Kleinigkeit mit uns zu essen?«

»Danke, das ist sehr nett. Aber ich bin schon bei einer Esseneinladung.«

»Wo denn?«

»Källegården.«

»Du hältst also mit anderen Worten weiterhin den Ball flach.«

»Ulf hat mich eingeladen.«

»Und warum wohl? Um nett zu sein?« Peter schnaubt. »Ulf Jensen macht nie etwas ohne Hintergedanken. Welcher es diesmal war, kannst du mir erzählen, wenn wir uns morgen sehen. Um neun auf der Wache. Schönen Abend.«

Er beendet ihr Gespräch abrupt, was sie ärgert. Peter hat überhaupt kein Recht zu bestimmen, was sie tun oder lassen soll. Am liebsten möchte sie ihn zurückrufen und es ihm sagen, aber sie hört, dass die anderen dabei sind, am Tisch Platz zu nehmen.

An der Wand im Esszimmer hängt ein großes Porträtfoto der etwa fünfzehnjährigen Iben. Sie trägt das dunkle Haar offen und wendet dem Betrachter den Blick zu. Laura versucht, das Porträt nicht anzuschauen, aber es ist unmöglich. Immer wieder wandert ihr Blick dorthin, bis sie jedes Detail abgespeichert hat. Den bestimmten Blick, die Farbe ihrer Kleidung, sogar, wie die Tapete neben dem Rahmen ins Gelbliche übergeht.

Trotz des Porträts verläuft der Abend netter als erwartet. Das Essen ist gut, und Christian und seine Frau bemühen sich darum, dass sie sich wohlfühlt. Sie fragen nach Stockholm und ihrem Job und geben ihr das Gefühl, ein Ehrengast zu sein. Auch Ulf Jensen flicht ab und zu ein paar Fragen ein.

Fredrik dagegen ist einsilbig und weicht immer noch ihrem Blick aus.

Da klopft Ulf Jensen an sein Glas.

»Also, liebe Laura«, sagt er. »Es ist so schön, dich wieder hier auf Källegården zu haben. Ich habe in dir immer eine Art zweite Tochter gesehen. Du und unsere Iben …« Er unterbricht sich, seine Augen werden feucht. »Ihr wart wie Schwestern.«

Christians Frau streckt fast unmerklich die Hand aus und tätschelt ihrem Schwiegervater den Arm.

»Ich erinnere mich noch, als wäre es gestern gewesen, wie ihr oben in Ibens Zimmer saßt und du versuchtest, ihr Hochschwedisch beizubringen …«

Ulf Jensen erzählt die ganze Anekdote, und Laura macht ein passendes Gesicht. Sie erinnert sich überhaupt nicht so an die Geschichte, wie Ulf Jensen sie erzählt. Auch nicht daran, dass sie wie ein eigenes Kind in Källegården aus- und eingegangen wäre. Im Gegenteil, Iben wollte sich selten hier mit ihr treffen. Aber sie sagt nichts, sondern nickt nur.

»Deine Tante und ich haben viel über die Zukunft von Gärdsnäset gesprochen«, fährt Ulf fort. »Hedda hat lange gezögert zu verkaufen. Vor allem weil sie nicht wollte, dass das Grundstück an jemanden geht, der damit nur Geld machen will.«

Laura versucht, eine neutrale Miene zu wahren. Peters Warnung klingelt ihr in den Ohren.

»Hedda wollte, dass das Grundstück für etwas Gutes verwendet wird«, redet Ulf weiter. »Sie freute sich sehr, als ich ihr erzählte, dass die Gemeinde dort einen Sportplatz bauen will. Mehrere verschiedene Trainingsplätze, sowohl mit Kunstrasen als auch echtem. Eine neue, moderne Turnhalle statt der alten, für mehr Sportarten geeignet.«

Seine Augen werden wieder feucht.

»Iben hätte die Idee gefallen, darüber waren wir uns beide einig. Es wäre eine schöne Art, ihre Erinnerung zu ehren.«

Eine Träne läuft dem alten Mann die Wange hinunter.

»Entschuldigt mich.«

Ulf steht auf und verlässt den Raum.

Christians Frau läuft hinter ihm her. Niemand sagt etwas, und Laura spürt das Brennen von Ibens Porträtaugen auf ihrem Gesicht.

»Ich …« Sie räuspert sich. »Ich werde morgen mit Håkansson über die Sache sprechen.«

Christian wechselt einen raschen Blick mit seinem Bruder, bevor er ihr freundlich zunickt.

Als der Nachtisch verspeist ist und sie aufstehen, um zu Kaffee und Torte überzugehen, gelingt es Laura, sich kurz zu entschuldigen und auf die Toilette zurückzuziehen. Bis dahin hat sie ihre Fassung schon fast zwei Stunden lang bewahrt und ist ziemlich erschöpft. Sie klatscht sich kaltes Wasser ins Gesicht, setzt sich dann auf die Toilettenschüssel und legt den Kopf auf die Knie.

Sie hätte nie hierherkommen sollen. Nicht nach Källegården, nicht nach Gärdsnäset, nicht an den Vintersjö.

Sie holt das Handy hervor, hat Lust, Steph anzurufen. Sie möchte gern ihre Stimme hören, ihr sagen, dass sie bald nach Hause kommt, an Dinge denken und über Sachen reden, die nichts mit Bränden oder Wandporträts von toten Freundinnen zu tun haben.

Aber da wird ihr plötzlich etwas klar. Sie ist kurz davor, laut zu fluchen. Was für raffinierte Mistkerle.

Draußen in der guten Stube ist der Kaffeetisch gedeckt. Sie registriert, dass Fredrik erst sich selbst einen ordentlichen Whisky einschenkt und dann seinem Vater.

Sie geht auf den offenen Kamin zu. Darüber hängt ein Ölgemälde von einem strengen, alten Herrn mit gewellter Perücke aus dem siebzehnten Jahrhundert. Sie hebt vorsichtig den Rahmen an und inspiziert die Tapete dahinter. Es ist genau, wie sie vermutet hat.

»Hier, bitte.«

Christian reicht ihr eine Teetasse.

Sie bleiben vor dem Gemälde stehen.

»Wer ist das?«, fragt sie.

»Ich weiß es ehrlich gesagt nicht mehr. Wir können meinen Vater fragen, aber es besteht die Gefahr, dass wir eine viertelstündige Geschichtslektion bekommen.«

Er lächelt auf eine Art und Weise, die vermutlich konspirativ wirken soll.

»Es passt besser drüben hin … Ins Esszimmer.«

Christians Lächeln verblasst.

»Woher …?«

»Die Tapete. Das Foto drüben hat so einen schwachen gelben Rahmen rundherum auf der Tapete. Dieses hier …«, sie hebt das Bild noch einmal an, »bedeckt das ganze verblichene Feld und noch einiges darüber. Ich vermute, ihr habt stattdessen Ibens Foto dorthin gehängt, damit ich sie während des gesamten Essens vor mir habe.«

Christian ist rot geworden.

»Ihr habt versucht, mich zu manipulieren.«

Er nickt, sieht tatsächlich beschämt aus.

»Das nehme ich auf meine Kappe. Eine verdammt dumme Idee. Aber ich bin verzweifelt.«

»Warum denn?«

Christian beugt sich zu ihr vor, senkt die Stimme. Die anderen im Zimmer sind mit der Torte beschäftigt.

»Wir stehen kurz vor dem Konkurs. Die Firma, der Hof,

alles. Fredrik und Papa haben vor einigen Jahren ein paar blöde Investitionen getätigt, haben darauf spekuliert, einen Golfplatz zu bauen. Aber die Kosten gingen durch die Decke, und unser Kapital war am Ende. Wir haben Hypotheken bis unters Dach.«

Er wird still, scheint Angst zu haben, dass die anderen sie dennoch gehört haben könnten.

»Ich habe mein Bestes getan, um hinter ihnen aufzuräumen«, sagt er noch leiser. »Weihnachtsbaumverkauf, Erdbeerplantage, Feuerwerk, Jagdausflüge, alles, was zusätzliche Einkünfte bringt. Das Gärdsnäset-Projekt ist unser letzter Strohhalm. Die Gemeinde hat uns schon einen Bauvertrag zugesichert.«

»Kann sie das denn? Muss so etwas nicht ausgeschrieben werden?«

»Mein Vater hat über die Jahre so viel für die Kommune getan. Keiner würde es wagen, einem anderen den Vertrag zu geben. Vor allem nicht, wenn es um Gärdsnäset geht.«

»Und wenn das Grundstück stattdessen an Vintersjöholm verkauft wird?«

Christian breitet verzweifelt die Arme aus.

»Dann müssen wir Källegården nach sechs Generationen verlassen. Das würde meinen Vater zerbrechen.«

Laura schaut zu Ulf Jensen hinüber. Er sitzt mit einem Enkelkind auf dem Schoß in einem Sessel. Als er ihren Blick bemerkt, wendet er sich zu ihr und zeigt ein rätselhaftes Lächeln.

33

WINTER 1987

Laura, Milla, Tomas und Peter trafen sich bei Wohlins. Sie saßen am selben Tisch, an dem Laura und Iben vor einer knappen Woche schon gesessen hatten.

»Wir haben ein Problem«, sagte Tomas.

Laura wunderte sich darüber, dass er das Gespräch anführte. Normalerweise hielt sich Tomas im Hintergrund und vermied Augenkontakt. Aber in Millas Gesellschaft war er anders.

Selbstbewusster, weniger unruhig. Härter.

Peter dagegen rutschte die ganze Zeit nervös hin und her, und Laura merkte, dass er sie ab und zu anschaute.

»Was für ein Problem?«, fragte Milla. »Wie gesagt brauchen wir Sachen für die Party. Mehr Alkohol, ein Tonbandgerät. Was zu essen. Du hast gesagt, du könntest das organisieren.«

»Ich kenne ein Haus«, nickte Tomas. »Der Besitzer ist das ganze Jahr über immer wieder da, im Kühlschrank und in der Gefriertruhe müsste es was zu essen geben. Bestimmt auch Bier und Wein.«

»Gut, was ist dann das Problem?«

»Wir wissen nicht, wo er den Hausschlüssel versteckt.«

»Aha. Und?«

Peter räusperte sich.

»Bei den bisherigen Sommerhäusern war es anders. Niemand hat gemerkt, dass wir drin waren, und wer weiß schon noch, wie viele Schnapsflaschen er im vergangenen Sommer dagelassen hat? Aber wenn wir einbrechen und zum Beispiel ein Fenster an einem Haus einschlagen, bei dem der Besitzer regelmäßig vorbeikommt …« Er hob die Hände. »Der würde garantiert die Polizei rufen. Und dann ist da die Sache mit den Bränden …«

Peter warf Tomas einen fast unmerklichen Seitenblick zu.

»Was ist mit den Bränden?«, fragte Milla.

Peter räusperte sich.

»Die Polizei könnte sie mit dem Einbruch in Verbindung bringen.«

»Warum sollte sie das tun?«

Peter fand keine Antwort. Stattdessen sah er Laura Hilfe suchend an.

»Hier passiert nicht so viel«, sagte sie rasch. »Zwei Sachen zur selben Zeit, quasi. Wenn die Polizei den Einbruch mit den Brandstiftungen in Verbindung bringt, wird sie sich mehr anstrengen. Die Gefahr, erwischt zu werden, steigt dann, das meintest du doch, oder?«

Peter nickte und schenkte Laura ein dankbares Lächeln.

»Okay.« Milla trommelte mit den Fingern auf den Tisch. »Dann müssen wir einfach vorsichtiger sein. Laura und ich kommen mit. Ich pass auf, falls die Eigentümer auftauchen sollten, und Laura hilft euch, den Schlüssel zu suchen. Sie ist gut darin, solche Sachen rauszufinden.«

Peter öffnete den Mund.

Aber bevor er protestieren konnte, hörte Laura eine Stimme sagen:

»Klar.«

Erst als sie seine verwunderte Reaktion bemerkte, realisierte sie, dass es ihre eigene Stimme gewesen war.

34

Laura bleibt draußen bei ihrem Wagen stehen. Schnee liegt in der Luft, und ihre Gedanken kreisen. Die Familie Jensen steht vor dem Konkurs. Das erklärt Håkanssons kryptischen Kommentar, als sie nach dem Angebot fragte. Das Gleiche gilt für den mehr oder weniger drohenden Hinweis des Eisenwarenhändlers, dass sie Gärdsnäset Ulf Jensen zuliebe an die Kommune verkaufen solle. Hedda hatte das Schicksal der Familie Jensen in der Hand und konnte sie mit einer einzigen Entscheidung vernichten oder retten.

Hatte Heddas Tod etwas mit dieser Entscheidung zu tun? Dass sie etwas über Iben auf ihre Tafel schrieb, zeigt jedenfalls, dass sie die Familie Jensen im Kopf hatte. Aber in welcher Hinsicht?

»Laura!«

Sie dreht sich um. Fredrik Jensen kommt auf sie zu. Er bleibt stehen und streckt ihr eine geöffnete Zigarettenpackung entgegen.

Sie schüttelt den Kopf.

»Ich rauche nicht.«

Mit einem Lächeln zündet er sich eine Zigarette an.

»Ich auch nicht.«

Das Grinsen wird breiter.

»Mein Vater hat mich und Christian mal beim Rauchen erwischt. Zur Strafe mussten wir fünfzig Runden um den Sportplatz rennen.«

»Ja, ich weiß.«

Er macht ein Gesicht, das schwer zu deuten ist.

»Ach so. Iben hat es sicher erzählt. Hat sie auch gesagt, wieso mein Vater uns erwischt hat?«

Laura schüttelt den Kopf.

»Weil sie uns verpetzt hat. Iben war Papas kleines Mädchen. Christian und ich kamen immer an zweiter Stelle. Oder besser gesagt: Zuerst kam Iben, dann nichts, dann Källegården, dann der Sportverein, und dann, ganz hinten, kamen Christian und ich.«

Er nimmt einen tiefen Zug und bläst den Rauch aus. Laura starrt auf den Verband an seiner Hand.

»Ich habe Kent Rask gestern besucht«, sagt sie.

»Das habe ich gehört. Wie war es bei dem alten Kent? Ich habe gehört, dass er ein kleines Problem mit seiner Scheune hatte.«

Fredrik grinst wieder.

»Er hat von Sofia erzählt, Ibens Mutter.«

Das Grinsen verschwindet.

»Aha.«

»Weißt du, was aus ihr geworden ist?«

Er zuckt mit den Achseln.

»Tot. Zumindest nach dem, was ich gehört habe. Sie ist abgehauen, als wir klein waren.«

»Stimmt es, dass sie versucht hat, Källegården in Brand zu setzen? Dass sie in die Psychiatrie eingewiesen wurde?«

Fredrik sieht überrumpelt aus. Er starrt sie ein paar Sekunden lang an. Dann bricht er in Hohngelächter aus.

»Dir kann man offenbar alles erzählen.«

Er zieht wieder an der Zigarette.

»Sofia war nicht von hier. Es hat ihr hier nie gefallen, und als Iben sechs war, ist sie mit Sack und Pack verschwunden. Das ist die ganze Geschichte. Der Einzige, der hier in der Gegend im Irrenhaus saß, ist Kent Rasks pyromanischer Sohn. Den kann man wirklich verrückt nennen. Hat er erzählt, was aus Tomas geworden ist?«

Laura antwortet nicht, aber Fredrik deutet ihr Schweigen richtig.

»Er hat weiter Sachen angezündet. Er hätte fast eine ganze Abteilung in der Psychiatrie in Brand gesteckt, als er im Sankt-Sigfrid-Krankenhaus in Växjo saß. Frag deinen Freund

Peter Larsson, wenn du mir nicht glaubst.« Er schüttelt den Kopf. »Aber ich wollte jetzt eigentlich nicht über Psycho-Fälle sprechen.«

Er holt mit der Hand aus, sodass die Zigarettenglut eine Bahn in die Luft zeichnet.

»Du bist wohl dabei, in Gärdsnäset aufzuräumen. Gehst Heddas Sachen durch.«

»Ja, warum?«

»Du hast dir sogar eine kleine Hilfskraft besorgt. Diese Motorradtussi. Scheint genauso seltsam wie ihr Vater zu sein.«

Laura überlegt, worauf er hinauswill, aber ihr fällt nichts ein.

Fredrik kommt etwas näher.

»Weißt du, ob deine Tante später noch mal von ihm gehört hat? Dem Findelkind?«

»Jack?«

Die Frage überrascht sie.

»Wem sonst? Hast du was von ihm gehört?«

Laura denkt an die Postkarte aus Deutschland. An den Raucher im Wald.

»Warum willst du das wissen?«

Eigentlich erwartet sie keine Antwort, aber Fredrik überrascht sie wieder.

»Er hat damals etwas von uns gestohlen. Nach dem Brand …«

»Was denn?«

»Fast hunderttausend Kronen in bar. Schwarzgeld, das mein Vater nicht auf die Bank bringen konnte. Gut zu gebrauchen, wenn man außer Landes fliehen will.«

»Woher wisst ihr, dass es Jack war?«

Ihre Frage kommt ein bisschen zu schnell, und sie erhält ein böses Schnauben zur Antwort.

»Weil mein Vater das Geld an einem sicheren Platz versteckt hatte. Nicht einmal Christian und ich wussten, wo es war. Aber Iben kannte das Versteck. Sie muss dem Kerl davon erzählt haben. Sie beiden standen sich nahe. Etwas zu nahe, oder?«

Das Grinsen ist wieder da.

Laura spürt zu ihrem Ärger, dass sie rot wird.

»Hedda hat das Findelkind immer verteidigt. Fast als wäre er ihr eigen Fleisch und Blut.« Fredrik schüttelt ungläubig den Kopf. »Aber mein Vater hatte recht. Er wusste von Anfang an, was das für ein Kerl war. Ein verdammter Zigeuner.«

Er zeigt mit der Zigarette auf Laura.

»Dieser Scheißkerl begnügte sich nicht damit, unser Geld zu nehmen. Er war auch in Ibens Schlafzimmer. Stahl den Schmuck, den ihre Mutter ihr hinterlassen hatte. Er hat ein totes Mädchen beklaut, begreifst du das? Wenn ich Jack Olsson jemals zu fassen kriege, wird er dafür teuer bezahlen müssen, das verspreche ich dir.«

Er wirft seinen Zigarettenstummel in den Schnee und tritt ihn mit dem Absatz aus. Dann stellt er sich so nah neben sie, dass sie seinen Whiskyatem riechen kann.

»Jetzt sei ein braves Mädchen und verkauf Gärdsnäset an die Gemeinde. Mit diesen alten Schrottbuden fängt man nichts mehr an. Die sind brandgefährlich.«

Er zwinkert ihr zu, dreht sich dann um und geht den Weg zurück, den er gekommen ist.

Laura wartet, bis er weg ist, dann bückt sie sich und hebt den zertretenen Zigarettenstummel auf.

Eine rote Prince.

Während sie die Brücke zum unteren Hofplatz überquert, beginnt es zu schneien. Der Wind ist stärker geworden, und nachdem sie durch die Allee gefahren ist und die große Straße erreicht hat, fällt der Schnee bereits so dicht, dass die Scheibenwischer auf Hochtouren arbeiten müssen.

Ihre Gedanken kreisen, und ihr Körper spürt so langsam, wie viel sie heute getragen und geräumt hat. Als sie die Abzweigung nach Gärdsnäset erreicht, hält sie an. Die Schneedecke wird bei dem Wind rasch immer dicker. Auf der Schnellstraße wird es noch schlimmer sein, und die Fahrt zum Hotel könnte genauso gut damit enden, dass sie stecken bleibt oder hinter einem Unfall im Stau steht. Also biegt sie stattdessen nach Gärdsnäset ab.

George freut sich, sie zu sehen. Andererseits ist die Katze sicher über jede Gesellschaft überglücklich. Laura schaltet so viele Lampen an wie möglich, geht in Heddas Atelier und holt den Karton mit den Postkarten von Jack herunter. Sie nimmt ihn mit in ihr Zimmer und verschließt die Tür vor dem Chaos im restlichen Haus, bevor sie sich auf das Bett setzt und die Postkarten noch einmal durchliest.

Eigentlich hat sie nie wirklich darüber nachgedacht, wie Jack es sich leisten konnte, das Land zu verlassen. Wahrscheinlich ist sie einfach davon ausgegangen, dass Hedda ihm irgendwie geholfen hat.

Aber vielleicht sieht die Wahrheit ganz anders aus.

Sie sind hinter mir her. Ich muss weg.

All die Jahre über hat sie geglaubt, dass Jacks Angst in dieser Nacht im Krankenhaus damit zu tun hatte, dass Ulf Jensen und seine Söhne ihm die Schuld an Ibens Tod gaben. Nicht damit, dass er ein Dieb war.

Und warum begnügte sich Jack nicht mit dem Geld? Warum stahl er den Schmuck von Ibens Mutter?

Genauso unangenehm ist der Gedanke daran, dass Fredrik Jensen sie bedroht hat. War das seine eigene Idee, eine rücksichtslosere Variante der psychologischen Kriegsführung seines großen Bruders oder der gut inszenierten Tränen von Ulf Jensen?

Hatten sie auf Hedda den gleichen Druck ausgeübt, und wenn ja: Wozu wäre die Familie Jensen imstande gewesen, wenn sie erfahren hätte, dass Hedda Gärdsnäset nicht an die Kommune, sondern an jemand anderen verkaufen wollte? Dass ihre Entscheidung das Ende ihres Familiensitzes bedeutete?

Ist Fredrik derjenige, der sie überwacht hat? Hat er dort draußen rauchend im Wald gestanden und versucht herauszufinden, welche Pläne sie für Gärdsnäset hatte? Andererseits ist Prince eine gewöhnliche Zigarettenmarke. Es kann auch jemand anderes gewesen sein. Diesen Gedanken will sie nicht außer Acht lassen.

Es kann jemand anderes gewesen sein.

Sie träumt von Gut Källegården. Es ist Nacht, alle Lampen sind aus, und das einzige Licht stammt von dem großen Weihnachtsbaum mitten auf dem Hof. Der Schnee liegt schwer auf dem Dach des düsteren Herrenhauses. Sie bewegt sich langsam auf die Haustür zu, schwebt eher, als dass sie geht. Über der Tür flackern die drei Flammen im Familienwappen der Jensens. Dann ist sie im Haus, schleicht lautlos durch die stillen Zimmer.

Ibens trauriges Porträt hängt über dem offenen Kamin, aber die Gegenwart fließt mit der Vergangenheit zusammen, und ohne zu wissen, warum, spürt Laura, dass sie nicht der einzige Eindringling im Haus ist. Sie dreht sich um, sieht einen Schatten durch die Eingangshalle huschen. Es ist jemand, der gerade eingebrochen ist und der da ist, um einen Schatz zu stehlen.

Sie öffnet den Mund, um zu rufen, aber es kommt kein Laut. Stattdessen ist sie plötzlich im oberen Stock und sitzt in Ibens Zimmer am Schminktisch. Die oberste Schublade ist herausgezogen und leer.

Sie hört eine Bewegung hinter sich und dreht sich um.

Jack steht in der Tür. In der Hand hält er eine Tüte mit schwerem Inhalt.

»Warum hat sie ihn dagelassen, glaubst du?«, sagt er zu ihr. »Wenn Sofia wirklich ihre Familie verlassen hat, warum hat sie dann ihren Schmuck zurückgelassen? Hättest du ihn nicht mitgenommen, wenn du von hier abgehauen wärst?«

Sie schaut ihn an, bekommt immer noch kein Wort heraus.

Sie meint das Geräusch von Autotüren zu hören, die draußen auf dem Hof zugeschlagen werden, dann den leisen Ton von Sirenen.

»Pass auf!«, stößt sie hervor. »Sie kommen!«

Im nächsten Moment ist sie draußen auf dem Eis des Sees gelandet, nur ein paar Meter vom schwarzen Auge entfernt. Hedda steht neben ihr. Sie ist zugleich die Hedda, an die sich Laura erinnert, und die alte Frau, die im Kiefernsarg lag. Ihre Augen glänzen im Licht von Millers Bootshaus.

»Da unten auf dem Grund gibt es eine Quelle«, sagt sie. »Wasser, das aus der Erde hervorquillt und das Auge offen hält.«

Hedda nimmt Lauras Hand. Zwei Finger sind nur rosa Stümpfe.

»Niemand entgeht dem Winterfeuer. Nicht einmal du und ich, Prinzessin.«

Wieder sind die Sirenen zu hören, diesmal näher dran. Blaue Flammen schlagen um sie herum aus dem Eis auf. Sie bilden eine Mauer aus Wärme und Kälte. Lauras Kleider fangen Feuer, ihre Haare, ihre Haut. Sie schreit auf, als das Eis unter ihr bricht und sie ins schwarze Wasser stürzt.

Und ein Stück für die Nixe, die unten wohnt am Grund.

Laura setzt sich im Bett auf und holt ruckartig Luft. Der Schlafanzug und das Bettlaken sind schweißnass, die Narbe auf dem Rücken pulsiert. Der Albtraum war zu erwarten. Ihre Medikamente liegen noch im Hotelzimmer, und in den letzten Tagen hat sie die Dosis variiert.

Aber es ist nicht der Traum, der sie geweckt hat. Sie hat ein Geräusch gehört, dessen ist sie sich ganz sicher. Ein wohlbekanntes Knarren wie von einer morschen, alten Holztreppe. Sie springt aus dem Bett, läuft durch das Haus. Dann reißt sie die Haustür auf.

Draußen fällt dichter Schnee, man kann kaum bis zum Bootshaus sehen. Sie macht ein paar Schritte bis zur Eingangsstufe, glaubt, eine Bewegung zu erkennen. Ein Schatten, der sich zwischen den Bäumen bewegt. Oder träumt sie noch?

»Jack!«, ruft sie in den Schnee hinaus. »Jack, warte!«

Ein Windstoß bläst ihr Schnee ins Gesicht, und sie hebt die Hand, um ihre Augen zu schützen.

Als sie die Hand herunternimmt, ist die Gestalt verschwunden.

35

WINTER 1987

Wir fahren zur Badestelle hinter dem Sommerhaus. Dort stellen wir die Mopeds ab und gehen über das Eis. Dann kommen wir von der Rückseite, und niemand kann uns von der Straße aus sehen. Milla fährt mit mir, Laura mit Peter.«

Tomas zeigte wieder eine Seite von sich, die Laura nie zuvor gesehen hatte. Ab und zu schaute er Milla an, um ein aufmunterndes Nicken zu bekommen.

Das Sommerhaus, von dem er sprach, lag etwas abseits, umgeben von Gehölz, und die Rückseite war dem See zugewandt. Eigentlich war Sommerhaus nicht die richtige Bezeichnung. Das Haus war winterfest, hatte einen gemauerten Schornstein mit einem richtigen Kamin, und die Einfahrt wurde regelmäßig geräumt, wahrscheinlich von jemandem aus der Familie Jensen.

Laura versuchte, nicht an Iben zu denken, aber es war schwer. Sie hatten seit dem Streit bei Wohlins nicht mehr miteinander gesprochen. Jack hielt sich auch meistens abseits. Entweder war er mit dem Wagen unterwegs, oder er sperrte sich oben in seiner Wohnung ein. Er kam nicht einmal wie früher immer zum Essen herunter.

Hedda tat ihr Bestes, um sich Ausreden für ihn einfallen zu lassen, aber man spürte, dass auch sie die Situation anstrengend fand, und so war die Stimmung am Esstisch in Gärdsnäset überhaupt nicht wie sonst.

Iben hatte ihr nicht nur Jack weggenommen und ihre Familie auseinandergesprengt. Es war ihr auch gelungen, den Ort zu vergiften, den Laura am meisten liebte.

Sie parkten die Mopeds dort, wo Tomas gesagt hatte, und Laura hängte ihren Helm über den Lenker. Ihr vernünftiges Ich wollte Peter fragen, ob sie das hier wirklich durchziehen sollten. Ob sie nicht gemeinsam versuchen sollten, alles abzublasen, bevor es zu spät war. Aber irgendetwas hielt sie davon ab. Ein Kribbeln, das immer stärker wurde und das sowohl anregend als auch unbehaglich war. Sie wusste, dass Peter genauso empfand, sie hatte es spüren können, als sie an seinen Rücken gelehnt hinter ihm gesessen und die Arme um seine Taille gelegt hatte. Und jetzt sah sie es in seinen Augen.

»Sollen wir losgehen?«, fragte er und zeigte auf die Rücken der anderen beiden. »Die Goonies auf Abenteuertour.«

Es wurde langsam dunkel. Das Eis war von einer zehn Zentimeter dicken Schneeschicht bedeckt, die der Wind in kleinen Wehen hin und her trieb. An anderen Stellen sah man freie Stellen blanken Eises.

»Denkst du, sie sieht uns?«, flüsterte Laura.

»Wer denn?«, fragte Peter.

»Die Wassernixe natürlich.«

Sie brachen in nervöses Kichern aus, weshalb Tomas sich verärgert umdrehte.

»Ruhe«, fauchte er. »Kein Wort!«

Sie gingen weiter, während die Dunkelheit zunahm. Der Wind wurde stärker, peitschte kleine Ladungen eisigen Schnees in ihre Gesichter und verwischte schnell die Spuren hinter ihnen. Laura war froh, dass sie nicht weiter auf den See hinausgehen mussten. Man verlor ziemlich schnell die Orientierung, wenn man kein Ufer hatte, dem man folgen konnte. Und weiter draußen war das schwarze Auge. Eiskaltes, tiefes Wasser, das niemals zufror.

Milla schob sich neben Laura, nahm sie am Arm und bremste sie ein bisschen. Peter drehte sich fragend um, aber Milla bedeutete ihm weiterzugehen.

»Er ist in dich verliebt, das weißt du, oder?«, sagte sie zu Laura.

»Wer?« Laura versuchte, die Unwissende zu spielen.

»Peter natürlich. Leider bist du nicht interessiert, das habe ich ihm schon gesagt.«

»Warum das denn?«

Milla zuckte mit den Schultern.

»Stimmt es nicht? Bist du bereit, den Traumprinzen Jack einzutauschen?«

Laura ging weiter, ohne zu antworten.

»Wohl kaum«, lachte Milla. »Aber mach dir keine Sorgen. Beim Luciafest wird Jack sich an dich ranschmeißen.«

Nach ungefähr fünf Minuten Fußmarsch näherten sie sich dem Steg des Hauses. Drei Betonpfeiler hoben den Landesteg einen Meter über die Eisdecke. Unmittelbar daneben blieben sie stehen.

»Okay«, sagte Tomas. »Wie gesagt, weiß ich nicht, wo das Schlüsselversteck ist. Oder ob sie überhaupt eins haben. Im Schuppen mit dem Rasenmäher ist jedenfalls keines.«

Er zeigte auf ein niedriges Gebäude an der einen Ecke des Grundstücks.

»Aber ich habe das hier dabei. Nur für alle Fälle.«

Tomas zog einen Hammer aus der Jackentasche.

»Zuerst lassen wir Laura ein bisschen suchen«, sagte Milla. »Sie versteht gut, wie Leute so funktionieren.«

Laura schluckte. Ihr Plan war gewesen, einmal ums Haus zu gehen und dann zu behaupten, sie hätte nichts gefunden. Sie alle dazu zu bringen, nach Gärdsnäset zurückzukehren, ohne dass sie etwas Illegales getan hatten.

Aber Tomas' Hammer änderte die Sache.

Unerlaubt mit einem Schlüssel in ein Haus einzudringen, war eine Sache. Es war ein bisschen so, wie als sie im Sommer die Hütten geputzt und die Gelegenheit genutzt hatte, im Eigentum der Gäste herumzuschnüffeln. Aber eine Scheibe einzuschlagen war etwas ganz anderes. Ein richtiger Einbruch, der bestimmt entdeckt und der Polizei gemeldet werden würde.

Milla klopfte Laura auf den Rücken.

»Jetzt bist du dran.«

Laura schluckte wieder; aus den Augenwinkeln sah sie, dass Peter nervös von einem Fuß auf den anderen trat.

Auf der Vorderseite des Hauses gab es einen Carport und eine kleine Box mit Dach, die gerade groß genug für eine Mülltonne war.

»Da habe ich schon nachgeschaut«, sagte Tomas hinter ihr. »Ich habe hinter allen Pfosten und Balken herumgetastet, an die man vom Boden aus kommt. Das Gleiche habe ich auch am Haus gemacht.«

Man hörte ihm an, dass er nicht an die Idee glaubte. Wahrscheinlich hatte sie nur ein paar Minuten, bis er ungeduldig werden und den Hammer einsetzen würde.

Vielleicht hatte er recht, vielleicht gab es hier keinen Schlüssel zu finden. Aber sie konnte nicht aufgeben, ohne es probiert zu haben.

Nicht im Carport also, auch nicht im Schuppen mit dem Rasenmäher oder im Gästehaus. Was blieb dann noch? Der Steg? Nein, niemand war wohl so dumm, einen Schlüssel in der Nähe des Wassers aufzubewahren. Man brauchte nur ein bisschen ungeschickt zu sein, dann war er weg.

Sie ging am Haus entlang, schaute durch die Fenster. Die Wände sahen aus, als seien sie erst diesen Sommer gestrichen worden, und die Küche, die sie dort drinnen erspähte, konnte nicht sehr alt sein. Hier wohnten Leute, die gut mit ihrem Haus umgingen.

»Gibt es im Schuppen Werkzeug?«, fragte sie.

»Ja«, sagte Tomas.

»Altes oder neues?«

»Eher altes.«

»Irgendwas Elektrisches? Bohrmaschine oder so?«

»Nee, nur Hammer und Nägel und ein paar Gartengeräte. Warum fragst du?«

Laura nickte vor sich hin, ohne zu antworten. Die Eigentümer waren keine Bastler, trotzdem war dort drin das meiste neu renoviert. Das bedeutete, dass die Besitzer regelmäßig Handwerker anheuerten, was wiederum hieß, dass es irgendwo ein Schlüsselversteck geben musste. Ein Versteck, das man einem Handwerker am Telefon relativ leicht erklären konnte. Diese Schlussfolgerung gab ihr neue Energie.

»Wie läuft's?«, fragte Milla.

Auch sie wurde langsam ungeduldig.

»Warte kurz.«

Laura stellte sich vor die Haustür. Auf der rechten Seite hing ein Willkommensschild mit einer weißen Gans und einer schonischen Flagge. Genau über dem Schild sah man eine kleine, halbmondförmige Einkerbung in der Holzfassade, wo etwas gegen das Brett geschabt hatte, nicht einmal, sondern ziemlich oft. Sie streckte die Hand aus und strich über das Holz, dann über das Schild. Sie sah, dass eine Schraube fehlte. Die Aufregung in ihr stieg.

Das Schild war nur an der einen Seite befestigt, und man konnte es hochklappen, sodass es auf der Einkerbung in der Holzwand landete. Unter dem Schild, in die Wand eingelassen, saß ein kleines Metallrohr.

Sie steckte die Finger hinein und zog den Schlüssel heraus.

36

Alle Menschen haben irgendwann Angst, Prinzessin. Wer etwas anderes sagt, der lügt. Alle fürchten etwas.

Laura wacht von einem lauten Klopfen auf. Es dauert ein paar Sekunden, bis ihr einfällt, wo sie sich befindet und was nachts passiert ist.

Hat sie da draußen im Wald wirklich jemanden gesehen, oder war alles Teil ihres Traums?

Wieder ertönt ein Klopfen. Sie zieht sich die Jacke an und schlüpft in ihre Schuhe.

Peter steht vor der Tür. Hinter ihm sieht sie einen Streifenwagen und zwei uniformierte Polizisten.

»Wie viel Uhr ist es?«, murmelt sie. »Habe ich unseren Termin verpasst?«

Peter schüttelt den Kopf.

»Darf ich reinkommen?«

»Klar.« Sie macht einen Schritt zurück. »Aber es sieht immer noch furchtbar aus.«

Sie wirft einen raschen Blick auf Heddas Entscheidungstafel, stellt aber zu ihrer Erleichterung fest, dass sie umgedreht und die Rückseite nicht zu sehen ist.

Peter gibt den uniformierten Polizisten ein Zeichen und tritt ein.

»Hast du Kaffee?«

»Den gibt es sicher irgendwo da drüben.«

Sie zeigt auf die Küche. Ihr Kopf fühlt sich noch schwer an, ihre Gedanken fließen zäh.

Sie setzt sich auf einen Hocker, den sie am Vortag sauber gemacht hat, und hört Peter in der Küche hantieren. Durch das Fenster kann sie einen der Polizisten um das Bootshaus herumgehen sehen.

Nach einer Weile kommt Peter mit zwei Tassen Instantkaffee zurück. Er reicht ihr die eine.

»Ich trinke keinen Kaffee«, sagt sie, aber er hält ihr stur die Tasse hin, also greift sie danach und zwingt sich, ein paar Schlucke zu nehmen.

Der Kaffee ist lauwarm und schmeckt bitter.

»Wir kommen von Källegården«, sagt er. »Es hat dort heute Nacht gebrannt.«

Laura zuckt zusammen.

»Wurde jemand verletzt?«

»Zum Glück nicht.«

Peter verstummt, als erwarte er, dass sie etwas sagt, aber ihr Kopf ist voller anderer Dinge.

»Wo hat es denn gebrannt? Im Haus?«, bringt sie schließlich hervor.

Die Frage ist jedenfalls halbwegs vernünftig.

»In einer Baracke hinter dem Stall. Im Sommer wohnen dort meistens polnische Gastarbeiter, aber im Winter steht sie glücklicherweise leer.«

Peter schaut sie weiterhin nachdenklich an. Dann holt er einen Notizblock aus der Tasche.

»Um wie viel Uhr hast du Källegården verlassen?«

»Ungefähr gegen halb elf. Wann hat es angefangen zu brennen?«

Peter schaut auf seinen Block.

»Fredrik entdeckte den Brand kurz nach zwölf und weckte seinen Vater. Sie riefen erst die 112 und dann Christian, bevor sie versuchten, das Feuer so gut es ging zu löschen.«

Er schaut auf.

»Hast du jemanden gesehen, als du von dort weggefahren bist?«

Laura schüttelt den Kopf.

»Nein, es hat ordentlich geschneit. Man konnte kaum die Straße erkennen.«

Peter notiert sich etwas.

»Warum bist du nach Gärdsnäset gefahren und nicht zurück ins Hotel?«, fragt er.

»Wie gesagt schneite es stark. Ich war müde und wollte nicht riskieren, im Schnee stecken zu bleiben oder auf der Autobahn im Stau zu landen.«

Er macht sich wieder Notizen. Seine Miene ist angespannt, fast verbissen.

Vielleicht ist es dem Kaffee zu verdanken, dass ihr Gehirn endlich wach wird.

»Werde ich wegen irgendetwas verdächtigt?«

»Wir sprechen mit allen, die in der Nähe waren oder eventuell etwas gesehen haben.«

»Das war keine Antwort auf meine Frage.«

Peter schaut auf.

»Das ist der zweite Brand innerhalb von zwei Tagen. Beide Male warst du vor Ort.«

»Ich habe Källegården anderthalb Stunden bevor das Feuer ausbrach verlassen. Frag Fredrik. Er hat mich wegfahren sehen.«

»Ich habe mit Fredrik gesprochen. Er behauptet, du seist sehr aufgeregt gewesen.«

»Was?«

»Er hat gesagt, du hättest über die Brände gesprochen. Dass du Tomas und Jack erwähnt hättest.«

»Er hat mit Jack angefangen. Und wenn sich jemand aufgeregt hat, dann Fredrik. Er hat mich mehr oder weniger bedroht. Hat gesagt, ich solle Gärdsnäset an die Kommune verkaufen, dass Gärdsnäset brandgefährlich sei.«

Peter notiert sich wieder etwas.

»Du glaubst mir nicht«, stellt sie fest.

Er antwortet nicht, schreibt nur weiter in seinen Block, was sie wütend macht. Sie will gerade etwas sagen, als es an der Tür klopft und einer der uniformierten Polizisten hereinkommt.

»Wir haben etwas gefunden«, sagt er zu Peter.

Der Polizist führt Peter Richtung Bootshaus. Niemand hat sie angewiesen, im Haus zu bleiben, also geht Laura mit. Die Tür zu Jacks Wohnung steht offen, was sie verwundert. Hat sie nicht abgeschlossen, als sie neulich dort war?

Peter und der Polizist verschwinden in der Wohnung, und Laura geht ihnen nach. Die Treppe knarrt auf wohlbekannte Weise, was ihr die Ereignisse der Nacht in Erinnerung ruft.

Die drei Polizisten stehen in einer Ecke zusammen. Auf dem Boden sieht sie einen roten Benzinkanister und eine gefüllte Plastiktüte, die neulich garantiert nicht hier waren.

»Lumpen und Benzin«, hört sie den einen Polizisten zu Peter sagen. »Alles, was man braucht, um ein Feuer zu legen.«

»Das gehört mir nicht«, stößt sie hervor. »Ich habe heute Nacht jemanden auf der Treppe gehört und dann weglaufen sehen.«

Peter dreht sich zu ihr um, er und die beiden Polizisten tauschen einen Blick.

»Du musst leider mit uns auf die Wache kommen, Laura.«

Sie fahren zur Polizeistation von Ängelholm, nicht der kleinen in Vedarp. Peter murmelt etwas davon, dass größere Angelegenheiten von dort aus bearbeitet werden, aber sie ist vollauf mit ihren eigenen Gedanken beschäftigt.

Offensichtlich versucht jemand, ihr die Brände auf dem Einsiedlerhof und auf Gut Källegården in die Schuhe zu schieben. Aber wer und warum? Wie hängt das alles zusammen? Die Brände, Heddas Tod, der Verkauf von Gärdsnäset?

Diese Fragen müssen warten, denn jetzt im Moment muss sie sich um ein praktischeres Problem kümmern. Sie wird verhört werden, möglicherweise besteht sogar ein Verdacht gegen sie, sie sollte also die Anwaltskanzlei anrufen, die für ihre Firma arbeitet. Aber wenn sie das tut, ist die Gefahr groß, dass ihre Mutter alles erfährt, und dann Marcus,

Andreas und zum Schluss Steph. Das Letzte, was Laura will, ist, dass einer von ihnen auftaucht. Also beschließt sie stattdessen, Håkansson anzurufen.

Der Verhörraum, in den sie geführt wird, ist nur zehn Quadratmeter groß und hat weder ein Fenster noch eine Wandverkleidung. Mitten im Raum steht ein heller Holztisch mit einem Lautsprechertelefon und vier Stühlen darum. In zwei Ecken, direkt unter der Decke, hängen dunkle, kleine Kameras, die unmöglich zu übersehen sind.

Håkansson erscheint bereits nach einer Viertelstunde. Er sieht beunruhigt aus, sagt, dass es Jahre her sei, seit er mit einer Strafsache zu tun hatte und er gerne jemand anderen empfiehlt, aber sie winkt ab.

»Was wollen Sie ihnen sagen?«, fragt er.

»Was meinen Sie damit?«

»Was ist Ihre Version des Ganzen?«

»Meine Version … Sie meinen, die Wahrheit?«

Er antwortet nicht.

»Sie glauben doch wohl nicht im Ernst …?«, beginnt sie.

Håkansson hebt die Hand.

»Selbstverständlich nicht. Alles, was ich wissen will, ist, was Sie der Polizei sagen wollen.«

»Dass ich nichts mit den Bränden zu tun habe und dass ich keine Ahnung habe, woher der Benzinkanister und die Tüte mit diesen Lumpen herkommen.«

»Gut«, nickt Håkansson, aber sein Gesichtsausdruck sagt etwas anderes.

Nach einer weiteren Viertelstunde Wartezeit kommt Peter in den Raum. Er hat einen älteren Polizisten dabei, einen großen und kräftig gebauten Mann um die fünfundsechzig mit kahlem Kopf.

»Das ist der Chef der Kriminalabteilung«, sagt Peter und vermeidet es, sie anzuschauen.

Der Mann streckt die Hand aus.

»Hallo, Laura.« Er verzieht den Mund zu einem Lächeln,

wodurch seine Boxernase noch breiter aussieht. »Erinnerst du dich an mich? Es ist ein paar Jahre her.«

Laura gelingt es nicht, sein Lächeln zu erwidern. Ihr Hirn verschließt sich, und sie ist wieder fünfzehn Jahre alt.

»Bengt Sandberg«, stellt sich der große Polizist Håkansson vor. »Laura und ich sind alte Bekannte, könnte man sagen.«

37

WINTER 1987

Das Haus roch nach Farbe und Ikea-Möbeln. Laura verschloss von innen die Tür und streckte sich nach dem Lichtschalter, aber Peter hielt sie zurück. Stattdessen reichte er ihr eine Taschenlampe.

»Mach sie nur an, wenn es sein muss.«

Tomas setzte seinen leeren Rucksack ab und öffnete mit Peter die Küchenschränke. Sie arbeiteten sich methodisch von links nach rechts, als hätten sie das schon oft gemacht.

»Komm!« Milla nahm Laura bei der Hand und führte sie weiter ins Haus hinein.

Das größte Schlafzimmer ging auf die Einfahrt hinaus. Zwei Einzelbetten mit einem Nachttisch dazwischen. Das Licht der Außenlampe schien durch das Fenster herein, sodass man innen ganz gut sehen konnte.

Zwei Bücher lagen auf dem Nachttisch. *Der demokratische Terrorist* von Jan Guillou und *Der Fänger im Roggen* von J.D. Salinger. An der Wand darüber hing ein Bild. Es war hübsch und stellte eine Aussicht dar, vermutlich von einem Berg, unten lagen Wälder in klaren Herbstfarben.

»Schau mal!«

Milla hob einen schmalen Gegenstand hoch, den sie aus der untersten Schreibtischschublade herausgekramt hatte. Laura sah schwarzes Metall, einen Handgriff an dem einen Ende, eine Kugel am anderen.

»Was ist das?«

»Ein Teleskopschlagstock. Ein Typ, den ich mal kannte, hatte so einen.«

Milla hieb in die Luft, wobei der Schlagstock einen sirrenden Laut von sich gab.

Die Bewegung war Laura nicht geheuer.

»Das Ding kann dir leicht die Kniescheibe zertrümmern. Vielleicht magst du es ausleihen? Iben eine Lektion erteilen?«

Milla hielt ihr den Stab hin.

Laura wusste nicht, was sie sagen sollte. Bevor ihr etwas eingefallen war, lachte Milla auf.

»Ich mach nur Spaß, das ist doch wohl klar.«

Sie zog die Jacke hoch und steckte den Schlagstock ein.

Ein neuer Lichtschein fiel durch das Fenster. Er wurde schnell heller, und Laura sah aus dem Fenster. Ein Auto war in die Einfahrt eingebogen.

»Da kommt jemand«, rief Milla den anderen zu.

Laura stand wie festgefroren am Fenster. Sie hatte den Wagen schon einmal gesehen, derselbe dunkle Saab hatte in Gärdsnäset auf dem Hof gestanden.

Der Wagen blieb stehen, und die Scheinwerfer gingen aus. Zwei Männer in Lederjacken stiegen aus, der eine kahl und groß wie ein Haus, der andere klein und untersetzt.

»Die Bullen«, zischte Milla und packte ihren Arm. »Wir müssen abhauen!«

Laura und Milla stürzten hinten aus dem Haus und liefen Richtung See. Ein ganzes Stück hinter ihnen folgten Tomas und Peter.

Sie hatten gerade den Steg erreicht, als die Außenlampen am Haus angingen und die Rückseite in Licht gebadet wurde.

»Hier rein!«

Milla griff nach Lauras Arm und zog sie unter den Steg in die Dunkelheit. Sie verkrochen sich so tief in den Schatten, wie sie nur konnten, und warteten darauf, dass Peter und Tomas hinterherkamen. Das Licht reichte ein ganzes Stück auf das Eis hinaus, aber die Jungs waren nicht zu sehen. Sie mussten ein anderes Versteck gefunden haben.

Laura bekam kaum Luft. Sie konnte sich schon die Enttäuschung von Tante Hedda und die Wut ihres Vaters vorstellen.

Wie ihre Mutter sagen würde, Laura hätte ihnen Schande gemacht und dass sie nie mehr nach Gärdsnäset fahren dürfe …

Milla schaute zwischen den Planken hindurch.

»Sch, sie kommen«, zischte sie und drückte sich an Laura in die Ecke, wo die Dunkelheit am kompaktesten war.

Lauras Mund war ganz trocken, ihre Blase so voll, dass sie die Knie aneinanderpresste, damit kein Unglück passierte.

Sie hörte Stimmen, die näher kamen.

»Sie werden unsere Spuren entdecken«, flüsterte sie panisch. »Sehen, dass wir hierhergerannt sind und uns versteckt haben.«

»Es ist zu windig«, wisperte Milla.

Die Stimmen kamen immer näher. Schnee fegte über die Planken, als die Männer über den Steg gingen.

»Schönes Häuschen, das dein Cousin da hat«, sagte der kahle Polizist mit der Boxernase.

»Ja, diese Seegrundstücke stehen nicht so oft zum Verkauf«, sagte der andere. »Göran musste eine ordentliche Summe bezahlen und hat für die Renovierung noch mal so viel draufgelegt.«

»Was macht er beruflich?«

»Kein Ahnung. Irgendwas mit Aktien.«

Die Schritte machten direkt über ihnen halt. Sie konnten die Schuhsohlen der Männer durch die Ritzen sehen. Lauras Blase war kurz vor dem Platzen.

Der untersetzte Polizist räusperte sich.

»Tja, was sagst du, Bengt? Gehen wir weiter?«

Die Schritte entfernten sich wieder. Laura ließ Milla los, fummelte an ihrer Hose und Unterhose, und ungefähr in dem Moment, als sie sich zurechthockte, erloschen die Scheinwerfer. Vor Erleichterung musste sie fast weinen.

Etwa fünf Minuten später krabbelten sie unter dem Steg hervor. Alles war still und dunkel.

»Wo sind die Jungs?«

Die Tür zum Werkzeugschuppen öffnete sich leise, und Tomas kam heraus. Peter tauchte hinter ihm auf und schloss sorgfältig hinter sich ab, bevor sie sich zu ihnen gesellten.

»Kommt, wir hauen ab.«

Tomas blieb nicht einmal stehen, sondern ging weiter zum See hinunter. Der Rucksack, den er trug, sah gut gefüllt aus. Milla folgte ihm, aber Laura wartete auf Peter. Seine Körpersprache war irgendwie anders. Als er sich näherte, bemerkte sie noch etwas. Peter roch nach Benzin.

»Was ist da drin passiert?«, flüsterte sie, als sie ein Stück auf dem Eis draußen waren.

»Tomas ist durchgedreht. Er hat den Benzinkanister genommen und angefangen, im Schuppen herumzuspritzen. Er hat gesagt, er würde den ganzen Scheiß anzünden, wenn wir erwischt werden. Ich musste ihm das Feuerzeug aus der Hand reißen. Wer weiß, was sonst passiert wäre.«

Laura sah zu Tomas, der vorne dicht neben Milla herging. Sie sah sie miteinander sprechen, genau wie Peter und sie es taten.

»Tomas ist nicht gesund«, sagte Peter leise. »Milla spielt mit ihm. Wenn niemand eingreift, passiert etwas Schreckliches.«

38

Um wie viel Uhr ungefähr hast du die unbekannte Person heute Nacht im Wald gesehen?«

»Gegen zwei«, sagt Laura zum dritten Mal.

Peter ist schon alle selbstverständlichen Fragen durchgegangen, hat sie wiederholt und in neue Formulierungen gekleidet. Jetzt ist er bei der dritten Runde.

»Warum fühlt sich Kent Rask von den Jensens bedroht?«

»Sie sind hinter Tomas her.«

»Immer noch. Nach all den Jahren?«

»Das hat Kent jedenfalls behauptet.«

Peter springt thematisch hin und her, stellt abwechselnd Fragen nach den Bränden und den Ereignissen im Feriendorf, statt sich wie bei den ersten beiden Durchgängen an den chronologischen Ablauf zu halten. Das wirkt ein bisschen unprofessionell, aber in Wirklichkeit ist das eine geschickte Verhörtechnik, die sie selbst manchmal benutzt, wenn sie Kandidaten interviewt. An Lügen erinnert man sich besser in einem bestimmten Zusammenhang, und wenn sie die Unwahrheit gesagt hätte, würde es ihr zum jetzigen Zeitpunkt langsam schwerfallen, die Übersicht darüber zu behalten, was sie gesagt hat und was nicht.

Aber sie hat nicht gelogen. Sie hat nur ein paar Details weggelassen. Heddas Tafel. Tomas' Brief.

Es war nie beabsichtigt, dass jemand verletzt wird.

Aber nichts lief so, wie WIR es uns gedacht hatten.

»Wann warst du das letzte Mal in der Wohnung über dem Bootshaus?«

»Am Freitag.«

»Was hast du dort gemacht?«

»Ich habe mich umgeschaut, alten Erinnerungen nachgehangen.«

Peter sieht sie lange an.

»Hast du die Tür abgeschlossen, als du die Wohnung verlassen hast?«

»Das weiß ich nicht mehr. Vielleicht nicht, es gab nichts dort, was es wert war, eingeschlossen zu werden.«

»Der Benzinkanister und die Tüte mit den Lumpen?«

»Wie ich vorhin schon gesagt habe, waren sie am Freitag noch nicht da. Ich habe sie nie gesehen oder angerührt.«

Sie ist jetzt verärgert und tut nichts, um es zu verbergen. Die Situation ist gelinde gesagt absurd. Vor dreißig Jahren befanden sie sich in einem ähnlichen Raum, damals war es im Krankenhaus. Sie, Peter und der Anwalt aus Stockholm, Bengt Sandberg ihnen gegenüber. Im Gegensatz dazu sitzen sie und Peter jetzt auf verschiedenen Seiten des Tisches.

Sie versucht vergeblich, nicht zu dem großen Mann zu schauen, der in der Ecke Platz genommen hat und sie beobachtet. Anders als Peter hat sich Sandberg kaum verändert, was wahrscheinlich nicht verwunderlich ist. Er war schon erwachsen, als sie sich das letzte Mal getroffen haben.

Sandberg müsste mehr oder weniger im Rentenalter sein, aber er sieht nicht wie jemand aus, der das letzte Stück bis zum fünfundsechzigsten Geburtstag einfach absitzt. Sein Blick ist scharf, der große Körper durchtrainiert. Er trägt mitten im Winter ein kurzärmeliges Hemd, und an dem einen Unterarm ist eine lange, weiße Narbe zu sehen. Am rechten Ringfinger trägt er einen großen Siegelring, aber am linken fehlt der Ehering. Sie denkt an ihre erste Begegnung bei Hedda. Die Blumen und die Zeitschriften im Auto, die sie Milla zeigte, in einem idiotischen Versuch, ihr zu imponieren. Sandbergs Frau lag damals schon im Krankenhaus, vielleicht ist er also Witwer, oder er ist einfach geschieden. Mit seinem Job verheiratet, ungefähr so wie sie. Sie spürt seine Blicke. Sandberg jagte ihr riesige Angst ein, als sie fünfzehn war, und widerwillig muss sie zugeben, dass er es in gewisser Weise immer noch tut, obwohl sie fünfundvierzig ist.

Peter ist mit der dritten Fragerunde fertig. Seiner Körpersprache nach zu urteilen wird es wahrscheinlich keine vierte geben. Håkansson dreht sich zu ihr hin.

Sandberg steht auf. Die Bewegung ist überraschend geschmeidig. Er stellt sich neben den Tisch und beugt sich vor, fast genauso sehr über Peter wie über sie. Sie riecht sein Rasierwasser.

»Ist noch etwas anderes passiert, Laura?«, fragt er. »Gibt es etwas, worauf du in den letzten Tagen gestoßen bist und wovon du nicht erzählt hast?«

Sandbergs Blick bohrt sich in ihren.

Laura schielt zu Peter hinüber. Ist er es, den Tomas in seinem Brief meinte? Ist Peter dieses »wir«? Dank Elsa weiß sie, dass sie Kontakt zueinander haben.

»Dreißig Jahre ist es her, Laura«, sagt Sandberg. »Damals warst du gesprächiger. Larsson hier übrigens auch.«

Sandberg stellt sich hinter Peter und legt seine großen Hände auf dessen Schultern. Peter schaut auf den Tisch. Am liebsten will Laura das Gleiche tun, aber sie zwingt sich, dem Blick des hünenhaften Mannes standzuhalten.

»Tomas Rask gestand, sobald er hörte, dass ihr ihn angezeigt hattet. Seine besten Freunde.«

Peters Lippen sind weiß geworden.

»Dreißig Jahre lang gab es um den See herum keinen einzigen Fall von Brandstiftung«, fährt Sandberg fort. »Aber dann taucht Laura Aulin wieder auf, und plötzlich haben wir zwei Brände innerhalb von zwei Tagen.«

Er schnalzt mit der Zunge.

»Mit Kent Rasks Scheune können wir ehrlich gesagt leben. Ein alter Gauner wie er hat das sicherlich verdient. Aber wenn sich jemand an eine der Stützen der Gesellschaft wie Ulf Jensen wagt, dann weht ein ganz anderer Wind. Ich hatte den Polizeichef und den Chef der Regionalregierung am Telefon, deshalb möchte ich bei den Ermittlungen gerne auf dem Laufenden gehalten werden. Außerdem ist es die Gelegenheit, ein paar alte Freunde wiederzusehen.«

Sandberg lässt Peters Schultern los.

»Also, Tomas Rask hat seine Karriere als Brandstifter gemacht. Wissen wir, ob er immer noch auf Kosten der Steuerzahler untergebracht ist?«

»Rask ist draußen«, murmelt Peter. »Seit ungefähr einem Jahr.«

»Letzte Adresse?«

»Er ist in Skövde gemeldet. In einem Heim für Menschen mit ... Problemen. Aber dem Personal zufolge war er seit ein, zwei Monaten nicht mehr dort.«

»Also könnte es rein theoretisch unser alter Freund Tomas Rask sein, der in den Wäldern herumschleicht. Kann es sein, dass du ihn draußen bei Gärdsnäset gesehen hast?«

»Vielleicht ...«

Laura versucht, sich die Gestalt vorzustellen, die sie im Wald gesehen zu haben glaubt. Stattdessen steigt ein Bild von Kent Rask in ihr auf. *Tomas ist nicht ganz richtig im Kopf. Ich habe versucht, ihn geradezubiegen. Auf jede erdenkliche Art und Weise, weiß Gott. Manchmal so, dass mir die Fäuste wehtaten.*

Sandberg liest ihre Gedanken.

»Wie war das Verhältnis zwischen Vater und Sohn Rask?«

»Tomas hasste seinen Vater«, sagt Peter leise.

»Dann hat er auf jeden Fall ein Motiv, die Scheune des Alten anzuzünden«, stellt Sandberg fest. »Wie sieht es mit der Familie Jensen aus? Hat Tomas Rask irgendeinen Grund, wütend auf sie zu sein?«

Sandberg zieht einen Stuhl heran und setzt sich zwischen sie und Peter an den Tisch.

»Und eine andere Frage, die wir uns in dem Fall stellen müssen: Warum gerade jetzt? Warum legt Rask ziemlich genau dreißig Jahre nach seinem Debüt hier in der Gegend Feuer? Was hat das alles ausgelöst?«

Laura weiß nicht, ob eine Antwort von ihr erwartet wird. Sandberg spricht mit ihr und Peter, als stünden sie alle auf derselben Seite. Wahrscheinlich ist das irgendein Trick, eine Art, einen von ihnen in falscher Sicherheit zu wiegen. Aber wen?

Sandberg wendet sich an sie.

»Du warst bei beiden Bränden in der Nähe, und wenn du die Wahrheit sagst, scheint der Täter oder jemand anderes dir die Schuld zuschieben zu wollen.«

Sandberg beugt sich über den Tisch.

»Vielleicht«, sagt er langsam, »geht es bei allem hier irgendwie um dich?«

Laura willigt ein, Fingerabdrücke und eine DNA-Probe abzugeben, um sie mit Spuren auf dem Kanister und der Tüte mit den Lumpen abzugleichen. Håkansson sagt ihr, dass sie weder zu dem einen noch dem anderen gezwungen ist, aber sie hat nichts zu verbergen. Außerdem ist sie überzeugt davon, dass eine Weigerung sie in Sandbergs Augen sehr viel verdächtiger machen würde.

Laura hatte gehofft, mit Peter nach Gärdsnäset zurückzufahren und die Gelegenheit zu bekommen, ihn weiter nach Tomas auszufragen und anzudeuten, dass sie von seinem Kontakt zu ihm weiß. Aber sobald das Verhör beendet ist, verschwindet er in den Gängen des Polizeigebäudes und zwingt sie stattdessen, Håkansson darum zu bitten, sie mitzunehmen.

Zurück in Gärdsnäset bleibt sie in der Tür zu Heddas Haus stehen. Der Geruch von drinnen ist inzwischen etwas weniger aufdringlich, oder aber sie gewöhnt sich einfach langsam daran.

Sie dreht sich um, schaut erst zur Treppe des Bootshauses, dann zum Wald, wo sie heute Nacht eine Bewegung gesehen zu haben glaubt. Sandberg ist zwar unangenehm, aber er hat einen wichtigen Punkt genannt: Die Brände scheinen mit ihr selbst zu tun zu haben.

Oder gibt es eine andere Erklärung? Können sie in Wirklichkeit mit Gärdsnäset, mit Hedda, zu tun haben?

Sie zieht ihre Jacke und Schuhe aus, begrüßt George und füllt die Katzenfutterschüsseln. Dann kehrt sie zu dem Bild mit Heddas improvisierter Memotafel zurück.

Sie hat immer noch nicht die geringste Ahnung, was Hedda da eigentlich getrieben hat. Warum sie Zeitungsartikel von dem Brand um die beiden Angebote gepinnt hat, warum sie den Verkauf gestoppt hat oder was sie mit der schwarzen Feder gemeint hat beziehungsweise damit, dass Tomas Ibens Geheimnis kannte.

Aber das Gefühl, dass sich die Antwort irgendwo im Haus befindet, lässt nicht nach.

Ihr fällt ein, was Kent Rask ihr zugeflüstert hat. *»Hedda hat nie irgendwas weggeworfen, also müssen die Briefe in Gärdsnäset sein.«*

Laura begibt sich in Heddas Atelier und holt die verbliebenen Schuhkartons herunter. In allen befinden sich Fotografien, die meisten bunt durcheinander. Aber keine weiteren Briefe oder Postkarten, weder von Tomas noch von Jack.

Sie geht zurück ins Wohnzimmer und stellt sich wieder vor die Tafel.

Kent Rask hat gesagt, dass Hedda und Tomas einander geschrieben haben, aber bis jetzt hat sie nur einen einzigen Brief gefunden, der die Sache bestätigt. Der Brief ist von 1994, und Tomas deutet darin an, dass er den Brand nicht allein gelegt hat.

Hat er Hedda nicht geantwortet, oder finden sich die anderen Briefe an einem anderen Ort? Das wäre natürlich denkbar.

Die Notiz zu Tomas und Iben steht ganz unten auf dem Blatt, also hat sie das zuletzt geschrieben, vermutlich irgendwann Anfang November. Wenn sie Tomas kürzlich geschrieben und ihn dabei erst gefragt hat, dürfte die Antwort nicht in einem alten Schuhkarton liegen. Aber wenn Hedda eine Antwort von Tomas erhalten hat, warum ist die Notiz dann nicht abgehakt und der Brief an die Tafel gepinnt?

Blitzartig kommt ihr ein Gedanke.

Der Briefträger hat Hedda draußen im Wasser gefunden. Er war mit Post für sie hier herausgefahren, war besorgt, als er die Tür unverschlossen vorfand und Hedda nicht antwortete. Aber was hat er dann mit der Post gemacht?

Laura geht zur Haustür. Es ist jetzt mehr Platz im Haus, seit sie und Elsa aufgeräumt haben. Ein großer Müllsack, den sie nur zur Hälfte gefüllt haben, steht unter der jetzt leeren Hutablage. Sie leert den Inhalt aus. Fünf Jahre alte Zeitungen, Reklame, eine politische Information zur Wahl 2014. Aber zwischen allem anderen liegt ein weißer Umschlag, mit runden, fast kindlichen Buchstaben adressiert. In Tomas' Handschrift.

Sie reißt das Kuvert auf, ihr Puls schlägt schneller.

Liebe Hedda,
danke für deine Briefe. Ich habe dir lange nicht mehr geantwortet. Entschuldige.
Du hast mich nach Ibens Geheimnis gefragt. Eigentlich habe ich versprochen, es nie zu verraten.
Aber das spielt jetzt wohl keine Rolle mehr. Außerdem weiß ich, dass du nichts weitererzählst.
Iben hasste ihren Vater.
Sie hasste Ulf Jensen mehr als alles andere.
Aber vor allem hatte sie Angst vor ihm.

39

WINTER 1987

Es dauerte so lange, bis das Klingelsignal kam, dass Laura meinte, das Echo ihres Herzschlags im Hörer zu vernehmen.

»Källegården, Christian Jensen.«

»Hallo, hier ist Laura, ist Iben da?«

Sie spürte die Nervosität in ihrer Stimme. Christian bemerkte sie nicht, oder er scherte sich nicht darum.

»Ibeeen! Telefon!«

Ein dumpfes Geräusch, als der Hörer die Tischplatte traf. Danach Schritte, erst sich entfernende, dann andere, die näher kamen.

Laura drückte sich den Hörer von Heddas Bürotelefon fest ans Ohr. Erhielt ein aufmunterndes Nicken von Milla.

»Hallo?«

»Hallo, hier Laura.«

»Hi.«

Iben klang abwartend, aber auch ein bisschen froh. Zumindest bildete sich Laura das ein. Seltsamerweise bekam sie davon selbst einen Kloß im Hals.

»Ich … habe dich vermisst«, stieß sie hervor.

Einen Augenblick lang wurde es still.

»Hast du?«

Ibens Stimme klang ganz klein.

Laura schluckte, versuchte, die Worte zu sagen, die sie einstudiert hatte, aber sie kamen nicht heraus. Erst als Milla ihr den Ellenbogen in die Seite stieß.

»Es tut mir leid, dass wir uns gestritten haben.«

»Mir auch.«

Eine wohlige Wärme breitete sich in Lauras Brust aus. Eine

Wärme, von der sie Lust bekam, auf alles zu pfeifen. Auf das Fest, auf Tomas und Peter, auf Millas Plan. Lust, alles zu tun, damit es wieder so wurde wie vorher.

»Jack tut es auch leid. Wir wollten dir wirklich nicht wehtun, Laura.«

Die Wärme war so schnell verschwunden, wie sie gekommen war.

Wir wollten dir wirklich nicht wehtun.

WIR wollten dir WIRKLICH nicht …

Sie merkte, dass Milla sie beobachtete, und strengte sich aufs Äußerste an, um sich zu beherrschen.

»Tja, wir wollen eine Lucia-Party machen«, sagte sie. Bei dem Wort musste sie unfreiwillig grinsen. »Tomas, Peter, Milla und ich. Es wäre schön, wenn ihr kommen könntet. Ihr zwei …«

Sie zwang sich zu pausieren und tief Luft zu holen, bevor sie den letzten Satz hervorbrachte.

»Wenn du willst, kannst du deinem Vater sagen, dass wir beide im Kino sind.«

»Das klingt super. Wo wird die Party stattfinden?«

»Im Tanzpavillon.«

40

Laura hält immer noch Tomas' Brief in der Hand. Die Worte gehen ihr wieder und wieder durch den Kopf. *Iben hasste ihren Vater. Hasste ihren Vater. Hasste ihren Vater. Mehr als alles andere.*

Sie bekommt in dem staubigen Wohnzimmer keine Luft mehr und geht Richtung Tür. Gerade als sie öffnen will, hört sie die Warnschreie der Krähen. Die Vögel spielen dort draußen völlig verrückt. Sie bleibt stehen und schaut aus dem Fenster. Ein großer, blitzender SUV mit einem Firmenlogo kommt langsam durch das Feriendorf angefahren.

Sie geht wieder ins Wohnzimmer, pinnt Tomas' Brief an Heddas Tafel und dreht sie dann um.

Durch die Bewegung löst sich die Schwanenfeder und flattert durchs Zimmer. Sie lehnt die Tafel an die Wand, versichert sich, dass sie wieder wie ein gewöhnliches Bild aussieht. Auf dem Weg zurück zur Tür hebt sie die Feder auf.

Der Autofahrer ist ein Mann in dicker Winterjacke und einer Armeemütze, die er bis zu den Augenbrauen heruntergezogen hat.

Laura öffnet, noch bevor er den Fuß auf die unterste Treppenstufe gesetzt hat. Der Mann sieht überrascht aus, erholt sich aber schnell.

»Laura Aulin?«, fragt er und lächelt, als würden sie sich schon kennen.

»Ja …«

Sie zieht die Antwort in die Länge, versucht, den Mann einzuordnen. Er ist um die fünfzig, scheint gut in Form zu sein. Die Augen hinter dem dunklen Brillengestell sind braun, ein gut gestutzter, angegrauter Bart bedeckt die Wangen. Sieht aus wie aus einer Outdoor-Zeitschrift, würde Steph sagen.

»Meine Name ist Heinz Norell. Ich bin Projektleiter bei

der Firma Vintersjöholm Development, der das Schloss gehört.«

Laura nickt, erkennt den Namen von Heddas Angeboten an der Memotafel wieder.

Die Krähen führen weiter ihr Unwesen. Sie flattern mit den Flügeln, werfen sich immer wieder in die Luft und drehen kleine aufgeregte Runden zwischen den Bäumen.

»Darf ich reinkommen? Man versteht kaum sein eigenes Wort hier draußen.«

Laura zögert, und Heinz Norell scheint zu verstehen, warum.

»Machen Sie sich keine Sorgen wegen der Unordnung. Ihre Tante hat mich ein paarmal zum Kaffee eingeladen.«

Laura tritt widerwillig zur Seite, um ihn hereinzulassen.

»Ich sehe, dass Sie dabei sind, aufzuräumen. Und Sie haben einen Fund gemacht.«

Es dauert einen Augenblick, bis Laura versteht, dass er die schwarze Feder meint, die sie noch in der Hand hält.

»Die hatte ich, als ich klein war«, sagt sie.

»Kindheitserinnerung. Dann sind Sie hier aufgewachsen?«

Der Mann hat einen leichten Akzent, wie sie jetzt hört.

»Ich war jeden Sommer und Winter hier, bis ich fünfzehn war«, sagt sie.

Draußen beruhigen sich die Krähen allmählich.

»Gärdsnäset ist sehr schön«, sagt Norell. »Tatsache ist …« Er lacht kurz auf. »Ich sollte das vielleicht nicht sagen, wenn man bedenkt, dass wir ein Kaufangebot gemacht haben. Aber ich habe an verschiedenen Bauprojekten auf fast allen Kontinenten mitgearbeitet, und Gärdsnäset und der See Vintersjö gehören wirklich zu den schönsten Orten, an denen ich gewesen bin. Aber ich hoffe, das wird Sie nicht dazu bringen, den Preis in die Höhe zu treiben.«

Er lacht wieder, und Laura merkt, dass sie mitlacht. Heinz Norell hat so eine Art an sich, dass man ihn unmittelbar sympathisch findet.

»Tja, es tut mir leid, wenn ich störe«, fährt er fort. »Ich

wollte eigentlich nur vorbeikommen und mich vorstellen und mein Beileid aussprechen. Ich mochte Ihre Tante.«

Laura wartet darauf, dass er sagt, Hedda sei speziell gewesen, aber das tut er nicht.

Heinz Norell lacht wieder.

»Als ich das erste Mal hier rauskam, drohte sie mir mit einem Golfschläger. Aber dann hörte sie, dass ich Deutscher bin. Hedda lebte als junge Frau ein paar Jahre in Berlin, damit hatten wir einiges gemeinsam.«

»Das wusste ich gar nicht.« Laura denkt an die Fotos in der Kiste. »Aber Sie sprechen ausgezeichnet Schwedisch.«

»Danke. Meine Mutter war Schwedin.«

Sie wartet darauf, dass er noch mehr dazu sagt, aber stattdessen zieht er eine Broschüre aus der Jackentasche.

»Ja, ich wollte Ihnen gerne unsere Pläne für Gärdsnäset zeigen. Hedda gefielen sie, und ich hoffe natürlich, dass es Ihnen genauso geht. Werfen Sie einen Blick darauf und melden Sie sich, wenn etwas ist. Meine Handynummer steht auf der Rückseite.«

Er dreht sich um und öffnet die Tür. Sobald er den Fuß auf die Eingangsstufe setzt, gehen die Warnschreie der Krähen wieder los.

»Diese Vögel mögen wirklich keine Deutschen«, sagt er. »War schön, Sie kennenzulernen. Ich hoffe, wir sehen uns bald wieder.«

Er setzt sich in seinen Wagen und winkt ihr zu, während er davonfährt. Die Krähen kehren zu ihren üblichen Plätzen zurück und glotzen sie aus ihren Stecknadelkopfaugen an, wobei sie ab und zu einen skeptischen Laut ausstoßen.

Sie bleibt mit der Broschüre in der einen Hand und der Feder in der anderen eine Weile in der Tür stehen. Sie starrt darauf, bevor sie beides weglegt. Sie braucht immer noch frische Luft, also zieht sie sich ihre Jacke und ihre Schuhe an. Dann geht sie um das Haus herum und beginnt, mit raschen Schritten am Ufer entlang Richtung Dorf zu laufen.

Nach ein paar Hundert Metern schaltet sie ihr Handy an und findet ein schwaches Signal.

Das Telefon ist voller verpasster Anrufe. Steph, Andreas, sogar ihre Mutter. Mehrere Sprachnachrichten und SMS. Alle mit dem gleichen Inhalt: *Ruf uns an!*

Aber sie ist vollauf mit sich selbst beschäftigt. Und was soll sie sagen? Dass sie tief in ihrer Vergangenheit gegraben und etwas Unschönes entdeckt hat? Etwas, wofür es sich vielleicht sogar lohnt zu morden?

Sie begnügt sich mit einer SMS an Steph. *Alles gut, bin bald zu Hause.*

Peter antwortet beim fünften Klingeln.

»Hallo, Laura. Ist was passiert?«

Laura sammelt sich. Es ist ebenso gut, den Stier gleich bei den Hörnern zu packen.

»Was weißt du über Iben und ihren Vater?«

»Wie meinst du das?«

»Wusstest du, dass Iben unter Ulf gelitten hat? Dass sie ihn hasste?«

»Wo hast du das gehört?«

Eine Gegenfrage statt einer Antwort.

»Also weißt du etwas.«

Am anderen Ende wird es still. Sie glaubt, seinen Bürostuhl quietschen zu hören. Dann ein verlegenes Seufzen.

»Es gibt eine alte Notiz. Ich bin darüber gestolpert, als ich die Ermittlungsakten durchging.«

»Worum geht es dabei?«

»Ein anonymer Anrufer, der behauptete, Iben würde auf Källegården schlecht behandelt.«

»Inwiefern schlecht behandelt?«

»Das wird nicht klar.«

»Und was tat die Polizei?«

»Nichts. Der Anruf ging am elften Dezember 1987 ein. Zwei Tage …«

»Bevor Iben starb«, beendet Laura den Satz.

»Ja.« Peter seufzt wieder. »Wie du dir sicher denken kannst, war das keine Information, der man weiter nachging. Ulf hatte gerade seine Tochter verloren, warum sollte man ihn also noch mehr quälen? Außerdem gab es Leute, die sich über Ulf ärgerten, die neidisch auf den Erfolg der Familie waren. Du weißt schon, in Schweden müssen alle gleich sein. Also wurde die Sache schnell begraben.«

Lauras Hirn arbeitet auf Hochtouren.

»Weiß man mehr über den Anrufer? War es ein Mann oder eine Frau?«

»Unklar. Wenn ich mich recht erinnere, steht in der Anzeige, dass die Stimme schwer zu verstehen war. Möglicherweise hatte der Anrufer den Hörer abgedeckt.«

»Kann ich eine Kopie von dieser Anzeige haben?«

»Klar, aber jetzt sag mir erst, worum es überhaupt geht.«

Laura zögert. Sie weiß immer noch nicht, ob Peter irgendwie in die Ereignisse involviert ist. Zugleich braucht sie seine Hilfe.

»Hedda und Tomas haben einander geschrieben. Er schrieb ihr in einem Brief, dass Iben Ulf mehr als alles andere gehasst habe, aber dass sie auch Angst vor ihm habe. Warum war das so, glaubst du?«

Am Telefon wird es wieder still.

»Tomas ist nicht ganz gesund«, sagt Peter leise.

»Ja, das behaupten alle. Aber glaubst du, dass er so etwas missverstanden haben könnte? Er und Iben kannten sich, seit sie klein waren.«

Sie sieht die beiden Sechsjährigen auf dem Rücksitz von Kents Wagen vor sich. Wie sie sich aneinanderklammern, während das Feuer auf Källegården wütet und Sofia um das Auto tanzt.

»Vielleicht nicht …«

Peter klingt nicht ganz überzeugt.

»Wir müssen mit Tomas reden«, sagt sie.

»Warum denn?« Seine Stimme klingt wachsam.

»Willst du nicht die Wahrheit wissen? Ulf Jensen hat dreißig Jahre lang den Märtyrer gespielt. Die ganze Gegend hat Mitleid mit ihm. Sie haben sogar die Schule umbenannt, um ihn zu ehren. Stell dir vor, alles basiert auf einer Lüge? Außerdem ...«

Sie holt Luft.

»Wenn Tomas recht hat, ist Ulf vielleicht ein übler Verbrecher. Ist es nicht deine Aufgabe, solche Typen festzunehmen?«

Stille. Sie denkt schon, dass er aufgelegt hat. Aber dann ist seine Stimme wieder da.

»Ich werde sehen, was ich machen kann.«

Das Gespräch wird abgebrochen, und Laura bleibt stehen. Sie hat den Platz bei der Lichtung erreicht, wo Elsa neulich mit dem Motorrad gestürzt ist. Dort, wo einmal der Tanzpavillon stand, schaut das kleine Eisenkreuz aus dem Schnee. Direkt daneben steht ein Gegenstand, der erst kürzlich dorthin gestellt worden sein kann. Als sie näher herangeht, sieht sie, was es ist. Ein heruntergebranntes Grablicht.

41

WINTER 1987

Laura saß auf einem von Millas Küchenstühlen. Der Tisch vor ihnen war voller Schminke und Haarsachen. Milla hatte ihr etwas aufgesetzt, das wie eine Badekappe aussah, und zog ihr mit einer Häkelnadel Haarsträhnen durch die kleinen Löcher im Gummi.

»Hedda war heute Morgen hier«, sagte sie.

»Aha?«

Milla sah sie genau an. Ihre Gesichter waren nur einen knappen halben Meter voneinander entfernt.

»Sie hat gesagt, dass ich umziehen muss.«

»Was! Wohin denn?«

»Sie hat mir einen Platz in Värmland besorgt.«

Milla beobachtete Laura weiter, während ihre Finger mit der Häkelnadel arbeiteten.

»Warum das denn?«

»Das hat sie nicht gesagt. Sie war sehr kurz angebunden. Sie meinte, ich hätte zwei Tage Zeit, mein Zeug zu packen. Dass übermorgen ein Auto kommt und mich abholt. Scheiße!«

Die Häkelnadel grub sich in Lauras Haar, sodass sie vor Schmerz zusammenzuckte.

»Irgendjemand muss gepetzt haben«, fuhr Milla fort. »Das ist die einzige Erklärung.«

Sie drückte die Nadel durch ein neues Loch in der Badekappe, diesmal noch fester. Laura biss sich auf die Lippen.

»Und du weißt sicher, wer? Oder nicht?«

Laura versuchte, den Kopf zu schütteln, aber Milla hielt ihr Gesicht zwischen den Händen fest. Sie beugte sich zu ihr vor, bis ihre Nasenspitzen sich fast berührten.

»Nein«, brachte Laura hervor. »Hedda hat mir nichts gesagt. Das schwöre ich.«

»Wen hat deine Tante getroffen? Mit wem hat sie gesprochen?«

»Ich weiß es nicht. Lass los!«

Milla drehte sich um und begann mit einer Dose zu hantieren. Dann schmierte sie etwas Kaltes und nach Chemikalien Riechendes auf die Badekappe.

»Auf wen würde sie hören, denkst du?«

Die Stimme war jetzt sanfter, aber die Wut verbarg sich noch unter der Oberfläche.

»Ich weiß es nicht«, wiederholte Laura.

Millas Augen wurden zu schmalen Schlitzen.

»Glaubst du, Iben kann ihr von den Einbrüchen erzählt haben?« Sie erwartete keine Antwort. »Und wie hätte Iben es in dem Fall erfahren?«

Laura schluckte, die Chemikalien trieben ihr Tränen in die Augen.

»Vielleicht Tomas?«, schlug sie vor.

Sie wusste selbst nicht genau, warum.

»Tomas würde nie petzen«, sagte Milla.

»Nein …« Laura versuchte, eine ruhige Stimme zu bewahren. »Aber er hat sich ganz schön verändert. Iben und er kennen sich, seit sie klein waren. Wenn Iben etwas gemerkt und ihn direkt gefragt hat, dann kann Tomas nicht lügen. Er gibt immer alles zu, selbst Sachen, die er nicht getan hat.«

Milla nickte langsam, ihr Gesicht wurde weicher.

»Gut gemacht, meine kleine Meisterdetektivin. Nicht verwunderlich, dass ich dich mag.«

Sie schmierte noch mehr von der Chemikalie auf die Bademütze, diesmal mit einer Geste, die fast zärtlich war.

»Sobald Jack dich heute Abend zu Gesicht bekommt, wird er Iben komplett vergessen. Und dann sorge ich dafür, dass diese scheinheilige Petzliese genau das bekommt, was sie verdient.«

42

Laura hat nichts mehr zu essen und ist gezwungen, nach Vedarp zu fahren, um einzukaufen. Auf dem Weg versucht sie, sich Iben und Ulf Jensen zusammen in Erinnerung zu rufen. Sie sucht nach Details, Andeutungen, Dingen, die sie übersehen hat, die bestätigen, was Tomas in seinem Brief geschrieben hat. Sie war zwar nur ein Kind und später ein junges Mädchen, aber schon damals war sie ziemlich gut darin, Menschen zu lesen. Zumindest dachte sie das, bis sie Tomas' Brief gefunden hat.

Sie erinnert sich, dass Ulf im Training immer sehr hart zu Iben war und sehr darauf bedacht, dass sie gute Noten hatte. Dass er wissen wollte, wo sie sich aufhielt, und sie abends fast immer abholte, sogar von Gärdsnäset, was nur ein paar Fahrradminuten entfernt lag. Was bewies das? Im Grunde nichts anderes, als dass sich Ulf um seine Tochter sorgte und er Angst um sie hatte. Laura war darauf sogar eifersüchtig gewesen. Zugleich konnte Ulf hinter den verschlossenen Türen von Källegården natürlich ein ganz anderer gewesen sein. Wollte Iben deshalb nie, dass sie sich bei ihr zu Hause trafen?

Iben wirkte in Anwesenheit ihres Vaters immer ein bisschen gedämpft. Ihre Halbbrüder allerdings auch. Aber das ging wohl den meisten Kindern so, die Eltern wie Ulf Jensen hatten.

Und wie passte Ulfs Trauer um Iben ins Bild? War er ein verzweifelter Vater, der um eine geliebte Tochter trauerte, oder steckte mehr dahinter? Sie denkt an das, was Kent Rask gesagt hat, dass Ibens Tod Ulf die Chance gegeben hat, sie auf einen Sockel zu stellen. Dass sie so für immer jung und rein bleiben konnte.

Der Gedanke ist so scheußlich, dass Laura trotz der Wärme im Auto ein Schauer über den Rücken läuft.

Natürlich gibt es auch eine andere Erklärung. Tomas kann ganz einfach unter einer Art Wahnvorstellung gelitten haben. Der Arme hatte immerhin einen Großteil seines Lebens in verschiedenen Anstalten verbracht. Oder wenn man gern an Verschwörungen glaubte, so war alles eine bewusste Lüge. Eine Art von Verteidigung gegen die Familie Jensen, die Tomas' Vater zufolge immer noch hinter ihm her war.

Aber das erklärt nicht den anonymen Anrufer, der sich zwei Tage *bevor* Iben starb mit dem gleichen Hinweis an die Polizei gewandt hatte.

Was also ist die Wahrheit? Vielleicht hatte ihre Tante versucht, genau das herauszufinden.

Laura stellt den Wagen auf dem Parkplatz hinter dem Supermarkt ab, zieht die Mütze tief ins Gesicht und geht hinein. Sie nickt und lächelt freundlich, als sie an einem Paar um die sechzig vorbeikommt, das ihren roten Hemden nach vermutlich den Laden betreibt. Sie merkt, dass sie ihr lange nachschauen und dann miteinander tuscheln.

Als sie die Hälfte der Waren zusammengesucht hat, stellt sie fest, dass sie einen Einkaufwagen hätte nehmen sollen statt einen der Rollkörbe, aber mit etwas Mühe gelingt es ihr trotzdem, zur Kasse zu gehen.

Zwei Kassen sind geöffnet, und sie stellt sich in die kürzere Schlange, die von der Frau bedient wird, die sie vorhin gesehen hat. Genau als Laura an der Reihe ist, stellt die Frau ein kleines Schild mit dem Hinweis *Kasse geschlossen* auf das Band.

Laura sieht sich um.

Hinter ihr steht niemand, aber an der anderen Kasse stehen zwei Rentner mit überfüllten Wagen.

»Können Sie mich nicht noch schnell drannehmen?«, fragt sie.

»Nein, tut mir leid. Sie müssen auf die andere Seite gehen.«

Die Frau schließt demonstrativ die Kasse. Dann dreht sie Laura schnaubend den Rücken zu.

Laura ist so überrascht, dass ihr keine Erwiderung einfällt. Stattdessen stellt sie sich brav in die andere Schlange.

Als sie endlich dran ist, starrt der Mann an der Kasse sie böse an.

»Ist das alles?«, fragt er unfreundlich.

»Ja.«

Laura tippt den PIN-Code ihrer Karte ein, und der Mann drückt auf eine Taste. Das Kartenlesegerät gibt ein böses Piepsen von sich.

Bezahlvorgang abgebrochen, steht auf dem Display.

»Versuchen Sie es noch mal!«

Sie wiederholt die Prozedur mit dem gleichen Resultat.

»Sie müssen es noch mal versuchen.«

Dieses Mal tippt sie den PIN-Code langsamer ein, während sie die Bewegungen des Mannes beobachtet und sieht, dass er eine Taste an der Kasse drückt, bevor sie selbst die vierte Ziffer getippt hat. Wieder ertönt das Piepsen.

»Haben Sie keine andere Karte?« Der Ton ist nach wie vor unfreundlich.

»Vielleicht lassen Sie einfach die Tasten in Ruhe, bis ich fertig bin«, sagt Laura so beherrscht sie kann.

Der Mann sieht sie beleidigt an.

»Versuchen Sie es noch mal«, brummt er.

Diesmal geht es besser.

Sie packt ihre Waren in eine Papiertüte. Ein Stück weiter steht die Kassiererin und spricht mit einigen Kunden. Laura hört nicht, was sie sagen, aber sie spürt ihre Blicke im Nacken, als sie den Laden verlässt.

Erst als sie zu ihrem Wagen kommt, begreift sie, was los war.

Verkauf und hau ab!, hat jemand in die Fahrertür geritzt.

Sie stellt ihre Essenstüten ab und geht neben der Tür in die Hocke. Die Kratzer sind so tief, dass man an den Stellen das nackte Metall sieht. Ein Schlüssel wahrscheinlich. Jemand, der sie ärgern und ihr Angst machen will. Und leider gelingt es ihm auch.

Sie richtet sich auf und sieht sich um. Der Parkplatz ist nur teilweise erleuchtet, und mehrere Wagen versperren die Sicht. Wer auch immer das gemacht hat, konnte im Prinzip ungestört arbeiten. Sie sieht etwas aus den Augenwinkeln und dreht sich um. Eine kleine Gestalt in dicker Daunenjacke kommt zwischen den Autos auf sie zu.

»Hallo!«

Es ist Elsa. Ihre Hände stecken in den Taschen, und eine Mütze mit Ohrenschutz bedeckt das halbe Gesicht.

»Hallo«, sagt Laura und starrt dann wieder auf ihren beschädigten Wagen. Elsa stellt sich neben sie.

»Scheiße! Hast du gesehen, wer das war?«

»Nein. Ich war im Laden und habe eingekauft. Aber ich habe schon da drin gemerkt, dass irgendwas vor sich geht.«

Elsa nickt.

»Das sind die Brandstiftungen. Die Leute haben mitbekommen, dass du zum Verhör warst. Es gibt einen Haufen Gerüchte. Leute, die Angst haben, machen dumme Sachen.«

Laura dreht den Kopf und schaut sie an.

»Woher weißt du das?«

»Ich habe gehört, wie Papa das am Telefon gesagt hat.«

»Weißt du, mit wem er gesprochen hat?«

»Nein.«

Sie schweigen einen Moment.

»Er mag dich.«

»Wer?«

Die Frage ist idiotisch, aber Laura kann sie nicht zurückhalten.

»Papa natürlich.«

»Und woher weißt du das?«

»Er strahlt irgendwie, wenn er von dir spricht.«

»Aha.«

Peter spricht also über sie.

»Als ihr jung wart, war er sicher in dich verliebt, oder?«

»Danach musst du ihn schon selbst fragen.«

Elsa schüttelt den Kopf.

»Sinnlos. Ich habe doch gesagt, dass er nie über die Vergangenheit spricht. Ich habe ihn schon zigmal nach dem Brand und nach Iben Jensen gefragt, aber er wechselt dann immer das Thema.«

»Und Tomas Rask?«, fragt Laura.

»Genau das Gleiche. Aber ich habe sein Handy überprüft. Das geht total einfach. Früher hatte er Mamas Geburtstag als Code, jetzt hat er zu meinem gewechselt.«

Elsa macht absichtlich eine Pause, sie weiß, dass Laura begierig danach ist, die Fortsetzung zu hören.

»Und?«, muss Laura schließlich fragen.

»Papa und Tomas haben sich in den letzten Tagen sicher zehnmal angerufen. Zuletzt gestern Abend.«

Laura fährt Elsa nach Hause. Sie und Peter wohnen in einem großen, ziemlich protzigen zweistöckigen Gebäude mit Blick über den See. Eine Reihe starker Lampen beleuchten Haus und Garten. In Kombination mit dem hohen schmiedeeisernen Zaun wirkt das Ganze eher wie eine Botschaft als wie ein Wohnhaus.

»Schickes Haus«, sagt Laura.

»Eigentlich gehört es Mama. Opa hat es ihr gekauft, als sie und Papa geheiratet haben. Ich finde, wir sollten umziehen, aber Papa will nicht. Das ist quasi Mamas Stil, nicht der von Papa und mir. Verstehst du?«

Laura nickt.

»Willst du mit reinkommen?«

»Vielleicht ein andermal.«

Laura nutzt die Heimfahrt, um durchzugehen, was sie gerade erfahren hat.

Peter hat Sandberg gegenüber verschwiegen, dass er mit Tomas in Kontakt steht, dass er möglicherweise sogar weiß, wo dieser sich befindet. Aber warum gibt es so viele Telefonate zwischen ihnen, warum gerade jetzt?

Die Erkenntnis kommt ihr in dem Moment, als sie Richtung Gärdsnäset abbiegt. Tomas befindet sich irgendwo hier in der Gegend. Und Peter weiß, wo.

Weiter vorne leuchtet etwas auf, und als sie sich dem großen Platz nähert, auf dem sie normalerweise parkt, sieht sie, dass dort ein anderer Wagen steht. Ein weißer Pick-up mit der Aufschrift *Jensen und Söhne AG* auf der Seite.

Sie bleibt bei laufendem Motor im Auto sitzen, die Scheinwerfer auf den Pick-up gerichtet. Der Fahrer steigt aus, hebt die Hand und winkt freundlich. Christian Jensen. Zu ihrer Erleichterung ist er allein. Sie lässt die Scheibe herunter.

»Ich wollte gerade wieder wegfahren, aber da habe ich deine Scheinwerfer gesehen«, sagt er. »Hast du eine Minute Zeit?«

Er zeigt auf das Haus, und Laura überlegt, ob sie die Tafel wieder umgedreht hat, bevor sie losgefahren ist. Christian sollte sie auf keinen Fall sehen.

»Da drin sieht es aus, als hätte eine Bombe eingeschlagen«, erwidert sie. »Wir können hier reden.«

Christian sieht ein bisschen verwundert aus, aber er geht um den Wagen herum und setzt sich auf den Beifahrersitz.

»Schrecklich, das mit dem Brand«, sagt sie, weil sich das wahrscheinlich so gehört.

»Ja …«

Er räuspert sich.

»Also, wir beschuldigen dich natürlich nicht, Laura. Ich möchte, dass du das weißt.«

»Okay.«

Die Kratzer in ihrer Autotür zeigen, dass nicht alle so denken.

»Aber deswegen bin ich nicht hier.« Christian rutscht auf dem Sitz hin und her. »Du erinnerst dich, worüber wir kürzlich gesprochen haben? Die Schulden, die Gefahr, dass wir Källegården verlieren.«

Sie nickt.

»Aber es gibt etwas, was ich nicht erzählt habe.«

»Aha?«

»Vater hat Krebs. Es sieht schlecht aus.«

»Tut mir leid.«

Christian nickt langsam.

»Das ist noch ein Grund, warum wir den Bauvertrag für Gärdsnäset brauchen. Mein Vater träumt seit dreißig Jahren von einem neuen Sportplatz. Wir wollen ihm den geben, als einen letzten Sieg. Ihn vielleicht sogar nach Iben benennen.«

Er macht eine Pause, räuspert sich wieder. Laura weiß nicht, was sie sagen soll. Tomas' Worte gehen ihr durch den Kopf.

»Jedenfalls«, fährt Christian fort. »Ich habe gehört, dass du mit Green von der Gemeinde gesprochen hast. Ihr Angebot liegt vierhunderttausend Kronen unter dem von Vintersjöholm.«

Es klingt wie eine Feststellung, nicht wie eine Frage.

»Hedda hat das im Herbst erzählt«, fügt er hinzu, als er Lauras verwunderte Miene sieht. »Deshalb haben Fredrik und ich ihr einen Vorschlag gemacht.« Er rutscht wieder hin und her. »Wir haben über die Jahre ein bisschen Geld zurückgelegt. Weihnachtsbäume, Holz, diverse Waldgeschäfte. Wir können das Geld nicht benutzen, um das Darlehen zu tilgen. Die Bank würde anfangen, einen Haufen Fragen zu stellen. Es reicht sowieso lange nicht aus. Aber … Zweihunderttausend in bar, das entspricht über dreihunderttausend weiß. Dann ist das Angebot fast genauso hoch. Das macht die Wahl für dich vielleicht ein bisschen leichter, denke ich?«

Er lächelt, sieht aber verlegen aus.

»Hast du Hedda dasselbe angeboten?«, fragt sie.

Er nickt.

»Und was hat sie gesagt?«

»Hedda waren Waldgeschäfte nicht fremd.«

»Was ist dann passiert? Warum hat sie nicht unterschrieben?«

»Das weiß ich nicht. Eigentlich dachten alle, dass die Sache klar wäre, aber dann hat Hedda plötzlich gezögert. Und dann …«

»Und dann ist sie gestorben.«

Laura denkt wieder an Tomas' Brief. Das lässt sich einfach nicht vermeiden.

Sie muss versuchen, sich dem Thema anzunähern.

»Dein Vater …«, beginnt sie. »Er und Iben standen sich nahe.«

Christian nickt.

»Sehr.«

Laura weiß nicht genau, wie sie weitermachen soll.

»Zu nah?«, fragt sie schließlich.

Sofort bildet sich eine Falte auf seiner Stirn.

»Was meinst du damit?«

»Ein Gerücht, von dem ich gehört habe. Ein anonymer Anruf …«

Sie erwartet Wut, aber Christian sieht eher müde aus.

»Dieser verdammte Anruf verfolgt uns seit dreißig Jahren. Wir haben ein paar Tage nach dem Brand davon gehört. Der Polizeimeister und mein Vater waren gute Freunde, deshalb versprach er, dass die Anzeige nie publik gemacht würde. Aber irgendwie reichte es schon, dass es sie gab. Dass jemand sich so etwas Abscheuliches über unsere Familie ausdenken konnte.«

Christian seufzt.

»Vater konnte sehr hart sein, und Gott weiß, dass er hohe Anforderungen an uns stellte, aber er tat es, weil er unser Bestes wollte. Dieselbe Einstellung hatte er als Trainer. Deshalb haben wir alles gewonnen, was zu gewinnen war. Weißt du, dass dank ihm fünf Sportler aus Vedarp zum Leichtathletik-Nationalteam gehört haben? Fünf, verstehst du? Aus einem Dorf mit viertausend Einwohnern. Aus ganz Nordwestschonen kamen die Leute, um bei Ulf Jensen zu trainieren.«

Er schüttelt den Kopf.

»Manche haben seine Methoden nicht kapiert. Vor allem Eltern von Kindern, die mit dem Druck nicht zurechtkamen. Es wurde in der Zeit viel Scheiß über meinen Vater erzählt, das kannst du mir glauben. Aber dieser anonyme Anruf war das Schlimmste.«

Er dreht sich zu ihr.

»Vater, Fredrik, Iben und ich waren eine enge Familie, vielleicht enger als viele andere, weil wir keine Mutter hatten. Dass mein Vater meiner Schwester gegenüber übergriffig geworden sein soll, ist einfach nicht wahr. Und im Übrigen …« Er sieht ihr in die Augen. »Du und Iben wart doch beste Freundinnen. Hat sie dir jemals etwas gesagt? Hat sie angedeutet, dass es ihr zu Hause nicht gut ging?«

»Nein.«

»Da siehst du. Die Person, die damals anrief, war ein widerlicher Mensch mit einer krankhaften Fantasie. Aber da Iben starb, steht die Behauptung immer noch unwidersprochen im Raum.«

Christian schaut auf die Uhr.

»Entschuldige, die Zeit vergeht so schnell, und ich habe versprochen, zum Abendessen zu Hause zu sein. Kannst du über unser Angebot nachdenken und dich melden? Hier hast du meine Handynummer.«

Er legt eine Visitenkarte auf die Mittelkonsole und steigt aus. Dann steckt er noch mal den Kopf in den Wagen.

»Nur noch eins.«

»Was denn?«

»Erwähne Fredrik gegenüber den Anruf nicht. Er dreht vollkommen durch, wenn diese Sache zur Sprache kommt, und wie du dich vielleicht erinnerst, ist Fredrik nicht ganz so beherrscht wie du und ich.«

Sie bleibt im Auto sitzen und sieht ihn davonfahren.

… steht die Behauptung immer noch unwidersprochen im Raum.

Peter zufolge hatte der Polizist, der den Anruf entgegennahm, nicht hören können, ob ein Mann oder eine Frau am Telefon war. Das kann natürlich eine Falschaussage sein, aber je mehr sie die Sache dreht und wendet, desto wahrscheinlicher kommt es ihr vor, dass Christian wusste, um wen es sich handelte, oder zumindest jemanden verdächtigte. Sie geht das Gespräch mit Fredrik von neulich in Källegården durch, wie er nach Jack fragte, die Geschichte von dem Einbruch erzählte, von dem fehlenden Geld und dem Schmuck. Wenn es für die Jensens nun noch mehr Gründe gab, Jack zu hassen?

Das würde auch erklären, warum Jack sich all die Jahre über versteckt hatte, warum er nicht einmal wagte, zu Heddas Beerdigung zu erscheinen.

Einer plötzlichen Eingebung folgend holt sie die Taschenlampe aus dem Handschuhfach, steigt aus dem Auto und geht den Pfad am Strand entlang. Lange bevor sie das Eisenkreuz erreicht, sieht sie einen kleinen Lichtpunkt zwischen den Bäumen. Die flackernde Flamme einer Grableuchte.

43

WINTER 1987

Laura sah sich sicher zum zehnten Mal in Millas Badezimmerspiegel an. Die Person, die ihr entgegenstarrte, hatte toupiertes Haar mit blonden Strähnen. Ein dunkles Rouge hob ihre Wangenknochen hervor, und die Augen waren mit blauem Kajal, Mascara und Lidschatten geschminkt. Der Lippenstift war hellrosa. Keine kleine Prinzessin mehr, sondern eine Frau.

Laura schaute auf die Uhr. Es war Punkt sieben. Jetzt begann das Fest, aber Milla hatte sie angewiesen, in ihrer Hütte zu warten. Sie, Peter und Tomas würden sich um alle Vorbereitungen kümmern. Laura sollte erst auf der Bildfläche erscheinen, wenn Iben und Jack da waren.

Sie ging in Millas Schlafzimmer. An der Wand stand eine bereits gepackte Reisetasche. Eine zweite stand offen und war gefüllt. Daraus hatte Milla die Kleider geholt, die Laura jetzt trug. Stonewashed Jeans mit hoher Taille, ein breiter Gürtel und ein schulterfreies Top. Und dann noch Schuhe mit Keilabsatz, die ein bisschen Übung erforderten, um darin gehen zu können.

Laura hatte gemischte Gefühle, was Millas Fortgang aus Gärdsnäset betraf. Milla war ihre Verbündete geworden. Zugleich war klar, dass sie für Tomas nicht gut war. Und dann gab es noch dieses unbestimmte, seltsame Gefühl, dass man nie richtig wusste, woran man bei ihr war. Dass sie sich plötzlich von einem abwenden könnte. Als würde sie ein Spiel spielen, bei dem Tomas, Peter und sie selbst die Spielfiguren waren.

Sie hörte Schritte, dann wurde die Tür geöffnet, und Milla trat ein. Milla hatte sich nicht zurechtgemacht, sondern trug wie immer eine Kapuzenjacke. Vielleicht trug sie ein bisschen mehr Make-up als sonst.

»Also«, sagte sie. »Showtime!«

Der Tanzpavillon sah ganz hübsch aus. Die Luft darin war lau und roch nach Heizlüfter, Zigaretten und Essen. Peter und Tomas hatten die großen Stapel abgedeckter Gartenmöbel und andere Sommersachen an die Seiten geschoben, sodass in der Mitte des Tanzbodens ein freier Raum entstanden war. Dort hatten sie einen langen Tisch mit Plastikbechern und Servietten gedeckt, die aus einer der Schubladen stammen mussten, und die bunten Lampions aufgehängt, die sie am Abend ihrer Ankunft im Haupthaus gehabt hatten.

Auf einem anderen Tisch hatten sie ein paar Herdplatten installiert und die Würstchen und Brote dazugelegt, die sie neulich gestohlen hatten. Daneben standen mehrere Flaschen Alkohol, die auch Diebesgut sein mussten. Der neu aussehende Gettoblaster spielte »Soul Deep« von Roxette.

Jack, Peter, Iben und Tomas saßen am Tisch. Peter war dabei, Wein in ihre Gläser zu füllen.

»Da ist sie ja«, sagte Peter ein bisschen zu laut, als sie und Milla in den Raum kamen.

Milla blieb ein paar Meter von der Tür entfernt stehen und ließ Laura allein weitergehen. Alle starrten sie an, und einen Moment lang war Laura kurz davor, es zu bereuen, sich umzudrehen und nach Hause zu Hedda zu laufen. Aber stattdessen reckte sie den Hals und ging ruhig zum Tisch. Ein Fuß vor den anderen, so wie Milla es ihr gezeigt hatte.

Jacks Augen wurden immer größer, je näher sie kam. Aber nicht nur seine. Peter starrte auch, genau wie Tomas und sogar Iben. Aufgerissene Augen, geöffnete Münder, fast so, wie sie es sich vorgestellt hatte.

Laura zog einen Stuhl heran und setzte sich neben Jack.

»Kriegt man hier etwas zu trinken?«, sagte sie zu Peter.

Der Abend verlief besser, als Laura zu hoffen gewagt hatte. Jack schien von ihr verzaubert. Peter auch.

Iben war sichtlich irritiert, während Tomas wie gewöhnlich nichts sagte. Milla ging die meiste Zeit herum und sah zufrieden aus, oder vielleicht erwartungsvoll.

Peter füllte wieder Lauras Weinglas, und sie spürte, wie der Tanzboden leicht zu schwanken begann. Jack nahm seine Zigarettenpackung und klopfte sich eine rote Prince heraus. Laura hob fragend eine Augenbraue. Mehr war nicht nötig, damit er ihr eine anbot. Sie steckte sich die Zigarette zwischen die Lippen, so cool, wie Milla es ihr beigebracht hatte. Dann beugte sie sich zu ihm vor, legte eine Hand auf seine und schaute ihm in die Augen, während er ihr die Zigarette anzündete.

Jacks Wangen wurden rot. Ihr Selbstvertrauen wuchs, und der Wein erfüllte sie mit einem warmen Gefühl. Das war der beste Abend, den sie je gehabt hatte.

Jemand fasste sie grob am Arm.

»Ich will mit dir reden«, zischte Iben. »Zieh deine Jacke an!«

Laura folgte ihr nach draußen, sie ging langsam, damit Iben gezwungen war, stehen zu bleiben und auf sie zu warten, aber auch, um nicht zu stürzen. Die Absätze und der Wein waren keine glückliche Kombination, und sie schwor sich selbst, heute Abend nichts mehr zu trinken.

Sie blieben genau unter der Außenlampe stehen. Das Eis lag weiß da, der Mond schien. Er spiegelte sich in dem schwarzen Auge dort draußen.

»Was soll der Scheiß?«, fragte Iben.

»Was denn?«

»Jack und ich sind zusammen, und trotzdem machst du ihn an.«

»Wie meinst du das?«

Laura tat überrascht, merkte, dass sie wegen des Weins ein bisschen übertrieb.

»Reiß dich zusammen!«

»Ich soll mich zusammenreißen? Du hast gewusst, dass ich in Jack verliebt bin. Aber du hast trotzdem was mit ihm angefangen, ohne es mir zu sagen. Deiner besten Freundin.«

»Ich … dachte, das hätten wir geklärt. Wir dachten, dass es okay für dich ist.«

Da ist dieses Wort wieder. Wir. Als ob Iben und Jack zusammengehörten und miteinander über sie gesprochen hätten.

»Es ist überhaupt nicht okay, verdammt noch mal«, sagte Laura. »Ich kenne Jack schon länger als du. Zwischen uns war immer etwas Besonderes. Aber du hast ausgenutzt, dass ich nicht da war.«

Iben schnaubte.

»Du wohnst hier nicht, Laura, du bist nur eine Touristin. Eine, die in den Ferien auftaucht und lustige Sachen macht. Die umsorgt und verhätschelt wird wie eine verwöhnte Prinzessin. Und jetzt bist du sauer, dass du etwas, auf das du zeigst, nicht haben kannst.«

»Und das sagst ausgerechnet du. Du mit deinen Schulrekorden und super Noten. Iben Jensen, die nie Misserfolge hat. Du bist nur eine schlechte Verliererin. Das hat dir dein Vater offenbar nicht beigebracht.«

Iben kam einen Schritt auf Laura zu und ballte die Hände zu Fäusten. Sie war rot im Gesicht, und ihr Blick brannte auf eine Art und Weise, die Laura noch nie gesehen hatte. Unfreiwillig trat sie zurück, stolperte auf den Absätzen und setzte sich rücklings in eine Schneewehe. Bevor sie aufstehen konnte, packte Iben sie an den Haaren.

»Aua«, jammerte sie und versuchte, Ibens Hand loszuwerden.

»Sprich nicht über meinen Vater«, schrie Iben. »Du hast doch überhaupt keine Ahnung.«

Laura stiegen Tränen in die Augen. Sie versuchte, sich zu befreien und aufzustehen, aber Iben war zu stark.

»Lass sie los!«

Milla war aus dem Nichts aufgetaucht. Sie stand da, wobei sie eine Hand hinter ihrem Rücken versteckte.

Iben drehte sich um.

»Lass los!«

Milla zog die Hand hervor und hob den Schlagstock, den sie im Sommerhaus gestohlen hatte.

»Du glaubst, du bist so verdammt cool«, brummte Iben. »Aber Tomas hat mir erzählt, was ihr treibt. Dass du ihn und Peter dazu gebracht hast, für dich Sachen zu besorgen. Und jetzt hast du Laura auch noch mit reingezogen!«

Sie richtete sich auf und ging einen Schritt auf Milla zu.

»Komm schon. Schlag mich, wenn du dich traust.«

Iben und Milla waren gleich groß, aber Laura zweifelte keine Sekunde daran, wer stärker war. Milla hob den Stock noch höher, aber Iben schien keine Angst zu haben. Stattdessen lachte sie.

»Hedda hat auf jeden Fall endlich kapiert, was du bist. Eine Psychopathin.« Sie lachte spöttisch, so hatte Laura sie noch nie erlebt. »Ich hoffe, du hast viel Spaß in Värmland!«

Iben drehte sich um und ging zurück zum Tanzpavillon. Laura rappelte sich auf und klopfte sich den Schnee vom Po. Ihre Wangen waren heiß.

Milla ließ den Schlagstock langsam sinken. Sah Iben nach.

»Wir müssen etwas gegen sie tun«, sagte sie.

Die Telefonzelle befand sich auf der Rückseite des Haupthauses. Eine Plastiküberdachung, die über einer grünen Metallbox an der Wand hing.

»Komm schon«, flüsterte Milla. »Iben sitzt da drin mit Jack. Wer weiß, was sie über dich erzählt.«

Die Wählscheibe fühlte sich unter Lauras Zeigefinger kalt an und gab jedes Mal ein rasselndes Geräusch von sich, wenn sie losließ. Es klingelte einmal, zweimal, dreimal, viermal.

Sie wollte gerade auflegen, als es im Hörer klickte.

»Jensen.« Das war Fredriks Stimme.

»Iben ist nicht im Kino.« Laura versuchte, den Hörer mit der Hand abzudecken, wie im Film. »Sie ist im Tanzpavillon in Gärdsnäset zusammen mit Jack Olsson. Dem Findelkind!«

44

Warum hast du nie geheiratet, Tante Hedda?
Weil ich viel zu schwierig bin. Solche wie ich leben allein.

Laura erwärmt in der schmutzigen Mikrowelle Teewasser. Dann stellt sie sich ans Küchenfenster und blickt über den See. Es dauert noch etwa eine halbe Stunde bis zum Morgengrauen, und Johnny Millers Lampe leuchtet dort draußen wie immer. Johnny Miller, Peters Schwiegervater.

Sie weiß noch, dass die Leute ihn für verrückt hielten, weil er so viel Geld dafür ausgab, ganz allein dort auf der Nordseite hinter seinen hohen Mauern zu wohnen.

Vielleicht erfanden sie und Iben deshalb die Geschichte vom Troll auf der anderen Seite des Sees? Malten sich aus, hinüberzurudern und seinen Schatz zu stehlen, Vintersjöholm zu kaufen und bis ans Ende ihrer Tage glücklich zu leben. Zwei Prinzessinnen ohne Prinzen.

Jetzt ist nur noch sie da. Allein mit ihren Fragen. Aber eine davon scheint zumindest eine Antwort gefunden zu haben. Alles deutet daraufhin, dass Christian die Grableuchte im Wald angezündet hat. Anfangs fand sie, dass es eine schöne Geste von einem großen Bruder für seine kleine Schwester war, aber dann fiel ihr der Trick mit dem Porträt auf Källegården ein. Es fällt ihr schwer, den Eindruck loszuwerden, dass die Jensens immer noch versuchen, sie zu manipulieren.

Punkt acht ruft sie von Heddas Festnetztelefon Ola im Büro an. Sobald er mit irgendwelchen Problemen anfängt, unterbricht sie ihn.

»Darum muss Marcus sich kümmern. Ihr habt ihn doch wohl erreicht?«

»Jaa …«

Sie braucht nicht weiterzufragen. Olas Tonfall verrät ihr alles, was sie wissen muss. Dass es Marcus gar nicht gefällt, aus dem toten Winkel gezogen worden zu sein.

Sie bemüht sich, nicht zu schmunzeln, aber es gelingt ihr nicht.

»Ich brauche bei einer Sache Hilfe«, sagt sie stattdessen. »Kannst du die wirtschaftlichen Verhältnisse einer Firma namens Jensen und Söhne Bau AG aus Vedarp in Schonen überprüfen?«

»Klar? Darf ich fragen, warum?«

»Es geht um ein Stück Land, das ich hier unten geerbt habe.«

»Aha.«

Im Hintergrund kratzt sein Stift über Papier.

»Noch was?«

»Ja.« Sie zögert einen Augenblick, aber entscheidet sich dann. »Kannst du auch noch Vintersjöholm Development prüfen?«

»Natürlich.«

»Gut. Ruf nicht auf dem Handy an, ich habe hier schlechten Empfang. Ich melde mich lieber später noch mal.«

»Okay.«

In dem Moment, als sie auflegt, hört sie das Motorrad. Sie ärgert sich und freut sich gleichzeitig darüber. Sie hatte vor, weiter in Tante Heddas Sachen zu graben, aber ein bisschen Gesellschaft ist auch nicht verkehrt. Außerdem mag sie Elsa.

Sie dreht Heddas Anschlagtafel um und vergewissert sich, dass sie wie ein unschuldiges Gemälde aussieht, bevor sie die junge Frau hereinlässt.

»Ich dachte, dass du vielleicht Lust auf Frühstück hättest!« Elsa hält eine Papiertüte mit frischen Brötchen hoch.

Nach dem Frühstück machen sie mit dem Aufräumen weiter. Sie tragen Säcke mit Werbung, Pappe, Zeitungen und längst verfallenen Rechnungen hinaus. Dann leere Flaschen, Plastikkanister und kaputte Möbel. Elsa gelingt es, den Schallplattenspieler in der einen Zimmerecke freizuräumen, und zu ihrer beider Verwunderung funktioniert er. Elsa pustet den Staub von der Schallplatte und liest den Titel.

»Es ist eine von Opas Platten«, sagt sie.

Sie klingt überrascht und auch ein bisschen stolz.

Sie setzt den Plattenspieler in Gang. Es ertönt scheppernde Rockmusik, die nicht wirklich Lauras Stil ist. Aber das sagt sie Elsa nicht.

Als Laura von ihrem ungefähr zwanzigsten Gang zum Container zurückkommt, sitzt Elsa auf dem Sofa. Auf dem Tisch vor ihr liegt ein großer Stapel Fotografien aus Heddas Schuhkartons.

»Schau mal, bist das du mit Papa?« Auf dem Bild sind Laura und Peter acht, neun Jahre alt, sie blinzeln gegen die Sonne zum Fotografen. »Man sieht, dass er schon damals in dich verliebt war.«

Elsa legt das Bild weg und greift nach einem anderen.

»Und das ist Iben Jensen. Ihr Bild hängt in der Schule.« Elsa schiebt das Bild so schnell weg, dass Laura es kaum sehen kann. »Aber wer ist der Junge? Es gibt viele Fotos von ihm.«

Elsa hält ein Bild von Jack hoch. Er steht auf einem der Hüttendächer mit einem Hammer in der rechten Hand. Sein Oberkörper ist nackt und sonnengebräunt.

»Das ist Jack«, sagt Laura so neutral sie kann.

»Er sieht gut aus. Wart ihr zusammen?«

Laura schüttelt den Kopf.

»Hatte er eine andere Freundin?«

Sie weicht der Frage aus, setzt sich neben Elsa und schiebt die Bilder hin und her.

Sie findet noch mehr Fotos von Jack, oft mit einem Pinsel oder Hammer in der Hand. Er lächelt immer in die Kamera, mit diesem Blitzen in den blauen Augen, das sie einmal so sehr mochte.

Elsa sucht weiter nach Bildern von ihrem Vater, sie selbst hat einen Stapel mit viel älteren Bildern gefunden.

Fotos von Hedda, als sie jung war. Sie stammen aus unterschiedlichen Teilen der Welt. Hedda auf dem Dach eines staubigen Jeeps mit einer Savanne im Hintergrund. Auf einem Kamel reitend in einer roten Wüste oder mit einem Koala im Arm.

Auf einigen Bildern sind auch andere Leute zu sehen, manchmal für ein Outdoor-Abenteuer gekleidet, manchmal für eine Party. Ein Gesicht zieht Lauras Blick an. Ein blonder junger Mann mit Bart und dunklen Augen. Sie sucht noch mehr Fotos von ihm heraus. Auf zweien hat er den Arm um Hedda gelegt, auf einem küsst sie ihn auf die Wange. Obwohl die Fotografien mindestens fünfundvierzig Jahre alt und die Farben verblasst sind, ist ihre Liebe nicht zu übersehen. Der Mann kommt ihr irgendwie bekannt vor.

Laura versucht, ihn sich älter vorzustellen, mit grauem Bart. Das fällt ihr nicht schwer. Sie weiß, wer er ist, sie hat ihn neulich erst gesehen.

Sie erinnert sich an etwas, das Hedda vor langer Zeit erzählt hat. Von jemandem, in den sie verliebt gewesen war, einer Liebe, die nicht gut endete.

Ein Kerl mit Gitarre.

Sie sammelt schnell die Fotos ein, bevor Elsa sie entdeckt, und nimmt sie mit ins Atelier.

Vom Fenster aus blickt man über den gesamten See. Millers Haus ist weit draußen am Nordufer zu sehen.

Johnny Miller, Elsas Großvater, der Troll auf der anderen Seite des Sees. Er ist der Junge mit der Gitarre. Der Mann, den Hedda einmal geliebt hat. Dessentwegen sie etwas Verrücktes tat und im Gefängnis landete.

Auf einmal scheinen eine ganze Reihe Puzzleteile ihren Platz zu finden. Das Fernglas im Küchenfenster. Johnny Miller, der bei der Beerdigung auftauchte. Hedda, die an manchen Sommerabenden allein auf dem Steg sitzen wollte. Das melancholische Bild draußen im Wohnzimmer, das jetzt als Anschlagtafel dient und die einsame, sehnsuchtsvolle Lampe von Johnny Millers Bootshaus darstellt. Die Musik, die immer noch vom Plattenteller zu hören ist.

Sie blättert wieder in den Fotos. Noch mehr Bilder von Hedda und Johnny fallen heraus, glückliche Bilder, Bilder von zwei Menschen, die sich lieben.

Zwei Bilder kleben aneinander, und als Laura sie trennt, findet sie einen flachen Gegenstand, den sie sofort wiedererkennt.

Ein ID-Band aus Plastik, wie man es im Krankenhaus bekommt. Es war einmal weiß, aber jetzt ist es vom Alter vergilbt. Oben steht Heddas Name, dahinter eine Reihe von Zahlen und darunter zwei Worte, die Laura nach Luft schnappen lassen.

Ängelholms Entbindungsstation.

Laura gelingt es, Elsa zur Mittagszeit loszuwerden. Sie behauptet, ein paar Dinge erledigen zu müssen. Die junge Frau ist enttäuscht, aber sie nimmt ihr die Lüge ab. Außerdem war Laura keine wirklich angenehme Gesellschaft mehr. Das Armband von der Entbindungsstation hat alle anderen Gedanken verdrängt, und sie hat kaum noch auf Ansprache reagiert.

Die Marke kann logischerweise nur eine Bedeutung haben. Und es gibt jemanden, der ihr das bestätigen kann. Sie greift nach Heddas altem Telefon und wählt die lange spanische Nummer.

»Hallo, Mama, ich bin's.«

Sofort hagelt es Vorwürfe.

»Warum hast du unsere Nummer weitergegeben? Das Büro ruft stündlich an, der arme Marcus hat kaum noch einen ruhigen Moment.«

Laura beantwortet die Frage nicht, aber es fällt ihr schwer, das schadenfrohe kleine Lächeln von vorhin zu unterdrücken.

»Wir haben schon geglaubt, dass du irgendeinen Zusammenbruch hattest. Warum gehst du nicht ans Telefon?«

»Es geht mir gut, Mama.«

Eine kurze Pause. Das Rascheln einer Zigarettenpackung.

»Bist du zu Hause?«

Laura zögert ein bisschen zu lange mit der Antwort, sodass ihre Mutter sich die Sache schon denken kann.

»Sag nicht, dass du immer noch in diesem Loch bist?«

»Es gibt ein paar Sachen, die ich klären muss.«

»Was denn? Heddas Altglassammlung sortieren?«

Laura zuckt zusammen.

»Woher weißt du, dass Hedda getrunken hat? Wer hat das gesagt?«

Stille, das Ratschen eines Feuerzeugs. Ein müdes Ausatmen. Dann ein rascher Wechsel in die Märtyrerposition.

»Rufst du mich an, um mich ins Kreuzverhör zu nehmen? Obwohl ich mir seit Tagen Sorgen um dich mache?«

Laura beißt nicht an.

»Hedda hatte Probleme, solange ich sie gekannt habe«, seufzt ihre Mutter. »Alkohol, Marihuana, auch stärkere Sachen, als sie jung war.«

»Und dennoch habt ihr mich bei ihr wohnen lassen?«

»Das war die Idee deines Vaters. Wäre es nach mir gegangen, hättest du niemals deinen Fuß in diese schreckliche Ferienanlage gesetzt. Hedda hat dein Leben zerstört …«

Ihre Mutter unterbricht sich, zieht verärgert an ihrer Zigarette. Laura beschließt, das Thema zu wechseln, die Frage zu stellen, die der Grund ist, warum sie ihre Mutter überhaupt angerufen hat.

»Hat Hedda jemals ein eigenes Kind bekommen?«

»Warum fragst du?«

Die Gegenfrage kommt blitzschnell. Laura hat das bei ihrer Arbeit schon oft erlebt. Es ist ein klassischer Kniff, um nicht über unangenehme Dinge reden zu müssen.

»Ich habe in ihren Sachen ein altes Armband von einer Entbindungsstation gefunden. Ich weiß, dass Hedda in Frankreich ins Gefängnis musste, weil sie ihren Freund niedergeschlagen hatte, und dass Papa ihr geholfen hat. Ich glaube, dass sie schwanger nach Hause kam und dass Papa ihr vielleicht Gärdsnäset gekauft hat, damit sie irgendwohin gehen konnte.«

Sie macht eine Pause, wartet auf Antwort. Eine Weile lang hört sie nur den Atem ihrer Mutter.

»Hedda wusste genau, wie sie mit Jacobs Gefühlen spielen konnte. Und er ging jedes Mal in die Falle. Räumte hinter ihr auf, half ihr auf die Beine.«

Laura hatte ein Leugnen erwartet oder zumindest eine taktische Verzögerung.

»Also habe ich recht? Hedda war schwanger?«

»Ja.«

»Und was wurde aus dem Kind?«

Ihre Mutter stößt Rauch aus, oder vielleicht ist es auch ein Seufzer.

»Hedda war nicht in der Lage, sich um ein Kind zu kümmern, deshalb half dein Vater ihr, es so diskret wie möglich zur Adoption zu freizugeben.«

»Wann war das?«

»Das weiß ich nicht mehr genau, es ist so lange her.«

Das ist gelogen, aber es spielt keine Rolle. Laura hat sich die Antwort schon ausgerechnet.

»Neunzehnhundertneunundsechzig?«, sagt sie.

Sie schreibt die Jahreszahl auf einen Block vor sich und kreist sie mehrmals mit Tinte ein. Sie schafft vier Runden, bevor ihre Mutter antwortet.

»Das könnte stimmen.«

Sie klingt müde, fast wie besiegt.

Nachdem sie das Gespräch beendet haben, setzt sich Laura auf das Sofa und legt den Notizblock vor sich auf den Tisch. Sie schaut auf die eingekreiste Jahreszahl.

1969 – Hedda zieht nach Gärdsnäset. Bringt in Ängelholm ein Kind zur Welt, das sie mithilfe ihres Bruders zur Adoption freigibt.

Sie lässt den Stift ein paar Zeilen hinunterwandern und schreibt eine neue Jahreszahl.

1979 – Hedda hat ihr Leben in Ordnung gebracht, und der zehnjährige Jack Olsson zieht nach Gärdsnäset. Findet endlich einen Platz, an dem er geliebt wird.

Laura sucht zwischen den Fotos auf dem Tisch nach weiteren Bildern von Jack und findet eines von ihm, auf dem er mit einer Gitarre auf den Knien dasitzt. Ihr Herz klopft so stark, dass ihr die Brust wehtut.

Ein Kerl mit Gitarre.

45

WINTER 1987

Iben und Jack standen in einer Ecke des Tanzpavillons. Die Musik vom Gettoblaster übertönte ihre Stimmen, aber es reichte Laura, auf ihre Körpersprache zu achten, um zu verstehen, dass sie sich stritten. Tomas hatte sich zu den Schnapsflaschen gestellt und goss Wodka in ein Glas. Peter saß noch am Tisch. Sein Gesicht leuchtete auf, als Laura hereinkam, aber sobald er ihre Erregung bemerkte, wurde er wieder erst.

»Was ist passiert?«

Bevor Laura antworten konnte, kamen Iben und Jack auf sie zu. Ibens Gesicht war wieder weicher, und der brennende Blick von vorhin war verschwunden. Jack sah verbissen aus.

»Darf ich dich sprechen?«, fragte Iben.

Laura zögerte einen Moment, sah sich nach Milla um. Aber Ibens Stimme klang traurig, nicht feindlich. Außerdem merkte Laura, dass Jack sie beobachtete.

»Klar.«

Iben nahm sie vorsichtig bei der Hand und zog sie mit sich hinter einen Stapel Gartenmöbel, sodass sie außer Sichtweite der anderen kamen.

»Es tut mir leid. Ich weiß nicht, was in mich gefahren ist. Du bist meine beste Freundin, ich wollte nicht … Verzeih mir!«

Iben schniefte und verbarg das Gesicht zwischen den Händen. Laura wusste nicht recht, was sie glauben sollte. Erst vor ein paar Minuten war Iben rasend gewesen und bereit, ihr ins Gesicht zu schlagen. Jetzt weinte sie.

»Schon gut«, brachte sie hervor und klopfte Iben unbeholfen auf den Arm.

Aber Iben schlang die Arme um Lauras Hals und weinte

so, dass sie zitterte. Da liefen auch Laura die Tränen herunter, und der Stein, den sie seit dem ersten Abend im Magen gehabt hatte, wurde leichter.

»Verzeih mir auch«, murmelte sie in Ibens Ohr. »Verzeih mir, verzeih mir, verzeih mir.«

Plötzlich waren aufgeregte Stimmen an der Tür zu hören, gefolgt von einer Art Tumult.

»Komm!«

Iben nahm Laura bei der Hand.

Draußen vor dem Tanzpavillon stand der Van von Ibens Vater mit laufendem Motor und eingeschaltetem Licht. Mitten im Scheinwerferkegel prügelten sich Jack und Ibens Halbbruder Fredrik. Jack schwang wild die Fäuste, aber Fredrik war stärker und offenbar ein geübter Kämpfer. Problemlos parierte er einen Schlag mit der linken Hand und traf Jack mit der rechten im Zwerchfell. Jacks Knie knickten ein, und Fredrik griff nach seinem Kragen. Er hielt ihn aufrecht, schlug noch einmal zu, und dann noch einmal.

»Nein!«, schrien Iben und Laura fast wie aus einem Mund.

Sie stürzten vor, aber Christian, Ibens anderer Halbbruder, war aus der Dunkelheit aufgetaucht und packte seine Schwester.

Laura hieb mit beiden Fäusten auf Fredriks Nacken. Es fühlte sich an, wie gegen eine Wand zu schlagen. Sie hob die Hand, um Fredrik die Augen zu zerkratzen, aber sie kam nicht weit, ehe sein Handrücken sie im Gesicht traf. Durch die Ohrfeige stolperte sie nach hinten. Ihre Lippen brannten, sie fühlten sich warm und klebrig an.

Aus einem Augenwinkel sah sie, wie Fredrik Jack losließ und dieser zu Boden fiel. Iben und Christian schrien sich an, und Iben wand sich, um freizukommen. Währenddessen stürzte Peter von einer Seite heran und warf sich auf Fredriks Rücken. Aber Fredrik schüttelte ihn ab, bekam Peters Arm zu fassen und stieß ihn zu Boden.

Jack kam auf die Knie, aber er hatte noch nicht das Gleichgewicht wiedergefunden, als Fredrik schon über ihm war. Diesmal ging der Schlag ins Gesicht. Er traf ihn mit einem dumpfen, hässlichen Geräusch, sodass Jack nach hinten fiel.

Iben schrie auf, Laura auch. Am Rand des Lichtkegels war Tomas zu sehen, der mit dem Rücken an die Wand des Pavillons gepresst dastand. Laura wankte unsicher zu ihm, während sie versuchte, das Blut von ihren Lippen zu lecken.

»Hilf ihm doch!«, schniefte sie. »Fredrik wird ihn totschlagen.«

Aber Tomas rührte sich nicht. Seine Augen waren aufgerissen, das Gesicht weiß. Seine Kiefer pressten sich aufeinander.

Jack rollte sich auf dem Boden zu einer Kugel zusammen.

»Du Scheißzigeuner!«, brüllte Fredrik in an. »Wir haben dich gewarnt! Wir haben dir gesagt, was passiert, wenn du in ihre Nähe kommst!«

Er hob den Fuß und trat Jack mit voller Kraft.

»Hört auf!«, schrie Iben.

Aber Christian hielt ihre Hände fest und drückte sie an den Van. Tomas war noch immer wie gelähmt. Laura sah sich um und entdeckte Milla, die nur ein paar Meter entfernt stand und das Schauspiel beobachtete. In der Hand hielt sie den Schlagstock.

Laura stolperte zu ihr.

»Tu was!«, keuchte sie.

Milla sah sie verwundert an.

»Warum denn? Das ist doch das, was du wolltest.«

Laura schüttelte energisch den Kopf.

»Nein, das nicht. Nicht …«

Milla grinste höhnisch.

»Hör auf. Du wirst doch gewusst haben, was passiert, wenn du anrufst?«

Fredrik trat noch einmal zu, und sie konnte Jack vor Schmerz stöhnen hören. Sie hatte Eisengeschmack im Mund, Tränen liefen ihr über Wangen und Hals.

Milla beobachtete weiter alles mit einem kleinen Lächeln

auf den Lippen. Lauras Brust fühlte sich heiß an. Ohne nachzudenken riss sie Milla den Schlagstock aus der Hand und rannte auf den Platz. Sie schwang den Stock hoch über ihren Kopf. Der Schlag traf Fredrik schräg auf der Schulter und ließ ihn vor Schmerz aufheulen.

»Du kleines Biest.«

Laura konnte sehen, wie sich die Sehnen an Fredriks Hals zusammenzogen, wie sich seine Hände zu Fäusten ballten und wieder öffneten. Sie hob noch einmal den Stock. Der Abstand zwischen ihnen betrug nur einen Meter, und sie musste schnell zuschlagen, bevor er sich auf sie warf.

Fredrik senkte das Kinn, machte einen Schritt vorwärts. Im selben Augenblick war ein zischendes Geräusch zu hören, direkt hinter Lauras Schulter. Ein dicker weißer Pulverstrahl traf Fredrik mitten im Gesicht und ließ ihn zurückstolpern.

Peter stellte sich vor Laura. In den Händen hielt er den großen Feuerlöscher, der im Pavillon an der Wand gehangen hatte. Er drückte noch einmal den Hebel und verpasste Fredrik eine zweite Dusche.

Fredrik taumelte mit den Händen vor dem Gesicht davon, während er vor Schmerz brüllte. Peter ging ihm nach und sprühte weiter mit dem Feuerlöscher auf ihn, bis Fredrik in eine Schneewehe stolperte. Laura warf sich neben Jack auf die Knie. Sein Gesicht war geschwollen und blutig, er stöhnte.

Peter richtete den Feuerlöscher auf Christian, der immer noch mit Iben kämpfte und sie festhielt.

»Lass sie los!«

Christian zögerte. Er sah zu Fredrik, der ein paar Meter entfernt auf dem Bauch lag und sich fieberhaft Schnee in die Augen rieb.

»Lass sie los!«, schrie Peter wieder. »Sonst sprüh ich dich blind!«

Christian ließ seine Schwester los und hob die Hände.

»Okay, okay. Immer mit der Ruhe, Larsson!«

Iben rannte zu Laura und Jack. Sie saßen beide neben ihm, während der Van langsam davonrollte und alles wieder dunkel wurde.

Nach einer Weile konnte Jack aufstehen. Er blutete stark aus einer Wunde an der Schläfe, und Peter reichte ihm ein Halstuch, das er sich gegen den Kopf presste.

Still kehrten sie in den Tanzpavillon zurück, sanken auf die Stühle um den Tisch und vermieden es, einander anzuschauen.

»Die Goonie-Bande fährt den Sieg ein«, murmelte Peter, aber nicht einmal er selbst konnte über den Scherz lachen.

Tomas und Milla gossen Wodka in Plastikbecher, die sie auf den Tisch stellten.

»Trinkt«, sagte Milla. »Das hilft gegen den Schock.«

Niemand widersprach.

Laura wollte erklären, was passiert war, dass das Auftauchen der Brüder ihre Schuld gewesen war, dass Milla sie dazu ermuntert hatte, dort anzurufen. Stattdessen saß sie einfach still da und trank gehorsam aus dem Plastikbecher, genau wie die anderen. Der Alkohol brannte ihr im Hals, sodass sie husten musste, und sie bemerkte, dass Milla sie fast verächtlich anschaute.

»Noch eine Runde!«

Milla gab Tomas ein Zeichen, ihre Becher zu füllen.

Sie tranken weiter, ohne etwas zu sagen. Jack drückte sich das Halstuch an die Stirn, aber konnte die Blutung nicht stoppen.

Milla schaltete den Gettoblaster ein.

»Sollen wir versuchen, das Fest wieder in Gang zu bringen?«

Sie nickte Tomas zu, der noch eine Runde mit der Flasche machte.

Laura lehnte den Kopf an einen Stapel Möbel hinter sich. Der Adrenalinrausch ließ nach, der Wodka vermischte sich mit dem Wein, den sie vorher getrunken hatte, und ihr Körper fühlte sich träge an. Sie schloss die Augen.

»Prost«, hörte sie Tomas sagen.

Dann ein Scharren, als sich jemand vom Tisch erhob, bevor die Lautstärke aufgedreht wurde und die Musik ihre Gedanken verschluckte.

Laura erwachte davon, dass jemand den Arm um sie legte. Instinktiv drehte sie sich um und lehnte sich an die Schulter, die Jack gehören musste. Sie spürte eine Hand an ihrer Wange, dann, wie jemand die Lippen auf ihre presste. Sie öffnete die Augen und stellte fest, dass es Peter war, der versuchte, sie zu küssen.

»Was machst du da?«

Sie stieß ihn weg und stand auf.

»Ich dachte, du willst es.«

Peter sah beschämt und verletzt aus.

Laura versuchte, den Nebel in ihrem Hirn zu verscheuchen. Sie waren allein im Raum.

»Wie lange habe ich geschlafen?«

»Eine Dreiviertelstunde oder ein bisschen länger.«

»Wo sind die anderen?«

»Tomas war total voll. Ich glaube, er ist draußen und kotzt. Milla und Iben sind mit Jack weg, um ihn zu verarzten.«

Er machte eine Handbewegung in Richtung der Loge hinter der Bühne, wo es eine Toilette gab.

»Was, zusammen?«

Laura konnte sich das nur schwer vorstellen, aber Peter nickte.

»Milla hat es angeboten. Sie macht eine Ausbildung zur Hilfsschwester.«

Laura überlegte einen Moment, ob sie auch hinter die Bühne gehen sollte, beschloss aber stattdessen, hinauszugehen und frische Luft zu schöpfen.

»Warte!« Peter war verlegen. »Also, ich mag dich. Deshalb habe ich …«

Laura ging zum Ausgang, ohne zu antworten. Sie drückte

die Klinke hinunter, aber die Tür öffnete sich nur ein paar Zentimeter, bevor es nicht weiterging. Sie versuchte es noch einmal, mit demselben Ergebnis.

»Jemand hat von außen die Tür versperrt.«

Peter stand auf.

»Das war wahrscheinlich jemand, der wollte, dass wir unsere Ruhe haben.«

Sie gab ihm sein Lächeln nicht zurück, und er änderte schnell seine Miene.

»Ich gehe außen herum und mache auf. Bleib du sitzen.«

Er verschwand Richtung Loge.

Laura ging zum Tisch zurück und setzte sich. Die Flasche, die Tomas vorhin geöffnet hatte, war leer. Sie legte die Arme auf den Tisch und die Stirn auf die Hände. Am liebsten würde sie einfach nach Hause zu Tante Hedda laufen, sich ihr in die Arme werfen und alles erzählen, was in den letzten Tagen passiert war. Zugeben, was sie angestellt hatte, und um Hilfe bitten, das alles wieder zurechtzubiegen.

Fünf Minuten durch den Wald, dann wäre sie zu Hause. Das war ein beruhigender Gedanke. Sie schloss wieder die Augen.

»Es brennt!«

Peters Stimme ließ sie zusammenzucken. Er kam zwischen den Möbelstapeln angestolpert. Seine Augen waren weit aufgerissen, sein Mund stand vor Schreck offen.

Hinter ihm kletterte eine Wand aus Flammen zur Decke hoch. Ein lebendes Wesen, das alles auf seinem Weg verschlang.

46

Sie hämmern an die Tür, bis die Hände vor Schmerz taub sind. Durch den Rauch verkrampfen sich ihre Luftröhren, die Tränen strömen so stark, dass sie kaum etwas sehen. Die Hitze brennt an ihren Rücken. Und dann der Lärm, ein tiefes Grollen, das immer lauter gegen das Trommelfell donnert.

Sie klopfen weiter wild an die Tür. Peter versucht zu rufen, aber alles, was aus seinem Mund kommt, ist ein Husten.

Laura weiß, was sie als Nächstes erwartet. Ein Lichtschein, eine Druckwelle, die sie umschmeißt. Der Geruch nach verbrannter Kleidung, Haare und Haut, die brennen. Der Gedanke, dass es jetzt zu Ende ist. Dass sie jeden Moment tot sein wird.

Aus weiter Ferne hört sie ein Krachen, als die Tür aufgebrochen wird. Dann Schreie, ihre eigenen, die anderer. Jemand hebt sie hoch, trägt sie mit fast unmenschlicher Kraft über der Schulter. Läuft schneller und schneller, erst über Schnee, dann über Eis, auf das schwarze Auge zu, während die Haut auf Lauras Rücken kocht und blubbert wie Lava.

Sie sieht das Wasser näher kommen. Schafft es, Luft zu holen. Die Kälte schneidet ihr in den Körper, lässt die Lava auf ihrem Rücken langsam erlöschen. Sie strampelt mit den Beinen, versucht, an die Oberfläche zu gelangen, kommt aber nirgendwohin.

Etwas hält ihren Fuß fest, und sie öffnet die Augen. Sie starrt in die Finsternis, versucht, sich freizustrampeln. Aber stattdessen wird der Griff fester, sie wird tiefer hinuntergezogen, weg von der Wasseroberfläche. Obwohl die Finsternis zunimmt, sieht sie, was sie festhält. Eine bleiche Frauenhand mit Nägeln wie Klauen. Darunter ein Gesicht, das zugleich schön und furchteinflößend ist.

»Jetzt bist du mein, Laura«, flüstert die Nixe zwischen spitzen Fischzähnen. »Für immer mein.«

Sie erwacht verschwitzt und mit rasendem Herzen. Sie setzt sich so abrupt auf, dass George erschrocken vom Fußende des Bettes auf den Boden springt.

»Es war nur ein Albtraum«, murmelt sie und nimmt die Katze auf die Knie.

Sie hatte diesen Traum seit zwanzig Jahren nicht mehr. Außer dem einen Mal im Winter vor zwei Jahren, als sie ihre Tochter verlor. Sie sieht den kleinen Körper vor sich. Ruft sich den kurzen Moment in Erinnerung, als sie ihn in ihren Armen hielt. So klein, so schön. Und dennoch bleiben von ihrem Kind nur ein winziger Body, ein Papier mit kleinen Hand- und Fußabdrücken und ein Stoffkaninchen in einer Kiste, tief unten in ihrem Kellerverschlag.

Andreas' Telefon ist ausgeschaltet, sie landet direkt bei der Mailbox, was kaum verwunderlich ist. Es ist drei Uhr nachts. »Hallo, ich bin's«, sagte sie nach dem Piep. Sie bereut es aber sofort und bricht das Gespräch ab. Steph hat recht, Andreas und sie sind geschieden. Höchste Zeit, dass sie aufhört, sich an ihn zu lehnen.

Sie setzt George auf den Boden, zieht sich die Schuhe an und geht in die Küche. Dann weiter durch die Tür nach draußen und zum Strand hinunter.

Lauras letzte Erinnerung an Gärdsnäset ist, wie sie auf einer Trage zum Krankenwagen gebracht wird. Obwohl es nur ein kurzes Fragment ist, kommt es ihr unglaublich detailreich vor, es hat sich in ihre Netzhaut eingebrannt.

Das Blaulicht, Menschen in Uniform, die sich in Zeitlupe bewegten. Der Lichtschein des brennenden Tanzpavillons, der sich weit zwischen den Bäumen emporstreckte und die Schatten lang machte. Die Kälte, die sich in ihr so festgebissen hatte, dass ihre Zähne klapperten. Darüber der Übelkeit erregende Gestank nach verkohltem Fleisch.

Tante Hedda war bei ihr und drückte ihre Hand. Sie war durchnässt, Eiskristalle hingen in ihren Haaren. Der eine Jackenärmel war versengt und die Hand darunter schwarz gebrannt. Dennoch wich sie Laura nicht von der Seite, sagte immer wieder ihren Namen, um sie wach zu halten.

Laura, Laura. Liebe Laura, schlaf nicht ein.

Im Wald waren zwei Schatten zu sehen. Ein Scheinwerferlicht wanderte zwischen den Bäumen hindurch und streifte einen kurzen Augenblick lang die Gestalten. Enthüllte Millas löchrige Jeans und die hochgeschlagene Kapuze. Danach Jacks leichenblasses Gesicht. Ihre Rücken, als sie sich umdrehten und wegrannten.

»Das ist der Wagen von Ulf Jensen«, hörte sie jemanden sagen, als sich die Tür des Krankenwagens gerade schloss.

Ihre nächste Erinnerung stammte aus dem Krankenhaus. Mundschutz, Krankenhauskleidung, dünne Wände, durch die man Stimmen hörte.

Erst der Anwalt, der aus Stockholm hergekommen war:

»Der Leichnam wurde heute Morgen gefunden. Furchtbar tragisch. Der Vater des Mädchens hat wohl einen Zusammenbruch erlitten.«

Dann ihre Mutter und ihr Vater:

»Ihr Rücken ist komplett verbrannt. Laura wird für ihr Leben gezeichnet bleiben. Ist dir das klar, Hedda? Das ist deine Schuld!«

»Beruhige dich, Madeleine. Es bringt doch nichts, wenn wir mit Anschuldigungen um uns werfen. Jetzt müssen wir uns auf das Praktische konzentrieren. Was passiert als Nächstes, Adolphson?«

Wieder der Anwalt:

»Ich habe mit den Eltern von Peter Larsson gesprochen und auch mit Polizeiinspektor Sandberg. Der junge Rask ist zum jetzigen Zeitpunkt Hauptverdächtiger, sowohl was den Brand angeht als auch alles andere. Sandberg und ich sind übereingekommen, hier im Krankenhaus ein gemeinsames

Verhör durchzuführen. Es ist wichtig, dass wir uns auf eine Version einigen.«

Tante Hedda. Ihre Stimme klang sowohl wütend als auch verzweifelt:

»Was heißt hier Version? Iben war Lauras beste Freundin. Sie waren alle Freunde.«

Die nächste Erinnerung, einige Tage darauf: Ihr Rollstuhl wurde in ein Zimmer gerollt, wo Peter, der Anwalt aus Stockholm und der Polizist mit der Boxernase an einem Tisch saßen. Alle trugen Krankenhauskleidung wegen der Infektionsgefahr.

»Also, Kinder«, lächelte Sandberg. »Wer glaubt ihr hat das getan?«

»Tomas«, sagte Peter und schielte verschämt zu ihr hinüber.

Nach einer Weile nickte sie zustimmend.

Beim nächsten Erinnerungsbild war sie wieder in ihrem Zimmer. Es war Nacht, die Hälfte der Lampen im Flur war ausgeschaltet. Jack saß neben ihrem Bett. Sein Gesicht war weiß, der Blick voll Angst.

Sie sind hinter mir her. Ich muss weg!

Er beugte sich vor, küsste sie so sanft, dass sie am nächsten Morgen glaubte, es sei ein Fiebertraum gewesen. Aber auf dem Tisch neben ihr lag das Foto vom Steg. Die ganze Clique in einem letzten glücklichen Moment.

Vergiss uns nicht, Prinzessin!

Und dann war alles vorbei. Zwei Tage später flog ihr Vater sie in einem gecharterten Krankentransport zurück nach Hongkong. Sie konnte sich nicht einmal von Tante Hedda verabschieden. Erst später, als die Briefe von Hedda ausblieben, verstand sie, warum. Hedda war wütend, nicht nur auf ihre Eltern, sondern auch auf sie. Vielleicht hatte ihr Milla von dem Anruf erzählt, als eine Art Rache dafür, dass sie weggeschickt worden war. Oder Hedda hatte es auf andere Art herausgefunden. Egal, wie ihre Tante von der Sache erfahren hatte, so war die Wahrheit doch stets dieselbe: Wenn sie nicht in Källegården angerufen hätte, nicht Jack und Iben verpetzt hätte, dann wäre der Brand niemals passiert. Iben würde immer noch leben, und Jack hätte nicht fliehen müssen.

In Hongkong wurde sie ins Saint Paul's eingeliefert. Die beste Versorgung, die für Geld zu haben war, sagte ihr Vater. Ihre Mutter sprach stundenlang mit den Ärzten über Hauttransplantationen und Therapien, darüber, wie man so schnell wie möglich alle Spuren vom Vintersjö ausradieren konnte.

Die Narben, die Erinnerungen, die Menschen.

Was damals niemand von ihnen begriff, war, dass ihr die Wassernixe in jener Nacht etwas mitgegeben hatte. Einen Virus, der sich an ihren Nervenenden verbarg, ein Winterfeuer, das zugleich heiß und kalt brannte und sie niemals, niemals würde vergessen lassen, was geschehen war.

Laura füllt die Lungen mit der kalten Nachtluft und atmet dort am Strand Dampf in den Himmel aus.

Weit draußen auf dem Eis starrt das schwarze Auge sie an.

47

Der Schotterweg auf der Nordseite des Sees ist schmal und zieht sich am Berghang entlang. Es geht immer weiter hinauf, bis die Eisdecke unten kaum noch zu sehen ist.

Zu beiden Seiten der Straße wächst dichter Laubwald. Gerade Stämme und kahle Zweige, die sich gegen den grauen Winterhimmel abzeichnen. Die Schneedecke zwischen den Bäumen sieht dicker aus als auf der Südseite.

Einmal kommt ihr jemand entgegen, und sie ist gezwungen, so weit an den Straßenrand ausweichen, dass der Wagen sich gefährlich zur Seite neigt. Der Fahrer des anderen Wagens, ein Mann um die fünfzig mit Baseballkappe und Sonnenbrille, schaut sie kaum an.

Die Abzweigung zu Johnny Millers Haus ist mit einem gelb-roten Straßenschild gekennzeichnet und einer Tafel mit dem Hinweis *Privat*. Der Weg schlängelt sich den Hang hinunter und wird erst unmittelbar vor einer hohen Mauer mit einem großen Eisentor eben. An einem Torpfosten hängt eine Überwachungskamera. Das Haus ist groß und liegt ganz draußen auf einer Landzunge, umgeben von Wasser, genau wie Heddas Haus auf der anderen Seite des Sees.

Am Tor befindet sich eine Klingelanlage, und Laura drückt den Knopf. Es klingelt, ohne dass eine Antwort kommt. Sie geht noch einmal alles im Kopf durch. Heddas Beziehung zu Johnny Miller kann natürlich eine falsche Spur sein. Auf Heddas Anschlagtafel gab es keine Andeutung, dass Miller im Mindesten mit der Sache zu tun hatte.

Laura versucht, sich an Heddas Gesicht zu erinnern, als sie erfuhr, dass Laura in Jack verliebt, er aber mit Iben zusammen war. Hatte sie erleichtert gewirkt? Das müsste sie in jedem Fall gewesen sein, denn wenn Laura recht hat, waren Jack und sie Cousin und Cousine.

Wusste Jack, wie die Dinge lagen? Das glaubt Laura nicht. Jedenfalls wusste er wohl nicht, wer sein Vater war. Aber was passiert, wenn Jack wirklich Heddas biologischer Sohn ist? Dann gehört Gärdsnäset ihm, was bedeutet, dass sie es unmöglich verkaufen kann, ohne mit ihm gesprochen zu haben.

Ist das der eigentliche Grund, warum sie hier ist? Um sich eine wasserdichte Ausrede dafür zu besorgen, ihn richtig zu suchen? Oder glaubt sie aus irgendeinem Grund, dass Heddas fünfundvierzig Jahre zurückliegende Liebesgeschichte mit ihrem Tod zu tun hat? Alles gute Fragen. Leider hat sie nicht einmal ansatzweise Antworten darauf. Zumindest noch nicht.

Eine große Schar Gänse fliegt über den See. Fünfzig, sechzig Vögel in einer fast perfekten V-Formation auf dem Weg zum Meer. Ihr klagender Ruf hallt über den See. Überwinterer, ungefähr wie Hedda.

Sie drückt noch einmal auf den Klingelknopf.

»Hallo?«, ertönt eine raue Männerstimme.

»Hallo, ich suche Johnny Miller.«

»Aha, worum geht es?«

»Mein Name ist Laura Aulin. Sie kannten meine Tante Hedda. Hedda Aulin von Gärdsnäset.«

In der Gegensprachanlage wird es still. Zuerst glaubt Laura, der Mann hätte einfach aufgelegt, aber dann beginnt das große Tor sich langsam zu öffnen.

Das weiß verputzte Haus ist zweistöckig, mit einem Turm an der einen Breitseite, der sich vom Boden ein gutes Stück über das Dach erhebt.

Johnny Miller öffnet selbst die Tür. Er sieht in etwa so aus wie neulich, mit einem üppigen weißen Bart und dunkel getönten Brillengläsern.

»Kommen Sie rein.«

Er führt sie in ein gigantisches Wohnzimmer, das nach hinten hinausgeht. Unten am Steg sieht sie das Bootshaus. Sie denkt an die Lampe, die dort jede Nacht brennt, Jahr für Jahr. Die Hedda in ihr Bild gemalt hat.

»Möchten Sie Kaffee?«

»Tee, wenn's geht.«

Er verschwindet, sodass sie die Gelegenheit bekommt, das Zimmer zu erforschen. An den Wänden hängen Gold- und Platin-Schallplatten gemischt mit Fotografien und eingerahmten Konzertplakaten. Budokan, Whiskey a go go, Madison Square Garden. Es gibt fünf verschiedene Gitarren im Raum und einen riesigen Flügel. Das Zimmer riecht leicht nach Chesterfieldmöbeln und nach einem Geruch, der sich nicht auslüften lässt, den sie in Heddas Haus bemerkt hat und den sie in gewissen Momenten sogar zu Hause in ihrem eigenen, neu gebauten Heim wahrzunehmen glaubt: Einsamkeit.

Dank Wikipedia weiß sie, dass Johnny Miller eigentlich John Mellgren heißt und 1945 geboren ist, dass seine große Zeit von den frühen Siebziger- bis Ende der Achtzigerjahre dauerte und er sich 1994 aus der Öffentlichkeit zurückgezogen hat. Sie weiß auch, dass er aus steuerlichen Gründen zeitweise in Irland und auf Zypern gelebt hat und dass Elsas Mutter Victoria sein einziges Kind war, das aus seiner zweiten Ehe hervorging.

Johnny Miller kommt mit einem Tablett ins Zimmer zurück und stellt es auf den Couchtisch. Mit einer entschuldigenden Geste räumt er einige Zeitungen und Bücher beiseite.

»Hier ist es ein bisschen unordentlich. Ich bekomme nicht oft Besuch.«

Sie setzt sich in einen Sessel, nimmt die Teetasse entgegen, die er ihr reicht.

»Also, Laura Aulin, was wollen Sie von mir?«

Er schenkt sich selbst Kaffee ein und setzt sich ihr gegenüber auf das Sofa.

»Das letzte Mal haben wir uns auf Heddas Beerdigung gesehen«, beginnt sie. »Der große Blumenkranz auf dem Sarg, der war wohl von Ihnen?«

Johnny Miller gibt sich Zucker in den Kaffee und macht ein Gesicht, das weder bestätigt noch verneint, was sie gesagt hat.

»Ich habe Heddas alte Fotos gesehen. Sie kannten sich in den Sechzigerjahren.«

Er trinkt langsam aus seiner Kaffeetasse, immer noch ohne das geringste Anzeichen dafür, dass er sich an der Konversation beteiligen will. Also beschließt sie, etwas drastischer vorzugehen.

»Sie hat Ihnen eine Flasche auf den Kopf geschlagen. Ich gehe davon aus, dass Sie es verdient hatten.«

Johnny Miller verschluckt sich an seinem Kaffee und bekommt einen kräftigen Hustenanfall, sodass sie nahe daran ist, aufzustehen und ihm auf den Rücken zu klopfen.

»Sie sind wirklich Heddas Nichte«, brummt er, als seine Gesichtsfarbe wieder einen normalen Ton angenommen hat. »Sie haben den gleichen Charakter und sehen gleich aus.«

Vorsichtig trinkt er noch einen Schluck Kaffee. Sein bisher so starres Gesicht wirkt jetzt ein bisschen weicher.

»Hedda und ich haben uns auf einem Fest in Paris getroffen. Ich war es gewohnt, alle Mädchen zu kriegen, die ich wollte, und war wohl ehrlich gesagt damals ziemlich unerträglich. Aber Hedda hat mir sofort meinen Platz gezeigt. Ich habe mich am selben Abend in sie verliebt.« Er lächelt versonnen. »Wir waren eine ganze Weile zusammen. Sie kam mit mir auf Tournee. Ich vergötterte Hedda. Ich war viel verliebter in sie als sie in mich.«

»Warum ging es auseinander?«

Er zuckt mit den Schultern.

»Es gab damals viele Partys. Alkohol, Drogen. Wir waren jung und dumm. Vor allem ich.«

»Und Sie hatten vergessen, ihr zu erzählen, dass Sie schon verheiratet waren.«

Er seufzt tief.

»Ein dumme Sache im Suff, eine Las-Vegas-Hochzeit mit einem Mädel, das ich kaum kannte. Es war schon nach ein paar Monaten vorbei. Aber keiner von uns hatte die Scheidungsformulare ausgefüllt.«

»Deshalb zog Ihnen Hedda eine Flasche über den Kopf.«

Er nickt.

»Ihre Tante war schrecklich launisch. Außerdem waren wir auf Drogen und betrunken. Es war nicht ihre Schuld.«

»Was geschah dann?«

»Ihr Bruder tauchte auf. Er sorgte dafür, dass sie die kürzest mögliche Strafe bekam, und nahm sie dann mit nach Schweden.«

»Das war mein Vater. Und was machten Sie in der Zeit?«

Johnny Miller verzieht beschämt das Gesicht.

»Ich hielt mich zurück. Mein Manager fand, dass es so am besten wäre. Ich versteckte mich in einem Tonstudio in LA. Aber ehrlich gesagt habe ich dort nicht viel zustande gebracht.«

»Haben Sie später wieder voneinander gehört?«

»Ich habe ihr geschrieben, aber sie hat nicht geantwortet. Also bin ich schließlich hierhergefahren und habe sie aufgesucht. Sie hat mich rausgeschmissen und gesagt, dass sie mich nie mehr sehen will.«

»Aber Sie haben nicht aufgegeben?«

Er schüttelt den Kopf.

»Ich habe dieses Grundstück gekauft und das Haus gebaut. Ich habe gehofft, sie würde ihre Meinung ändern.«

»Aber das tat sie nicht.«

Erneutes Kopfschütteln, diesmal trauriger.

»Dann haben Sie wieder geheiratet und eine Tochter bekommen?«

»Ja. Peter hat sicher von Victorias Autounfall erzählt.«

»Ich habe sowohl seine als auch Elsas Version gehört.«

Johnny Miller nimmt einen Schluck Kaffee.

»Der arme Peter hat Victoria vergöttert, er sagt immer noch kein einziges schlechtes Wort über sie. Aber Elsa ist ein kluges Mädchen.« Er lächelt schief. »Vielleicht ist es schlimm, das über sein eigenes Kind zu sagen, aber Victoria war ein egoistischer Mensch. Sie hat ihre eigenen Bedürfnisse immer an erste Stelle gesetzt. Sogar vor die von Elsa. Das war meine Schuld, ich habe ihr alles gegeben, was sie wollte. Ich dachte wohl, dass gute Eltern das so machen.«

»Warum hat sie Peter geheiratet? Sie konnte doch wahrscheinlich jeden haben? Warum einen aus dem Dorf?«

»Peter war ein stabiler Junge. Außerdem gut in seinem Job. Damals war er Mordermittler. Anfangs fand sie das wahrscheinlich spannend. Ein bisschen wie in einem Fernsehkrimi.«

Er hebt seine Kaffeetasse, zögert.

»Aber Victoria verlor schnell die Lust. Reichtum ist kein Impfstoff gegen Unglück, wie Sie sicher wissen.« Er trinkt einen Schluck. »Hat Hedda jemals über mich gesprochen?«

Laura schüttelt den Kopf.

»Nicht, soweit ich mich erinnere. Aber wir haben den Kontakt verloren nach …«

»Dem Brand. Ja, Peter hat mir alles erzählt. Tragische Geschichte mit diesem Jensen-Mädchen. Ich kenne ihren Vater ein bisschen, habe dem Sportverein immer wieder etwas gespendet. Ein guter Mann. Wir wissen beide, wie es ist, eine Tochter zu verlieren.«

Laura sammelt sich. Sie hat hin und her überlegt, aber Johnny Millers trauriger Blick hilft ihr bei der Entscheidung.

»Kurz nachdem Hedda hierhergezogen war, hat sie ein Kind bekommen. Mein Vater half ihr, es adoptieren zu lassen. Aber als der Junge zehn war, kam er wieder hierher. Er wuchs auf Gärdsnäset auf, wahrscheinlich ohne zu wissen, dass Hedda seine biologische Mutter war. Nach dem Brand verschwand er von hier, genau wie ich.«

Johnny Miller ist ein bisschen blass geworden.

»Der Junge hieß Jack«, fährt sie fort. »Und ich bin mir ziemlich sicher, dass er das Kind von Hedda und Ihnen war.«

Johnny Miller sitzt eine Minute lang schweigend da, seine Augen sind feucht.

»Ich muss Sie bitten, jetzt zu gehen«, sagt er schließlich mit schwacher Stimme.

Draußen im Wagen stellt Laura wieder fest, dass ihr Telefon voller verpasster Anrufe ist. Vier davon sind von Andreas, weiter unten erscheinen sowohl die Nummer von Steph als auch die von ihrer Mutter.

Es ist ihre eigene Schuld. Die Lage hatte sich gerade beruhigt, aber ihr nächtlicher Anruf bei Andreas und das Verhör mit ihrer Mutter haben den Zirkus natürlich wieder in Gang gesetzt.

Sie schaltet das Telefon aus und wirft es auf den Beifahrersitz. Dann schaut sie zu dem großen Haus auf. Gott weiß wie viele Jahre hat der einsame alte Mann dort drin eine Lampe für Hedda brennen lassen. Er lebte sein Leben auf Sparflamme, während er vergebens darauf hoffte, dass sie zu ihm zurückkommen würde.

Sie startet den Wagen. Als sich das Tor hinter ihr schließt und sie das düstere Anwesen verlässt, ist sie ein bisschen erleichtert.

Auf dem Weg Richtung Gärdsnäset kommt ihr ein dunkler Volvo entgegen, und ihr scheint es, als würde der Fahrer ihr zuwinken, aber sie erkennt nicht, wer es ist. Im Rückspiegel sieht sie, dass der Fahrer einen U-Turn macht und ihr hinterherfährt.

Blaue und rote Lichter leuchten vorne auf.

Ein Polizeifahrzeug. Sie wird langsamer, fährt an den Straßenrand und bleibt stehen. Der Fahrer steigt aus und kommt zu ihrem Seitenfenster. Es ist Peter.

»Ich habe versucht, dich anzurufen, aber du gehst nicht ran.«

»Nein. Die Arbeit ruft dauernd an, deshalb habe ich das Telefon meistens ausgeschaltet.«

»Okay, also. Ich habe mir die Notiz zu diesem anonymen Anruf genauer angeschaut. Damals wurden die Anrufe über eine zentrale Vermittlung innerhalb des Bezirks weitergeleitet, wenn niemand auf der Wache war, und ausgerechnet dieser Anruf landete im Nachbarbezirk bei der Polizei von Nedanås statt in Vedarp. Also habe ich dort angerufen.«

»Aha, und was sagen die?«

»Es stellte sich heraus, dass der Kollege, der die Anzeige 1987 entgegennahm, sehr diensteifrig war. Henry Morell, er wurde später tatsächlich der Polizeichef von Nedanås. Wie auch immer …«

Peter steckt die Hand in seine Innentasche und zieht eine alte Kassette heraus.

»Morell hat Teile des Gesprächs auf Band aufgenommen. Es lag immer noch tief unten in ihrem Archiv. Wahrscheinlich ist das Band total vertrocknet, es besteht also das Risiko, dass es reißt, wenn wir es in einen gewöhnlichen Kassettenrekorder stecken. Aber ich kenne einen Tontechniker, der manchmal für die Polizei arbeitet. Er wohnt eine halbe Stunde von hier, deshalb wollte ich dich fragen, ob du Lust auf ein kleines Goonies-Abenteuer hättest?«

Sie nehmen seinen Wagen und lassen ihren in Gärdsnäset.

»Ich habe übrigens gehört, dass du Elsa getroffen hast«, sagt er. »Sie hat erzählt, dass jemand im Dorf deinen Wagen zerkratzt hat. Das solltest du anzeigen.«

»Rechnest du damit, einen Schuldigen zu fassen?«

Er schnaubt, eine Mischung aus Lachen und Resignation.

»Ich mag Elsa«, sagt sie. »Ein cooles Mädchen.«

Peter sieht zufriedener aus.

»Wie gesagt, nach dem Tod von Victoria hatte sie es ziemlich schwer.«

»Wie schwer?«

»Schwänzte die Schule. Hatte schlechte Noten. Probleme, Freunde zu finden. Sie ist lieber allein, sagt sie. Elsa glaubt, dass ich nicht weiß, dass sie mit ihrem Motorrad im Wald herumfährt.« Er schüttelt den Kopf. »Eigentlich sollte ich es wohl wegschließen.«

Sie sitzen eine Weile schweigend da.

»Da ist etwas, worüber ich nachgedacht habe«, sagt sie. »Über den Brand im Tanzpavillon. Und das Nachspiel.«

»Ja?«

»Milla und Iben haben Jack mit auf die Toilette hinter der Bühne genommen, um ihn zu verbinden. Aber dann war Iben allein dort, als es anfing zu brennen. Warum?«

»Laut Zeugenaussage von Milla und Jack blutete Jack stark, und sie bekamen die Blutung nicht gestoppt. Milla hatte Verbandsmaterial in ihrer Hütte, deshalb gingen sie zu ihr.«

»Nur die beiden, ohne Iben?«

»Iben musste aufs Klo und sollte dann nachkommen. Aber offensichtlich war sie nach der Sache mit ihren Brüdern ziemlich nervös, vielleicht traute sie sich also nicht, den Pavillon zu verlassen. Milla deutete das in ihrer Befragung jedenfalls an.«

»Wie sind sie rausgegangen?«

»Durch die Hintertür. Das war schließlich der kürzeste Weg, wenn man sich in der Loge befand.«

»Warst du nicht auch auf dem Weg dorthin?«

»Ja, aber das Feuer breitete sich blitzschnell aus, es gab keine Chance, dran vorbeizukommen.«

»Hast du gesehen, wo Tomas war?«

Er schüttelt den Kopf, ohne den Blick von der Straße zu nehmen.

»Hat man jemals herausgefunden, wer die Klinke des Haupteingangs blockiert hat?«

»In seinem Geständnis sagte Tomas, dass er den Brand gelegt hat und durch die Hintertür rausgerannt ist. Er hat die große Tür nicht erwähnt. Aber später, als Sandberg ihn drängte, änderte Tomas seine Aussage und sagte, er hätte die Klinke blockiert. Aber er hat nie erklärt, warum.«

»Und was glaubst du? War er es?«

Peter antwortet nicht, zeigt stattdessen auf ein Haus weiter vorne an der Straße. *Hellrec Studios,* steht auf einem kleinen Schild.

»Wir sind da.«

Der Tontechniker heißt Lelle, ist um die sechzig, trägt eine dicke Brille und hat spärliches Haar. Das Studio befindet sich in der Garage und ist deutlich imponierender, als es der bescheidenen Fassade nach aussieht. Es gibt dort massenhaft technische Apparate, und an der einen Wand steht ein großes Mischpult mit drei miteinander verbundenen Bildschirmen.

Lelle hantiert eine Weile mit der Kassette und erläutert, welche Methode er anwendet, damit das fragile, schmale Band nicht reißt, wenn es in das Abspielgerät gesteckt wird. Laura hört nur mit halbem Ohr zu. Stattdessen versucht sie, sich Jack in Millas Hütte vorzustellen, wie Milla ihn versorgt, einen Verband um seine verletzte Stirn legt. Warum machte sie das? Hatte sie wegen des Streits ein schlechtes Gewissen?

»So«, sagt Lelle. »Ich habe eine digitale Kopie der Aufnahme gemacht. Die Tonqualität ist ziemlich schlecht, aber ich versuche, sie zu verbessern. Ihr bekommt eine Kopie, wenn alles fertig ist.«

Er bewegt den Cursor über einen der Bildschirme. Aus den Lautsprechern ist ein Kratzen zu hören, ein dumpfer Schlag, gefolgt von einer tiefen Stimme, die breites Schonisch spricht.

»Können Sie das bitte wiederholen?«

Laura vermutet, dass das der Polizist ist, der gerade das Tonbandgerät in Gang gesetzt hat.

Eine dumpfe, belegte Stimme ist zu hören, dann ein Rascheln, als jemand ans Mikrofon kommt.

»… Källegården … seine Tochter.«

»Entschuldigung, die Verbindung ist etwas schlecht«, sagt der Polizist.

»Källegården. Bei Vedarp. Ulf Jensen. Er macht sich an seine Tochter ran.«

Die Stimme ist immer noch undeutlich. Sie klingt wie die eines jungen Mannes, und Laura versucht, sie mit ihrer Erinnerung an Jacks Stimme zu vergleichen.

»Wahrscheinlich hat der Anrufer was über den Hörer gelegt«, erklärt Lelle.

Er bewegt den Cursor und verändert ein paar Regler am Bildschirm.

»Wie meinen Sie das? Was macht er mit seiner Tochter?«, fragt der Polizist.

»Er zwingt sie, in seinem Bett zu schlafen. Macht Sachen mit ihr, schlimme Sachen.«

Die Stimme ist jetzt ein bisschen deutlicher. Ist es Jack, den sie da zum ersten Mal seit 1987 hört? Sie beugt sich näher an die Lautsprecher, und Peter ebenfalls. Ein mechanisches Klicken ist zu hören, danach wird das Gespräch jäh unterbrochen.

Lelle bewegt den Cursor über den Monitor. Er spielt die letzte Sequenz noch einmal ab und kann das Klicken verstärken.

»Eine Telefonzelle«, sagt er bestimmt. »Eine von diesen alten grünen aus Metall. Erinnert ihr euch an sie?«

»Von denen gab es in Vedarp nur zwei, da bin ich mir ziemlich sicher«, sagt Peter. »Eine auf dem Marktplatz im Dorf.«

»Und eine auf der Rückseite des Haupthauses in Gärdsnäset«, ergänzt Laura.

Sie sieht vor sich, wie Jack dort steht, die Nummer der Polizei wählt, den Hörer mit einem Halstuch abdeckt.

Lelle spult die Aufnahme zurück, hantiert noch einmal mit den Reglern. Die Stimme des Anrufers kehrt zurück, diesmal fast ohne den dumpfen Filter.

»Er zwingt sie, in seinem Bett zu schlafen. Macht Sachen mit ihr, schlimme Sachen.«

Laura keucht auf. Die Stimme ist zwar tief, als würde sich der Anrufer bemühen, sie zu verstellen, aber es ist klar, dass sie einer jungen Frau gehört.

»Das ist …«, sagt sie und wendet sich an Peter. »Das ist Ibens Stimme.«

48

Sie sitzen lange schweigend im Auto. Sowohl Peter als auch Laura versuchen zu verarbeiten, was sie gerade gehört haben und was das bedeutet.

»Sie klang total verängstigt«, sagt Laura schließlich, als sie sich Vedarp nähern.

Peter antwortet nicht, er starrt nur geradeaus auf den dunklen Weg. Ohne Vorwarnung biegt er in eine Parklücke ein und schaltet den Motor aus. Dann dreht er sich zu ihr um.

»Was treibst du eigentlich für ein Spiel?«, fragt er.

»Wie meinst du das?«

»Zuerst bist du lediglich aufgetaucht, um dich um die Beerdigung und den Verkauf zu kümmern. Du warst im Prinzip schon wieder weg. Aber stattdessen ziehst du plötzlich in Gärdsnäset ein und beginnst, in der Vergangenheit zu wühlen.«

Die Frage ist logisch, sie hat schon seit einer Weile darauf gewartet. Fast ist sie verwundert darüber, dass es so lange gedauert hat. Sie beschließt, die Wahrheit zu sagen, von den beiden Angeboten für Gärdsnäset und Heddas Entscheidungstafel zu erzählen. Erstaunlicherweise ist das beinahe eine Erleichterung.

Peter starrt sie an, als versuche er dahinterzukommen, ob sie sich das alles nur ausdenkt, also redet sie weiter, berichtet von dem Essen auf Källegården, den ökonomischen Schwierigkeiten der Familie Jensen und schließlich von dem Brief, den Tomas an Hedda geschickt hat.

»Und du glaubst, dass das alles irgendwie mit Heddas Tod zusammenhängt?«

Sie nickt.

»Warum hast du mir das nicht früher erzählt? Als du nach Iben und Ulf gefragt hast?«

»Weil …«

Sie zögert die Antwort lange genug hinaus, sodass er sie sich selbst beantworten kann.

»Du hast mir nicht vertraut?«

Sie hat erwartet, dass er wütend würde, aber Peter sieht eher belustigt aus.

»Aber jetzt glaubst du nicht mehr, dass ich in diese … was auch immer verwickelt bin?«

»Nein.«

Das stimmt nicht ganz. Sie hat noch nicht das »wir« in Tomas' erstem Brief erwähnt. Sie weiß, dass Peter Kontakt zu Tomas hat, weiß, dass er es ihr verschweigt. Aber er weiß nicht, dass sie es weiß, was ihr immer noch einen Vorsprung verschafft.

»Gut«, nickt Peter. »Denn wir verdächtigen also Ibens Vater, ein unerhört ernstes Verbrechen begangen zu haben. Ulf Jensen, den die ganze Kommune kennt und respektiert. Der sogar einen Orden vom König bekommen hat.«

Er wird still, der belustigte Ausdruck ist verschwunden.

»Arme Iben …« Laura zittert trotz der Wärme im Auto. »Sie war verzweifelt genug, der Polizei einen anonymen Hinweis zu geben. Sie rief um Hilfe, und dann kam niemand. Weder die Polizei noch das Jugendamt oder sonst jemand.«

Peter schüttelt den Kopf.

»Hat sie dir nie etwas gesagt?«

»Nein. Ich bin wirklich alle meine Erinnerungen durchgegangen. Und dir?«

»Keinen Ton. Oder ich war einfach zu jung und zu dumm, um es zu kapieren. Ulf war immer da. Hat sie abgeholt, wollte wissen, wo sie ist.«

»Glaubst du, die Brüder haben gewusst, was vor sich ging?«

»Vielleicht, vielleicht nicht. Aber nach dem, was Christian dir gestern Abend gesagt hat, scheinen sie auf jeden Fall sehr daran interessiert, die Sache unter Verschluss zu halten.«

»Willst du sie befragen?«

»Nein.«

»Warum nicht?«

Er seufzt, breitet die Arme aus.

»Zum einen ist die Tat schon lange verjährt, zum anderen ist die Klägerin verstorben.«

»Das stimmt. Aber vielleicht geht es um Mord.«

Laura schweigt ein paar Sekunden lang.

»Stell dir vor, dass es das war – Mord?« Sie sieht sein Gesicht und beeilt sich fortzufahren. »Stell dir vor, Ibens Tod hat mit dem Anruf bei der Polizei zu tun? Dass jemand sie zum Schweigen bringen wollte? Du musst zugeben, dass es einige Fragezeichen bezüglich des Brandes gibt. Iben war ganz allein dort hinter der Bühne. Jemand kann reingekommen und sie getötet und dann Feuer gelegt haben, um das Verbrechen zu vertuschen.«

Sie hält eine Hand hoch, um ihn davon abzuhalten, sie zu unterbrechen.

»Unmittelbar bevor sie starb, interessierte sich Hedda sowohl für den Brand als auch für Iben. Sie zögerte den Verkauf von Gärdsnäset hinaus, während sie nach Antworten suchte. Aber sie starb, bevor sie die bekommen hatte. Und sobald ich aufgetaucht bin und angefangen habe, Fragen zu stellen, fing es in der Gegend wieder an zu brennen. Jemand hat sogar versucht, mich wegen der Brände dranzukriegen, und die Leute im Dorf dazu gebracht, mir zu misstrauen, alles, damit ich verkaufe und so schnell wie möglich von hier verschwinde.«

Sie verstummt, wartet auf Peters Protest. Aber er schweigt nur.

Ohne ein Wort startet er den Motor und fährt aus der Parklücke.

»Wohin fahren wir?«

»Wir treffen einen alten Freund«, sagt er in einem Ton, der keine weiteren Fragen duldet.

Nach einigen Kilometern verlässt er die Hauptstraße und fährt auf einen schmalen Schotterweg, der den nördlichen

Bergkamm hinaufklettert. Ein paar Minuten lang ist sie davon überzeugt, dass sie zu Johnny Millers Haus fahren, und sie überlegt, ob sie beichten soll, dass sie gerade erst dort gewesen ist und aus welchem Grund. Aber Peter fährt an der Zufahrt vorbei und folgt weiter dem kurvigen Weg, immer tiefer in die Dunkelheit.

Sie sieht ein weißes Schild mit Symbolen für Wanderpfade und der Aufschrift *Snapphanestallarna*. Im Sommer fuhr ihre Clique manchmal dorthin. Sie grillten dort abends an einem der Lagerplätze.

Peter fährt an dem Schild vorbei und biegt in einen kleinen Forstweg ab. Der Wald verändert seinen Charakter, geht von Laub- in Nadelwald über. Der Weg ist kaum noch als Weg zu bezeichnen, es sind nur zwei Reifenspuren im Schnee, und Peter versucht, so schnell wie möglich zu fahren, um nicht stecken zu bleiben. Sie hätten ihren Wagen nehmen sollen, ihr vierradgetriebener Panzerwagen hätte das problemlos geschafft. Sie sollte fragen, zu wem sie auf dem Weg sind, aber Peter ist vollauf mit Fahren beschäftigt. Außerdem ahnt sie die Antwort bereits.

Sie erreichen eine kleine Anhöhe, und Peter bleibt neben einem parkenden Wagen stehen, einem klapprigen Golf, bei dem weder auf dem Dach noch auf der Motorhaube Schnee liegt.

Die Luft ist klar und kalt. Von hier oben überblickt man den ganzen See. Die Lichter von Vedarp und die von Johnny Millers riesiger Villa. Auf der entgegengesetzten Seite sieht man einen schwachen Lichtpunkt, der die Außenlampe von Heddas Haus sein muss. Weiter unten links, am östlichen Ufer des Sees, erkennt sie die Türme vom Schloss Vintersjöholm. Das Eis liegt wie eine Decke fast über dem gesamten See, aber in der Mitte glänzt das schwarze Auge. Das Auge, das niemals blinkt, nie zufriert, weil es von der unterirdischen Quelle offen gehalten wird. Laura schaudert, wickelt sich ihren Schal einmal extra um den Hals.

»Komm«, sagt Peter und zeigt zwischen die Bäume. »Wir müssen da entlang.«

Sie folgen einem Pfad ungefähr hundert Meter in den Wald hinein, bevor sie einen schwachen Lichtschein sehen. Als sie näher heran sind, entdeckt Laura, dass das Licht aus einem alten Arbeitsschuppen kommt, der zur Hälfte zugewachsen ist.

Peter geht auf den Schuppen zu und klopft an die Tür. Man hört Geräusche, als sich jemand drinnen bewegt, und sie spürt, wie ihr Puls steigt. Die Tür wird von einem kräftigen Mann mit krausem Haar und genauso krausem Bart geöffnet. Einen kurzen Augenblick lang ist sie davon überzeugt, dass es Jack sein muss, aber dann holt die Wirklichkeit sie ein.

»Hallo, Tomas«, sagt sie. »Es ist lange her.«

49

Sie sitzen im Arbeitsschuppen am Tisch. Tomas bietet Kaffee an, und aus Höflichkeit nimmt Laura ein paar Schlückchen. Der Schuppen ist überraschend ordentlich, riecht leicht nach Mensch, Feuchtigkeit und Rauch.

Außer dem Tisch und den Stühlen ist er sparsam eingerichtet, es gibt nur ein Klappbett und eine Tür, die vermutlich zur Toilette führt. In einer Ecke steht ein kleiner Holzofen. Durch die Ritzen sieht man gerade noch die Flammen, genug, als dass Laura unwohl zumute wird.

»Kent hatte hier früher eine Anlage zum Schnapsbrennen«, sagt Tomas.

Er klingt überhaupt nicht so, wie sie es in Erinnerung hat, seine Stimme ist kräftig und guttural, gehört zu einem mittelalten Mann, nicht zu einem Teenager. Genauso geht es ihr mit seinem Aussehen. Tatsächlich hätte sie ihn nicht wiedererkannt, wenn sie ihm unter anderen Umständen zufällig begegnet wäre.

»Der Strom kommt vom Stellwerk draußen in Kraftgatan«, fährt Tomas fort. »Und direkt hinter dem Haus verläuft ein Bach. Mehr braucht man nicht. Peter kommt immer mal wieder mit einer Kiste Essen. Er kümmert sich um mich, sieht zu, dass es mir gut geht.«

Peter rutscht auf seinem Stuhl hin und her, und Laura wartet darauf, dass er etwas sagt, Fragen stellt, aber das macht er nicht. Zum Schluss bleibt ihr nichts anderes übrig, als es selbst zu tun.

»Hedda und du, ihr habt euch geschrieben, stimmt's?«

»Ja. Das heißt, sie vor allem. Ich bin nicht gut im Antworten.«

»Du hast ihr etwas über Ibens Vater erzählt.«

Tomas nickt langsam.

»Ich hatte versprochen, nie etwas zu sagen, zu niemandem. Aber Heddas Briefe haben mich gefreut. Deshalb fand ich, dass ich es ihr schuldig war.«

»Wann war das?«

»Vor nicht so langer Zeit. Einem Monat vielleicht. Ich habe ein Postfach in Ängelholm. Der Brief kam dorthin.«

»Hat sie darin erklärt, warum sie das wissen wollte?«

»Iben hat wohl mal versucht, Hedda etwas zu sagen, aber es sich dann anders überlegt. Etwas über Ulf, was Hedda nicht richtig verstanden hat. Sie hat geschrieben, dass sie jahrelang darüber nachgegrübelt hat, und fragte, was ich darüber wüsste. Also habe ich es ihr erzählt.«

»Hattet ihr danach noch Kontakt?«

Tomas schüttelt den Kopf. Er erinnert ein wenig an einen großen, traurigen Bären.

»Nee. Peter hat mich angerufen und erzählt, dass Hedda tot ist, das war alles.«

»Wie …« Peter räuspert sich. »Wann hast du das mit Iben erfahren?«

»Vor vielen Jahren. Wir waren vielleicht elf, zwölf. Sie hat erzählt, dass sie in Ulfs Bett schlafen würde, und hat auch noch andere Sachen erzählt. Sachen, die ich nicht mal laut sagen will.«

Tomas schaut zu Boden. Die Muskeln um seine Augen herum zucken ein paarmal.

»Glaubst du, ihre Brüder haben es gewusst?«, fragt Peter.

Tomas schnaubt. Die Luft im Schuppen ist stickig.

»Sie wohnten im selben Haus. Natürlich haben sie es gewusst. Christian und Fredrik haben Ulf immer aufs Wort gehorcht.«

»Hat Iben versucht, Alarm zu schlagen, jemand anderem außer Hedda davon zu erzählen?«

»Das glaub ich nicht. Iben hatte eine Heidenangst vor Ulf. Angst davor, was er mit ihr machen würde, wenn sie es ausplauderte.«

Laura schaut Peter an, sieht, dass er das Gleiche denkt wie sie. Der Anruf, den sie vorhin gehört haben.

»Aber ich habe zumindest versucht, was zu tun«, spricht Tomas weiter.

»Was denn?«

Tomas antwortet nicht.

»Was hast du versucht zu machen?«, versucht Peter es noch einmal.

Tomas schweigt weiter. Er legt seine großen Hände auf den Tisch und studiert sie ausgiebig. Es ist klar, dass er nicht weiter über die Sache reden will.

»Was ist in jener Nacht im Tanzpavillon eigentlich passiert?«, fragt Laura sanft.

Tomas schaut auf.

»Ich habe ein Feuer angezündet. Damals hab ich gerne Feuer gemacht.«

Er verstummt, zupft an seinem Ärmel herum.

»Warum?«, fragt sie.

»Es fühlt sich gut an. In mir wird dann etwas leichter.«

»Du hast die Türklinke blockiert«, sagt Laura. »Du hast uns eingesperrt?«

»Nein!« Tomas schüttelt heftig den Kopf. »Ich hab niemanden eingesperrt. Das Feuer hat sich viel schneller ausgebreitet als erwartet. Es war nie geplant, dass jemand verletzt wird. Dass sie stirbt. Es lief nicht so …«

Wie wir es uns gedacht hatten, schießt es Laura durch den Kopf. Sie hält die Luft an, achtet darauf, ob Tomas Peters Blick sucht.

Aber Tomas schaut auf den Tisch hinunter.

»Beim Verhör …«, beginnt sie, aber Tomas hebt die Hand.

»Ich will nicht mehr über den Abend sprechen.«

Er zupft wieder an seinem Pullover herum. An seinem Handgelenk sieht man ein Stück rosa vernarbte Haut, und Laura versteht, was das Zupfen soll. Sie spürt, wie es auf ihrem Rücken zu kribbeln beginnt.

»Du hast dich verbrannt«, sagt sie. »Du hast dich auch verbrannt.«

Tomas schaut auf, in seinem Blick glitzert etwas. Laura atmet tief ein, steht auf und zieht ihre Jacke aus. Dann knöpft sie die obersten Knöpfe ihrer Bluse auf, stellt sich mit dem Rücken zu den beiden Männern und zieht das Kleidungsstück über den Rücken herunter, sodass ihre Narbe zu sehen ist.

»Oh, Scheiße«, flüstert Tomas.

Laura zieht die Bluse hoch und knöpft sie wieder zu, bevor sie sich umdreht.

Tomas hat Tränen in den Augen, Peter ist aschfahl.

»Es tut mir leid, Laura.« Tomas' Stimme klingt belegt. »Es war nie geplant, dass so was passiert. Ich wollte eigentlich gar nicht, es war eine Art Gefallen ...«

Er unterbricht sich, schaut weg.

»Für wen ein Gefallen?«

Peters Frage klingt wie ein Peitschenhieb. Tomas zuckt zurück.

»Niemand«, murmelt er. »Vergesst, was ich gesagt hab.«

Laura setzt sich neben Tomas, legt vorsichtig die Hand auf seinen Arm.

»Wer hat dich gebeten, das Feuer zu machen, Tomas?«, fragt sie. »War es Milla?«

Tomas schaut auf. Die Muskeln an seinen Augen zucken krampfartig.

Ohne ein Wort zu sagen steht er auf, nimmt seine Jacke, öffnet die Tür und verlässt den Schuppen. Laura und Peter schauen sich an. Sie bleiben eine halbe Minute sitzen, bevor sie hinterhergehen.

»Tomas«, ruft Peter in die Dunkelheit. »Tomas!«

Aber alles, was man hört, ist das Rauschen des Winds in den Bäumen.

50

Laura und Peter sitzen eine ganze Weile still nebeneinander, während er den Wagen vorsichtig den schmalen Forstweg entlang zurücksteuert.

»Hast du ihn vorher noch nie nach der Lucianacht gefragt?«, will Laura wissen.

»Nein. Das wollte ich nie. Oder ich habe es mich nicht getraut. Stell dir vor, er hätte gesagt, dass er unschuldig ist, aber Sandberg ihn so unter Druck setzte, dass er gestanden hat. Du und ich, wir haben ihn verpfiffen …«

Peter beendet die Überlegung nicht. Das braucht er auch nicht.

»Glaubst du, dass er lügt?«

Peter schüttelt den Kopf.

»Nein, er wirkte extrem mitgenommen, als er deinen … deine …«

»Verletzungen gesehen hat«, ergänzt sie.

Sie stellt fest, dass sie kein großes Problem damit hat, über die Narbe zu sprechen.

»Ich glaube auch nicht, dass er gelogen hat«, sagt sie.

Es wird wieder still. Der Wagen rutscht ein wenig auf dem glatten Untergrund, aber Peter hält ihn geschickt auf der Straße.

»Ich fahre morgen wieder hier hoch«, sagt er ein paar Minuten später. »Tomas braucht nur ein bisschen Zeit, um sich zu sammeln.«

»Denkst du, dass er das Feuer bei seinem Vater und auf Källegården gelegt hat?«

»Warum sollte er das tun?«

»Weil er ein Pyromane ist. Weil er sowohl seinen Vater als auch Ulf Jensen hasst.«

»Tomas wurde seit Jahren nicht mehr wegen irgendetwas

verurteilt. Er hat sich gut benommen, ist seinen Behandlungsplänen gefolgt.«

»Du brauchst ihn nicht zu schützen, Peter. Er hat zugegeben, dass er den Pavillon angezündet hat. Du oder ich haben ihn nicht für etwas verraten, was er nicht getan hat.«

Peter hält den Blick weiter auf die Fahrbahn geheftet und antwortet nicht. Das Licht der Scheinwerfer erhellt den schneebedeckten Boden neben der Straße, aber tiefer in den Wald hinein ist es pechschwarz. Weit unter ihnen sieht man das Eis auf dem See. Laura beschließt, das Thema zu wechseln.

»Hat Tomas Milla im Polizeiverhör erwähnt?«

Peter schüttelt den Kopf.

»Nein. Sandberg hat ihn bei mehreren Verhören gefragt, ob jemand anderes beteiligt war, aber Tomas hat es jedesmal verneint.«

»Und Milla? Was hat sie gesagt?«

Peter wendet den Blick kurz von der Straße ab.

»Sie und Jack haben die gleiche Geschichte erzählt. Dass sie in Millas Hütte gewesen seien, um Jack zu verarzten. Dass sie Lärm gehört hätten und zurück zum Tanzpavillon gegangen seien, der aber schon lichterloh gebrannt habe. Kurz darauf sei die Feuerwehr gekommen.«

»Und dann?«

Er schaut wieder auf die Straße.

»Am nächsten Tag ist sie abgehauen. Hedda hatte irgendwo anders einen Platz für sie gefunden, aber ich weiß nicht mehr, wo.«

»Värmland«, sagt Laura. »Sie war total sauer darüber, daran erinnere ich mich noch. Du weißt nicht, was aus ihr geworden ist?«

Er schüttelt den Kopf.

»Ich kann morgen eine Internetsuche nach ihr starten.«

»Gut. Mach das.«

Sie schweigen ein paar Minuten lang.

»Glaubst du, Milla war in den Brand involviert? Dass Tomas sie meinte?«

»Ich weiß es einfach nicht. Tomas lebt zum Teil in einer Phantasiewelt. Er nimmt eine Reihe von starken Medikamenten. Auf der anderen Seite …«

Er verstummt und manövriert den Wagen durch einen Schneehaufen auf den etwas breiteren Weg.

»Milla war offensichtlich manipulativ. Sie hat Tomas und mich dazu gebracht, diese Einbrüche zu begehen. Sie wickelte die Leute um den kleinen Finger.«

Mich auch, denkt Laura. Aber sie sagt nichts.

»Sie hätte Tomas sicher dazu bringen können, den Pavillon anzuzünden, wenn sie gewollt hätte«, fährt Peter fort. »Aber die Frage wäre in dem Fall, warum?«

»Sie war wütend auf Iben«, sagt Laura. »Denn die wusste von den Einbrüchen. Milla ging davon aus, dass Iben sie bei Hedda verpetzt hatte. Dass sie deshalb nach Värmland ziehen sollte.«

»Oh, verdammt.«

Peter umfasst das Steuer fester.

»Milla, Iben und Jack waren unmittelbar bevor das Feuer ausbrach zusammen. Laut Jacks und Millas Zeugenaussage sollte Iben zu Millas Hütte nachkommen. Wenn Milla sich an Iben rächen wollte, muss sie also Tomas auf dem Weg zu ihrer Hütte getroffen haben. Aber keine der Zeugenaussagen erwähnt etwas davon. Sowohl Jack als auch Milla haben gesagt, dass sie gemeinsam zur Hütte gegangen sind, ohne jemanden zu treffen.«

»Sie kann Tomas vorher darum gebeten haben.«

»Richtig. Aber du vergisst, dass Tomas und Iben sich gekannt haben, seit sie klein waren. Sie hat ihm sogar erzählt, was Ulf mit ihr machte. Sie hat es Tomas erzählt, nicht dir oder irgendjemand anderem. So nahe standen sie sich.«

Der letzte Satz versetzt Laura einen Stich in der Brust.

»Tomas hat Iben vergöttert«, setzt Peter fort. »Er hätte niemals zugestimmt, ihr wissentlich zu schaden. Keine Chance.«

»Und trotzdem hat er es getan«, murmelt Laura.

Peter antwortet nicht, sondern starrt nur nach vorn auf den Weg, aber sein Schweigen enthält dennoch eine Zustimmung.

»Ich war es übrigens«, sagt er leise. »Ich habe bei Hedda gepetzt. Ich wusste, dass alles dabei war, aus dem Ruder zu laufen, also habe ich Hedda angerufen und es ihr erzählt.«

»Hat du ihr gesagt, dass ich mit dabei war?«

Er schüttelt den Kopf.

»Nein. Und sie fragte auch nicht danach. Aber ich glaube, Hedda hat verstanden. Sie hatte es jedenfalls sehr eilig, Milla loszuwerden.«

Sie kommen ins Dorf hinunter, fahren an der Kirche vorbei, an dem Schild, das zur Iben-Jensen-Schule weist.

»Wann haben sie die Schule umbenannt?«

»Vor ein paar Jahren, als Ulf Jensen aus dem Gemeinderat ausschied. Eine Art Abschiedsgeschenk.«

»Hat niemand protestiert? Fand es keiner seltsam, die Schule nach einem toten Mädchen zu benennen?«

»Soweit ich weiß, nicht. Wenn jemand dieser Meinung war, dann behielt er das wohl für sich.«

»Weil die Leute vor Ulf Jensen Angst haben?«

»Na ja, nicht gerade Angst.«

Peter schaltet den Blinker an und biegt nach Gärdsnäset ab.

»Ulf hat Generationen an Kindern in Leichtathletik trainiert. Er hat sie zu Wettkämpfen begleitet, Trainingslagern und auf Reisen. Die meisten von ihnen sind jetzt erwachsen, verspüren aber noch eine starke Loyalität Ulf gegenüber.«

Laura denkt an die Zwischenfälle in der Eisenwarenhandlung und im Supermarkt – an die Kratzer an ihrem Wagen. Aber sie kann vor allem die Begegnung mit Tomas nicht vergessen. Wie fremd er aussah.

»Glaubst du, wir würden sie wiedererkennen?«

»Wen?«

»Milla. Glaubst du, wir würden sie erkennen, wenn sie irgendwo auftauchen würde?«

»Ich weiß es nicht. Man kann sich seit der Jugend ganz schön verändert haben.«

»Auch wenn man sich gut gekannt hat?«

Er wird still, runzelt die Stirn.

»Sprechen wir über Milla oder jemand anderen?«

Laura wird rot.

»Jack«, sagt sie. »Ich habe irgendwie das Gefühl, dass er wieder da ist. Ich weiß auch nicht genau, warum.«

»Hattet ihr Kontakt?«

Sie schüttelt den Kopf und registriert, dass Peters Tonfall ein bisschen schroffer geworden ist.

»Die letzte Spur von ihm ist eine Postkarte an Hedda aus Berlin von 1989.«

Peter fährt weiter, ohne noch etwas zu sagen. Genau vor Heddas Haus lässt er sie raus. Er steigt mit aus dem Wagen und begleitet sie zur Tür.

»Tja, also«, sagt er. »Hättest du Lust, morgen Abend mit Elsa und mir zu essen? Sie hat danach gefragt«, fügt er ein bisschen zu schnell hinzu.

»Gern«, antwortet Laura. »Aber nur, weil Elsa es möchte.«

Jetzt wird Peter rot. Die angespannte Stimmung von vorhin ist verschwunden, sie ist etwas anderem gewichen. Etwas Zartem, das Laura gefällt.

Sie bleiben einander gegenüber vor den Stufen zur Haustür stehen. Ohne richtig darüber nachzudenken, beugt Laura sich vor und küsst ihn auf die Wange. Dann wartet sie, bis er ins Auto gestiegen ist. Als er gerade losfahren will, lässt er noch einmal das Seitenfenster herunter.

»Ich glaube, du könntest recht haben.«

»Womit?«

»Ich habe vor ein paar Jahren bei einem Kurs einen alten Klassenkameraden aus der Polizeischule getroffen. Er hatte zwanzig Kilo zugenommen, die Hälfte seiner Haare verloren und eine Brille bekommen. Wir waren früher mal ziemlich gut befreundet, aber ich hatte keine Ahnung, wer er war. Es war ziemlich peinlich, als wir uns die Hand gaben. Und neulich in der Kirche hast du mich auch nicht wiedererkannt, obwohl ich einfach nur dreißig Jahre älter geworden bin. Wenn also Milla oder jemand anderes mit einem neuen Namen und einem veränderten Äußeren auftauchen würde, wäre die Gefahr groß, dass weder du noch ich sie wiedererkennen würden.«

51

Sie schaltet alle Lampen im Haus an. Trotz ihres und Elsas Einsatz herrscht immer noch eine schreckliche Unordnung, aber Laura tröstet sich damit, dass es in jedem Fall besser aussieht als am Anfang. Außerdem macht es ihr nicht mehr so viel aus. Sie holt ihr Handy hervor und spielt die Audiodatei ab, die sie von Lelle bekommen hat. Ibens Stimme lässt sie vor Unbehagen fast zusammenzucken.

Källegården. Bei Vedarp. Ulf Jensen. Er macht sich an seine Tochter ran.

Das ist also Ibens furchtbares Geheimnis. Ein Geheimnis, das Tomas fast vierzig Jahre lang gewahrt hat.

Der arme Tomas in seinem Versteck im Wald, und Peter, der aus schlechtem Gewissen all die Jahre versucht hat, ihn zu schützen. Der, obwohl alles auf das Gegenteil weist, dennoch stur daran festhält, dass Tomas nicht hinter den Bränden auf dem Einsiedlerhof und auf Gut Källegården steckt.

Sie versucht, alles durchzugehen, was zwischen ihnen gesagt wurde, aber sie hat so viele Gedanken im Kopf, dass die sich gegenseitig behindern.

Nach einer Weile beschließt sie, frische Luft zu schnappen, um den Kopf freizubekommen, also zieht sie Jacke und Stiefel an und nimmt ihre Teetasse mit nach draußen. George folgt ihr und tollt im Schnee herum, fast wie ein Hundewelpe.

»Dumme Katze«, murmelt sie.

George schaut auf und legt den Kopf schief. Als sie zum Schwimmsteg kommen, bleibt die Katze stehen und wirft ihr einen Blick zu, der sagt: bis hierher und nicht weiter. Dann verschwindet sie in der Dunkelheit wie ein grau gesprenkelter Schatten.

Laura geht den Steg entlang und stellt sich an die Badeleiter. Das Eis hat unterhalb davon eine dünne Haut gebildet und ist auf gutem Wege, den Kampf gegen die schwache Strömung, die das Wasser offen hält, zu gewinnen.

Sie lässt den Blick zum Nordstrand wandern, zu dem sehnsuchtsvollen Licht an Millers Bootshaus, dann weiter über den dunklen Umriss des Bergkamms bis zum Schloss.

Befindet sich Jack da draußen irgendwo, so verändert, dass sie ihn nicht wiedererkannt hat? Oder ist das alles nur ein Hirngespinst, ein Wunschdenken, das auf einer unglücklichen Jugendliebe basiert? Wenn sie wie bei der Arbeit eine Risikokalkulation machen und mit Fakten arbeiten würde statt mit Gefühlen, wäre das Resultat eindeutig. Die Wahrscheinlichkeit, dass Jack sich in der Nähe des Vintersjö befindet, ist so gering, dass sie fast bei null liegt.

Trotzdem geht er ihr nicht aus dem Kopf. Trotz allem, was sie erfahren hat, also obwohl Jack und sie in Wahrheit Cousin und Cousine sind. Das wird sie Steph niemals erzählen können. Es würde dumme Witze hageln, Steph würde massenhaft Videoclips von Banjo spielenden armen Teufeln mit Hasenscharte und Latzhose schicken.

Sie lächelt in sich hinein, stellt fest, dass sie Stephs schwarzen Humor vermisst. Sie nimmt einen Schluck Tee und schaut zum Schloss. Sie muss daran denken, wie Iben und sie davon träumten, den Schatz des Trolls zu stehlen und Vintersjöholm zu kaufen. Diese Geschichte würde Steph gefallen.

Was soll sie jetzt also tun? Ulf Jensens Übergriff ist verjährt, und Tomas hat gestanden, dass er trotz allem hinter dem Brand im Tanzpavillon steckte, trotz seiner Andeutung, dass Milla ihn dazu verleitet hat.

Laura blickt auf das schwarze Wasser hinunter, das man durch die Eisdecke sieht. Die Bilder von Heddas totem Körper tauchen in ihrem Kopf auf. Hat Ibens Geheimnis sie das Leben gekostet?

Die Hauptverdächtigen sind in dem Fall Ulf Jensen und seine beiden Söhne, entweder gemeinsam, oder einer von ihnen hat auf eigene Faust gehandelt.

Hedda war dem Geheimnis auf der Spur, und wenn sie die Wahrheit erfahren hätte, hätte sie aller Wahrscheinlichkeit nach nicht an die Kommune verkauft, hätte Ulf Jensen sein geliebtes Familiengut verlieren lassen. Vielleicht hätte sie sogar alles aufgedeckt und seinen guten Namen und Ruf in den Schmutz gezogen.

Ulf oder einer seiner beiden Söhne würde mit Sicherheit weit gehen, um das zu verhindern.

Aber wie weit? Und wie groß ist das Geheimnis? Blieb es bei einem Übergriff, oder war es noch viel schlimmer?

Sie versucht, sich an die Schlägerei draußen vor dem Pavillon zu erinnern. Fredrik, der Jack misshandelte, Iben, die Christian irgendetwas ins Gesicht schrie, damit er sie losließ.

Wenn sie in dem Moment irgendetwas über Ulf gesagt hatte, gedroht hatte, ihn zu verraten? Wie wären Christian und sein Bruder mit dieser Sache umgegangen?

Konnte einer von ihnen am selben Abend zurückgekehrt sein und die Gelegenheit genutzt haben, als Iben von den anderen getrennt war? Das war nicht undenkbar. Iben war jung und stark, die Hintertür nur ein paar Meter weg. Niemand hatte erklären können, warum es ihr nicht gelungen war, aus dem Pavillon zu entkommen. Aber was, wenn sie bereits bewusstlos oder sogar tot gewesen war, als der Brand ausbrach?

Konnte das »wir«, das Tomas in seinem Brief genannt hatte und das ihm vor ein paar Stunden beinahe herausgerutscht wäre, in Wirklichkeit auf Ibens Brüder gemünzt sein? Tomas schien Christian und Fredrik zwar genauso zu verabscheuen, wie er Ulf hasste. Aber während der Schlägerei war er vor Schreck wie gelähmt gewesen. Konnten sie ihm gedroht haben, ihn gezwungen haben, das Feuer zu legen, weil sie einen Sündenbock brauchten?

Ein schwacher Lichtschein hoch oben auf dem Berg zieht ihren Blick an. Zuerst glaubt sie, es seien die Lichter eines Autos, aber dann sieht sie, dass das Licht schnell größer und stärker wird.

Die Narbe auf ihrem Rücken meldet sich, schlängelt sich immer heftiger, als sie begreift, woher der Lichtschein kommt. Aus Richtung Snaphanestallarna.

Laura schwitzt und zittert gleichzeitig vor Kälte. Aber sie schafft es nicht, ins Haus zu gehen. Sie bleibt auf der Brücke stehen und starrt auf den dunklen Berghang auf der anderen Seite, wo Tomas Rasks Versteck in Flammen steht.

52

Sie träumt wieder vom Tanzpavillon. Die Minuten vor dem Brand. Sie kann sich selbst schlafend am Tisch sitzen sehen. Peter neben ihr, der unbeholfen näher heranrückt. Dann ändert sich die Perspektive. Sie befindet sich in der kleinen Loge hinter der Bühne, die eine Wand ist voller Starposter von Tanzbands, die in den vergangenen Sommern im Pavillon gespielt haben. Der große Spiegel bedeckt die andere Wand, das verschlissene Sofa steht an der dritten Wand. Dann noch die Tür zur Toilette, wo der Riegel auf Rot steht.

Aber es ist noch jemand im Raum, jemand, den sie nicht sieht, nur spürt. Sie sieht sich um, glaubt, eine Bewegung im Spiegel zu erkennen.

Der Riegel an der Toilettentür schlägt mit einem Klacken auf Grün um. Die Klinke wird hinuntergedrückt, und einen Augenblick lang ist sie überzeugt davon, dass die Iben aus ihren Albträumen hinter der Tür steht.

Aber es ist eine andere Iben, die herauskommt. Die Iben, die ihre beste Freundin ist, die Iben, der sie einen Sommer lang Stockholmerisch beigebracht hat, die niemals jemanden zwischen sie kommen lassen würde.

»Laura«, sagt sie, und ihr Gesicht leuchtet auf. »Da bist du ja.«

Sie schlingen die Arme umeinander, Laura drückt Iben, so fest sie kann. Sie presst ihre Wange an Ibens und merkt, dass sie weint. Sie will alles zugeben, sagen, dass sie den Anruf gemacht und Iben bei ihren Brüdern verpetzt hat. Aber sie schafft es nicht.

Iben hält sie von sich weg. Ihre Augen sehen traurig aus.

»Du kennst mein Geheimnis.«

»Ja«, schnieft Laura.

Iben nickt langsam.

»Eigentlich glaube ich, dass alle es geahnt haben«, sagt sie. »Aber niemand hat gewagt, etwas zu sagen. Alle hatten Angst ...«

Etwas hinter Lauras Rücken lässt Iben erstarren. Der Ausdruck in ihren Augen wechselt von Traurigkeit zu Schreck.

»Nein«, flüstert sie. »Nein!«

Laura dreht sich um, sieht wieder die Bewegung im Spiegel. Schattengestalten mit undeutlichen Umrissen, die immer größer und klarer werden.

Christian und Fredrik mit harten Blicken rechts und links von Ulf. Dahinter die düstere Fassade von Källegården, wo die Flammen im Familienwappen flackern.

Ich habe in dir immer eine Art zweite Tochter gesehen. Du und unsere Iben ..., flüstert Ulf Jensen, sodass sich Lauras Nackenhaare aufrichten.

Källegården. Bei Vedarp. Ulf Jensen. Er macht sich an seine Tochter ran, sagt Ibens ängstliche Stimme am Telefon.

Das Bild ändert sich, verwandelt sich in Tomas, der im Tanzpavillon an der Wand mit einigen Kisten hantiert. Flammen steigen um seine Hände herum auf und setzen seine Jacke in Brand, bevor sie gierig das trockene Holz zu verschlingen beginnen.

Die letzte Gestalt im Spiegel ist ihr auch wohlbekannt:

Tante Hedda vor ihrem Haus, die die Hand hebt, um ihr zuzuwinken.

Du bist meine kleine Prinzessin, flüstert sie. *Das wirst du immer sein.*

Die Perspektive ändert sich wieder.

Sie steht ganz vorne auf dem Schwimmsteg, die Narbe windet sich wie eine brennende Schlange über ihren Rücken. Auf der anderen Seite des Sees leuchtet Millers Lampe, und darüber steht der Wald in Flammen.

Ein Stück Brot für Vater, ein Stück Brot für Mutter, singen zwei helle Mädchenstimmen.

Und ein Stück für die Nixe, die unten wohnt am Grund, flüstert die Gestalt, die hinter Laura auf dem Steg steht, mit einem verbrannten Gesicht und einer Reihe spitzer Fischzähne.

Die Wassernixe schlingt ihre Arme um Laura und bohrt ihre klauenartigen Finger so fest in ihre Brust, dass sie den Schmerz bis in den Traum hinein spürt. Dann zieht die Nixe sie mit sich in das kalte, schwarze Wasser.

George weckt sie, indem sie auf ihre Brust springt und unruhig herumtrampelt, bis sie die Katze beiseiteschiebt und sich aufsetzt. Draußen hört sie die Krähen Radau machen, und dazwischen glaubt sie, das Geräusch einer Autotür zu hören, die zufällt.

Sie steht auf, greift nach ihrer Jacke und zieht sie über den Schlafanzug. Es ist schon nach zehn Uhr morgens, ihr Kopf fühlt sich schwer an.

George ist wahrscheinlich hungrig und stellt ihr im Wohnzimmer fast ein Bein, also hebt sie die Katze hoch und trägt sie Richtung Tür. Das Auto vom Schloss parkt draußen vor ihrem Fenster.

Es klopft an der Tür, und sie öffnet. Zwei Personen stehen da draußen. Heinz Norell und eine Frau in Pelz, Ohrenschützern und einer gigantischen Sonnenbrille, die Laura erst nach einer halben Sekunde einordnen kann, wobei ihr Hirn etwas länger braucht, es wirklich zu begreifen.

»Steph?«

»Aha, du lebst jedenfalls noch«, lacht Steph. »Auch wenn du komplett aufgehört hast, ans Telefon zu gehen.«

Sie zieht ihre Sonnenbrille auf ihre perfekte Nasenspitze herunter und betrachtet Laura von oben bis unten. Die Haare, die in alle Richtungen abstehen, die Jacke über dem Schlafanzug, die Katze auf ihrem Arm.

»My God, Laura. Was haben diese Landeier mit dir gemacht?«

Laura murmelt etwas und setzt George ab, die sofort durch die Tür nach draußen verschwindet.

»Was machst du hier?«

»Andreas und deine Mutter behaupten, du hättest eine Art Zusammenbruch erlitten. Also habe ich angeboten, hier runterzufahren, um dich zu retten. Not a day too soon, if you ask me.«

Sie rümpft die Nase.

»Wann hast du das letzte Mal geduscht?«

Lauras Zögern lässt Steph die Hand heben.

»Never mind. Pack deine Sachen zusammen, dann kümmern wir uns um dich. Sag Bescheid, wenn du fertig bist, dann hilft Heinz dir mit dem Gepäck. Ich warte so lange hier draußen. Dieser Gestank setzt sich in den Kleidern fest.«

Sie deutet angeekelt Richtung Haus, steigt die Eingangsstufen hinunter und kramt das Mundstück einer E-Zigarette aus der Handtasche. Heinz Norell macht einen Schritt in Lauras Richtung und zwinkert ihr zu.

»Wir gehorchen am besten«, flüstert er. »Soll ich mit reinkommen und helfen?«

Laura versucht, nicht auf die Memotafel zu schauen, die nur ein paar Meter entfernt steht.

»Nein, danke«, murmelt sie. »Geben Sie mir fünf Minuten.«

Die Tasche ist schnell gepackt, eigentlich braucht sie nur den Reißverschluss zuzumachen. Dann füllt sie Georges Futterschüssel. Die Katze kommt durch die Klappe hereingestürmt, sobald Laura die Schüssel auf den Boden gestellt hat.

Sie versucht, die Tatsache zu verarbeiten, dass Steph hier ist, noch dazu in Begleitung von Heinz Norell vom Schloss. Aber der Albtraum stört noch immer ihre Gedanken, so wie alles, was gestern passiert ist. Das Tape, der Brand, das Blaulicht, das irgendwann hoch oben auf der Nordseite zu sehen war. Peter, der nicht an sein Handy geht, obwohl sie ihn bestimmt fünfmal von Heddas Telefon aus angerufen hat.

Draußen hängt immer noch Brandgeruch in der Luft. Heinz Norell hilft ihr, die Tasche in das glänzende Auto mit dem Logo von Vintersjöholm zu hieven. Inzwischen scheint Steph eine Runde über das Grundstück gegangen zu sein, jetzt bleibt sie neben der Fahrertür von Lauras Wagen stehen, wo das Streusalz die tiefsten Kratzer schon rostrot hat werden lassen.

»Verkauf und hau ab«, liest sie. »Hey, catlady. Warst du nicht der Meinung, dass du diesen Rat befolgen solltest?«

Heinz hält die Wagentür auf, erst ihr, dann Steph, bevor er selbst auf dem Fahrersitz Platz nimmt.

»Wohin fahren wir?«, bringt sie endlich hervor.

»Zum Schloss natürlich. Wohin sonst?«, antwortet Steph, während sie auf ihrem Telefon herumdrückt.

»Aber ... wie ...?«

Lauras Hirn funktioniert immer noch nicht ganz, wie es sollte.

Steph schreibt die Nachricht zu Ende und lässt dann das Handy sinken. Sie sieht ein wenig ernster aus.

»Deine Mutter hat es geschafft, Andreas solche Angst zu machen, dass er kurz davor war, hier herunterzufahren. Offenbar hat dein Bruder von der Firma ordentlich was zu hören bekommen, und alle sind aus unterschiedlichen Gründen sehr besorgt, weil du nicht ans Telefon gehst.«

Sie lehnt sich zurück und beginnt zu lachen.

»Mithilfe von ein bisschen geschickter Diplomatie habe ich die ganze Sache stoppen können. Ich dachte, egal was du gerade durchmachst, ist ein niedergeschlagener, anhänglicher Ex-Mann wahrscheinlich das Letzte, was du gebrauchen kannst. Im Gegenzug musste ich aber versprechen, selbst herzufahren. »The things I do for you, Laura.«

Steph zwinkert ihr über den Rand ihrer Sonnenbrille hinweg zu.

»Alles gestaltete sich ein bisschen einfacher, als deine Mutter damit rausrückte, wohin du gefahren warst«, fährt Steph fort. »Du hast mir nie erzählt, dass es um den Vintersjö ging, und ehrlich gesagt habe ich ja auch nicht danach gefragt. Als du anfingst, von einem traurigen kleinen Kaff in Schonen zu sprechen, verlor ich irgendwie das Interesse.«

Der Wagen biegt auf die Hauptstraße ein und fährt nach Osten Richtung Schloss.

»Ich habe einige Geschäfte mit Pontus von Thurn gemacht, dem Vintersjöholm gehört«, redet Steph weiter. »Er und Erica waren sehr gerne bereit, mir zu helfen, so here I am!«

Sie fuchtelt mit dem Handy herum.

»Ich habe gerade alle beruhigt, indem ich geschrieben habe, dass du gesund und in Sicherheit bist, aber ich warte bis heute Nachmittag, bevor ich Fotos von dir schicke, dann hast du Zeit, dich hübsch zu machen. Na ja, genug davon. Jetzt erzähl, was zum Teufel hier los ist, Laura.«

Laura bemerkt Heinz Norells neugierigen Blick im Rückspiegel.

»Später«, murmelt sie.

Sie war ein paarmal mit Hedda in der Allee, die nach Vintersjöholm führt. Aber sie hat vergessen, wie pompös sie ist. Die Straße ist fünf Meter breit, kerzengerade und von großen Eichen gesäumt. Sie erstreckt sich beinahe über einen Kilometer, bevor sie vor einem großen Torbogen endet. Heinz Norell drückt auf einen Knopf am Armaturenbrett, der das schwarze Gusseisentor zum Schlosspark hin öffnet.

Das Schloss selbst ist im französischen Renaissancestil erbaut, ein großes Hauptgebäude mit schwarzem Dach und einem Turm an jeder Breitseite. Die Rasenfläche und die ordentlich geschnittenen Hecken vor dem Schloss sind schneebedeckt. Auf der einen Giebelseite stehen ein paar Baucontainer.

Lauras Zimmer liegt im ersten Stock, hat schwere Samtvorhänge und einen Teppich, der so weich ist, dass er das Geräusch ihrer Schritte verschluckt.

»Um halb eins essen wir mit den Gastgebern zu Mittag«, sagt Steph. »Das Badezimmer ist dort drüben.«

Sie deutet auf eine Tür am hinteren Ende des Zimmers.

»Ich schaue in einer halben Stunde wieder herein, und dann will ich alle Details hören. Im Schrank hängen übrigens saubere Kleider. Ich bin bei deiner Wohnung vorbeigefahren. Du weißt schon, dass es noch andere Klamotten gibt als Hosenanzüge und Kaschmirjacken, oder?«

Steph grinst und verschwindet durch die Tür, ehe Laura antworten kann.

Sie sieht durch die hohen Fenster nach draußen. Unterhalb des Schlosses erstreckt sich der Park über einige Hundert Meter mit Bäumen und schneebedecktem Rasen, bevor er auf zwei längliche Gebäude direkt am Landesteg trifft, die sie für eine Sauna und ein Bootshaus hält. An dem einen Gebäude ist ein Baugerüst angebracht und das Dach mit einer Plane bedeckt, aber es scheinen keine Arbeiten vonstattenzugehen.

Sie schaut über das Eis zum Südufer hinüber. Sie entdeckt das Dach von Heddas heruntergekommenen Haus. Der Unterschied könnte nicht größer sein.

Das Badezimmer ist so groß wie das Wohnzimmer von Gärdsnäset. Ein Himmelreich aus Messing und italienischem Marmor, dazu warme Frotteehandtücher, die mindestens fünf Zentimeter dick sind.

Laura duscht lange, schließt die Augen und genießt die Wärme, die durch ihren Körper strömt. Es fühlt sich an, als würde sie aus einem Halbschlaf erwachen. Die letzten Tage waren unwirklich, fast traumartig. Schon allein der Gedanke daran, dass sie, die aus Angst vor Krankheiten anderen Leuten kaum die Hand geben will, in Heddas schrecklichem Haus geschlafen und gegessen hat, erscheint nicht real. Als ob es sich dabei um eine ganz andere Laura gehandelt hätte, als sie normalerweise ist.

Steph hat keine Witze gemacht, was die Kleider angeht. Zwei von ihren Blazern, Jacken und Hosen hängen im Schrank, zusammen mit ebenso vielen gebügelten weißen Blusen. In einer Schublade liegen Strümpfe und Unterwäsche. Sie hat Steph zwar mal einen Ersatzschlüssel zu ihrer Wohnung gegeben, aber sie hat nie wirklich daran gedacht, dass er auf diese Art benutzt werden würde. Dass Steph allein in ihrer Wohnung war, ihre Sachen angefasst, zwischen ihrer Kleidung gewühlt, vielleicht sogar Dinge über sie erfahren hat, die sie lieber für sich behalten würde, ist ihr unangenehm. Gleichzeitig schämt sie sich. Alles, was nötig war, um zu ihrem gewöhnlichen, zugeknöpften Ich zurückzufinden, waren eine ordentliche, warme Dusche und ein paar luxuriöse Handtücher.

Steph hat eine ganze Rettungsaktion in Gang gesetzt, ist über sechshundert Kilometer gefahren, hat eine Menge verschiedener Fäden gezogen, alles aus dem einzigen Grund, dass sie sich um sie sorgt.

Diesem Gefühl sollte sie sich hingeben, anstatt wieder ihrem Kontrollzwang freien Lauf zu lassen.

Auf der Innenseite des Kleiderschranks hängt ein großer Spiegel. Sie stellt sich davor, zieht das Handtuch von den Schultern. Dabei geht sie das Treffen von gestern Abend durch. Sie, Peter und Tomas. Drei alte Freunde, alle mit Brandnarben. Sowohl solche, die man sieht, als auch solche, die man nicht sieht.

Sie fragt sich, was mit Tomas passiert ist. Ob er den Schuppen selbst angezündet hat, und wenn ja, warum. Sie beschließt, noch einmal zu versuchen, Peter zu erreichen, und sucht zwischen ihren Sachen nach ihrem Handy, aber ohne es zu finden.

Stattdessen zieht sie sich um, föhnt ihre Haare im Badezimmer. Genießt das Gefühl von Sauberkeit.

Gerade als sie fertig ist, klopft es an die Tür, und noch bevor sie antworten kann, kommt Steph herein.

»Now that's more like it«, sagt sie mit einem breiten Lächeln. »Was hältst du von einem kurzen Drink vor dem Mittagessen, dann kannst du erzählen, was du die letzte Woche eigentlich getrieben hast. Du kannst ja mal damit anfangen zu berichten, ob der Traumprinz aufgetaucht ist. No, wait!

Dem Catladylook nach zu urteilen, den du vor einer Stunde hattest, wette ich hundert Dollar, dass er nicht gekommen ist.«

Laura hatte inzwischen Zeit, darüber nachzudenken, wie viel sie Steph erzählen möchte. Sie will sich auf das Grundlegende beschränken, dass Gärdsnäset in einem schlechteren Zustand als erwartet war, Hedda eine manische Sammlerin gewesen ist und sie beschlossen hat, das Haus auszuräumen, bevor sie verkauft.

Im Vorbeigehen erwähnt sie, dass sie ein paar alte Freunde getroffen hat, ohne ins Detail zu gehen.

»Und die Kratzer an deiner Wagentür? The natives seem hostile.«

Laura muss lächeln. Stephs Schwedisch-Amerikanisch scheint noch breiter geworden zu sein. Oder es liegt an der ungewohnten Umgebung, dass ihre Persönlichkeit noch stärker hervortritt.

»Es gibt klare Meinungen darüber, wem ich Gärdsnäset verkaufen soll und wem nicht«, sagt sie.

Sie gehen eine Treppe hinunter, biegen nach rechts und gelangen in einen Raum, der nach Farbe riecht. Es gibt schwere Möbel, die Wände sind mit Samttapeten und Bildern mit englischen Jagdmotiven bedeckt. Rote Reitjacken, Pferde mit etwas zu kleinen Köpfen, Meuten fast identischer Hunde.

Steph geht direkt auf den Servierwagen zu und schenkt ihnen beiden einen ordentlichen Drink ein.

»Das hier ist feinster Whisky. Der für die gewöhnlichen Gäste steht drinnen im großen Salon.«

Sie sinken jeweils in einen Ledersessel.

»So«, beginnt Steph. »Der Traumprinz ist nie aufgetaucht, und das Erbe sieht aus wie die Kulisse eines Horrorfilms. Aber anstatt as soon as possible in die Zivilisation zurückzukehren, hast du beschlossen zu bleiben und dich zu Tode zu putzen? Mein Psychiater hätte dazu eine ganze Menge zu sagen. Zum Beispiel, dass du vor etwas anderem fliehst. Job, Familie, Trauer …«

Das letzte Wort versetzt Laura einen Stich, bleibt wie ein Stachel stecken.

Es klopft an die Tür.

»Heinz, komm rein. Join us!«

Steph hebt das Whiskyglas.

Der Mann schüttelt den Kopf.

»Das ist mir zu früh. Außerdem muss ich arbeiten. Ich wollte nur das hier herbringen.«

Er hält Lauras Mobiltelefon hoch.

»Es lag im Auto auf dem Boden.«

Der Bildschirm ist schwarz und reagiert erst, als Laura ihn mit dem Knopf an der Seite einschaltet. Hat sie ihr Handy wirklich ausgeschaltet? Sie erinnert sich nicht daran.

»Wir sehen uns später«, sagt Heinz und verlässt den Raum mit einem vielsagenden Blick, den er Laura mit einem Lächeln über die Schulter zuwirft.

»Gut aussehend, oder nicht?«, bemerkt Steph. »Außerdem Single. Oder quasi.«

»Woher weißt du das? Kennt ihr euch?«

»Heinz ist ein guter Projektleiter. Einer von den besten, mit denen ich zusammengearbeitet habe. Erica und er sind außerdem Jugendfreunde von irgendeiner Schule in der Schweiz oder wo auch immer.«

Steph beugt sich vor und senkt die Stimme.

»Ich bin mir ziemlich sicher, dass Erica mit Heinz schläft und dass Pontus es weiß. Dass sie ein Gentleman's Agreement haben. Vielleicht kannst du mir sogar helfen, die Sache aufzudecken? Du kannst doch ein bisschen deine besonderen Fähigkeiten anwenden?«

Laura ist das unangenehm.

»Weißt du, dass Vintersjöholm ein Kaufangebot für Gärdsnäset vorgelegt hat?«

»Ja, Heinz hat es mir erzählt.« Steph macht ein schwer zu

deutendes Gesicht. »Aber fühle dich in der Sache überhaupt nicht unter Druck gesetzt. Du bist als meine Freundin hier, nichts anderes. No hidden agenda, okay?«

Laura nimmt einen Schluck aus dem Whiskyglas. Eine sanfte Wärme breitet sich langsam in ihrer Brust aus. Sie freut sich, Steph zu sehen. Merkt, wie sehr sie die Freundin vermisst hat.

»Oh!« Steph schaut auf ihre kleine und sehr teure Armbanduhr. »Zeit, mit den Gastgebern zu essen. Sieh nicht so besorgt aus, Laura. Du wirst sie mögen, das verspreche ich dir.«

Steph hat recht, das Ehepaar von Thurn ist ein sehr sympathisches Paar. Pontus ist ein fröhlicher, leicht übergewichtiger Mann Anfang sechzig und so voller Energie, dass er kaum stillsitzen kann. Er erzählt enthusiastisch die Geschichte des Schlosses, welche Renovierungen sie vorgenommen haben und welche noch anstehen, wechselt genau rechtzeitig den Fokus auf Laura und scheint tatsächlich an ihrer Arbeit und ihrem Hintergrund interessiert zu sein.

Seine Frau Erica ist fünfzehn Jahre jünger und damit in Lauras Alter. Sie ist schön, wobei ihre straffen Züge auf ein paar Schönheitsoperationen zu viel hindeuten. Obwohl es Winter ist, ist sie gebräunt, und der Diamant an ihrem Ehering ist der größte, den Laura jemals gesehen hat.

Zunächst hat Laura den Eindruck, dass Erica von Thurn lediglich eine kühlere, dunkelhaarige Version von Steph ist. Doch im Verlauf des Mittagessens erweist sie sich als intelligent und humorvoll, allerdings auf eine subtilere Art als ihr Mann. Wenn er zu tief in eine Anekdote eintaucht, klopft sie ihm zwischendurch auf den Arm, woraufhin er sofort aufhört zu reden und jemand anderen zu Wort kommen lässt.

Ihr Schwedisch ist sehr gut, aber genau wie Heinz Norell hat sie einen leichten Akzent, der sich ab und zu bemerkbar macht. Deutsch, eventuell mit einem Hauch Französisch, was nicht überraschend wäre, wenn sie tatsächlich in der Schweiz aufgewachsen ist.

Hin und wieder stellt Laura fest, dass Erica sie beobachtet. Der Blick ist nicht unfreundlich, eher neugierig.

Rechtzeitig zum Kaffee gesellt sich Heinz zu ihnen. Dank des Weins ist Laura inzwischen ein bisschen entspannter, sodass sie es sich nicht verkneifen kann, ihn heimlich anzuschauen.

Wie sie schon festgestellt hat, sieht er wettergegerbt, aber gut aus. Außerdem hat sein offenes Lächeln etwas, das sie anfangs ein bisschen gestört hat, jetzt aber immer anziehender findet.

Heinz, Pontus und Erica sprechen wie alte Freunde miteinander, aber Laura entdeckt keine Anzeichen dafür, dass Stephs vorherige Behauptung über die Schlossherrin und den Projektleiter wirklich stimmt. Auf der anderen Seite bedeutet die Abwesenheit solcher Hinweise vielleicht auch nur, dass sie die Sache diskret behandeln.

»Hattest du Zeit, dir den Prospekt anzusehen, den ich dir gegeben habe?«, fragt Heinz, der inzwischen wie die Gastgeber zum Du übergegangen ist. »Über unsere Pläne mit Gärdsnäset?«

Die Frage überrascht sie, sie sucht Stephs Blick, aber Erica von Thurn ist es, die eingreift.

»Laura ist unser Gast, Heinz. Wir sprechen nicht über Geschäfte«, sagt sie kurz.

Heinz Norell sieht beschämt aus.

»Ich bitte um Verzeihung.«

»Kein Problem.«

»Wir lieben den Vintersjö wirklich«, sagt Erica. »Der See erinnert etwas an meine Schweizer Heimat. Oder an den Nordosten der USA. Was für ein Privileg muss es gewesen sein, hier aufwachsen zu dürfen.«

Laura nickt.

»Ich war zwar nur in den Sommer- und Winterferien hier, aber es war wirklich fantastisch.«

»Wann warst du das letzte Mal hier?«

»Das ist fast genau dreißig Jahre her.«

»Also im Winter 1987?«

Sie nickt langsam. Merkt, wie Erica zögert.

»Oh, wie dumm von mir. Ich wollte wirklich nicht darauf zu sprechen kommen ...«

Erica schlägt sich die Hand vor den Mund.

»Worauf zu sprechen kommen?«

Heinz Norell beugt sich neugierig vor.

Erica wirft Laura einen verlegenen Blick zu.

»Der Luciabrand«, sagt sie langsam. »Im Winter 1987. Eine junge Frau ist in Gärdsnäset verbrannt. Aber sprechen wir von etwas anderem.«

Laura spürt, wie sich alle Blicke auf sie richten.

Sie hat das ihr ganzes Leben über vermieden. Nie jemandem davon erzählt. Aber vielleicht ist es jetzt höchste Zeit. Höchste Zeit, sich endlich von der Vergangenheit zu befreien.

»Das macht nichts«, sagt sie. »Es ist, wie gesagt, lange her, und es gibt auch nicht viel zu erzählen. Wir feierten eine Party im Tanzpavillon, der im Winter geschlossen war. Es fing an zu brennen, und eine Person ist ums Leben gekommen.«

»Wer denn?«, fragt Pontus.

»Sie hieß Iben Jensen«, sagt Laura langsam. »Sie war meine beste Freundin.«

Stephs Augen sind feucht geworden, und Laura schätzt sie dafür. Pontus sieht eher verlegen aus. Seine Frau hat dagegen den gleichen Gesichtsausdruck wie Heinz Norell. Mitgefühl, jedenfalls oberflächlich. Aber darunter befindet sich noch etwas anderes. Ein Gefühl, das Laura nicht richtig benennen kann, das ihr aber nicht gerade gefällt.

53

Nach dem Mittagessen gehen Laura und Steph im Park spazieren. Laura erzählt von der Lucianacht 1987, diesmal hält sie keine Details zurück, nicht einmal die schmerzhaftesten. Sie berichtet von dem Anruf, der Schlägerei, dem Brand. Wie ihre Tante sie über das Eis getragen und ins Wasser getaucht hat. Vom Winterfeuer, das sie bekommen und das viele Jahre später vermutlich ihr und Andreas' kleines Mädchen getötet hat. Von den Kleidungsstücken und den Hand- und Fußabdrücken, die sie in ihrem Keller aufbewahrt. Sie ergänzt die Erzählung mit allem, was in den letzten Tagen passiert ist. Das Einzige, was sie für sich behält, ist die Entdeckung bezüglich Hedda, Johnny Miller und Jack. Hauptsächlich, weil sie findet, dass das nicht mit all dem anderen zusammenhängt, aber vielleicht auch, weil sie ein kleines Geheimnis für sich behalten will.

»Was für eine schreckliche Geschichte!« Steph sieht mitgenommen aus. »Armes Mädchen. Und wie schlimm für euch alle.«

Sie gehen eine Weile schweigend.

»Warum hast du das nie erzählt?«, fragt Steph dann leise.

»Weil ich mich geschämt habe.«

»Aber es war nicht deine Schuld. Du hast doch nicht den Brand gelegt.«

»Wenn ich Ibens Brüder nicht angerufen und sie und Jack verpetzt hätte, wäre das andere auch nicht passiert.«

»Das kannst du doch nicht wissen. Tomas ist offensichtlich nicht gesund. Und dieses andere Mädchen auch nicht. Wie hieß sie noch mal?«

»Milla.«

Steph zählt an den Fingern auf.

»Manipulativ, eine pathologische Lügnerin, lack of empathy. Eine Psychopathin wie aus dem Bilderbuch.«

Laura hat Milla noch nie so analysiert. Aber Steph hat nicht ganz unrecht.

»Also, was hast du vor? Mit dem Feriendorf und allem?«, fragt Steph.

»Wie gesagt, sowohl die Kommune als auch Vintersjöholm haben ein Angebot gemacht. Ziemlich viel Geld.«

»Wer bietet mehr?«

»Deine Freunde Pontus und Erica. Vierhunderttausend mehr.«

Steph hebt eine Augenbraue.

»Warum zögerst du dann? Das Angebot der Kommune schließt Ibens Vater mit ein. Ein widerliches Ekel, das sich an seiner eignen Tochter vergriffen hat. Verkauf den Scheiß an Pontus und Erica and be done with it.«

»So einfach ist das nicht.«

»Nicht?« Steph sieht skeptisch aus. »Ich bin wirklich nicht gerne derselben Meinung wie deine Mutter, aber sie scheint recht damit zu haben, dass der Tod deiner Tante einen Haufen alten Scheiß aufgewühlt hat. Familienfehden, Inzest und Brandstiftung. Aber statt zu tun, was jeder vernünftige Mensch tun würde, sell and get the hell out of Dodge, bleibst du einfach hier. Wider jede Vernunft wühlst du weiter im Dreck, obwohl es schon mehrere Warnschüsse gab und das Ganze offenbar not good for you ist.«

Ihre Stimme wird ernst.

»Hier geht es nicht mehr um irgendeinen Childhood-Sweetheart-Prince-Charming, von dem du entgegen jedem gesunden Menschenverstand glaubst, er könnte hier auftauchen, sondern um dich, Laura. Willst du wirklich in diesen Sumpf gezogen werden?«

Steph lässt die Frage ein paar Sekunden in der Luft hängen, bevor sie fortfährt.

»Deine Tante hat sich dreißig Jahre lang nicht gemeldet. Der Traumprinz auch nicht. Bitte Erica und Pontus, eine Straße oder sonst irgendwas nach Hedda zu nennen, dann seid ihr quitt, und finde jemanden, der sich was aus dir macht. Du verdienst es, Laura. Du verdienst es, glücklich zu sein, auch wenn du selbst nicht daran glaubst.«

Laura zögert die Antwort hinaus.

»Ich werde darüber nachdenken«, sagt sie.

»Gut.« Steph legt den Arm um sie. »Was hältst du davon, die Sache in den nächsten Tagen abzuwickeln, damit wir wieder in die Zivilisation zurückkehren können? Diese ganze Natur macht mich nervös. Ich brauche Asphalt und Abgase.«

Laura hätte fast vergessen, dass sie Peter und Elsa versprochen hat, mit ihnen zu Abend zu essen. Steph ist ein bisschen beleidigt, dass die Freundin sie sitzen lässt, und kurz zieht Laura in Erwägung abzusagen. Aber dann denkt sie an Elsa. Sie mag das Mädchen oder die junge Frau oder als was man sie bezeichnen soll. Und Peter mag sie im Übrigen auch, also erklärt sie Steph, dass das Ganze ein Abschiedsessen ist, was ihre Laune wieder bessert.

Lauras Wagen steht noch in Gärdsnäset, aber Steph löst das Problem mit einem kurzen Telefonat.

»Heinz bringt dich und holt dich ab, dann können wir weiter Wein trinken. Er hat es selbst angeboten, noch bevor ich etwas sagen konnte.«

Heinz Norells Wagen steht fünf Minuten vor der vereinbarten Zeit vor dem Haus, was Laura sehr schätzt. Auf dem Weg in die Stadt plaudern sie ein wenig, vor allem über das Wetter.

Es wird deutlich, dass ihm seine Aufdringlichkeit beim Mittagessen immer noch peinlich ist und er sich bemüht, das wiedergutzumachen. Er stellt höfliche Fragen, hält sich aber von allem fern, was nach Geschäft klingen könnte.

Sie zeigt ihm den Weg zu Peters großem Haus, und er hält direkt vor dem Eingang an.

»Hast du noch mehr von diesen Broschüren?«, fragt sie unmittelbar vor dem Aussteigen.

»Wie bitte?«

»Über das Projekt, das ihr am See plant? Die, die du mir gegeben hast, liegt noch in Gärdsnäset, und ich bin noch nicht dazu gekommen, sie zu lesen.«

Einen Moment lang sieht er verwirrt aus, dann lächelt er breit.

»Selbstverständlich.«

Er öffnet das Handschuhfach und reicht ihr eine Broschüre. Sie steckt sie in die Innentasche ihrer Jacke und geht auf die Haustür zu.

»Hallo, Laura. Komm rein!«

Elsa öffnet, noch bevor Laura klingeln konnte. Das Mädchen sieht froh aus, umarmt sie unerwartet. Zugleich schaut sie mit unzufriedenem Gesicht dem Wagen hinterher.

Die Eingangshalle ist groß. Blanker Marmorboden, ein Kristallleuchter, der aus dem ersten Stock herunterhängt. Die Wände sind so korallenfarben, dass es ein bisschen in den Augen wehtut.

Elsa bemerkt ihren Blick.

»Mama hat das Haus eingerichtet. Wie gesagt ist das nicht gerade der Stil von Papa und mir.«

Peter kommt von irgendwoher aus dem Inneren des Hauses. Er trägt eine Lederschürze und hat die Ärmel seines Hemdes hochgekrempelt. Er sieht damit ziemlich professionell aus. Und außerdem ziemlich gut. Seine Augen funkeln, auch das gefällt ihr.

»Willkommen bei uns zu Hause, Laura.«

Sie küsst ihn auf die Wange und merkt, dass sie eine Sekunde länger in der Position verweilt als beim letzten Mal. Sie schiebt es auf den Wein, den sie mit Steph getrunken hat.

»Wessen Auto war das?«, will Elsa wissen.

»Von einem Bekannten.«

»Von Vintersjöholm?«

Sie nickt und registriert aus den Augenwinkeln, dass Peter die Stirn runzelt.

Das Essen ist schön. Peter erweist sich als ausgezeichneter Koch und Elsa als ebenso angenehme Gesellschaft. Die Weine, die er ausgewählt hat, tragen natürlich zu der guten Stimmung bei.

Sie reden über alles Mögliche: Fernsehserien, Politik, welche Ausrichtung Elsa für das nächste Schuljahr wählen soll.

»Was hattest du für ein Profil in der Schule?«, fragt Elsa.

»Wir haben in Hongkong gewohnt, deshalb bin ich auf eine Privatschule gegangen. Das kann man nicht richtig vergleichen.«

»Was war dein Lieblingsfach?«

»Verhaltenswissenschaft.«

Elsa strahlt.

»Ich habe Gesellschaftskunde und Verhalten als Leistungsfach. Vielleicht kannst du mir bei den Hausaufgaben helfen.«

Laura sieht, dass Peter rot wird.

»Ja, vielleicht«, murmelt sie.

Als sie das Geschirr abdecken, bekommt sie endlich die Gelegenheit, mit ihm allein zu sprechen.

»Ich habe den Brand von Gärdsnäset aus gesehen«, flüstert sie beinahe. »Ist Tomas okay?«

Peter macht ein besorgtes Gesicht.

»Ich weiß es nicht. Er geht nicht ans Telefon. Aber laut Feuerwehr war der Schuppen leer. Und sein Auto ist weg.«

»Hast du jemandem erzählt, dass er dort wohnte?«

Peter schüttelt den Kopf und macht eine vielsagende Kopfbewegung Richtung Elsa, die auf dem Weg in die Küche ist.

Zum Kaffee setzen sie sich auf der Rückseite des Hauses in ein Zimmer mit einer großen, weißen Ledersitzgruppe. Der Garten ist genauso beleuchtet wie der Bereich vor dem Haus. Sonnenterrasse, verschiedene exotische Pflanzen, Pool. Alles unter einer dünnen Schneedecke. Wer auch immer den Garten geplant hat, hat viel Zeit und Geld investiert. Sie vermutet, dass es Elsas Mutter war. Dabei fällt ihr auf, dass sie selbst schon lange nicht mehr geschwommen ist und dass es ihr fehlt.

»Und, hast du überlegt, was du mit Gärdsnäset machen willst?«, fragt Peter.

»Ich werde wohl verkaufen.«

»Warum denn?«

Elsas Frage kommt blitzschnell.

»Weil Laura sich nicht um eine heruntergekommene Ferienanlage kümmern kann«, sagt Peter.

»Warum nicht?«

Laura und Peter sehen sich an.

»Weil ich einen Job und Familie in Stockholm habe«, sagt sie in einem Atemzug.

Elsas Mund verwandelt sich in einen Strich. Einen Moment lang denkt Laura, dass das Mädchen sie an jemanden erinnert, den sie kennt, aber sie kommt nicht darauf, an wen.

Elsa steht auf.

»Entschuldigt mich«, sagt sie mit einer Körpersprache und einem Ton, der das Gegenteil meint. Dann verlässt sie mit entschlossenen Schritten den Raum.

»Teenager. Da gewinnt man nie.« Peter lächelt entschuldigend. »Also, an wen verkaufst du? An das Schloss?«

»Es gibt wohl keine Alternative. Die Kommune wird Ulf Jensen mit dem Bau beauftragen. Meinetwegen können sich seine Familie und sein blöder Hof in Rauch auflösen.«

Sie bemerkt die ungeschickte Wortwahl.

»Also, so war das nicht gemeint.«

Peter winkt abwehrend mit der Hand.

»Ich verstehe schon. Aber wenn die Kommune eine andere Baufirma engagieren würde? Wie würdest du dazu stehen?«

»Das ist wohl kaum aktuell. Du hast doch selbst gesagt …«

»Aber wenn es jetzt so wäre«, hakt er nach. »Wenn Ulf Jensen raus aus der Sache wäre. Könntest du dir dann vorstellen, an die Kommune zu verkaufen?«

»Tja.« Sie zuckt mit den Schultern. »Vielleicht.«

Sie registriert seine Körpersprache, die eifrigen Blicke, den interessierten Ton und erkennt, dass es mehr als eine hypothetische Diskussion ist.

»Warum fragst du danach?«

»Weil ich vielleicht jemanden bitten kann, ein paar Strippen zu ziehen.«

Bevor sie ihn fragen kann, was er damit meint, kommt Elsa wieder ins Zimmer. Sie ist rot im Gesicht und schmeißt etwas vor sie auf den Couchtisch.

»Sind das deine Pläne für Gärdsnäset, Laura? Ein Scheiß-Luxus-Ort wie Torekov, wo nur reiche Leute wohnen können?«

Es ist die Broschüre, die Laura von Heinz Norell bekommen hat und die in ihrer Tasche war.

»Hedda hat diese Idee verabscheut«, zischt Elsa. »Sie liebte den See und wollte, dass so viele wie möglich davon profitieren. Du denkst nur ans Geld!«

Laura will gerade erklären, dass Hedda auch überlegt hat, ans Schloss zu verkaufen, aber Peter kommt ihr zuvor.

»Jetzt reicht es, Elsa!«, schimpft er. »Entschuldige dich sofort bei Laura!«

Elsa hebt trotzig das Kinn, während sie gegen die Tränen ankämpft.

»Fuck you!«

Sie dreht sich um und rauscht aus dem Zimmer. Die Broschüre lässt sie aufgeschlagen zwischen ihnen auf dem Tisch liegen. Bilder von Häuserreihen in Stahl, Glas und Beton, alle mit einem eigenen Steg, an denen große Motorboote vertäut liegen.

Vintersjö Park, steht mitten über die Doppelseite geschrieben. *Ein Ort, an dem nur das Beste gut genug ist.*

Danach kommt keine richtige Stimmung mehr auf. Laura und Peter trinken zwar noch Kaffee und Cognac und versuchen, über etwas anderes zu sprechen, aber Elsas Wut hängt weiter zwischen ihnen in der Luft. Nach einer halben Stunde schickt sie Heinz Norell eine SMS und bittet ihn, sie abzuholen.

Peter begleitet sie zur Tür.

Er reicht ihr die Broschüre und lächelt entschuldigend.

»Elsa meint es gut. Aber sie ist jung, sie glaubt, dass alles entweder schwarz oder weiß ist.«

»Ungefähr so wie wir früher?«

Er holt tief Luft.

»Manchmal wünschte ich mir, ich könnte in der Zeit zurückreisen. Alles noch einmal erleben. Die Sommer draußen in Gärdsnäset, du und ich, Hedda, George, Jack, Iben, Tomas. Die Sommergäste, die Tanzabende. All das Schöne, das wir hatten, bevor …«

Er stockt.

»Bevor uns alles genommen wurde«, sagt sie, ohne nachzudenken.

Einen Moment stehen sie stumm da. Die Scheinwerfer, die durch die Fenster an der Haustür leuchten, unterbrechen ihr Schweigen.

»Warte noch mit dem Unterschreiben, Laura«, sagt Peter. »Nur noch ein, zwei Tage.«

Er hält ihrem Blick stand und gibt nicht nach, bis sie zustimmend nickt.

Auf der Heimfahrt unterhält sich Heinz Norell höflich mit ihr. Er beweist erneut, dass er intelligent und freundlich ist.

»Wo aus Deutschland kommst du noch mal her?«, fragt sie, als sie in die Schlossallee einbiegen.

»Ein bisschen von überall. Aber ich bin in Hamburg geboren und aufgewachsen.«

Bei dem Namen macht es in ihrem Kopf leise klick, aber bevor sie ihre Gedanken sortieren kann, bremst er vor dem Haupteingang.

»Erica fragt übrigens, ob du mit ihr noch einen kleinen Schlaftrunk in der Bibliothek einnehmen möchtest.«

Eigentlich hat Laura keine Lust. Sie ist müde und leicht betrunken. Aber ihr ist klar, dass sie kaum die Wahl hat. Heinz hält ihr die Tür auf.

»Wir sehen uns morgen, hoffe ich.«

Die Bibliothek liegt in einem der Türme und hat eine fantastische Aussicht. Der Mond leuchtet über dem Eis, glitzert ab und an in dem schwarzen Auge mitten im See. Der Raum hat Regale, die vom Boden bis zur Decke reichen, und an einigen Stellen sind Leitern angebracht, die auf Schienen an den Regalen entlanglaufen.

Die Beleuchtung ist gedämpft, in einem Fenster steht ein großer Kerzenleuchter mit zehn Kerzen. Das Kaminfeuer in der Ecke flammt so hoch auf, dass jemand es gerade angefacht haben muss. Über dem Sims ist am Kamin ein deutlicher Riss zu sehen.

Der Teil ihres Gehirns, der gern Risiken kalkuliert, aber die letzten Tage Ruhe gegeben hat, erwacht zum Leben. Schnell berechnet er die Kombination aus offenem Feuer, einem gerissenen Kamin und tonnenweise altem, staubtrockenem Papier, woraufhin ihre Handflächen zu schwitzen beginnen.

Erica von Thurn sitzt in einem Ohrensessel am Fenster. Als Laura ins Zimmer kommt, steht sie auf.

»Hallo, Laura. Wie nett, dass du mir Gesellschaft leistest.« Sie schenkt ein Glas Rotwein aus einer Karaffe ein, die auf dem Tisch steht, und reicht es Laura. »Setz dich.«

Sie zeigt auf den Sessel neben dem Feuer. Laura zögert einen Moment, bevor sie Platz nimmt. Die Wärme des Feuers ist zwar schön, aber beunruhigend.

»War es nett bei deinem … Freund?«

Die schwache Beleuchtung und das flackernde Licht der Flammen werfen Schatten, die Ericas Gesichtsausdruck schwer zu deuten machen.

»Ja, das war es.«

Sie nimmt einen Schluck Rotwein.

»Ja, Laura«, sagte die andere Frau. »Ich wollte mich nur für heute Mittag entschuldigen. Meine Neugierde war zu groß, und ich hatte natürlich überhaupt kein Recht, diese alte … Tragödie anzusprechen. Ich hoffe, du verzeihst mir.«

»Selbstverständlich«, murmelt Laura.

Im Feuer knackt ein Holzscheit laut auf und fällt zusammen. Ein Schweißtropfen läuft ihren Nacken hinunter und gleitet weiter über die Narbe. Die Feuerschatten zucken über Ericas Gesicht, spielen mit ihren perfekten Proportionen.

»Stephanie hat erzählt, dass du schwimmst.«

Laura nickt. Der Rotwein scheint ihr schon in den Kopf gestiegen zu sein.

»Wir haben ein Schwimmbad, das erst vor Kurzem fertig geworden ist. Du kannst es morgen gerne benutzen, wenn du willst.«

»Danke.« Laura spürt, dass mehr von ihr erwartet wird. »Und danke, dass ich hier wohnen darf.«

Erica macht eine abwehrende Handbewegung.

»Es ist uns ein Vergnügen. Stephanies Freunde sind auch unsere Freunde. Außerdem sind wir Nachbarn.«

Sie hebt ihr Glas, und Laura prostet ihr zu. Ihr Kopf fühlt sich auf einmal sehr schwer an.

»Vintersjöholm ist vor allem Pontus' Augenstern«, hört sie Erica sagen. »Er liebt sein Schloss. Ich persönlich mag ja den See lieber.«

Sie deutet mit dem Glas Richtung Fenster.

»Die Gegend hier hat wirklich eine faszinierende Geschichte. Die Freischärler, die Wegelagerer. Du weißt sicher, dass das Schloss abgebrannt ist, oder? Mehrmals sogar.«

Laura nickt, muss immer wieder zum Feuer hinüberschauen.

»Gärdsnäset ist ein fantastischer Ort«, sagt die andere Frau leise. »Es muss wunderbar gewesen sein, dort aufzuwachsen.«

Lauras Kopf wird immer schwerer, während die Schlangenlinien aus Schweiß, die über ihren Rücken laufen, zunehmen.

Erica beugt sich näher zu ihr. Die Schatten verzerren ihr Gesicht, verwandeln es in eine Maske.

»Wir haben übermorgen eine kleine Veranstaltung hier. Pontus und ich würden uns sehr freuen, wenn du dabei wärst.« Die Zähne in ihrem Mund sind kreideweiße, perfekte Porzellanfassaden. »Du kannst gerne deinen Freund dazu mitbringen, wenn du magst.«

Laura nickt. Ihr Mund ist ganz trocken, ihre Blicke wandern zwischen den tanzenden Flammen und den Schatten in Ericas Gesicht hin und her. Sie ist sich sicher, dass sie das alles schon einmal gesehen hat.

Oder sie hat es geträumt. Ericas Stimme gleitet fort.

»... ein Fest, um Lucia zu feiern.«

Das Wort lässt Laura zusammenzucken. Ist heute schon der zehnte?

Wie konnte die Zeit nur so schnell vergehen?

Sie nimmt noch einen Schluck Wein, merkt, dass das Glas auf magische Weise leer geworden ist.

Erica füllt es schnell nach.

»Tja«, sagt sie. »Ich weiß, dass wir nicht über Geschäfte sprechen sollten.«

Die Schatten in Ericas Gesicht erinnern Laura an die Nixe in ihren Albträumen.

»Ich möchte dich nur wissen lassen, dass Pontus und ich bereit sind, unser Angebot für Gärdsnäset zu erhöhen. Hast du den Prospekt eigentlich gesehen?«

Sie holt die gleiche Broschüre hervor, die Elsa erst vor einer guten Stunde auf den Tisch geknallt hat.

»Wenn du willst«, fährt Erica eifrig fort. »... das ist nur so eine Idee. Aber wenn du willst, könnten wir dir selbstverständlich ein Haus reservieren. Hier, mit bester Lage.«

Sie zeigt auf die Grundstückskarte, aber Lauras Blick wird ständig vom Feuer angezogen. Die Flammen steigen jetzt so hoch auf, dass sie ins Zimmer reichen. Sie strecken sich gierig nach den Bücherregalen. Der Riss im Kamin hat sich geweitet, wird von Sekunde zu Sekunde größer. Schweiß rinnt ihr in Sturzbächen über den Rücken, beißt und brennt auf der Narbe.

Sie kann sehen, wie die vordersten Bücher vor Wärme zu qualmen beginnen, riecht verbranntes Papier. Das erste Buch wird mit einem leisen Puff vom Feuer erfasst, sofort gesellen sich andere dazu.

Die Flammen lecken an den Bücherwänden, verschlingen immer mehr Bücher und klettern zur Decke hinauf.

Ericas Stimme hallt durch das Zimmer. Aber Laura hört nicht, was sie sagt, weil das Geräusch des Feuers in ein Dröhnen übergegangen ist. Der Riss im Kamin öffnet sich, gibt ein Flammenmeer frei, das über den Boden fließt. Sie will aufstehen, schreien, zur Tür rennen. Stattdessen sitzt sie wie festgefroren da, während Erica von Thurn weiterredet, von der Gefahr anscheinend keine Notiz nehmend.

Eine Tür öffnet sich, Steph kommt herein.

»Laura, bist du da? Ich dachte, du wärst schon längst im Bett.«

Steph legt die Hand auf ihre Schulter, so eiskalt auf ihrer heißen Haut, dass sie zusammenzuckt. Im selben Moment ist das Feuer wieder im Kamin, der Riss kaum zu sehen. Die Bücher und Regale, die gerade noch gebrannt haben, sind unbeschädigt.

»Du musst völlig erschöpft sein, du Arme«, sagt Steph und hilft Laura auf die Füße.

Dabei wirft sie Erica von Thurn einen bösen Blick zu.

»Komm, ich bringe dich in dein Zimmer.«

54

Laura wird vom Telefon geweckt. Jemand hat es im Zimmer auf dem Schreibtisch an die Ladestation gehängt und offenbar die Stummschaltung abgestellt.

Das kann sie gestern Abend selbst gewesen sein, aber sie ist sich nicht ganz sicher.

»Hallo, hier ist Peter. Danke für gestern Abend.«

»Ich habe zu danken.«

Sie weiß nicht genau, wie sie weitermachen soll. Sie fühlt sich immer noch benommen.

»Hast du Zeit, zum Kommunalhaus zu kommen?«

»Wann denn?«

Sie schaut auf die Uhr. Es ist halb elf.

»Gegen zwei, geht das? Ich glaube, wir könnten eine Lösung für die ganze Verkaufsgeschichte finden.«

Sie zögert kurz, während sie versucht, die gestrigen Ereignisse durchzugehen, ohne dass es ihr wirklich gelingt.

»Okay«, erwidert sie.

Das Schwimmbad von Vintersjöholm ist ein separates Gebäude, vier Minuten Fußmarsch vom Schloss entfernt.

Es sieht nagelneu aus, aber an der Außentür fehlt ein Schloss, es stehen immer noch Stapel von Kacheln in einer Ecke herum, und an manchen Stellen fehlen die Wandleuchten. Genau wie beim restlichen Schloss hat Laura den Eindruck, dass es nicht ganz fertiggestellt ist, trotzdem sieht sie nirgendwo Handwerker.

Sie zieht sich in einer der Umkleidekabinen um. Im Unterschied zu ihrem eigenen sonderangefertigten Badeanzug bedeckt der geliehene nicht die Narbe am Rücken, aber sie rechnet nicht mit Gesellschaft.

Sie gleitet ins Wasser und genießt eine Weile die Schwerelosigkeit, bevor sie losschwimmt. Wie üblich verlangsamt das Schwimmen ihre Gedanken, sodass sie sich einfangen, sortieren und kategorisieren lassen.

Was ist eigentlich gestern in der Bibliothek geschehen? Waren es nur der Wein und die Erschöpfung, die ihr Recht forderten? Die sie offensichtlich Dinge sehen ließen, die es nicht gab? Und begann dies schon im Auto beim Gespräch mit Heinz Norell? Und wenn sie das Band noch weiter zurückspult: Warum hat sie Peter versprochen, sich wegen Gärdsnäset mit der Kommunalverwaltung zu treffen?

Geht es ihr dabei im Grunde um Elsa? Darum, dass sie sich selbst in ihr sieht und es deshalb nicht erträgt, das Mädchen zu enttäuschen?

Sie zieht fünfzig Bahnen durch das Becken, aber kommt der Antwort nicht näher. Erst als sie aus dem Wasser steigt, entdeckt sie die diskrete Überwachungskamera in der einen Ecke des Schwimmbads. Sie legt sich das Handtuch um die Schultern und dreht instinktiv den Rücken weg, als sie zur Umkleidekabine geht.

Steph und das Ehepaar von Thurn sind bei einem Meeting, aber die Frau, die Laura das Mittagessen serviert, überreicht ihr einen Umschlag. Darin befinden sich ein Autoschlüssel und eine Notiz von Steph.

Kauf dir ein Kleid, wir gehen morgen Abend auf eine Party. No pansuits allowed!

Das Haus der Kommunalverwaltung von Vedarp ist ein Schuhkarton aus den späten Sechzigerjahren. Gelber Backstein, weiße Platten, Weihnachtsleuchter in jedem Fenster.

Sie meldet sich an der Rezeption an und braucht nur fünf Minuten zu warten, bis Peter in Begleitung des kleinen Mannes erscheint, der sie am Tag der Beerdigung aufgesucht hat.

»Green«, stellt er sich vor, als wäre ihm klar, dass er ein Mensch ist, an den man sich nicht erinnert.

Sie gehen in ein kleines Besprechungszimmer, und Green schließt sorgfältig die Tür hinter ihnen. Dann bietet er Kaffee und Wasser an, aber sowohl sie als auch Peter lehnen dankend ab. Trotz des gestrigen Abends stellt Laura fest, dass sie froh ist, Peter wiederzusehen.

»Also«, sagt Green mit seiner leisen Stimme. »Wenn ich es richtig verstanden habe, gibt es gewisse …« Sie schielt zu Peter. »Vorbehalte hinsichtlich unserer Wahl des Bauunternehmers, was Gärdsnäset angeht. Ist das richtig?«

Peter nickt, bevor Laura etwas sagen kann.

»Da die Gemeinde das Grundstück noch nicht besitzt, haben wir auch noch keine Absprache getroffen«, fährt Green fort. »Es gibt keinerlei Versprechen …«

»Laura will sicher sein, dass ihr Ulf Jensen keinen Vertrag gebt«, unterbricht Peter.

»Ja, das sagtest du.« Green sieht verlegen aus. »Gärdsnäset ist wie gesagt ein wichtiges Projekt für das Fortleben der Kommune, und wir sind natürlich bereit zu diskutieren …«

»Ich will nicht diskutieren«, sagt Laura. »Ich will, dass die Gemeinde mir verspricht, dass der Vertrag weder an Ulf Jensen noch an einen seiner Söhne geht. Wenn Sie das können, verkaufe ich Ihnen das Grundstück.«

Green windet sich.

»Das ist nicht ganz so einfach. Diese Art von Projekt erfordert per Gesetz eine öffentliche Ausschreibung. Wir müssen das Angebot wählen, wo der Steuerzahler das meiste für sein Geld bekommt.«

Mit einem Räuspern beugt er sich zu Laura vor, während er Peter einen nervösen Seitenblick zuwirft.

»Wir können so etwas also nicht schriftlich festhalten, wenn Sie verstehen? Damit würden wir gegen das Gesetz handeln.«

»Aber off the record ist die Kommune mit von der Partie, oder?«, fragt Peter.

Green macht ein gequältes Gesicht, nickt dann aber kurz.

»Also soll ich einfach verkaufen und darauf vertrauen, dass Sie Ihr Versprechen halten?«, hakt Laura nach.

Es ist Peter, der antwortet.

»Niemand hat ein Interesse daran, dich übers Ohr zu hauen, Laura. Wir wollen alle etwas Gutes aus Gärdsnäset machen. Und ich verspreche, wie ein Adler über Green zu wachen.«

Sie gehen zusammen nach draußen.

»Hast du Zeit für einen Kaffee?«

Sie zeigt Richtung Espresso House, wo sich einmal die Konditorei Wohlins befand.

»Leider nein. Ich muss arbeiten. Sandberg ist wegen der Brände hinter mir her.«

Die Antwort enttäuscht sie ein wenig.

»Etwas Neues zu Tomas?«

Peter schüttelt den Kopf.

»Er ist früher auch schon mal verschwunden. Einen Sommer hat er in Norwegen gezeltet, hat sich monatelang nicht gemeldet. Unser Besuch hat einiges bei ihm aufgewühlt.«

Laura sieht sich im Schneematsch um. Das ist kaum das richtige Wetter zum Zelten, aber sie beschließt, das Thema trotzdem fallen zu lassen.

»Wie geht es Elsa?«, fragt sie stattdessen.

»Was soll ich sagen? Teenager sind, wie sie sind. Aber dass du an die Kommune verkaufen willst, wird sie aufmuntern.«

»Ich habe mich noch nicht entschieden.«

»Aber das wirst du bald, oder?«

»Ja«, sagt sie relativ spontan, bevor er geht. »Morgen findet im Schloss ein Luciafest statt.«

Sie merkt, dass er das Wort genauso wenig mag wie sie, und redet schnell weiter.

»Ich wollte fragen, ob du mit mir hingehst?«

Der unruhige Ausdruck in seinem Gesicht weicht einem Lächeln.

»Gern.«

Sie verabschiedet sich von Peter und überlegt, ob sie Stephs Rat befolgen und losfahren soll, um sich irgendein Partyoutfit zu kaufen. Aber zuerst möchte sie eine Tasse Tee, also geht sie ins Espresso House, geht die Teesorten durch, verzichtet auf einen trist aussehenden Kuchen und setzt sich an den Tisch am Fenster, der einmal ihr Lieblingstisch war.

Während sie darauf wartet, dass der Tee abkühlt, sieht sie sich im Lokal um und sucht nach Spuren dessen, was einmal Wohlins war, aber ohne welche zu finden.

Langsam trinkt sie den Tee aus und versucht dabei, ihre Gedanken zu ordnen.

Sie hat noch immer keinerlei Beweise dafür, dass Heddas Tod etwas anderes als ein Unfall war. Was die Pinnwand angeht, so hat sie zumindest herausgefunden, worin Ibens schreckliches Geheimnis bestand. Außerdem ist sie jetzt, trotz Peters Vorbehalten, ziemlich sicher, dass Tomas den Brand auf dem Einsiedlerhof und auf Källegården gelegt hat. Dass er sein eigenes Versteck in Brand gesteckt hat, stärkt den Verdacht.

Was bleibt dann noch?

Sie weiß nach wie vor nicht genau, wer der mysteriöse Raucher ist, der Heddas Haus überwacht hat, und sie weiß auch nicht, wer die Kanister und Lumpen in Jacks alter Wohnung platziert hat.

Und dann natürlich die große Frage: Wem hat Tomas einen Dienst erwiesen, indem er den Tanzpavillon in Brand setzte? Wen meinte er, als er in seinem Brief von »wir« schrieb?

War es Milla, was immer noch die logischste Schlussfolgerung wäre, oder konnte es einer von Ibens Brüdern gewesen sein?

So wie Laura in ihre Gedanken vertieft ist, merkt sie nicht, dass jemand in den Laden kommt. Erst als sich die Person neben ihren Tisch stellt, schaut sie auf.

Als sie Ulf Jensens Blick begegnet, entfährt ihr fast ein Schreckenslaut.

»So, kleine Laura. Du treibst dich herum, habe ich gehört? Hast mit der Kommune gesprochen und gewisse Forderungen gestellt.«

Er zieht einen Stuhl hervor und setzt sich ihr gegenüber.

»Ich dachte, wir wären gute Freunde, du und ich«, fährt er fort. »Ich habe dich fast als Tochter angesehen. Und dann hintergehst du mich zusammen mit Peter Larsson. Der kleine Hahnrei, der nicht einmal auf seine eigene Frau aufpassen konnte.«

Die Keramikzähne in seinem Gesicht sehen aus wie Grabsteine. Sein Lächeln ärgert sie. Die Worte auch.

»Konntest du es denn?«, fragt sie zurück. »Konntest du auf Sofia aufpassen? Ich habe gehört, dass sie lieber den Hof angezündet hat, als mit dir zu leben.«

Der Kommentar hat eine bessere Wirkung als erwartet. Ulf Jensen bekommt einen dunklen Blick, seine Kiefermuskeln straffen sich. Aber er beißt nicht an.

»Glaubst du wirklich«, sagt er ein paar Sekunden später, »dass die Kommune mich übergehen würde? Nach allem, was ich für sie getan habe? Nach all den Medaillen und Zeitungsartikeln, ganz zu schweigen von den Terrassen und Wintergärten, die meine Jungs gebaut haben, all den Küchen und Bädern, die wir renoviert haben.«

Er lacht auf.

»Es gibt keinen einzigen Politiker im Kommunalrat, der mir keinen Umschlag mit Schwarzgeld zugesteckt hat, und im Übrigen auch keinen Beamten. Sie schulden mir alle etwas! Du auch, Laura!«

Er ballt die Hand zur Faust, streckt dann einen knochigen Zeigefinger aus.

»Du und die anderen habt meiner kleinen Iben das Leben gekostet. Das Mindeste, was du tun kannst, ist, mir zu helfen, ihren väterlichen Hof zu erhalten.«

»Du meinst den Hof, auf dem du dich an ihr vergangen hast?«

Die Worte kommen wie von selbst aus ihr heraus, ohne dass sie darüber nachdenkt.

Ulf Jensens Lippen werden weiß. Er ballt die Fäuste, und einen Moment lang glaubt sie, er würde sich auf sie werfen.

»Ich habe Iben geliebt«, zischt er, als er wieder sprechen kann. »Mehr geliebt als mein Leben, und niemand darf etwas anderes sagen. Hörst du das?«

Speichel fliegt über den Tisch.

Laura holt ganz ruhig ihr Handy hervor und sucht nach der Audiodatei, die sie im Studio bekommen hat. Sie freut sich schon auf die Gelegenheit, ihm Ibens Worte quasi in sein verlogenes, scheinheiliges Gesicht zu spucken. Aber sie findet die Datei nicht. Es dauert ein paar Sekunden, bis sie versteht, warum.

Die Datei ist weg.

Ulf Jensen steht langsam auf und gewinnt dabei einen Teil seiner Selbstsicherheit wieder.

»Jetzt sei braves Mädchen und unterschreibe diesen Vertrag mit der Gemeinde«, sagt er mit erkämpfter Ruhe. »Das ist wie gesagt das Mindeste, was du für mich und unsere kleine Iben tun kannst. Mach es am besten schnell, bevor etwas Schlimmes passiert.«

55

Laura bleibt am Tisch sitzen, ohne richtig zu begreifen, was sich gerade zugetragen hat. Dass jemand in der Kommunalverwaltung Ulf Jensen von dem Treffen berichtet und er sie bedroht hat, ist schlimm genug. Aber dass die Audiodatei mit Ibens unheimlichem Notruf verschwunden ist, kann nur eine Erklärung haben.

Eine äußerst unangenehme.

Jemand hat sie in den letzten vierundzwanzig Stunden von ihrem Handy gelöscht.

Das führt zu drei Fragen. Wann, wer und, vor allem, warum?

Seit sie vom Tonstudio zurückgekommen sind, hat sie bei mehreren Gelegenheiten nicht richtig auf ihr Telefon aufgepasst. Sie hat es in Heinz Norells Wagen verloren, als Steph sie abgeholt hat, danach steckte es zu Hause bei Peter in ihrer Jackentasche, und außerdem erinnert sie sich kaum noch, wie sie gestern Abend ins Bett gekommen ist und ob wirklich sie es war, die das Handy an die Ladestation gehängt hat.

Genug Gelegenheiten, die alle die Frage nach dem Wann beantworten.

Das Handy ist zwar gesperrt, aber es reicht, sie dabei beobachtet zu haben, wie sie es entsperrt hat, um den Code herauszufinden. Oder das Handy zu nehmen, bevor es gesperrt war.

Wenn sie zur nächsten Frage übergeht – wer –, ist die Liste mindestens genauso lang: Heinz Norell, Elsa und Peter Larsson, Erica von Thurn. Warum allerdings sollte Peter eine Audiodatei löschen, nachdem er geholfen hat, sie zu besorgen? Andererseits wusste er nicht, dass Ibens Stimme auf dem Band war, bevor sie es gehört hatten. Elsa dagegen kann wohl kaum verdächtigt werden, auch wenn sie offenbar in ihrer Tasche gewühlt hat.

Nach kurzem Nachdenken sieht sie ein, dass sie im Übrigen auch keine unbekannte Person ausschließen kann. Heute Vormittag ist sie fast eine Stunde lang geschwommen, in der Zeit steckte das Handy unbeaufsichtigt in ihrer Jacke in einem unverschlossenen Schrank im Umkleideraum des Schwimmbads.

Bleibt noch die dritte Frage: Warum?

Warum sollte jemand eine Datei löschen wollen, auf der Iben aus dem Jenseits ihren Vater des sexuellen Übergriffs beschuldigt?

Um Ulf Jensen zu schützen, ist die einzige Erklärung, auf die sie kommt. In dem Fall wären er selbst, Christian und Fredrik die Hauptverdächtigen.

Aber Peter hat schließlich noch das Band und eine digitale Kopie auf einem USB-Stick.

Sie ruft ihn an, erklärt ihm, dass sie die Datei irgendwie gelöscht hat, und fragt nach seiner.

»Ich habe alles im Büro. Aber ich bin jetzt gerade nicht in Vedarp. Kann das bis morgen warten? Oder zumindest bis heute Abend?«

Er klingt gestresst, sodass sie widerwillig Ja sagt.

Sie beschließt, Stephs Rat zu befolgen und ins nächste Einkaufszentrum zu fahren, um ein Kleid zu finden.

Während der Autofahrt geht sie noch einmal durch, was Ulf Jensen gesagt hat, dass er so viele Politiker und Kommunalbeamte in der Hand hat, dass sie niemals einem anderen den Auftrag geben würden, in Gärdsnäset zu bauen.

Wenn das stimmt, woran sie im Prinzip nicht zweifelt, bleibt ihr nur noch, ans Schloss zu verkaufen und Erica, Pontus und Heinz Gärdsnäset in eine Enklave für Reiche verwandeln zu lassen. Was wiederum hieße, dass Elsa nie mehr mit ihr sprechen würde. Warum kümmert sie die Sache überhaupt? Warum kümmert es sie, was ein Teenager und vielleicht auch sein Vater von ihr denken?

Noch eine gute Frage, auf die es keine gute Antwort gibt.

Oder vielleicht doch? Sie mag Elsa, findet sich in ihr wieder, mehr ist es wahrscheinlich nicht.

Also kann sie wegen Ulf Jensen nicht an die Kommune verkaufen und nicht ans Schloss, wenn sie weiterhin Kontakt zu Peter und Elsa haben will.

Was bleibt dann?

Natürlich gibt es eine dritte Alternative. Sie kann Gärdsnäset bis auf Weiteres behalten, bis sie eine Lösung für dieses Problem gefunden hat.

Auf dem Nachhauseweg beschließt sie, einen Abstecher zu machen und nachzuschauen, ob George zu fressen hat. Ein kleiner Teil von ihr vermisst tatsächlich die Wärme und das behagliche Geräusch der schnurrenden Katze an ihrem Fußende.

Als sie die Zufahrtsstraße erreicht, ist es schon dunkel. Der baufällige Torbogen und die verschneiten Hüttenruinen erscheinen ihr fast noch trister als vor ein paar Tagen.

Ihr Wagen steht noch neben Heddas Haus, wo sie ihn stehen gelassen hat, aber als sie näher kommt, entdeckt sie, dass über die ganze Seite etwas mit dunkler Farbe geschrieben steht.

Verkauf und hau ab!

Sie bleibt abrupt stehen.

Ihr erster Impuls ist, umzudrehen und wegzufahren, aber stattdessen steigt sie aus dem Mietwagen, lässt aber den Motor und die Scheinwerfer an.

Einige Krähen krächzen warnend, als würden sie ihre Unruhe spüren und begreifen, dass etwas Schreckliches passiert ist.

Als sie näher geht, sieht sie ein dunkles Bündel an der Windschutzscheibe. Sie riecht einen wohlbekannten Gestank, der ihr den Magen umdreht. Haare, Ruß, verbranntes Fleisch.

Sie bleibt an der Motorhaube stehen und starrt auf das Bündel, sieht einen kahlen Schwanz, einen grau getigerten, verbrannten Pelz und einen gläsernen Blick, der sie leer anstarrt.

»George!«

Sie schafft es gerade noch, hinter dem nächsten Baum zusammenzusinken, bevor sie sich in den Schnee übergeben muss.

Zum ersten Mal in zwei Jahren weint Laura. Sie sitzt auf der Eingangstreppe, den Kopf auf die Arme gelegt, und weint so, dass ihr Körper geschüttelt wird. Es ist, als hätte sich etwas in ihr gelöst. Dinge, die sie in Plastikkisten gestopft hat, die sie verschlossen und tief unten in ihrem Keller versteckt hat, brechen hervor. Sie treffen sie wie ein Schlag in die Magengrube, sodass sie nicht in der Lage ist, etwas anderes zu tun als zu weinen. George, Iben, Hedda, Jack, Peter und Tomas.

Aber am allermeisten weint sie um ihre kleine Tochter. Ihre und Andreas' hübsche Tochter. Über das Leben, das hätte sein können.

Irgendwo hört sie Heddas Telefon klingeln, aber sie schafft es nicht, aufzustehen und dranzugehen. Sie bleibt einfach da auf der Treppe sitzen und weint, bis ihr Körper starr vor Kälte ist und sie einfach keine Tränen mehr hat. Aber auch dann schafft sie es nicht, aufzustehen.

Sie hört ein röhrendes Motorengeräusch herannahen, sieht einen einsamen Lichtschein zwischen den Bäumen hin- und herschwanken.

Elsa.

Laura zwingt sich auf die Füße, füllt die Hände mit Schnee und reibt sich das Gesicht, während sie vorwärtsstolpert. Die Eiskristalle brennen auf ihrer Haut und lassen sie wieder zu sich kommen. Sie muss Elsa von dem furchtbaren Anblick auf ihrem Wagen fernhalten.

Sie schaltet den Motor des Leihwagens aus, wodurch die Scheinwerfer verlöschen. Dann läuft sie auf die Zufahrtsstraße, um Elsa aufzuhalten.

»Hallo«, sagt das Mädchen, als sie das Visier ihres Helms hochklappt.

Ihre Stimme klingt zurückhaltend, das schlägt aber sofort um, sobald sie Lauras Gesicht sieht.

»Was ist passiert?«

»Einbruch«, antwortet sie.

Ihre Stimme zittert bei der Lüge.

»Wir dürfen nicht näher gehen, falls es Spuren gibt. Ist dein Vater zu Hause?«

Elsa schüttelt den Kopf.

»Aber ich kann ihn anrufen, wenn du willst. Er geht immer ran, wenn ich anrufe. Ich muss nur zur Hauptstraße zurückfahren, um Empfang zu haben.«

Eine Viertelstunde später taucht Peter auf. Er ist schon aufgebracht, als er aus dem Wagen steigt, und es dauert einen Moment, bis Laura klar wird, dass das nicht an der Tatsache liegt, dass Elsa auf einem Motorrad sitzt, wofür sie zu jung ist, um damit auf der Straße zu fahren. Am liebsten will sie ihm um den Hals fallen, aber Elsas wegen bewahrt sie die Fassung. Sie berichtet ihm nur leise, was vorgefallen ist.

Peter geht zum Wagen und betrachtet Georges verbrannten Körper. Danach tätigt er ein paar Anrufe.

»Es ist noch etwas anderes passiert«, sagt er zu Laura, als er fertig ist. »In meinem Büro ist eingebrochen worden. Alles ist total durcheinander. Wir sind gerade dabei, den Tatort zu untersuchen.«

Er senkt die Stimme, beugt sich näher zu ihr.

»Das Kassettenband und die digitale Kopie mit Ibens Stimme sind weg.«

56

Es ist erst sieben Uhr morgens, und das Schloss liegt still da, als Laura ihre Badesachen nimmt und zum Schwimmbad hinübergeht.

Sie hat in der Nacht nichts geträumt, zumindest nichts, woran sie sich erinnert, was sie überrascht. Aber vielleicht ist ihr Hirn so mit furchtbaren Dingen überlastet, dass es Ruhe braucht.

Das Wetter ist jetzt milder, die Temperatur liegt um die null Grad, die Luft ist feucht. Laura schwimmt fünfzig Bahnen, während sie versucht, Klarheit in ihren Gedanken zu schaffen.

Sie hat Peter von der unangenehmen Begegnung mit Ulf Jensen erzählt. Genau wie sie war Peter der Meinung, dass die Jensens die Hauptverdächtigen sind, sowohl die Aufnahmen gestohlen als auch die arme George getötet zu haben.

Wenn die Aufnahme von Ibens Stimme öffentlich werden würde, könnten nicht einmal Ulfs Kontakte ihn oder seinen Hof retten. Aber wie können die Jensens erfahren haben, dass die Aufnahme existierte? Bis vor Kurzem gab es nur eine Notiz bezüglich eines anonymen Anrufs, die in einer uralten Polizeiuntersuchung begraben lag.

Eigentlich haben nur drei Personen von der Aufnahme gewusst: Peter, sie selbst und der Tontechniker. Dieses professionelle Tonstudio in Lelles Garage musste einiges gekostet haben. Wenn man es nicht gerade schwarz bezahlte und mit einem lokalen Unternehmer ein kleines Waldgeschäft machte.

Ein Anruf auf Källegården genügte, eine kurze Zusammenfassung dessen, was sich auf dem Band befunden hatte, wo es Kopien gab, und um den Rest konnte sich Fredrik kümmern. Er hatte ihr Telefon klauen können, während sie im Schwimmbad war, eine Tür zu Peters Büro aufbrechen. Er schien nicht der Typ zu sein, der vor solchen Aktionen zurückschreckte. Nicht einmal davor, eine arme, wehrlose Katze zu töten und zu verbrennen.

Sie bemerkt eine Bewegung am Beckenrand und hält an der nächsten Wand an.

Steph und Erica von Thurn sind da und haben sich jeweils auf eine Liege gelegt. Sie tragen Bademäntel und halten Pappbecher in der Hand.

Laura bleibt im Wasser. Ihr Bademantel liegt genau zwischen den beiden Frauen auf einem Tisch, und wenn sie an ihnen vorbeiginge, müsste sie ihren Rücken zeigen.

»Gut so!«, ruft Steph. »Du hast Erica und mich so inspiriert, dass wir dachten, wir leisten dir Gesellschaft.«

Laura nickt und bleibt an der Kurzseite des Beckens.

»Komm raus. Erica hat Frühstückssmoothies gemacht!«

Steph hebt einen dritten Pappbecher hoch.

Laura hat keine andere Wahl, als herauszusteigen. Sie versucht, den Rücken von den Frauen abzuwenden, während sie sich ihren Bademantel schnappt, aber das ist unmöglich.

»Oh«, sagt Erica von Thurn. »Kommt die Narbe von dem Brand?«

»Mmm.«

Laura bemüht sich, durch Tonfall und Körpersprache klarzumachen, wie wenig sie über die Sache reden möchte. Aber Erica von Thurn ist nicht die Person, die diese Art von diskreten Signalen versteht. Oder es ist ihr einfach egal.

»Warum hast du keine Schönheitskorrektur machen lassen?«

»Weil Laura keine Narkosen verträgt«, sagt Steph schnell.

»Aha.«

Erica von Thurn schluckt die Lüge.

»Alles okay?«, fragt Steph, offenbar in dem Versuch, das Thema zu wechseln. »Wir haben gestern gar nicht mehr miteinander gesprochen.«

»Ich bin früh ins Bett gegangen«, sagt sie, während Steph den Kopf schief legt, so wie immer, wenn sie ihr nicht glaubt.

Laura beschließt zu erzählen, was mit George passiert ist, wenn auch nur, um weiteren neugierigen Fragen nach dem Brand zu entgehen.

»Pfui Teufel, poor kitten«, murmelt Steph, als sie zu Ende geredet hat. »Und die Polizei weiß nicht, wer es war?«

»Nein, bisher jedenfalls nicht.«

»Das klingt nach einem Verrückten.« Ericas Augen haben sich geweitet, ein Lächeln, ein erregtes und fasziniertes Lächeln, umspielt ihre Mundwinkel. »Aber du brauchst dir keine Sorgen zu machen. Hier im Schloss bist du sicher. Wir haben Kameras und Alarmanlagen. Und heute Abend kommt ein Haufen Leute.«

Laura versucht, die Fassung zu wahren. Sie hatte das Luciafest völlig vergessen. Aber jetzt gibt es kein Zurück mehr, sie ist Gast im Haus, und nach Gärdsnäset zurückzukehren, ist kaum eine Alternative. Außerdem hat sie schon Peter eingeladen.

»Es kommen einige nette Leute, die bereits Sommerhäuser in Torekov haben, die aber finden, dass es dort langsam ein bisschen zu spießig wird, wenn du verstehst, was ich meine.«

Erica hält inne.

»Aber ich verspreche, dass wir nicht über Geschäftliches reden werden, Laura. Jedenfalls nicht viel. Wir versuchen überhaupt nicht, deinen Entschluss, was Gärdsnäset angeht, zu beeinflussen, aber Pontus und ich wären natürlich überglücklich, wenn du dich für uns entscheiden würdest.«

Laura trinkt einen Schluck Smoothie, sie sieht, dass Steph verlegen dreinschaut und ein stummes »Entschuldigung« mimt, als Erica von Thurn gerade wegschaut.

Steph schlüpft in Lauras Zimmer, kurz bevor die Gäste kommen. Sie begutachtet das Kleid, das sie gekauft hat, lässt ihre Schuhe durchfallen und leiht ihr ein Paar von ihren eigenen.

»Du, tut mir leid wegen heute Morgen«, sagt sie. »Erica kann manchmal ein bisschen zu straightforward sein. Probably the German genes.«

Sie wird ernst.

»Ich weiß, dass ich mich in diese ganze Grundstückssache nicht einmischen sollte, aber Erica hat recht. Derjenige, der das mit der Katze auf deinem Auto getan hat, ist ein richtig kranker Mensch. Außerdem sind da noch die Brandstiftungen und die Kratzer auf deinem Wagen.«

Steph setzt sich neben sie auf das Bett.

»Warum verkaufst du nicht einfach an Pontus und Erica, so wie besprochen, and get rid of this shitshow? Du kannst doch nicht seriously in Erwägung ziehen, an die Kommune zu verkaufen? Zulassen, dass dieser …« Steph verzieht angewidert das Gesicht. »Pädophile und seine Katzen tötenden Söhne den Bauvertrag bekommen?«

Die Frage erscheint logisch, Laura hat sie sich selbst schon oft gestellt. Aber sie hat trotzdem keine Antwort. Sie denkt an Peter, an Elsa, an Hedda, an Johnny Miller, an …

»Jack«, sagt Steph. »Um ihn geht es hier, oder? Du hast den Gedanken immer noch nicht aufgegeben, dass der Traumprinz auftaucht.«

Ihr Ton ist mitfühlend, was Laura mehr stört, als wenn er gereizt wäre.

Steph nimmt ihre Hand und schaut Laura direkt in die Augen, sodass es schwierig ist, dem Blick auszuweichen.

»Es sind dreißig Jahre vergangen, Laura. Dreißig Jahre, in denen Jack oder deine Tante sich hätten melden können. Aber keiner von ihnen hat es getan. Kein Anruf, nicht einmal eine fucking postcard. Du bist ihnen nichts schuldig. Ist es nicht einfach an der Zeit, loszulassen?«

Laura schaut weg. Steph hat recht. Solange sie sich an Gärdsnäset klammert, bleibt ihr zumindest ein Funken Hoffnung. Aber Hoffnung worauf? Auf ein glückliches Ende?

Gibt es so etwas überhaupt?

57

Die Auffahrt zum Schloss ist mit großen Fackeln gesäumt. Auf dem Platz und entlang der breiten Treppe zur Eingangstür liegen Tannenzweige aus.

Peter kommt Punkt sieben Uhr. Er bringt eine Flasche Wein mit, die Pontus von Thurns Gesicht nach mehr als in Ordnung ist, und trägt einen gut sitzenden Smoking, den er wohl nicht zum ersten Mal anhat.

Beides überrascht Laura. Sie hat Peter unterschätzt, hatte Sorge, er würde sich in dieser Gesellschaft blamieren. Sie muss sich über sich selbst schämen.

»Nicht schlecht«, flüstert Steph ihr ins Ohr, nachdem sie Peter vorgestellt hat. »Und trotzdem nicht derjenige, der dein Traumprinz ist.«

Nach ein paar Minuten hat Steph ihn bereits um ihren kleinen Finger gewickelt. Sie redet noch übertriebener ihr Schwedisch-Englisch, scherzt mit Peter, als wären sie alte Freunde, und berührt immer wieder seinen Ellenbogen. Laura ist dieses Theater gewöhnt, normalerweise findet sie es recht unterhaltsam, aber heute Abend ärgert es sie ein wenig.

Steph führt sie auf die Galerie über der großen Treppe.

»Der beste Ort, wenn man die Leute beobachten will«, sagt sie.

Unter ihnen strömen die festlich gekleideten Gäste herein. Sie ziehen Mäntel und Pelze aus, begleitet von einem Duft nach Parfum und Zigarren, der die Treppe heraufzieht.

»Was sind das für Leute?«, fragt Peter.

Die Frage ist eigentlich an Laura gerichtet, aber Steph antwortet ihm.

»Geld in verschiedener Form«, erwidert sie.

Sie zeigt mit dem Finger auf eine Gruppe, die gerade gekommen ist und Pontus von Thurn lautstark und mit übertriebenem Schulterklopfen begrüßt. Männer um die sechzig mit zwanzig Jahre jüngeren Frauen.

»Das sind Pontus' alte Freunde. Alle sind bei Frau und Familie Nummer zwei oder sogar drei. Old money, Eliteinternat, ein Hauch von Inzucht und das Ganze, du weißt schon …«

Sie zeigt auf eine andere Gruppe von Gästen – jünger, gelangweilter.

»Und diese Gang da ist the new economy. IT, Bitcoins, Spotify, you name it. Rotzbengel, die mehr Geld haben, als sie ausgeben können. Dieses Problem haben die beiden Gruppen gemeinsam, und Erica und Pontus knöpfen ihnen eine ordentliche Summe ab und machen mit dem Geld etwas Vernünftiges. Das ist einer der Gründe, warum ich die von Thurns mag.«

Sie wirft Laura einen langen, übertrieben vielsagenden Blick zu. Dann hakt sie sich bei Peter ein.

»Mein Glas ist leer«, sagt sie. »Was hältst du davon, mich zur Bar zu begleiten? Laura hat erzählt, dass Johnny Miller dein Schwiegervater ist. I'm a huge fan …«

Laura bleibt auf dem Treppenabsatz stehen, während sie die Leute unter sich studiert. Immer wieder wandert ihr Blick zu Erica von Thurn, die gewandt herumgeht, Küsschen verteilt und es schafft, innerhalb kurzer Zeit mit allen Gästen zu sprechen und offensichtlich dafür zu sorgen, dass sie sich willkommen fühlen. Sie scheint ihr Wesen ein bisschen zu verändern, je nachdem, mit wem sie gerade spricht. Mit einem ausländischen Gast spricht sie ratternd Deutsch, scherzt mit Pontus' Jungs und sagt kurz darauf etwas, was die jüngere Gruppe in lautes Gelächter ausbrechen lässt.

Erica von Thurn ist zweifellos gut darin, mit anderen Menschen umzugehen. Vielleicht sogar, sie zu manipulieren. War es das, was sie neulich in der Bibliothek versucht hat? Auf der anderen Seite behauptet Steph, Erica und Pontus seien gute Menschen.

Sie beobachtet Erica weiter. Ihre Bewegungen, ihr Mienenspiel. Sie gibt sich mal schön und ein bisschen dumm, dann wieder scharf wie eine Rasierklinge.

Jemand berührt ihren Arm, und sie dreht sich um.

»Ich habe dich gesucht, Laura«, sagt Heinz Norell.

Er reicht ihr ein frisches Champagnerglas und zeigt wieder sein kryptisches Lächeln.

»Und, was hältst du von unserer kleinen Zusammenkunft?«

»Nett.«

Sie bereut das Wort, findet aber auch kein besseres.

Heinz stellt sich etwas näher, als ihr angenehm ist, aber wegen des Balkongeländers kann sie nicht ausweichen. Er riecht gut, nach Zigarre und Aftershave.

»Und dein Kavalier, was ist aus ihm geworden?«

»Steph hat ihn an die Bar mitgenommen.«

»Ah.« Er lächelt noch breiter. »Von Stephanie umgarnt. Dann habe ich dich ein paar Minuten für mich allein.«

Laura weiß nicht so recht, was sie erwidern soll. Heinz hat etwas Verlockendes an sich, fast Gefährliches.

»Du bist sehr schön heute Abend.«

»Danke.«

»Was hältst du davon, eine kleine Runde zu drehen und die übrigen Gäste zu begrüßen?«

Er streckt den Arm aus, und nach kurzem Zögern ergreift sie ihn.

Als sie die Treppe hinuntergehen, merkt sie, wie mehrere Männer im Raum sie auf eine Art und Weise anschauen, die sie nicht gewohnt ist, und sie bereut, das Kleid und Stephs hochhackige Schuhe angezogen zu haben statt ihrer üblichen Kleidung. Aber nach einer Weile gewöhnt sie sich daran und entspannt sich ein bisschen, vor allem dank des Champagners und Heinz' Gesellschaft.

Sie gehen einen großen Bogen, aber keiner der Gäste hinterlässt wirklich einen bleibenden Eindruck.

Gerade als sie nach Peter und Steph Ausschau halten will,

wird das Licht gedimmt, und aus der Ferne sind helle Singstimmen zu hören. Dann sieht man flackerndes Licht, das durch den Salon herannaht. Ein Luciazug aus zehn jungen Frauen mit Kerzen und weißen Kleidern sowie zwei Jungen, die sich in ihrem Sternträgerkostüm nicht ganz wohlzufühlen scheinen. Sie stellen sich in der Eingangshalle auf und singen ein paar traditionelle Lieder. Der Gesang ist schön, aber Laura hört ihn kaum. Ihr Blick bleibt an der Lucia hängen. Die junge Frau ist etwa sechzehn oder siebzehn Jahre alt und hat langes, dunkles Haar. Hohe Kerzen flackern an der Krone auf ihrem Kopf.

Die Flammen verursachen Laura Unwohlsein.

Das Gefühl bleibt auch, nachdem der Luciazug wieder durch den Salon verschwunden ist, es lässt sich nicht vom Beifall der Gäste vertreiben. Sie spürt kalten Schweiß auf ihrem Rücken und Feuchtigkeit, als er auf die Hitze der Narbe trifft.

»Laura?«

Sie realisiert, dass Heinz etwas gesagt haben muss, das sie nicht gehört hat. Er sieht beunruhigt aus.

»Geht es dir gut? Du bist ganz weiß im Gesicht.«

Sie nickt.

»Ich brauche nur ein bisschen was zu essen.«

Laura bekommt Heinz als Tischherrn, was sicher kein Zufall ist, genauso wenig wie dass Steph Peter hat. Sie ahnt, dass Steph alles geplant hat und Heinz wieder eines von Stephs Verkupplungsprojekten ist. In dem Fall muss sie widerwillig zugeben, dass es eines von den besser geglückten ist. Heinz Norell ist sowohl intelligent als auch nett. Er liest Bücher, hat Ahnung von Politik und stellt ihr außerdem ehrlich interessierte Fragen.

»Stephanie hat erzählt, dass du gefährlich bist«, sagt er, als sie das Hauptgericht gegessen haben. »Dass du Menschen lesen und Geheimnisse entlarven kannst, die die Leute verbergen wollen.«

Laura schielt zu Steph hinüber. Sie wünscht sich, sie hätte das für sich behalten.

»Ich liebe Sherlock Holmes. Schon seit ich klein war. Wie er die Kleider der Leute anschauen und erkennen kann, woher sie kommen.«

Er hebt das Kinn, imitiert einen britischen Akzent.

»Sie, mein guter Herr, arbeiten als Butler bei einem verarmten Lord. Sie haben heute Morgen um 11 Uhr 23 den Zug nach Paddington genommen und Scones zum Frühstück gegessen.«

Laura kann sich vor Lachen kaum halten.

»Machst du es so?«

Sie schüttelt den Kopf.

»Wie gesagt arbeite ich mit Screenings. Die Leute, die ich interviewe, sind clever, sie wissen, was auf dem Spiel steht, und bemühen sich, sich von ihrer besten Seite zu zeigen. Mein Job ist es, hinter die Fassade zu schauen, ihre Geschichten mit ihrem Auftreten zu vergleichen und nach Dingen zu suchen, die nicht richtig zusammenpassen.«

»Was denn zum Beispiel?«

Laura trinkt noch einen Schluck Rotwein. Es ist ihr zweites Glas, und dank des Schampus' und des Weißweins zur Vorspeise ist sie schon leicht beschwipst. Das ist nicht ihre Art, andererseits amüsiert sie sich, was auch ungewöhnlich ist.

»Zum Beispiel dein Name. Du heißt Norell mit Nachnamen, aber du hast gesagt, dass deine Mutter Schwedin war und dein Vater Deutscher. Warum trägst du nicht den Namen deines Vaters?«

Heinz verzieht das Gesicht.

»Nichts Dramatisches. Meine Eltern waren nicht verheiratet. Ich habe die meiste Zeit bei meiner Mutter gelebt. War das alles, Miss Holmes?«

Er sieht ein bisschen enttäuscht aus, also beschließt sie, tiefer zu graben. Sie betrachtet ihn genau, sein Gesicht, seine Hände, das Lächeln, das seine Lippen nie ganz zu verlassen scheint. Seine dunklen Augen.

»Du trägst farbige Kontaktlinsen.«

Sie ist sich dessen nicht ganz sicher, es ist eher ein Gefühl. Eine leichte Diskrepanz zwischen seinen Augen und seiner übrigen Färbung. Der Haut, den hellen Augenbrauen, dem gepflegten Bart.

Heinz zuckt zusammen, er sieht kurz überrascht und ein bisschen beunruhigt aus. Dann findet er sein selbstsicheres Lächeln wieder, gefolgt von einem beeindruckten Pfeifen.

»Enttarnt«, sagt er. »Und vielleicht bei einer der schlimmsten Sünden. Gut gemacht!«

»Welche Sünde ist das?«

»Eitelkeit natürlich.« Sein Lächeln wird breiter. »Ich habe einen angeborenen Augenfehler, der Kolobom heißt. Meine eine Pupille verläuft über die Iris.« Er zeigt auf sein rechtes Auge. »Ich habe früh festgestellt, dass manche Leute das unangenehm fanden und es vermieden, mir in die Augen zu schauen. Dunkle Kontaktlinsen haben das Problem behoben. Ich trage sie schon, seit ich ein Teenager war.«

»Dann ist deine natürliche Augenfarbe Blau?«

»Yes, was leider auch die Färbung ist, die Kolobom am meisten hervorhebt. Deshalb lebe ich verkleidet. Nicht viele kennen mein dunkles Geheimnis, oder besser gesagt, mein hellblaues, aber du hast es aufgedeckt. Bravo, Miss Holmes.«

Nach dem Kaffee erhält Laura die Gelegenheit, sich Peter zu schnappen.

»Amüsierst du dich gut?«

»Absolut. Steph ist charmant. Ich weiß jetzt schon das meiste über dich.«

»Was denn?«

»Dass du allein die Firma schmeißt, trotz einer manipulativen Mutter, eines trittbrettfahrenden kleinen Bruders und eines Ex-Mannes, der nicht von dir lassen will. Und dass du seit Jahren keinen Urlaub mehr gemacht hast.«

»Aha.«

Die Beschreibung ist so treffend, dass sie erröten und zugleich lächeln muss.

»Steph hat auch etwas über eine Bazillenphobie gesagt, aber da ich weiß, wie du in Gärdsnäset herumgeräumt hast, habe ich ihr erklärt, dass das vorbei sein muss.«

Laura schnappt sich einen Drink von einem Tablett, das ein Kellner vorbeibalanciert. Sie glaubt, in ihm einen der Sternträger von vorhin zu erkennen.

»Tatsächlich habe ich jetzt gerade ein bisschen frei. Ich habe Marcus aus dem toten Winkel gezogen. Ihn zum Arbeiten gezwungen.«

Sie macht eine Handbewegung, um zu illustrieren, was sie meint, und verschüttet dabei etwas von ihrem Drink. Peter fängt das Glas und ihre Hand. Er steht da und hält sie fest.

»Ich freue mich«, sagt er, »dass du mich eingeladen hast.«

Sie leert ihr Glas. Wird von einem plötzlich Impuls erfasst.

»Ich glaube, dass Iben umgebracht wurde«, sagt sie. »Dass jemand sie davon abhalten wollte zu erzählen, was auf Källegården passiert ist. Und ich glaube, dass Hedda aus dem gleichen Grund getötet wurde.«

Sie sieht, wie sein Lächeln erlischt, und begreift zunächst nicht, warum. Erst als er fast demonstrativ ihre Hand loslässt.

»Also, so habe ich das nicht gemeint. Ich bin froh, dass du hier bist ... sehr froh.«

Peter wendet sich ab.

»Wir verpassen den Tanz«, sagt er trocken.

58

Laura hat eine Band erwartet, aber stattdessen legt ein DJ auf. Ein Dutzend Paare tanzen bereits vor der Bühne. Die Kristallleuchter glitzern mit dem Schmuck der Damen um die Wette, hinter einer Theke an der Breitseite des Raums mixt ein Barkeeper Cocktails. Sie versucht, die richtige Art zu finden, um Peter zu sagen, dass sie ihn nicht nur eingeladen hat, um über den Brand und Iben zu sprechen, aber bevor ihr etwas einfällt, taucht Heinz aus dem Nichts auf.

»Verzeihung«, sagt er zu Peter. »Ich wollte meine Tischdame um einen Tanz bitten.«

Peter nickt kurz und verschwindet Richtung Bar, wo Steph Hof hält.

Laura tanzt eigentlich nicht gern, sie hat noch nie richtig verstanden, was schön daran sein soll, seinen Körper an einen verschwitzten Fremden zu drücken. In ihren Augen ist das nur eine lang gezogene Umarmung nach einem vorbestimmten Bewegungsmuster. Außerdem mag sie es nicht, eine fremde Hand auf ihrem Rücken zu spüren.

Aber ihre Mutter hat sie natürlich gezwungen, zumindest anständig Foxtrott zu lernen.

Heinz Norell führt sie in den Teil des Raumes, in dem die Musik gerade so laut ist, dass man sich noch unterhalten kann.

»Und, ist er dein Freund?«

Heinz nickt zu Peter hinüber, der sich neben Steph an die Bar gesetzt hat.

»Ein alter Freund«, sagt sie.

»Seit deiner Kindheit?«

Sie fühlt die Wärme seiner Hand durch ihr Kleid und auf der Narbe und windet sich leicht, um sie von dort wegzubekommen. Stattdessen zieht Heinz sie fester zu sich heran.

»Du bist eine ganz spezielle Frau, Laura.«

Bei dem Ausdruck zuckt sie zusammen. Sie hat ihn in den letzten Wochen einige Male gehört, immer im Zusammenhang mit Hedda.

»Du verdienst jemanden, der erkennt, wie besonders du bist«, flüstert er ihr ins Ohr und drückt sie dabei noch fester an sich.

Sie schaut nach Peter, merkt, dass er sie beobachtet.

Sie fühlt, wie Heinz' Lippen ihr Ohr streifen.

»Was hältst du davon, wenn wir uns einen Moment zurückziehen, du und ich?«

Bevor sie antworten kann, verstummt die Musik, und Erica von Thurn nimmt das Mikrofon.

»Liebe Gäste. Wir freuen uns sehr, dass ihr alle hier seid. Mein lieber Pontus hat Jahre an der Renovierung gearbeitet, und es ist höchste Zeit, das zu feiern.«

Sie wirft ihrem Mann eine Kusshand zu, und Laura glaubt zu bemerken, wie Heinz irritiert das Gesicht verzieht.

»Wenn ihr so nett sein würdet, auf die Terrasse zu gehen, ich habe ein kleines Überraschungsgeschenk für Pontus. Macht euch keine Sorgen wegen der Kälte, es gibt Champagner und Decken.«

Die Glastüren an der Längsseite des Raumes öffnen sich. Draußen brennen etwa zehn große Feuerkörbe, und das Servicepersonal steht mit Tabletts bereit.

Heinz nimmt Lauras Hand und führt sie auf die Türen zu. Sie schaut sich nach Peter um, sieht ihn aber nicht. Die Flammen in den Feuerkörben steigen hoch auf, und sie hält sich so fern wie möglich von ihnen. Heinz legt eine Decke über ihre Schultern und drückt ihr ein Champagnerglas in die Hand. Das Mädchen mit dem Tablett ist die Lucia von vorhin. Laura versucht, sie nicht anzuschauen.

Rund hundert Meter von ihnen entfernt bewegen sich auf der Rasenfläche zwischen Schloss und See ein paar Gestalten mit Stirnlampen hin und her. Man sieht Platten und Stative, die im Schnee aufgestellt wurden. Vermutlich Rampen für Pyrotechnik.

Erica von Thurn nimmt ihren Mann bei der Hand und führt ihn ganz vor zur Balustrade.

»Lieber Pontus«, sagt sie laut. »Ich weiß, wie sehr du das Schloss und seine Geschichte liebst. Wie gern du die Geschichte erzählst, dass man bei der Einweihung 1712 so intensiv und enthusiastisch Salutschüsse abfeuerte, dass das Dach in Brand geriet.«

»1713!«, ruft Pontus von Thurn, und bringt die Gäste damit zum Lachen.

»Wie auch immer«, sagt Erica. »Ich möchte dich zu einem eigenen kleinen Salut einladen. Hoffentlich einem ungefährlicheren. Zum Wohl, Liebling.«

Sie stößt mit ihrem Mann an, schaltet dann eine Taschenlampe ein, die auf der Balustrade liegt, und blinkt damit ein paarmal Richtung Rasenfläche. Wenige Sekunden später explodiert am Himmel ein großes Feuerwerk. Laura steht ganz nah bei den Thurns, sie kann sehen, dass Pontus' Augen glänzen, seine Frau sich bei ihm einhakt. Zugleich spürt sie Heinz' Hand an ihrer Hüfte, dann, wie er sie nach unten gleiten lässt.

Sie schiebt seine Hand weg. Aber sobald sie ihn losgelassen hat, ist seine Hand wieder da. Diesmal ist der Griff härter, gibt nicht nach.

Sie dreht sich zu ihm um und begegnet einem aufreizenden Lächeln. Seine Lippen bewegen sich, aber das Knallen der Feuerwerkskörper und das bewundernde Oh und Ah des Publikums übertönen seine Stimme.

Heinz legt den Arm um sie, zieht sie an sich, drückt seinen Mund auf ihren.

Sie stößt ihn weg, aber das schreckt ihn nicht ab, er startet einen neuen Anlauf. Alle Blicke sind zum Himmel gerichtet, deshalb merkt keiner der Umstehenden etwas davon.

Heinz greift nach ihrem Handgelenk und zieht sie wieder zu sich. Sein Griff ist fest.

Sie stellt ihr Glas ab und versucht, ihn mit der anderen Hand wegzuschieben, aber er packt auch diese. Belustigt lächelt er sie an, als wäre das irgendein Spiel. Das Knallen des Feuerwerks geht in ein ratterndes Bombardement über. Die Blitze der Feuerwerkskörper spiegeln sich in Heinz' Augen, die Schatten auf seinem Gesicht sehen gespenstisch aus.

Laura verdreht die Hände, zerrt und kommt frei.

Heinz' Lächeln wird starr, sein Gesicht hart. Im selben Moment verstummt das Feuerwerk. Jubel setzt ein, Pfiffe und ein dröhnender Applaus von den Gästen auf der Terrasse. Laura macht ein paar schnelle Schritte, sodass andere Menschen zwischen sie und Heinz geraten, dabei sieht sie sich nach Peter um.

Plötzlich ist ein lauter, durchdringender Schrei zu hören, der das ausgelassene Gemurmel auf der Terrasse zum Schweigen bringt. Alle Blicke sind auf den Rasen und die beiden Pyrotechniker gerichtet. Aber auch sie haben sich umgedreht. Die Tür zum Bootshaus unten am Seeufer wurde aufgestoßen, und ein Mensch taumelt heraus. Seine Kleidung an den Armen und am oberen Rücken brennt. Aus der offenen Tür schlagen hohe Flammen.

Lauras Beine sind kurz davor nachzugeben, sie fasst nach der Steinbalustrade, um auf den Füßen zu bleiben. Der brennende Mensch wirft sich in den Schnee und rollt herum, wodurch die Flammen erlöschen.

Die beiden Pyrotechniker rennen zum Bootshaus. Ein kräftiger Lichtschein lässt sie anhalten, dann folgen eine Explosion und eine Hitzewelle, bei der Laura instinktiv die Arme vor das Gesicht schlägt. Als sie sie wieder heruntersnimmt, steht das Bootshaus vollständig in Flammen. Die Person im Schnee ist wieder auf die Füße gekommen, stolpert Richtung Waldrand davon und verschwindet zwischen den Schatten.

Lauras Puls rast, die Narbe gebärdet sich so wild auf ihrem Rücken, dass sie glaubt, die Decke würde sich auf ihren Schultern bewegen. Sie dreht sich weg, sinkt an der Balustrade nieder. Der Feuerschein beleuchtet die Gesichter der Menschen um sie herum. Steph steht nur ein paar Meter entfernt neben dem Ehepaar von Thurn. Ihr Mund steht offen, der Schock ist ihr ins Gesicht geschrieben. Pontus von Thurns Ausdruck ist fast identisch mit dem von Steph. Das Gesicht seiner Frau zeigt hingegen weder Schock noch Angst. Eher eine erregte Faszination.

Jemand packt Laura am Arm und zieht sie hoch. Erst glaubt sie, dass es Heinz Norell ist, und versucht, ihre Kräfte zu sammeln, um ihn wegzustoßen.

Aber es ist Peter. Die wütende Miene von vorhin ist verschwunden.

»Komm!«, sagt er und legt vorsichtig den Arm um ihre Taille.

Peter führt sie durch die Menschenschar, an den aufgeregten Gästen vorbei. Direkt neben der Tür steht die Lucia. Sie sieht schockiert aus. Das Feuer spiegelt sich schwach in ihren Augen, und für den Bruchteil einer Sekunde erinnert sie Laura an Iben.

Peter bringt Laura schnell durch das Schloss, hinaus auf den Parkplatz. Er setzt sie in seinen Wagen, startet den Motor, macht die Heizung an und wickelt sie ordentlich in die Decke. Dann bleibt er vor dem Auto stehen und telefoniert kurz, bevor sie wegfahren.

»Sandberg und seine Leute sind unterwegs«, sagt Peter. »Sie werden alle Zeugen vor Ort befragen wollen, aber er ist einverstanden damit, dass wir fahren, aus Rücksicht auf unsere … Geschichte. Niemand hat etwas davon, dich oder mich zu zwingen, den ganzen Zirkus noch einmal zu erleben. Ich habe ihnen gesagt, in welche Richtung der Täter verschwunden ist. Es sollte nicht allzu schwer sein, ihn zu erwischen.«

Laura schafft es nicht, zu antworten, sie nickt nur.

Direkt unterhalb der Allee begegnen ihnen ein Polizeifahrzeug und drei Einsatzwagen der Feuerwehr, kurz dahinter ein Krankenwagen. Inzwischen ist es im Auto über zwanzig Grad warm, aber Laura zittert trotzdem vor Kälte. Erinnerungen flackern über ihre Netzhaut, alte und neue Bilder wiederholen sich in einer Endlosschleife, immer mit dem gleichen Ende. Der brennende Mensch, der aus dem Bootshaus stolpert.

»Glaubst du, das war Tomas?«, fragt sie, als sie sich dem Dorf nähern.

Peter antwortet nicht, aber an seinen gespannten Kiefermuskeln sieht sie, dass er denselben Schluss gezogen hat.

»Warum?«, will sie wissen.

Er schüttelt den Kopf.

»Ich weiß es nicht. Wenn er es denn überhaupt war«, fügt er schnell hinzu. »Es gibt noch andere, die einen guten Grund haben, wütend zu sein. Auf das Schloss …«

Peter schweigt eine Weile, lange genug, dass sie sich die Fortsetzung selbst denken kann.

»… und auf dich.«

»Die Jensens«, sagt sie. »Glaubst du wirklich, dass sie so verzweifelt sind?«

»Ulf Jensen ist es gewohnt zu bekommen, was er will. Und jetzt, wo der ganze Hof auf dem Spiel steht … Der Name, das Vermächtnis …«

Laura denkt wieder an Fredrik Jensen, den Verband an seiner Hand, der Christian zufolge von einem Feuerwerkskörper kam. Fredrik, der auch den Brand auf dem eigenen Hof entdeckt hat. Sie stellt sich ihn mit brennenden Kleidern vor, wie er sich vor dem Bootshaus in den Schnee wirft.

»Egal, wir werden es bald erfahren«, sagt Peter. »Wer auch immer es war, den wir aus dem Bootshaus kommen sahen, kann es nicht weit geschafft haben.«

Er biegt in seine Auffahrt ein und drückt auf einen Knopf am Armaturenbrett, der das Tor und die Garage öffnet.

Als die Scheinwerfer das Innere der Garage ausleuchten, tritt Peter auf die Bremse.

»Was ist?«, fragt sie, erhält aber keine Antwort.

Aus seinem Gesicht ist alle Farbe gewichen.

Es dauert einen Moment, bis sie darauf kommt, was Peter wohl gesehen hat. Oder besser gesagt, was er nicht gesehen hat. Etwas, das in der Garage stehen sollte, es aber nicht tut. Ein Crossmotorrad, das ein bisschen zu groß für ein fünfzehnjähriges Mädchen ist.

59

Peter springt aus dem Wagen, ohne den Motor abzustellen, dicht gefolgt von Laura, und reißt die Haustür auf. Er ruft immer wieder Elsas Namen, ohne eine Antwort zu erhalten.

Seine Hände zittern so sehr, dass sein Handy vor Lauras Füßen auf den Boden fällt und sie ihm helfen muss, die Nummer zu wählen. Die ersten Klingeltöne dringen in die Stille des großen Hauses. Dreimal, viermal.

Dann bricht die Verbindung ab, ohne dass Elsas Mailbox angeht.

»Scheiße, Scheiße, Scheiße«, flüstert Peter, während er noch einmal anruft.

Zwei Signale gehen durch, bevor die Verbindung wieder abbricht.

Beim dritten Versuch springt die Mailbox direkt an.

Laura legt die Hand auf Peters Arm, ohne etwas zu sagen. Er schaut sie an. Sein Blick ist verzweifelt.

»Sie war es nicht«, sagt sie so gefasst wie möglich. »Es war nicht Elsa, die wir gesehen haben.«

»Woher willst du das wissen?«

»Ich weiß es einfach, okay?«

Die Narbe auf ihrem Rücken brennt nicht mehr. Sie ist jetzt ruhig, auf eine Art entschlossen, die sie selbst nicht kennt.

»Aber was macht sie bloß da draußen? Nachts? Und warum, verdammt, geht sie nicht ans Telefon?«

»Mein Handy benimmt sich seit fast zwei Wochen genauso, Elsa ist bestimmt in Gärdsnäset. Da gibt es fast keinen Empfang. Ich fahre, dann kannst du weiter anrufen.«

Sie streckt die Hand nach dem Autoschlüssel aus. Peter starrt sie eine Weile an, dann nickt er und übergibt ihr den Schlüssel.

Der Wagen fährt sich leicht, es dauert nur ein paar Minuten, bis sie sich daran gewöhnt hat, obwohl sie ein Paar großer Stiefel trägt, die sie sich aus Peters Schrank geschnappt hat. Sie fühlt sich komplett nüchtern, auch wenn sie weiß, dass sie es nicht ist. Sie bringt das Risiken kalkulierende Rechenzentrum in ihrem Kopf zum Schweigen, indem sie sich einredet, dass dies eine Notsituation ist und Peter kaum in der Lage wäre zu telefonieren, geschweige denn Auto zu fahren. So schnell sie es wagt, fährt sie durch Vedarp. Der Ort liegt still und verlassen da, die Temperatur ist ein Stück über null geklettert. Sie versucht, zur Ostseite des Sees hinüberzublicken, wo man deutlich den Feuerschein sehen müsste, aber ein feuchter Nebel, der vom Eis aufsteigt, verhindert die Sicht.

Peter ruft weiterhin an, landet aber jedes Mal bei der Mailbox. Sie hört ihn leise vor sich hin fluchen.

Plötzlich klingelt sein Handy, der Ton kommt so unerwartet, dass sie beide zusammenzucken.

»Sandberg«, brummt er, bevor er drangeht.

Sie wechseln nur ein paar kurze Sätze, dann legt er auf.

»Der Täter ist geflohen. Der Hundeführer hat gerade die Fährte aufgenommen, aber sie sind in jedem Fall dreißig, vierzig Minuten hinterher. Die Spur führt nach Süden, am Wasser entlang. Richtung Gärdsnäset.«

Laura tritt noch stärker auf das Gaspedal. Die Abzweigung nach Gärdsnäset kommt näher. Sie schlingert um die Kurve.

»Schau mal!«, ruft Peter.

Auf der Fahrbahn liegt eine dünne Schicht Schneematsch. Darauf ist deutlich die einzelne Spur eines Motorrads zu erkennen.

»Schneller!«

Der Wagen holpert über die Schlaglöcher in der Straße.

Die schmale Spur schlängelt sich vor ihnen den Weg entlang.

Laura lenkt den Wagen durch den Torbogen. Dornen kratzen auf dem Lack.

Die Motorradspur vor ihnen führt zum Wendeplatz, wo die Außenlampe von Heddas Haus sie beleuchtet, dann an der Treppe des Bootshauses vorbei und weiter den Pfad Richtung Alkärret entlang.

Laura bleibt nicht stehen, tritt stattdessen auf das Gas und steuert auf den Pfad zu.

Büsche und Zweige schlagen gegen die Scheiben, der Wagen fährt in eine Kuhle, dann noch eine. Dabei prallt er gerade so gegen einen Baumstamm, dass der linke Seitenspiegel abgerissen wird.

Aber Peter scheint sich nichts daraus zu machen. Er zeigt in die Dunkelheit, wo irgendetwas das Scheinwerferlicht reflektiert.

»Da, da!«

Die Scheinwerfer beleuchten ein umgestürztes Motorrad. Laura bremst abrupt und weicht im letzten Augenblick einem Stein aus, der aus der Mitte des Pfads aufragt.

Peter ist schon aus dem Auto. Er stolpert und fällt, was Laura ermöglicht, ihn einzuholen. Das Motorrad liegt auf der Seite, die Räder in der Luft, als hätte jemand es beiseitegeschleudert.

Dahinter, innerhalb der steinernen Einfriedung, in Richtung der steilen Treppe, die nach Alkärret hinunterführt, liegt ein dunkler Umriss auf dem Boden. Laura schnappt nach Luft.

Aber dann macht sich ein Schatten von der liegenden Silhouette los und wird zu einer weiteren Person.

»Elsa!«, rufen sie und Peter gleichzeitig.

Das Mädchen ist weiß im Gesicht, es hat Blut und Ruß an den Kleidern und hält sein Handy krampfartig in einer Hand.

»Ich hab tausendmal versucht anzurufen. Er braucht Hilfe!«

Während Peter die Arme um seine Tochter schlingt, geht Laura zu der am Boden liegenden Gestalt weiter. Ihr schlägt dabei ein schrecklicher, wohlbekannter Gestank entgegen, und ihr Magen zieht sich zusammen.

Der Mann am Boden ist kaum bei Bewusstsein, der größte Teil seiner Haare und seines Bartes sind weg, die Haut am Kopf und im Gesicht ist rosa und blasig.

»Laura ...«, stößt er durch seine verbrannten Lippen hindurch aus.

Er streckt eine Hand aus, die erstaunlicherweise unverletzt ist. Sie nimmt sie, während sie neben ihm in die Hocke geht.

»Oh, Tomas«, sagt sie, während ihr die Tränen über das Gesicht rinnen. »Was hast du nur getan?«

Tomas schaut sie mit fast bittenden Augen an.

»Das, worum sie mich gebeten hat ...«

»Wer?«

Tomas schüttelt den Kopf. Seine Augenlider werden schwer, die Haut in seinem Gesicht scheint ein Eigenleben zu führen.

Aus den Augenwinkeln sieht sie, dass Peter auf die Steinmauer steigt, um Empfang zu bekommen.

»Wer hat dich gebeten, Tomas?«, flüstert sie an der Stelle, an der einmal sein rechtes Ohr gewesen ist.

»Die Wassernixe«, flüstert er.

Dann schließt er langsam die Augen.

60

Peter hat Elsa auf den Rücksitz seines Wagens verfrachtet, die Heizung eingeschaltet und sie in die Decke gewickelt, die Laura aus dem Schloss mitgenommen hatte.

Sie selbst steht ein paar Meter entfernt mit Sandberg zusammen. Der Krankenwagen mit dem schwer verletzten Tomas ist erst vor wenigen Minuten mit blitzendem Blaulicht weggefahren. Auf dem Boden neben der Treppe sind ein paar leere Plastikverpackungen zurückgeblieben, in denen sich Nadeln, Elektroden und Intubationsschläuche befanden.

»Tja, Laura«, sagt Sandberg. »Du bist eine Art umgekehrter Nachtfalter. Du ziehst das Feuer an statt umgekehrt.«

Er lacht über seinen eigenen Witz.

»Aber jetzt hat es sich in der Gegend ja hoffentlich ausgebrannt. Armer Teufel.«

Die letzten beiden Worte klingen überraschend mitfühlend.

»Was hat Larssons Tochter hier draußen gemacht?«

»Sie ist Motorrad gefahren.«

»Mitten in der Nacht?«

Die Ruhe, die sie vorhin überkommen hat, hält noch an.

»Sie macht das wohl gern, wenn Peter nicht zu Hause ist.«

»Warum gerade hier?«

»Viel Platz, keine Neugierigen, die bei der Polizei anrufen oder es ihrem Vater erzählen.«

Sandberg scheint die Erklärung zu akzeptieren.

»Wir werden natürlich mit ihr sprechen müssen, aber das kann bis morgen warten. Tomas Rask läuft schließlich nicht weg. Hat er dir etwas gesagt?«

»Er war ziemlich wirr, aber er hat etwas davon gemurmelt, dass ihn jemand gebeten hat, das Feuer zu legen.«

»Und wer?«

Sandberg beugt sich interessiert vor.
»Die Wassernixe.«
»Die Wassernixe?«
Die Augen des Polizisten werden schmal.
»So hat er sich ausgedrückt.«
»Und was, denkst du, hat er damit gemeint?«
»Keine Ahnung!« Sie zuckt mit den Achseln. »Aber sobald ich es herausgefunden habe, sage ich dir Bescheid. Versprochen.«
Sie begegnet seinem Blick, und eine Weile stehen sie im Halbdunkeln da und starren sich gegenseitig an. Dann schnaubt Sandberg, macht auf dem Absatz kehrt und geht zu seinem Wagen. Auf dem Weg brummt er etwas, was sie nicht versteht.
Peter lässt die Seitenscheibe seines Autos herunter. Elsa sitzt an seine Schulter gelehnt da und scheint eingeschlafen zu sein.
»Was hat Sandberg gesagt?«
»Dass die Befragung von Elsa warten kann. Dass Tomas nicht wegläuft.«
»Okay, gut. Wir fahren jetzt nach Hause. Du bist natürlich immer noch willkommen, bei uns zu übernachten, wenn du willst. Im Gästezimmer«, fügt er völlig unnötigerweise hinzu.
Laura denkt an das Schloss, den Brandgeruch. Sie schaut Elsa an.
»Danke, gern«, erwidert sie.
Sie fährt mit ihrem eigenen Wagen hinter Peter her. Einer der Polizeitechniker, oder vielleicht auch Peter selbst, war so freundlich, das Blut davon abzuwaschen, aber das Gefühl von Sicherheit, das ihr das Auto normalerweise vermittelt, will sich nicht richtig einstellen. Sie sieht immer noch die arme George vor sich und die Bilder von Tomas' schwer verbranntem Körper. Wie hat er es geschafft, sich bis Gärdsnäset zu schleppen? Und warum?
Die letzte Frage glaubt sie beantworten zu können. Weil er

verletzt war und Angst hatte. Deshalb hat er einen Ort gesucht, den er mit Sicherheit verknüpft.

Peter trägt Elsa in ihr Zimmer hinauf. Währenddessen telefoniert Laura mit Steph, die mehrmals angerufen hat, und erklärt, was passiert ist.

»Es tut mir wirklich leid, dass du in diese ganze Sache hineingezogen wurdest, Steph.«

»Kein Problem, ich überlebe das.«

Ihr Stimme klingt zwar gefasst, aber es ist deutlich, dass auch Steph von den Ereignissen der Nacht ein wenig mitgenommen ist.

»Wie steht es im Schloss?«

»Na ja, das Feuer ist gelöscht, aber es laufen immer noch ein Haufen Feuerwehrmänner herum. Sorry to say, aber sie sind nicht ganz so cool wie im Film.«

Laura muss schmunzeln.

»Wie geht es den von Thurns?«

»Pontus hat einen Schock erlitten. Er musste Sauerstoff bekommen, Erica wurde ganz hysterisch deswegen. Sie hat geschrien, dass er stirbt und alles Mögliche. Aber Heinz konnte sie beruhigen. Die meisten Gäste haben sich entweder auf ihre Zimmer zurückgezogen oder helfen mir, Pontus' Besucherwhisky im Wohnzimmer auszutrinken.«

»Ich übernachte hier. Peter hat ein Gästezimmer.«

»Good call, hier ist das reinste Irrenhaus. Schlaf gut, dann sprechen wir uns morgen wieder. Und grüß Peter. I kind of liked him.«

Das Gästezimmer befindet sich im Keller des großen Hauses, ein Doppelbett und ein riesiger Fernseher haben problemlos darin Platz, außerdem gibt es ein eigenes Badezimmer. Alles ist so perfekt eingerichtet, dass es wie in einem Hotel aussieht.

»In den Schubladen im Bad findest du Handtücher, Zahnbürste und Zahncreme«, sagt Peter.

Er hat das Jackett ausgezogen, das Hemd aufgeknöpft und seine Fliege gelöst, sodass sie wie ein schwarzes Band um seinen Hals hängt. Er ist schlank, hat fast kein Unterhautfettgewebe. Die Bauchmuskeln sind deutlich zu sehen. Sie findet den Anblick attraktiv, was sie überhaupt nicht erwartet hat.

»Ach, übrigens«, sagt er. »Ich wollte es eigentlich schon früher erzählen, ich habe ein bisschen nach Milla recherchiert und einen Typen vom Sozialamt angerufen, den ich kenne, und der ist mal ins Archiv abgetaucht. Es hat sich herausgestellt, dass sie nie an ihrem neuen Platz in Värmland angekommen ist.«

»Das verwundert mich eigentlich nicht. Milla wollte absolut nicht dorthin. Was ist dann passiert?«

»Sie wurde ein, zwei Monate lang gesucht, aber mit ihrem achtzehnten Geburtstag hörten die Nachforschungen auf. Ich bin alle Register durchgegangen, aber sie taucht danach nirgendwo mehr auf. Ihr Name wurde Anfang der Neunzigerjahre ins Verzeichnis der Personen aufgenommen, deren Aufenthaltsort unbekannt ist, danach gibt es nichts mehr.«

»Sie hat davon gesprochen, ins Ausland zu ziehen«, sagt Laura. »Sie hatte ihren Pass und alles schon fertig. Sogar ein bisschen Geld beiseitegeschafft.«

Sie überlegt, ob sie erzählen soll, wie Milla zu ihren Ersparnissen gekommen war, beschließt aber, dass es bis morgen warten kann.

Einen kurzen Augenblick lang bleiben sie einander gegenüber stehen, als würde jeder auf irgendein Signal vom anderen warten. Dann ist der Moment vorbei.

»Also gute Nacht«, sagt Peter.

»Gute Nacht.«

61

Laura schläft leicht. Träumt vom Bootshaus, das in Flammen steht. Tomas' Flüstern.

Sie hat mich darum gebeten. Er streckt die Hand aus, an der die Haut rosafarben und blasig ist, und zeigt über ihre Schulter, genau wie Iben in ihrem letzten Albtraum.

Als Laura sich umdreht, steht eine Reihe von Frauen hinter ihr.

Peters Frau in ihrem weißen Hochzeitskleid, und eine ältere Frau, von der sie weiß, wie man es nur in Träumen tut, dass es Ibens Mutter Sofia sein muss.

Neben ihr steht Milla, die Kapuze ihrer Trainingsjacke über den Kopf gezogen. Dann noch zwei weitere Gesichter, die Laura nicht erwartet hat.

Erica von Thurn mit ihrem intensiven, faszinierenden Blick. Und neben ihr steht die Lucia, die Iben ähnelt, und in ihren Augen tanzen immer noch Flammen.

Bevor sie sich richtig darüber klar werden kann, was sie in ihrem Traum zu suchen haben, wacht Laura auf, weil sie auf die Toilette muss.

Sie tastet sich zum Bad. Alles ist still und dunkel. Es ist fünf vor sieben, und sie hat nur ein paar Stunden geschlafen, aber sie kann unmöglich wieder einschlafen.

Nachdem sie sich ein paar Minuten hin- und hergeworfen hat, beschließt sie, dass sie genauso gut aufstehen kann.

Sie zieht sich an. Das Kleid von gestern ist zerknittert, die hohen Schuhe liegen noch oben in der Eingangshalle, wo sie sie hingeworfen und stattdessen die Stiefel genommen hat. An der Strumpfhose hat sich eine Laufmasche gebildet.

Sie überprüft ihr Handy. Dabei entdeckt sie eine E-Mail, die sie gestern übersehen hat. Sie ist von Ola aus dem Büro.

Hallo Laura,
du hast nie zurückgerufen wegen dieser Überprüfung, um die du mich gebeten hast, also maile ich dir stattdessen. Jensen und Söhne stehen vor dem Konkurs. Sie sind die letzten Jahre auf dem Zahnfleisch gekrochen und haben hohe Schulden gemacht. Die Firma besitzt eine Immobilie, Källegården 12:1, die bis unters Dach belastet ist. Vintersjöholm Development ist auch nicht wirklich stabil. Es wurde in den letzten Jahren viel Geld in die Renovierung eines Schlosses gesteckt, Vintersjöholm 1:1, ohne dass es direkte Einkünfte gab.
Momentan liegen einige Forderungen von Inkassounternehmen vor, es geht dabei um Handwerker, deren Rechnungen für die Arbeiten am Schloss nicht bezahlt wurden. Es ist freilich noch ein bisschen Geld in der Kasse, aber wenn sie nicht bald einen ordentlichen Zuschuss bekommen, sind sie auf dem gleichen Weg wie Jensen und Söhne.
Lass von dir hören, wenn du mehr wissen willst.

Laura bleibt mit dem Mobiltelefon in der Hand sitzen. Dass Jensens kurz vor dem Ruin standen, wusste sie schon. Vintersjöholm dagegen kommt sehr viel überraschender. Allerdings war ihr gesamter Aufenthalt dort, einschließlich des Luciafestes, voller kleiner Andeutungen, dass es um die finanzielle Situation des Schlosses nicht so gut steht, wie man glauben machen will. Wie können sie also für Gärdsnäset fast vierhunderttausend Kronen mehr bieten als die Kommune? Erica deutete sogar an, dass man bereit war, das Angebot noch zu erhöhen.

Wenn die von Thurns selbst Geld übrig hätten, würden sie sicher dafür sorgen, die Renovierungen an dem von Pontus so geliebten Schloss fertigzustellen, statt ein weiteres Grundstück zu erwerben, das erst in einigen Jahren Geld abwerfen würde. Woher kam das Geld also?

Sie schreibt Ola zurück und bittet ihn herauszufinden, ob es noch andere Investoren gibt, die in Vintersjöholm Development involviert sind.

Als sie fertig ist, schaltet sie die Taschenlampenfunktion an und schleicht sich vorsichtig in den Flur. Die Treppe ins Erdgeschoss befindet sich links, aber sie geht stattdessen nach rechts. Sie verspürt das gleiche Kribbeln wie früher, als sie jung war und die Hütten im Feriendorf putzte. Das Gefühl, sich im Haus von jemand anderem zu bewegen, fast als wäre man unsichtbar. Die Grenze zum Erlaubten zu überschreiten, allerdings mit einer guten Entschuldigung als Sicherheit.

Der Geruch nach Waschmittel ist immer stärker zu riechen. Rechts liegt die Waschküche. Es gibt Waschmaschine und Trockner in doppelter Ausführung, dazu eine Mangel und einen professionellen Dampfbügler, wie sie es nur aus chemischen Reinigungen kennt.

An einer Stange unter der Decke hängen weiße Herrenhemden. Sicher zehn identische. Danach genauso viele hellblaue. Peter scheint das gleiche geregelte Leben vorzuziehen wie sie selbst.

Sie geht den Gang weiter. Dabei kommt sie an einem Fitnessraum vorbei, der sicher fünfundzwanzig Quadratmeter groß ist und an einer Wand Spiegel hat. Mitten im Raum steht ein Kampfsportdummy auf einem großen, schwarzen Gummisockel. Der Kopf der Puppe ist ziemlich lädiert, als hätte jemand mehrere Jahre lang täglich darauf eingeschlagen.

Am Ende des Flurs ist eine geschlossene Tür. Sie erwartet, dass sie abgeschlossen ist, und ist überrascht, als sie aufgeht. Der Lichtschalter sitzt genau neben der Tür.

Im Raum befinden sich Ikea-Regale aus billigem Kiefernholz. In einigen von ihnen stehen ordentlich beschriftete Kisten: »Weihnachten«, »Ostern«, »Mittsommer«. Aber die meisten Regalfächer sind leer, als hätte jemand erst kürzlich ausgemistet.

Sie stellt fest, dass der Raum ihrem eigenen Keller ziemlich ähnelt. Der Ort, an dem sie quälende Erinnerungen unter Verschluss hält.

Es riecht nach Farbe und Klebstoff. Hinter den Regalen sieht sie einen großen Tisch und dahinter eine Reihe von Wandregalen. Der Tisch ist mit grünem Filz bedeckt, und ein Modellschiff steht darauf. Sie geht hin, um es sich näher anzuschauen. Es ist ein Piratenschiff, und sieben kleine Figuren stehen an Deck des Fahrzeugs. Die Figuren tragen mehr oder weniger moderne Kleidung, was schlecht in die Zeit passt, und es dauert eine Weile, bis Laura versteht, was sie da sieht.

Das Schiff von One-eyed-Willy mit der ganzen Goonies-Gang an Deck. Mikey, Mouth, Data, Chunk, Brandon und die Mädchen Andy und Stef.

Laura muss lächeln.

Sie muss den Film mindestens zehnmal gesehen haben.

Sie, Peter, Tomas, Jack und Iben vor einer VHS-Raubkopie, die Peters Onkel ihnen besorgt hatte.

Glückliche Momente, lange vor der Katastrophe.

Es muss Hunderte von Stunden gedauert haben, das Schiff zu bauen und anzumalen. Trotzdem verbirgt Peter es hier ganz unten im Keller.

Sie dreht sich zu den Wandregalen um.

Darin stehen noch andere Modelle. Die meisten sind verschiedene Flugzeuge wie das in Peters Büro. Aber ein Modell zieht ihren Blick an.

Es stellt ein Auto dar, das gegen einen Baum gefahren ist. Die Front ist u-förmig eingedrückt, und einer der Passagiere, eine blonde Frau, ist durch die Windschutzscheibe geflogen und liegt auf der Motorhaube. Auf ihrem hellen Kleid ist deutlich Blut zu sehen. Laura beugt sich näher heran. Auf dem Fahrersitz des Wagens sitzt ein Mann. Sein Kopf sieht verletzt aus, die Gesichtszüge sind kaum zu erkennen, und an einer Stelle schaut der Schädelknochen durch. Kleine gelbe Flammen schlagen aus dem Benzintank des Wagens, und obwohl sie aus Plastik und vollkommen ungefährlich sind, bringen sie Laura ins Schwitzen.

Sie weiß, wen das Modell darstellt. Peters Frau und ihren Liebhaber.

Laura richtet sich auf. Ein unbehagliches Gefühl überkommt sie, das Gefühl, in etwas sehr Privates, was sie auf keinen Fall sehen sollte, eingedrungen zu sein.

Sie macht einen Schritt zurück und will gerade umkehren, als sie ein Modell auf einem anderen Tisch entdeckt.

Dieses erkennt sie sofort. Die Kuppel mit dem Teerdach, die zugenagelten Öffnungen. Die aufrechten Baumstämme davor. Das Eis, das sich dahinter ausbreitet. Das ist der Tanzpavillon von Gärdsnäset. Fasziniert geht sie näher. Das Dach des Modells lässt sich anheben, und als sie es tut, stellt sie fest, dass das Innere eine fast exakte Kopie ihrer eigenen Erinnerung ist. Die Stapel zugedeckter Möbel, der Tisch, die Klappstühle, der Kassettenrekorder und die Schnapsflaschen, die sie beim Einbruch gestohlen haben. Sie spürt Schweißtropfen ihren Rücken hinunterrinnen.

Zwei kleine Figuren sitzen drinnen an dem kleinen Tisch. Der Junge ist ein bisschen vorgebeugt, als wolle er das rothaarige Mädchen küssen. Dieses dagegen lehnt sich zurück, sieht aus, als würde es ihn abweisen. Vielleicht ist es Einbildung, aber Laura glaubt sogar, Ekel im Gesicht des Mädchens zu erkennen.

Das Mädchen ist sie, der Junge ist Peter.

Sie schaudert.

Aber es gibt noch andere Personen darin. In einer Ecke sitzt hinter den Möbelstapeln eine zusammengesunkene Figur. Um ihre Hände schlagen kleine Plastikflammen empor. Sie braucht nicht genauer hinzuschauen, um festzustellen, dass das Tomas ist.

Iben ist auch da. Sie steht in der Toilette bei der Loge und schaut sich im Spiegel an. Ihr Haar ist dunkel und zu einem Pferdeschwanz zusammengebunden.

Draußen zwischen den Bäumen stehen zwei Figuren nebeneinander und sehen zu. Die eine trägt ein großes Pflaster auf der Stirn, die andere hat die Kapuze über den Kopf gezogen.

»Der Moment vor der Katastrophe«, murmelt sie vor sich hin. Sie streckt die Hand nach der Jack-Figur aus und berührt sie sanft mit den Fingerspitzen.

»Was machst du hier, verdammt noch mal?«

Die Stimme lässt Laura zusammenzucken. Sie war so fasziniert von dem Modell, dass sie Peter nicht hat kommen hören.

Er trägt einen Morgenmantel und Pantoffeln an den Füßen, und das würde ziemlich süß aussehen, wenn nicht dieser Ausdruck in seinem Gesicht wäre. Wut.

»Du hast kein Recht, hier herumzuschnüffeln«, brüllt er so laut, dass Laura instinktiv die Hände hebt.

»Ich habe nicht herumgeschnüffelt.«

Sie hört selbst, dass sie lügt. Und er auch.

»Raus hier!«, schreit er. »Verschwinde aus meinem Haus!«

Sein Gesicht ist weiß vor Zorn, seine Fäuste öffnen und schließen sich. Laura muss an die Trainingspuppe im Fitnessraum denken. Dass jemand ihr Tausende von Schlägen ins Gesicht verpasst hat. Jemand, der voll unterdrückter Wut ist. Nach Jahren der Erniedrigung und der verletzten Gefühle.

Sie lässt die Hände sinken.

»Verzeih mir, Peter«, sagt sie. »Du hast recht. Es war dumm von mir, hier herumzustöbern. Ich gehe jetzt.«

Sie umrundet Peter und geht rasch zur Tür, ohne ihn anzusehen, wobei sie den plötzlichen Impuls unterdrücken muss, zur Treppe zu rennen.

Peter folgt ihr nicht, sondern bleibt im Kellerraum stehen. Gerade als sie die Treppe hinaufgehen will, glaubt sie ihn schluchzen zu hören.

62

Gärdsnäset liegt wieder einsam und still da. Alles, was vom Drama der Nacht übrig ist, sind die Reifenspuren, die kreuz und quer über den Wendeplatz führen. Die Temperatur ist noch einmal gestiegen, wodurch sich der Nebel über dem See verdichtet hat und das schwarze Auge draußen in der Mitte verbirgt.

So langsam wird es hell, und ein paar früh muntere Krähen begrüßen sie mit ihren gellenden Rufen.

Sie schließt die Tür auf, schaltet das Licht an und wird vom bekannten Geruch nach Staub, Schmutz und Einsamkeit empfangen. Sie ist kurz davor, nach George zu rufen, hält sich aber im letzten Moment zurück. Die George-Dynastie auf Gärdsnäset ist vorbei. Der Gedanke stimmt sie traurig.

Sie macht sich Teewasser heiß und setzt sich an den Küchentisch. Dann versucht sie, die Ereignisse der Nacht und des Morgens zusammenzufügen.

Es ist offensichtlich, dass Peter genauso kaputt ist wie sie. Er verarbeitet seinen Kummer, indem er methodisch versucht, wichtige Momente seines Lebens zu rekonstruieren. Mit dem Auto und dem Tanzpavillon ist er schon fertig, am Schiff arbeitet er noch. Ein fröhlicheres Projekt als die anderen. Bedeutet das etwas? Sie hofft es, für Peter. Für ihn und Elsa.

Sie beschließt, ihn von Heddas Telefon aus anzurufen, um sich nochmals für ihren Übergriff zu entschuldigen. Aber als sie den Hörer abhebt, ist kein Verbindungston zu hören. Vermutlich gehört die Rechnung der Telefongesellschaft zu denen, um die sich Hedda nicht gekümmert hat. Oder das alte Tastentelefon hat durch den ganzen Schmutz, den sie und Elsa aufgewirbelt haben, den Geist aufgegeben.

Der Handyempfang ist schlecht wie immer, deshalb begnügt sie sich mit einer SMS. Sie starrt auf den Balken, während die Nachricht langsam ihren Postausgang verlässt.

Und was passiert jetzt? Soll sie ans Schloss verkaufen? Erica und Pontus den See in einen Spielplatz für ihre reichen Freunde verwandeln lassen? Oder darauf hoffen, dass die Kommune ihr halbherziges Versprechen hält, nicht Ulf Jensen und seine Söhne anzuheuern?

Sie trinkt einen Schluck Tee und schaut sich dabei Heddas Anschlagtafel an. Ihre Tante hatte mit demselben Dilemma zu kämpfen, deshalb hat sie alles vor sich aufgehängt. Um einen Überblick zu bekommen.

Die Verträge, der Brief von Tomas, Tonaufzeichnungen, die jemand zerstört hat. Die schwarze Feder von einem cygne noir, die sie wieder an ihren Platz ganz oben gesteckt hat. Die Feder muss ein Verweis auf Ibens Geheimnis sein. Auf das Unglaubliche, Unerhörte, das mitten unter ihnen geschah. Dass Ulf Jensen sich jahrelang an seiner eigenen Tochter vergriffen hat, ohne dass jemand etwas merkte oder Alarm schlug. Und dann hat er dreißig Jahre lang den trauernden Vater gespielt, sogar die Gemeinde dazu gebracht, die Schule nach seinem Opfer zu benennen.

Der Gedanke daran macht sie rasend. Sie kann nicht an die Kommune verkaufen, nicht das kleinste Risiko eingehen, Ulf Jensen irgendwie zu helfen. Aber es fühlt sich auch nicht richtig an, ans Schloss zu verkaufen.

Außerdem bleiben noch Rätsel.

Dass Tomas hinter den Brandstiftungen steckt, scheint glaubhaft. Es fehlte ihm kaum an Motiven, er verabscheute seinen Vater, er liebte Iben und wusste, was Ulf mit ihr getan hatte. Vielleicht war auch er es gewesen, der vor dreißig Jahren das Schaf in Alkärret getötet hatte. Eine stumme Art, zurückzuschlagen. Aber warum sollte er versuchen, ihr selbst die Brände in die Schuhe zu schieben?

Tomas war kein echter Planer, eher ein Werkzeug.

Wer hat ihn also darum gebeten? Wer war die Nixe, die Tomas dazu gebracht hat, in Lauras Spur Feuer zu legen?

Wer hat die Kanister platziert, wer George getötet?

Und wie stand es mit Heddas Tod? War sie wegen Jensens Familiengeheimnissen dort draußen in dem kalten Wasser gestorben, oder gab es einen anderen Grund? Einen, auf den sie bisher nicht gekommen ist?

Wer steckt hinter dem Angebot der von Thurns, da sie selbst offensichtlich nicht die Mittel dazu haben?

Es gibt verschiedene Personen im Umfeld, die Geld und eventuell ein Interesse an einem solchen Projekt haben. Johnny Miller zum Beispiel. Aber warum sollte er sich hinter Vintersjöholm Development verstecken?

Laura setzt sich an den Couchtisch, wühlt in Heddas alten Fotos herum und leert sie wieder auf dem Tisch vor sich aus. Da ihr nichts Besseres einfällt, versucht sie, die Bilder zu sortieren.

Ein Stapel für Hedda und Johnny Miller, zusammen mit Fotos ihres gemeinsamen Kindes, Jack Olsson. Der kein Traumprinz war, sondern in Wahrheit Lauras Cousin.

Ein zweiter Stapel mit Bildern von ihr selbst und Hedda, ein dritter mit Fotos von der Goonies-Gang.

Sie findet zwei Fotos, die zusammenkleben, und macht sie vorsichtig voneinander los. Das eine zeigt Jack und Milla vor seinem Auto. Sie stehen nah beisammen, vielleicht sogar zu nah. Jack und Milla verließen die Gegend ungefähr zeitgleich, beide gelten als ausgewandert.

Trotzdem ist sie nie auf den Gedanken gekommen, dass sie die Region gemeinsam verlassen haben könnten. Bis jetzt.

Bei der Erkenntnis wird ihr innerlich kalt. Sie versucht, alle Erinnerungen an Jack und Milla durchzugehen. Ruft sich ihre Gesten, ihren Tonfall, ihre Worte in Erinnerung. Ein Bild wird dabei immer deutlicher. Sie selbst am Fenster, eine Frauengestalt zwischen den Bäumen. Eine Gestalt, die vom Bootshaus mit Jacks Wohnung Richtung Hütte Nummer sechs rannte.

Könnte es so gewesen sein? Könnten Jack und Milla sie alle getäuscht haben? Sie will es nicht glauben.

Aber wenn sie recht hätte, was würde das bedeuten?

Sie starrt das Foto an. Sie hat Millas Gesicht seit dreißig Jahren nicht mehr gesehen, und es ist einerseits so, wie sie es in Erinnerung hat, andererseits auch wieder nicht.

Sie kneift die Augen zusammen und versucht, es sich dreißig Jahre älter vorzustellen. Vielleicht sogar nach einem chirurgischen Eingriff.

Das Geräusch eines Automotors lässt sie die Fotografie beiseitelegen. Sie schaut aus dem Fenster und sieht Jensens weißen Van auf den Wendeplatz fahren, begleitet von den Warnrufen der Krähen.

Sie überlegt kurz, ob sie die Tür abschließen soll. Aber das Licht im Haus brennt, und ihr Wagen steht genau vor der Tür. Stattdessen schnappt sie sich ihr Handy und schreibt schnell jeweils eine SMS an Peter und Steph. *Bin in Gärdsnäset. Jensens sind da, komm her!*

Sie drückt auf Senden, beobachtet, wie der Balken langsam nach rechts wandert, und steckt das Handy ein. Dann schaut sie wieder nach draußen. Fredrik ist aus dem Wagen gestiegen, aber Christian ist bei ihm, was sie ein bisschen erleichtert.

Sie will die beiden absolut nicht im Haus haben, deshalb zieht sie ihre Jacke an und geht ihnen auf der Treppe entgegen.

»Hallo, Laura«, sagt Christian. »Wir haben gehört, was heute Nacht passiert ist, und wollten nur nachsehen, ob hier draußen alles okay ist.«

»Alles in Ordnung, danke.«

Sie bleibt dort stehen, ohne die Brüder hereinzubitten. Die Krähen führen weiter ihr Unwesen. Sie flattern mit den Flügeln und drehen über ihnen kleine Kreise.

»Also war Tomas Rask tatsächlich wieder hier in der Gegend«, fährt Christian fort.

»Ja.«

»Endlich hat der Scheißkerl bekommen, was er verdient hat«, spottet Fredrik. »Höchste Zeit, dass er dafür bezahlen musste, was er Iben angetan hat.«

»Du meinst im Gegensatz zu dem, was euer Vater ihr angetan hat?«

Laura bereut es, sobald ihr die Bemerkung herausgerutscht ist, aber da ist es schon zu spät.

Fredrik springt die Treppe herauf und packt sie am Arm.

»Wovon redest du da, du kleine Schlampe!«

Seine starken Finger umklammern ihren Oberarm.

»Fredrik«, sagt Christian warnend, aber er tut nichts, um seinen Bruder zu stoppen.

Fredrik zieht ihr Gesicht zu sich hin. Die Rufe der Krähen werden ein Stück lauter.

»Sag das noch mal«, zischt er, sodass Laura seine Spucke ins Gesicht fliegt. »Sag das noch mal, wenn du dich traust.«

Laura versucht, ruhig zu bleiben, aber es ist unmöglich, keine Angst zu bekommen. Fredrik ist gebaut wie ein Stier, an seiner Schläfe pulsiert eine Ader, und seine Zähne sind entblößt, als wolle er sie beißen. Er bringt sein Gesicht nah an ihres.

»Christian und ich haben ein paar Papiere dabei. Und eine ganze Tüte voller Geld. Die bekommst du, sobald du ein braves Mädchen bist und unterschreibst.«

»Und wenn ich mich weigere?«

Sie bemüht sich, ihre Angst nicht zu zeigen.

Fredrik grinst, tauscht einen Blick mit seinem Bruder.

»Was Fredrik sagen will, ist, dass wir sehr gerne möchten, dass du unterschreibst«, ergänzt Christian, während er ebenfalls die Treppe heraufkommt und sich neben sie stellt. »Ich habe dir schon erklärt, in welch misslicher Lage wir uns befinden. Und ehrlich gesagt, das ist das Mindeste, was du für uns tun kannst. Fredrik hat deine Stimme wiedererkannt. Du hast damals abends angerufen, du hast alles ins Rollen gebracht. Wenn du nicht gewesen wärst, würde Iben heute vielleicht noch leben.«

Das Gleiche hat sie selbst bestimmt schon tausendmal gedacht, trotzdem treffen die Worte sie hart.

»Ich ...«, beginnt sie, aber kann ihnen nicht mehr in die Augen sehen.

Christian holt ein zusammengerolltes Papier aus seiner Jackentasche.

»Also, was hältst du davon, wenn wir reingehen und diese Sache ein für alle Mal aus der Welt schaffen, kleine Laura? In aller Freundschaft, wie man so schön sagt. Hedda hat uns das immerhin schon im Herbst versprochen, bevor diese reiche Schlampe vom Schloss aufgetaucht ist und ihr Grillen in den Kopf gesetzt hat.«

Er geht um sie herum und öffnet die Tür, schlägt sie einladend auf.

»Übrigens«, sagt er. »Hattest du nicht eine Katze? Fredrik hat erzählt, dass er gesehen hat, wie du mit ihr geschmust hast. Dass du aussahst, als würdest du an dem armen kleinen Ding hängen.«

Aus den Augenwinkeln sieht sie Fredrik grinsen.

Ohne Vorwarnung wird sie rasend wütend. Und mit der Wut kommt auch der Mut.

»Weißt du was, Chrissi«, sagt sie. »Du kannst dieses scheiß Papier nehmen und es dir in den Hintern schieben. Oder noch besser deinem pädophilen Vater. Du und Freddi, ihr müsst euch ganz schön angestrengt haben, um nicht zu sehen, was er mit eurer Schwester machte. Oder hat er es vielleicht auch mit euch gemacht? Habt ihr deshalb immer noch so eine Panik vor ihm? Drückt euch ängstlich an der Wand entlang ...«

Die Ohrfeige kommt so schnell, dass sie es nicht mehr schafft, sich zu verteidigen. Sie trifft sie mitten im Gesicht, schleudert ihren Kopf nach hinten und ruft einen hohen, piepsenden Ton in ihren Ohren hervor, der sich mit den Warnschreien der Krähen vermischt und dem Geräusch Hunderter flatternder schwarzer Schwingen, die von den Baumkronen aufsteigen.

»Verdammte Fotze«, zischt Christian und hebt wieder die Hand. »Halt sie fest, Fredrik. Jetzt setzt es was …«

Fredrik packt sie von hinten an den Armen, Laura versucht, dagegen anzukämpfen, aber hat keine Chance. Christian kommt näher, sie tritt ihm in den Schritt, aber der Tritt bleibt kraftlos. Sie sieht, wie er seine große Hand hebt, schließt die Augen und wartet auf den Schlag.

Aber stattdessen rast ein Wagen auf den Platz und stoppt das Handgemenge. Laura schaut auf, in der Hoffnung, dass es Peter ist. Doch es ist ein Wagen mit dem Logo von Vintersjöholm. Das Auto bremst abrupt, die Tür fliegt auf, Steph steigt aus und kommt geradewegs auf sie zu. Sie trägt eine Mütze mit Ohrenklappen, die sie tief ins Gesicht gezogen hat, und trotz des schwachen Lichts eine Sonnenbrille. Die Hände sind tief in den Taschen ihrer großen Jacke vergraben. Fredrik wechselt den Griff, hält Laura aber weiter am Oberarm fest.

»Zwei große Kerle gegen ein kleines Mädchen«, sagt Steph höhnisch. »Seid ihr sicher, dass ihr das schafft?«

»Misch dich nicht ein«, sagt Fredrik. »Wir unterhalten uns nur, stimmt's, Laura?«

Er drückt ihren Arm so fest, dass sie vor Schmerz das Gesicht verzieht.

»Sie wollen mich dazu bringen, den Vertrag mit der Kommune zu unterschreiben«, stöhnt sie, während sie versucht, sich loszureißen.

»Aha«, sagt Steph und bleibt direkt unterhalb der Treppe stehen.

Ihre Hände stecken immer noch in den Taschen, sie sieht aus, als wäre sie bei einem Waldspaziergang. Ihr Blick hinter der Sonnenbrille wandert über Fredrik, dann über Christian.

»Hat euer Vater euch nicht beigebracht, dass man keine Mädchen schlägt?«, fragt sie leise. »Ach, nein, stimmt ja. Euer Vater hat sich lieber an ihnen vergangen. Mochte er eigentlich alle Mädchen oder nur die, mit denen er verwandt war?«

Christian geht langsam die Treppe hinunter, auf Steph zu.

»Setz dich in deinen Scheißwagen und hau ab«, sagt er.

Steph rührt sich keinen Millimeter.

Christian macht eine Bewegung, als wolle er nach ihrer Jacke greifen. Aber bevor er dazu kommt, zieht Steph die eine Hand aus der Tasche und drückt sie an Christians Brust. Ein scharfer Knall ist zu hören, wie ein Peitschenhieb, allerdings mit einem elektrischen Nachhall. Christian bricht zusammen wie von einem Hammer getroffen. Er bleibt im Schneematsch liegen, während seine Arme und Beine unkontrolliert zucken.

Steph hält einen Gegenstand in die Luft. Er ähnelt einem Rasierapparat mit zwei Spitzen vorne. Sie drückt auf einen Knopf, was einen erneuten Peitschenhieb hervorruft, wobei eine blaue Flamme zwischen den Spitzen aufleuchtet.

»Lass meine Freundin los«, sagt sie tonlos.

Fredrik bewegt sich nicht. Sein Mund steht weit offen, als begreife er nicht richtig, was geschieht.

Steph geht in die Hocke und drückt Christian die Elektroschockpistole in den Schritt. Der Knall lässt ihn sich zu einer zitternden Kugel zusammenkrümmen.

»Hörst du schlecht«, sagt Steph zu Fredrik, »oder soll ich deinem Bruder das Hirn wegbrutzeln?«

Sie hält den Elektroschocker nur wenige Zentimeter von Christians Schläfe.

Laura spürt, wie sich der Griff um ihren Oberarm lockert. Sie macht ein paar Schritte von Fredrik weg. Er bleibt mit hängenden Armen und verwirrtem Gesicht stehen.

»Nimm ihn und verschwinde«, sagt Steph und tritt einen Schritt von Christian zurück.

Ihre Stimme hat eine Schärfe, die Laura noch nie gehört hat.

Fredrik tut, was ihm gesagt wurde. Mit Mühe gelingt es

ihm, seinen Bruder auf die Füße zu ziehen und zum Wagen zu schleppen. Christian kann sich gerade so auf den Beinen halten. Er gibt ein leises Winseln von sich, als Fredrik ihn ins Auto verfrachtet.

Fredrik startet den Wagen und dreht auf dem Wendeplatz um. Dann zeigt er ihnen den Mittelfinger, bevor er auf dem matschigen Schotterweg davonfährt.

Steph steckt die Elektropistole weg.

»So«, sagt sie. »Was hältst du von einer Tasse Kaffee? Oder gerne etwas Stärkerem, wenn deine Tante so etwas zu Hause hat.«

63

Sie sitzen am Küchentisch. Steph hat eine Flasche Branntwein in einem der Küchenschränke gefunden und einen Schuss davon in ihren Tee gegeben. Laura zeigt ihr die Tafel, erzählt von ihren neuen Entdeckungen, lässt Hedda, Johnny Miller und Jack aber wieder aus. Warum, weiß sie immer noch nicht so genau.

Durch den Branntwein wird ihr warm, aber auch übel, zugleich fühlt sie sich seltsam aufgekratzt. Es fühlt sich gut an, endlich seine Gedanken mit jemandem teilen zu können. Jemanden zu haben, der hundertprozentig auf ihrer Seite ist.

»Woher hast du die Elektropistole?«

»Die habe ich aus den USA mitgebracht. Tatsächlich habe ich sie fast immer bei mir, nur für alle Fälle. Wenn jemand fragt, sage ich, es sei ein Vibrator. Das klappt immer.«

Sie zeigt auf die Tafel.

»Du glaubst also, dass diese beiden Gorillas und ihr ekelhafter Vater deine Tante getötet haben, weil sie nicht unterschreiben wollte?«

»Ja.«

Nach den letzten Minuten erscheint dieser Schluss am logischsten. Allerdings, vielleicht auch nicht.

Sie greift nach dem Foto von Milla und schaut es wieder an. Sie holt eine Lupe und versucht noch einmal, sie sich dreißig Jahre älter vorzustellen, möglicherweise sogar nach einer Schönheitsoperation.

Es gibt eindeutig eine gewisse Ähnlichkeit.

»Was weißt du eigentlich über Erica von Thurn?«, fragt sie. »Außer dass sie aus der Schweiz kommt und mit Pontus verheiratet ist.«

»Tja, nicht sehr viel. Ich kenne sie durch Pontus. Erica und Heinz sind wie gesagt alte Schulfreunde, und sie sind vermutlich in eine Dreiecksgeschichte verwickelt. Warum fragst du?«

Steph reißt sich die große Mütze herunter und schiebt die Sonnenbrille in die Stirn.

Laura sammelt sich.

»Weil ich glaube, dass Erica von Thurn Milla sein könnte.«

Steph sieht unangenehm überrascht aus.

»Milla? Die vom Brand? Die Psychopathin?«

Laura nickt.

»Sie hat einige Schönheits-OPs hinter sich und die Haarfarbe gewechselt. Alter und Größe stimmen. Die Persönlichkeit auch. Milla war extrem gut darin, sich zu verstellen. Die Person zu werden, die Menschen in ihr sehen wollten. Außerdem träumte sie davon, nach Berlin zu fahren. Deutschland oder die Schweiz, das macht keinen riesigen Unterschied, und Ericas Schwedisch ist ausgesprochen gut für jemanden, der es erst als Erwachsener gelernt hat.«

Sie führt ihre Gedanken bis zum Ende aus.

»Außerdem bin ich noch auf etwas anderes gekommen. Milla und Jack könnten gemeinsam weggegangen sein. Seine letzte Postkarte an Hedda kam aus Berlin. Und wenn Milla zurück ist, kann Jack es auch sein.«

»Der Traumprinz? In dem Fall meinst du wohl, er wäre Heinz?«

Steph sieht, wenn möglich, noch überraschter aus.

»Das habe ich eine Weile geglaubt. Aber auf dem Fest ist etwas passiert, beim Feuerwerk.«

»Was denn?«

»Er hat versucht, mich zu küssen. Das hat sich falsch angefühlt. Heinz ist nicht Jack.«

»Wo ist Jack dann?«

»Ich weiß es nicht. Vielleicht versteckt er sich immer noch.«

Steph lehnt sich zurück und nimmt einen Schluck von ihrem Tee mit Schuss. Sie sieht ernst aus.

»Und was bedeutet das für diesen Ort hier? Was wird aus dem Verkauf?«

»Ich habe vor zu warten, bis sich alles geklärt hat. Ich habe das Büro gebeten, eine gründliche Recherche zu allen durchzuführen, die mit Vintersjöholm Development zu tun haben. Falsche Identitäten lassen sich schwer verbergen. Wenn es den kleinsten Riss gibt, finden wir ihn. Und wir werden auf jeden Fall herausfinden, woher oder von wem das Geld kommt, das sie für den Kauf von Gärdsnäset verwenden wollen.«

Steph stellt ihre Tasse ab.

»Du wirst also nicht verkaufen?«

»Nicht, bevor ich nicht die Wahrheit kenne.«

Laura greift wieder nach der Lupe, hält sie über Millas Gesicht und folgt den Konturen. Das Verhältnis der Augen zueinander, die Breite der Wangenknochen, die Höhe des Haaransatzes.

»Du musst verkaufen«, sagt Steph.

Ihre Stimme klingt anders. Laura schaut auf, während sie zugleich feststellt, dass Steph seit einer ganzen Weile kein Schwedisch-Englisch mehr gesprochen hat. Im Prinzip den ganzen Morgen nicht.

Steph hat die Sonnenbrille so weit in die Stirn geschoben, dass sich die Haut spannt. Da macht etwas in Lauras Kopf klick. Steph, bei der sie immer das Gefühl hatte, sie schon viel länger zu kennen, als sie es tat. Die immer ein bisschen zu blond gewesen ist, zu laut, zu hübsch. Die so übertrieben Schwedisch-Englisch spricht, dass Laura immer den Verdacht hatte, es wäre ein Spiel. Eine Verkleidung, die so übertrieben war, dass sie nicht nur zum Spaß da sein konnte.

Eine Verkleidung. Eine Maske.

»Du«, keucht sie auf und spürt, wie ihr Puls nach oben schnellt. »Du bist Milla!«

Steph macht wieder ein überraschtes Gesicht und bewahrt diesen Ausdruck ein paar Sekunden, bis er in ein kühles Lächeln übergeht.

64

Man ist, wer man ist, Prinzessin. Im Guten wie im Bösen …

Sie sitzen noch am Küchentisch. Keine von ihnen hat sich in den letzten Minuten bewegt oder etwas gesagt.

Laura fühlt sich seekrank, so als würde die ganze Welt um sie herum schwanken, ohne dass sie einen fixen Punkt findet, auf den sie ihren Blick heften kann.

»Jack …«, sagt sie schließlich. »Wo ist er?«

Steph, die eigentlich Milla ist, lehnt sich zurück und nimmt noch einen Schluck aus ihrer Teetasse.

»Tot«, sagt sie.

Lauras Magen zieht sich zu einem harten Knoten zusammen. »Wie? Wann?«

»Überdosis, Sommer 2013. Wir wohnten in New York. Er hat ziemlich lange mit seiner Sucht gekämpft, war immer wieder in verschiedenen Entzugskliniken. Zwischendurch dachte ich sogar, er würde es schaffen. Er war mehrere Jahre über clean. Aber dann hatte er einen Rückfall.«

Laura fällt das Atmen schwer.

»Zur selben Zeit bot sich mir die Gelegenheit, zurück nach Schweden zu ziehen«, fährt Steph fort. »Vielleicht habe ich das als eine Art Zeichen verstanden. Die Chance zu einem Neustart. Die Geschäftsbranche in Stockholm ist nicht besonders groß, aber dass wir uns getroffen haben, war eher Zufall. Zumindest fast. Ich war neugierig auf dich. Neugierig darauf, ob meine Verkleidung deiner Prüfung standhalten würde. Ich hatte immerhin fast dreißig Jahre darauf verwendet, an ihr zu feilen. Ich dachte, wenn du nichts merkst, dann merkt es keiner. Unser erstes Treffen hätte eigentlich auch unser letztes sein sollen. Eine Art Test.«

Steph zuckt mit den Schultern.

»Aber dann habe ich gemerkt, dass ich dich mag. Ich war ziemlich einsam, hatte mir noch keine Kontakte in Schweden aufgebaut. Du befandest dich mitten in einer Scheidung und schienst jemanden zum Reden zu brauchen.«

»Toter Winkel«, murmelt Laura.

»Was?«

»Du hast dich in meinen toten Winkel gesetzt, während ich in eine andere Richtung schaute. Du warst die ganze Zeit da. Schräg hinter mir, sodass ich dich nicht richtig sehen konnte. Du hast so getan, als wärst du meine Freundin.«

Steph antwortet leise.

»Das war kein Spiel, Laura. Ich war deine Freundin, *bin* deine Freundin.«

Laura schüttelt den Kopf. Am liebsten würde sie die Hände auf die Ohren pressen, alles ausblenden, was Steph sagt. Zugleich füllt sich ihr Kopf mit Erinnerungen, Treffen, Gesprächen, Vertraulichkeiten, die sie ausgetauscht haben. Einen kurzen Moment scheint ihr Kopf explodieren zu wollen. Dann ist plötzlich alles still.

»Jack hat manchmal von dir gesprochen«, sagt Steph. »Er hat an dich gedacht, das weiß ich. Vielleicht war das auch ein Grund dafür, dass ich dich aufgesucht habe.«

»Jack war Heddas Sohn«, sagt Laura schroff.

Sie weiß nicht genau, warum. Vielleicht will sie einfach zeigen, dass sie auch ein Geheimnis hat. Eine Information über jemanden, der Steph wichtig war, wovon sie keinerlei Ahnung hatte. Es funktioniert. Steph sieht schockiert aus, was zumindest ein klitzekleiner Trost in dieser ganzen Situation ist.

»Woher weißt du das?«

»Ich habe unter Heddas Sachen ein Armband aus der Entbindungsstation gefunden und die Jahre ausgerechnet. Er war der Sohn von ihr und Johnny Miller.«

»Dem Troll auf der anderen Seeseite?«

»Ja. Sie haben sich in jungen Jahren kennengelernt. Hedda

wurde schwanger, aber er verließ sie. Später bereute er es und ist ihr hinterhergezogen, aber da hatte Hedda Jack schon weggegeben.«

Die Puste geht ihr aus, sie muss Luft holen.

»Aber später hat sie nach ihm gesucht und erreicht, dass er als Pflegekind nach Gärdsnäset kam.«

Sie schweigt. Steph sieht immer noch überrascht aus, zugleich aber auch traurig.

»Glaubst du, er hat es gewusst?«, fragt Laura. »Dass Hedda seine Mutter war?«

Steph schüttelt den Kopf.

»Nein, das glaube ich nicht. Er hat an sie gedacht, hat ihr diese Postkarten geschickt, damit sie sich keine Sorgen macht.« Sie zeigt auf die Tafel. »Aber als wir in die USA gezogen sind, beschlossen wir, dass er sich nicht mehr meldet, damit unsere Spur in Deutschland endet. Das fiel ihm schwer, das weiß ich.«

Sie trinken beide einen Schluck aus ihren Tassen. Der Tee ist inzwischen kalt geworden.

»Dann warst du einer der Investoren hinter Vintersjöholm Development?«, fragt Laura leise.

»Die Hauptinvestorin.« Steph breitet die Arme aus. »Aber ich wollte nichts sagen. Vielleicht hoffte ich, die ganze Sache würde sich von selbst klären. Das kann ja immer noch passieren.«

Sie beugt sich über den Tisch.

»Wir können das hier gemeinsam machen, Laura. Verkauf an uns und investiere Geld ins Projekt.« Ihre Stimme klingt eifrig. »Wir können zusammen etwas Hübsches bauen. Eine Straße nach Hedda benennen.«

»Und nach Iben?«

Steph zuckt zusammen.

»Du erinnerst dich doch an Iben?«, fragt Laura weiter. »Das Mädchen, das verbrannt ist, weil du Tomas gebeten hast, den Tanzpavillon anzuzünden? Denn das warst doch du, genauso wie du ihn gebeten hast, den Schuppen von Kent Rask und die Baracke auf Källegården in Brand zu setzen und die Benzinkanister ins Jacks Wohnung zu stellen. Alles, um mich wegen des Verkaufs unter Druck zu setzen.«

Steph antwortet nicht, aber das braucht sie auch nicht. Denn Laura weiß, dass sie recht hat.

»Ich begreife nur nicht, wie du ihn zu alldem gebracht hast. Ihr habt euch schließlich nur ein paar Wochen gekannt, bevor er den Pavillon abfackelte. Und warum hat er heute Nacht das Bootshaus von Vintersjöholm angezündet?«

Steph schaut weg. Etwas an ihrem Mienenspiel hat sich verändert, auch an der Körpersprache. Als würde der Gedanke an Tomas sie plagen.

»Um das Bootshaus habe ich ihn nicht gebeten«, murmelt sie. »Das hat er von sich aus gemacht. Um mir zu zeigen, dass er an mich denkt.«

Für den Bruchteil einer Sekunde flackert etwas hinter ihrer Maske auf. Etwas Bekanntes. Und plötzlich passiert in Lauras Kopf noch etwas anderes. Noch ein klick, diesmal viel lauter. »Wassernixe«, flüstert Tomas in ihrem Kopf mit gebrochener Stimme. Sie schaut auf Heddas Anschlagtafel. Auf die schwarze Feder, die ganz oben hängt.

Ein Geschenk der Nixe, ein cygne noir.

Was bedeutet das, Tante Hedda?

Dass nichts unmöglich ist, meine kleine Prinzessin. Nicht einmal das Unmögliche.

Hedda hatte recht. Denn das Unmögliche sitzt genau vor ihr.

»Der Troll auf der anderen Seeseite«, sagt Laura behutsam. »Iben und ich haben dieses Spiel gespielt, als wir klein waren. Wir malten uns aus, über den See zu rudern, um den Schatz zu stehlen und dann glücklich bis ans Ende unserer Tage zu leben. Denn als Kind ist alles so einfach, nicht wahr? Alles, was man braucht, sind ein Schatz, ein Schloss und eine beste Freundin.«

Steph schaut zu Boden.

»Aber Milla hat dieses Spiel nie gespielt«, fährt Laura fort. »Sie hat nie etwas von einem Troll, einer Wassernixe oder einem Schatz gehört.«

Steph schaut auf. Ihre Augen glänzen. Die Augenfarbe stimmt nicht, weil sie Kontaktlinsen trägt. Die Haarfarbe und der Hautton stimmen auch nicht. Steph ist hellhäutig und blond.

Dennoch ist sie ein schwarzer Schwan.

Das Unmögliche, das trotz allem möglich ist. Das die ganze Welt dazu bringt, sich ein Stück zu verschieben, sodass nach diesem Augenblick nichts mehr so sein wird wie vorher.

»Iben«, sagt Laura leise. »Du kannst mit dem Versteckspiel aufhören. Ich weiß, dass du es bist.«

65

Bei dieser ganzen Geschichte geht es um deinen Vater, oder?«

Laura wundert sich darüber, wie ruhig sie klingt. Ihre Welt ist gerade zusammengebrochen, alles, woran sie in den letzten dreißig Jahren geglaubt hat, war eine Lüge. Aber ihre Stimme ist gefasst. Kontrolliert.

»Du willst dich an ihm rächen für das, was er getan hat. Ihm Källegården wegnehmen …«

»Nicht wegnehmen!« Stephs Stimme ist schrill. »Dem Erdboden gleichmachen. Kein einziger Stein soll von seinem geliebten Familiensitz stehen bleiben. Überall soll Wald darüber wachsen, bis nur noch eine verdammte Weihnachtsbaumplantage übrig ist. Und wenn der Alte auf dem Totenbett liegt, wenn der Krebs endlich sein pechschwarzes Herz aufgefressen hat, will ich mich über ihn beugen und ihm erzählen, wer ihm alles genommen hat. Das Mädchen, über das er dreißig Jahre lang Krokodilstränen geweint hat.«

Steph lehnt sich zurück. Ihre Miene hat sich wieder verändert, ist härter geworden.

»Ich habe jahrelang versucht, alles hinter mir zu lassen. Jack hat mich überredet, es auf sich beruhen zu lassen und nach vorne zu schauen. Ich habe studiert, mir eine gute Ausbildung verschafft. Einen guten Job. Ich habe meinen Lebenslauf aufpoliert, reich geheiratet, mein Konto gefüllt. Aber manchmal, zwischendurch, habe ich doch ein bisschen gegoogelt. Ich wollte wissen, was am Vintersjö passiert. So habe ich erfahren, dass sie die Schule umbenannt haben. Nach mir. Um IHN zu würdigen.«

Steph spuckt den letzten Satz förmlich aus.

»Da habe ich beschlossen, einen Weg zu finden, mich zu rächen. Aber es hat gedauert, bis ich die richtige Gelegenheit fand. Erst als die von Thurns das Schloss kauften und begannen, das Gebiet um den See herum zu planen. Ganz diskret gelang es mir damals, Jensen und Söhne dazu zu bringen, in ein Golfplatzprojekt zu investieren, um dann dafür zu sorgen, dass es fallen gelassen wurde. Alles, was dann noch blieb, war, Hedda zum Verkauf zu bewegen.«

»Aber sie wollte nicht, oder?«

»Zuerst wollte sie an die Kommune verkaufen. Aber ich habe sie eines Abends angerufen, meine Stimme verstellt und ein paar Dinge über Källegården angedeutet und behauptet, Tomas würde die Wahrheit kennen. Weißt du, ich wollte Hedda damals, nur wenige Tage vor dem Brand, erzählen, was vor sich ging. Aber ich habe es nicht geschafft.«

Sie hält inne, atmet tief ein.

»Jedenfalls hat Hedda Tomas kontaktiert, genau wie ich gehofft hatte. Tomas hat immer getan, worum ich ihn gebeten habe, schon seit wir klein waren. Aber erst als er anfing, Ulfs Schafe zu töten, wurde mir klar, dass es im Prinzip keine Grenze dafür gab, was er bereit war für mich zu tun.«

»Wie zum Beispiel beim Brand damals zu lügen? Oder zumindest nicht zu sagen, dass du es warst, die ihn darum gebeten hatte?«

Steph nickt.

»Tomas hat mich geliebt. Und ich ihn. Er war der Bruder, den ich eigentlich hätte haben sollen statt dieser zwei Affen.«

Sie macht eine wütende Handbewegung Richtung Hof, als würden Christian und Fredrik immer noch dort stehen.

»Und trotzdem hast du dafür gesorgt, dass er ins Gefängnis kam.«

»Nicht ins Gefängnis. Tomas bekam Pflege. Er brauchte Pflege. Früher oder später hätte er etwas anderes angezündet. Ein Wohnhaus, eine Schule. Es wären Menschen getötet oder verletzt worden. Das wusste er selbst. Er wusste, dass er eingesperrt werden musste.«

Laura beugt sich über den Tisch.

»Also, was ist in der Lucianacht eigentlich passiert?«

Steph zuckt mit den Schultern.

»Milla und ich haben Jack auf die Toilette hinter der Bühne gebracht. Als wir dort waren, sagte sie, sie wisse, was Ulf mit mir mache. Dass sie einen Pflegevater gehabt hätte, der das Gleiche getan hätte. Zuerst war ich erschrocken, dann unglaublich erleichtert. Endlich jemand, der begriff, was ich durchmachte. Wo ich mich doch gerade mal getraut hatte, Jack etwas zu sagen.«

Sie presst die Lippen aufeinander.

»Aber dann hat Milla vorgeschlagen, dass wir die Information nutzen sollten, um Ulf zu erpressen. Dass wir das Geld dann zwischen uns teilen könnten. Ein paar Tausender für jeden von uns, mehr war in ihren Augen das, was er mir angetan hatte, nicht wert. Als ich mich weigerte, sagte Milla, dass sie es dann allein durchziehen würde. Dass sie so oder so in ein paar Tagen von hier weg wäre. Mir war natürlich klar, was passieren würde, dass Ulf schnell dahinterkäme, dass ich geplaudert hatte, und was er dann mit mir anstellen würde ...«

Steph macht eine Pause, räuspert sich.

»Jack und ich haben sie beide gebeten, es nicht zu tun, aber Milla hat uns nur ausgelacht. Deshalb haben wir sie zu Boden gestoßen, haben ihr den Mund zugehalten, aber sie hörte nicht auf zu lachen. Sie schien komplett verrückt zu sein. Jack war außer sich, er griff nach ihrem Hals. Und dann hat sie plötzlich aufgehört ...«

Steph beendet den Satz nicht, sondern trinkt stattdessen einen Schluck aus ihrer Teetasse.

»Es war einfach ein Unfall, aber wir kapierten natürlich sofort, dass für uns alles vorbei war. Als wir uns nach ein paar Minuten wieder so weit gefasst hatten, kam ich auf eine Lösung. Milla wäre bald achtzehn geworden und hatte schon einen Pass. Wir waren ungefähr gleich groß, hatten die gleiche Haar- und Augenfarbe. Also haben wir Millas Körper in der Toilette eingeschlossen, ich nahm ihre Kapuzenjacke, ihre

Brille und ihren Schmuck, dann schlichen wir uns in ihre Hütte und färbten mir ein paar Haarsträhnen. Danach bat ich Tomas, den Pavillon in Brand zu stecken.«

Steph sucht nach Lauras Blick, um dem letzten Satz Nachdruck zu verleihen.

»Die Türklinke«, sagt Laura. »Wer hat sie blockiert?«

»Das war Jack. Er hatte Angst, dass einer von euch die Tür aufmachen und uns auf dem Weg zu Millas Hütte sehen könnte. Sehen würde, dass ich es war, die mit Jack rüberging, nicht Milla. Aber nach allem, was passierte, vergaßen wir, Tomas zu sagen, dass er die Tür wieder entriegeln solle. Es war nie so gedacht, dass einer von euch verletzt wird, das schwöre ich.«

Sie trinkt noch einen Schluck Tee.

»Ich blieb in Millas Hütte, und der Polizist, der mich am selben Abend verhörte, begnügte sich mit einem kurzen Blick in meinen Pass, um meine Identität festzustellen. Jack gab Milla beziehungsweise mir ein Alibi, und sobald Tomas gestanden hatte und Milla für die Polizei nicht mehr interessant war, sind wir abgehauen.

»Aber zuerst seid ihr in Källegården eingebrochen.«

Steph nickt.

»Wir brauchten eine ordentliche Reisekasse, und ich wusste, wo mein Vater …« Sie beißt sich auf die Lippen. »Wo Ulf sein Schwarzgeld versteckte.«

»Und dann hast du noch den Schmuck deiner Mutter mitgenommen.«

Steph nickt wieder.

»Ulf hat meine Mutter schikaniert. Er hat sie verrückt gemacht und ins Irrenhaus gesteckt. Ich konnte ihren Schmuck nicht bei ihm lassen.«

»Und Jack?«

Laura kann sich die Frage nicht verkneifen.

»Jack hat mich geliebt.« Die Antwort kommt ein bisschen zu schnell. Steph scheint es selbst zu merken. »Mir ist jetzt klar, dass er Heddas Sohn war. Er hatte ihren Appetit auf Alkohol und Drogen geerbt. Wusstest du, dass Hedda zusammen mit Kent Rask illegale Schnapsbrennerei betrieb?«

»Ja, das hat er erzählt.«

»Kent hat sicher gesagt, dass Ulf sie gezwungen habe, damit aufzuhören. Aber weißt du, warum sie sich darauf eingelassen hat? Es ging nicht darum, dass sie vor Ulf oder der Polizei Angst hatte. Sie hatte einfach eine Heidenangst davor, dass du es erfahren könntest. Oder deine Eltern. Dass sie dir verbieten könnten, sie zu besuchen. Ihre kleine Prinzessin.«

Aus Stephs Mund klingen Heddas Worte giftig.

»Ich habe mich früh dazu entschieden, mich zu verändern. Ich wollte mich nicht damit begnügen, eine Weile Milla zu spielen, bis wir das Land verlassen konnten, sondern ich wollte ein ganz anderer Mensch werden. Jemand, der nie in der Nähe des Vintersjö gewesen war, nie auf Källegården gelebt hatte und nie Ulfs Schweinereien ausgesetzt gewesen war. Jemand, der kein armes Opfer war.«

Steph schüttelt den Kopf.

»Ist dir klar, wie viel Arbeit das ist? Sich selbst neu zu erfinden, absolut alles zu verändern? Nicht nur das Aussehen, die Sprache, die Gesten, die Art, sich zu bewegen, sondern sogar die Art zu denken. Ich habe das alles gemacht, aber für Jack war es nicht genug. Die Zeit heilt nicht alle Wunden.«

Ihre Stimme klingt bitter.

»Er hat sich all die Jahre nach dir gesehnt. Egal, wie sehr ich mich veränderte, ich war in Jacks Augen schadhafte Ware und außerdem die Frau, die ihn zum Mörder gemacht hatte. Wie soll man da mit einer perfekten, schneeweißen Prinzessin konkurrieren? Also hat Jack seine Zuflucht im gelobten Land der Drogen gesucht, genau wie deine Tante.«

Sie deutet mit dem Kopf verächtlich auf Heddas durchgesessenes Sofa.

»Mit der Zeit haben unsere Geheimnisse die Beziehung fast so sehr vergiftet wie seine Drogensucht. Ich habe ihn sitzen gelassen und ein paarmal reich geheiratet, wie du schon weißt. Aber Jack war mein Mittäter, und ich konnte nicht das Risiko eingehen, dass er nach Schweden zurückging. Also habe ich mich um ihn gekümmert, dafür gesorgt, dass er bekam, was er brauchte.«

»Du meinst, die Drogen, die er brauchte.«

Steph macht ein schwer zu deutendes Gesicht, was wahrscheinlich ja heißen soll.

»Aber dann wollte er clean werden. Er behauptete, er wolle sein Leben in Ordnung bringen. Zur gleichen Zeit entdeckte ich, dass er dich gegoogelt hatte. Es war nur eine Frage der Zeit, bis er Kontakt aufnehmen und alles riskieren würde, was ich mir fünfundzwanzig Jahre lang aufgebaut hatte.«

Laura schnappt nach Luft.

»Also hast du ihn getötet?«

Steph schüttelt den Kopf.

»Nein. Jack beschloss ganz von allein, dass er ein letztes Mal rückfällig werden würde, bevor er mit seinem neuen Leben anfing. Ich habe ihn im Badezimmer mit der Kanüle im Arm gefunden. Er hatte Krämpfe, Schaum vor dem Mund.«

Laura versucht, sich gegen das Bild zu wehren, aber es gelingt ihr nicht.

»Das heißt, du hast darauf verzichtet, den Krankenwagen zu rufen.«

»Jack war nicht mehr er selbst. Du hättest ihn niemals wiedererkannt. Er hat zwanzig Jahre lang gefixt. Er hatte Hepatitis, war ausgemergelt wie ein Stock. Glaub mir, es war besser so.«

Laura schließt ein paar Sekunden lang die Augen. Sie sieht den achtzehnjährigen Jack vor sich. Sein Lächeln, seinen Blick. Der Gedanke daran, dass es ihn nicht mehr gibt, ist unerträglich.

»Du warst es, die deine Stimme von meinem Handy gelöscht hat«, sagt sie leise.

Steph nickt.

»Das war leicht. Ich habe dich tausendmal den Code eingeben sehen. Den Einbruch in der Polizeiwache habe ich Tomas überlassen. Ich war ein bisschen in Sorge darüber, was diese Aufnahme anrichten könnte.«

»Aber warum? Peter und ich hätten Ulf damit drangekriegt.«

»Mit der dreißig Jahre alten Aufnahme eines toten Mädchens? Alle Verbrechen, die Ulf gegen mich begangen hat, sind verjährt. Und im Übrigen bin ich diejenige, die ihn vernichten wird. Vollständig vernichten, und das nicht mit so einer verdammten halben Sache, die in einer fallen gelassenen Anzeige enden würde.«

»Und Hedda? Was ist mit ihr geschehen, nachdem Tomas ihr von Ulf erzählt hatte?«

»Sie willigte ein, an Vintersjöholm zu verkaufen, genau wie ich gehofft hatte. Aber dann unterlief mir ein Fehler. Ich dachte, wenn nicht einmal du meine Verkleidung durchschauen konntest, würde es auch sonst niemand können. Also fuhr ich einmal mit Heinz hierher. Hedda war zu dem Zeitpunkt in ungefähr derselben Verfassung wie das Haus. Traurig anzusehen. Früher einmal war sie fast wie eine Mutter für mich gewesen.«

Sie schüttelt den Kopf.

»Aber ich hatte Hedda unterschätzt. Irgendetwas bei unserem Treffen ließ sie offenbar misstrauisch werden, denn kurz danach schrieb sie an Tomas und fragte ihn, was er über mich und Ulf wisse. Zugleich begann sie, die Aufsetzung des Vertrags hinauszuzögern. Behauptete, sie wolle noch mal über die Sache nachdenken. Da wurde mir klar, dass sie mich enttarnt hatte. Also fuhr ich hierher und fand sie auf dem Steg.«

»Du hast sie ins Wasser gestoßen«, flüstert Laura.

»Hedda hätte Gårdsnäset nie verkauft«, sagt Steph langsam.

»Aber du hast gehofft, mich dazu bringen zu können, es zu tun? Nachdem du Hedda getötet hattest?«

»Das war nichts, was ich geplant hatte. Ich habe versucht, mit ihr zu reden, es ihr zu erklären. Aber Hedda wollte nicht zuhören.«

Steph schaut weg.

»Weißt du, was das Schlimmste war? Dass sie versucht hat, mich um Verzeihung zu bitten. Um Verzeihung dafür, dass sie damals nicht verstanden hat, was ich ihr zu sagen versuchte. Dass sie mich nicht vor Ulf beschützt hat. Dass sie zu sehr mit dir beschäftigt war, um zu verstehen, wie es mir ging.«

Stephs Stimme hat sich in Metall verwandelt, und Laura will ihr nicht mehr zuhören. Sie legt die Hände auf die Ohren. Versucht, sich nicht vorzustellen, wie Heddas kaputtes Herz im kalten Wasser explodiert, aber es ist hoffnungslos.

Sie hört das Geräusch eines Stuhls, der über den Boden schabt. Das Rascheln einer Jackentasche.

Sie lässt die Hände sinken, will gerade noch eine Frage stellen, als sie ein aufblitzender Schmerz im Rücken trifft. Ein elektrischer Peitschenhieb, unter dem sich die Narbe vor Schmerz zusammenzieht und der anschließend die ganze Welt in barmherzige Dunkelheit hüllt.

66

Sobald Laura wieder zu Bewusstsein kommt, weiß sie, dass das Haus brennt. Sie braucht nicht einmal den Geruch oder die Wärme zu spüren oder das prasselnde Geräusch der Flammen zu hören, die dankbar das ganze brennbare Gerümpel verzehren. Denn sie weiß, dass dies der einzig logische Schluss für Steph ist. Ihre einzige Möglichkeit zu gewinnen.

Steph, die denselben Namen trägt wie das eine der beiden Mädchen aus der Goonies-Bande. Jetzt wirkt alles so unglaublich offensichtlich. Die Zeichen waren da, aber sie hat sie nicht gesehen, obwohl das ihr Job ist. Denn Steph befand sich in ihrem toten Winkel. Schräg hinter ihr, genau außerhalb des Gesichtsfelds.

Oder sie wollte einfach nicht in diese Richtung schauen. Weil sie lieber eine Freundin haben wollte. Vielleicht verhielt es sich so? In jedem Fall hat sie den gleichen Fehler wie alle anderen begangen und gedacht, dass es nur weiße Schwäne gebe. Wie alle, außer Hedda.

Sie liegt in ihrem alten Zimmer auf dem Boden. Der Rauch ist unterhalb der Decke schon dicht, drückt sich langsam nach unten, und in wenigen Minuten wird sie gezwungen sein, ihn einzuatmen. Ihr Körper tut nach dem Elektroschock noch weh, die Narbe fühlt sich verdreht an, als hätte sie sich oben auf ihrem Rücken zu einer Kugel zusammengerollt.

Ihre Hände und Füße sind mit Paketschnur gefesselt, die sicher verbrennen und keine Spuren hinterlassen wird. Ein tragischer Unfall in einem brandgefährlichen Haus, so hat Steph es geplant. Aber sie hat eines vergessen. Das hier ist Lauras Haus, ihr altes Zimmer. Sie robbt zum Kleiderschrank, stößt die Tür mit den Füßen auf und kniet sich mit dem Rücken zur Tür hin. Dann reißt sie den bröckeligen Schaumgummischutz ab, den Hedda einmal hier festgeklebt hat, um ihr Schienbein zu schützen, und reibt die Paketschnur so schnell sie kann über die scharfe Kante der Tür.

Die Luft im Raum ist jetzt heiß, das Atmen wird schwerer. Aber sie gibt nicht auf, sondern reibt weiter. Dabei spürt sie, wie die Fasern eine nach der anderen reißen. Ihre Luftröhre zieht sich zusammen, sodass sie immer stärker husten muss.

Noch ein paar Fäden reißen, sie versucht, die letzten durchzuwetzen, aber ohne Erfolg.

Aus dem Wohnzimmer ist ein lauter Knall zu hören. Der Rauch ist jetzt so dicht, dass sie kaum noch die Wände sehen kann. Die Farbe an der Innenseite der Tür wird langsam gelb, dann immer brauner, was bedeutet, dass die Tür kurz davorsteht, Feuer zu fangen.

Sie reibt die Hände so fest sie kann über die Kante. Ihre Handgelenke schmerzen, sie spürt Blut über die Handflächen fließen. Ihre Augen tränen, und die Luftröhre verkrampft sich. Mit einem dumpfen Seufzer fängt die Tür Feuer, verwandelt sich in hohe, schmale Flammen, die das Holz bis zur Decke hinauf verschlingen.

Laura beugt sich über den Boden, atmet ein letztes Mal einigermaßen reine Luft ein und reißt so fest sie kann an ihren Händen. Kurz glaubt sie, sich die Schultern auszukugeln, dann spürt sie einen Ruck, als die Schnur endlich reißt.

Sie schiebt die Matte beiseite, sodass die Inspektionsluke im Schrankboden zum Vorschein kommt. Hinter sich hört sie ein Krachen, als Teile der Wand über ihrem Bett zusammenstürzen. Das Letzte, was sie sieht, bevor sie den Kopf durch die Luke steckt und in den Kriechkeller verschwindet, ist, wie das Bild mit der Wassernixe von den Flammen verzehrt wird.

Laura landet auf dem Gesicht und einer Hand. Sie zieht die Beine an und rollt sich von der Luke weg. Dann hustet sie heftig und schnappt nach Sauerstoff. Die Luft unten im Kriechkeller ist besser, und nach zwanzig Sekunden kann sie einigermaßen klar sehen und atmen.

Unmittelbar über sich hört sie das Dröhnen des Feuers, hört, wie das alte Haus vor Schmerz brüllt, als die Flammen es verschlingen. Hier unten ist es beinahe ganz dunkel, aber sie robbt sich am Belüftungsrohr entlang zum Gitter Richtung See. Das Feuer hat sich in ein ohrenbetäubendes Donnern verwandelt, hinter ihr beginnt es hell zu flackern, was bedeutet, dass das Feuer sich bald durch den Hausboden gefressen hat und droht, sie wie eine Ratte hier unten einzufangen. Sie legt sich auf den Rücken und stemmt die Füße gegen das Belüftungsrohr. Es löst sich beinahe sofort. Aber das Gitter, an dem es befestigt war, gibt nicht so leicht nach. Also beginnt sie stattdessen zu treten. Feste, rhythmische Tritte mit beiden Füßen. Immer wieder, bis sie merkt, wie sich die Schrauben lockern. Nur wenige Meter von ihr entfernt ist ein lautes Krachen zu hören, als der Fußboden nachgibt und brennendes Gerümpel mit sich hinunterreißt, das den Kriechkeller fast unmittelbar mit Rauch füllt. Laura hält die Luft an. Sie tritt rhythmisch, genau wie beim Schwimmen. Gleichmäßige Bewegungen, die ein Minimum an Sauerstoff verbrauchen.

Die Lungen protestieren immer stärker, aber sie tritt weiter, merkt, wie sich das Gitter Millimeter für Millimeter bewegt, bis es nachgibt und in die Dunkelheit fällt.

Genau in dem Moment, als ein Großteil des Bodens hinter ihr über der Stelle zusammenstürzt, an der sie gerade noch gelegen hat, wirft sie sich durch das Loch.

Laura kommt auf die Füße, versucht, sich zu orientieren.

Sie steht ganz am Rand der Landzunge von Gärdsnäset. Hinter ihr frisst sich das Feuer weiter durch Heddas Haus. Vor ihr liegt eine Eisdecke. Der Dunst hat sich zu einem Nebel verdichtet, sodass man nicht mehr als fünf bis zehn Meter weit sehen kann. Die Strömung Richtung Alkärret, wo das Eis schwächer ist, schneidet den Weg nach Osten ab, was bedeutet, dass sie keine große Wahl hat. Sie muss erst ein Stück mitten auf den See hinauslaufen, um sich dann, im Schutze des Nebels, westlich Richtung Dorf zu bewegen.

Sie macht ein paar vorsichtige Schritte auf das Eis hinaus. Die oberste Schicht ist vom Tauwetter porös und körnig geworden. Hier und da sammelt sich das Wasser zu Pfützen.

Sie geht behutsam, ihr Körper schmerzt nach dem Elektroschock, und ihre Lungen funktionieren auch noch nicht so ganz, wie sie sollen.

Sie geht zehn Meter, bevor sie sich umdreht. Heddas Haus steht komplett in Flammen. Die Flammen dröhnen in einem dumpfen Basston, der fast alle anderen Geräusche ertränkt. Trotzdem glaubt sie, in der Ferne einen Motor zu hören. Einen aufheulenden Ton, der vielleicht, ganz vielleicht von einem Crossmotorrad stammt. Sie spitzt die Ohren, aber das Geräusch ist so schnell verschwunden, wie es gekommen ist. Durch die Hitze des Feuers verzieht sich der Nebel ein wenig, und sie entdeckt eine Gestalt, die links von ihr am Fuß des Schwimmstegs steht und aussieht, als würde sie die Verwüstung betrachten. Iben.

Denn das ist ihr richtiger Name. Iben Jensen, die einmal ihre beste Freundin gewesen ist. Oder eigentlich zweimal. Einmal als Iben und einmal als Steph.

Plötzlich bemerkt Iben Laura. Sie scheint zu erschrecken, rennt dann aber auf den Steg hinaus. Die Bewegungen sind kraftvoll, die einer geübten Sportlerin. Ungefähr auf halber Strecke springt sie auf das Eis hinunter, verliert bei der Landung kaum an Geschwindigkeit und läuft weiter auf den See hinaus.

Laura dreht sich um und beginnt so schnell sie kann zu rennen. Immer wieder schaut sie über ihre Schulter, um auszumachen, wann der Nebel sie ausreichend verdeckt, damit sie die Richtung ändern kann. Aber die warme Luft von dem brennenden Gebäude strömt über den See und lichtet den Nebel um sie herum. Sie sieht Iben immer näher kommen, erkennt die viereckige Elektropistole in ihrer Hand.

Laura rennt weiter nach Norden auf das schwarze Auge zu, das sich irgendwo dort draußen verbirgt.

Hinter sich kann sie Ibens rhythmische Schritte immer näher kommen hören. Dann ist ein anderer Laut in der Luft, ein singender Ton, der an eine leise Frauenstimme erinnert. Laura braucht ein paar Sekunden, um zu begreifen, dass das Geräusch vom Eis kommt und stärker wird, je weiter sie hinausläuft. Einer Eingebung folgend bleibt sie stehen.

Nebelschleier wirbeln um sie herum und offenbaren, dass sie nur zwei Meter vom Rand des eiskalten Wassers entfernt ist.

Der Blick der Wassernixe, denkt sie, bevor sie sich langsam umdreht.

»Warum konntest du nicht einfach im Haus bleiben?«

Iben steht fünf Meter entfernt mit dem Elektroschocker in der Hand. Die Spitzen zeigen direkt auf Lauras Brust.

»Du brauchst das nicht zu machen, Iben.«

Laura hebt die Hände, aber Iben verringert den Abstand und zwingt sie zurück.

Das Eis singt wieder, diesmal ist es ein metallisch klingender Laut, der über den See hallt. Die Nebelschwaden tanzen um sie herum, bilden weißgraue Wände, die sich vor die Ferienanlage und das Feuer schieben.

Iben kommt noch näher. Laura schaut sich um. Sie hat nur noch einen Meter Eiskante bis zum Wasser. Sie blickt nach rechts und links, aber weiß, dass Iben viel zu schnell ist und sie ihr nicht entkommen kann.

Sie macht noch einen Schritt zurück. Das Eis knackt, diesmal klingt der Ton bedrohlicher und endet in einer Dissonanz.

»Warte!«, sagt Laura und hebt wieder die Hände. »Wenn du weitergehst, brechen wir beide ein.«

Iben bleibt stehen und versucht herauszufinden, ob Laura blufft. Das Eis ist verstummt.

Iben bewegt sich wieder einen Schritt vorwärts. Laura dreht sich noch einmal um, aber hinter ihr befindet sich nur ein knapper halber Meter rissigen Eises. Und dahinter das schwarze Wasser aus all ihren Albträumen.

Iben verkürzt den Abstand, drei Meter, zwei. Sie streckt den Elektroschocker vor und drückt auf einen Knopf, der die blaue Strompeitsche zwischen den Metallspitzen aufleuchten lässt.

»Es tut mir leid, dass es so enden muss, Laura. Aber ich habe keine Wahl. Ulf darf nicht gewinnen.«

Iben macht noch einen Schritt vorwärts und zielt mit der Pistole auf ihre Brust. Laura spannt den Körper an, bereitet sich auf den Schlag vor. Aber statt eines Peitschenhiebs ertönt ein lautes Krachen, als das Eis unter ihnen nachgibt und sie direkt in die eiskalte Finsternis befördert.

Die Kälte ist so intensiv, dass Laura fast das Bewusstsein verliert. Sie schneidet mitten durch sie hindurch, überlastet die Nervenbahnen, lässt all ihre Muskeln erlahmen.

Sie fühlt, wie sie sinkt, wie ihre nassen Kleider sie nach unten zum Grund ziehen.

Dennoch schafft sie es nicht, sich zu bewegen. Sie ist paralysiert, sowohl vor Schreck als auch vor Kälte. Ein Teil ihres Hirns durchlebt dreißig Jahre Albträume. Ein anderer Teil ist seltsam ruhig. In gewisser Weise ist es logisch, dass es hier endet, wo alles angefangen hat.

Ein Stück Brot für Vater, ein Stück Brot für Mutter. Und ein Stück für die Nixe, die unten wohnt am Grund.

Sie sinkt weiter. Öffnet die Augen, obwohl sie weiß, dass sie sich in totaler Finsternis befindet. Ihre Lungen zerbersten fast, der Puls hämmert gegen das Trommelfell, gleich ist es vorbei.

Bald gibt es keinen Schmerz mehr, keine Sorgen. Keine Kisten mit kleinen Hand- und Fußabdrücken und Spuren mehr eines Lebens, das hätte sein können. Kein Winterfeuer mehr. Vielleicht ist es so am besten. Der Puls wird langsamer, ihr Herz ist kurz davor aufzugeben. Farben glitzern im Wasser um sie herum, Lichtstrahlen, die nur Halluzinationen sind. Sie fließen zusammen und formen Gesichter. Erst Elsas, dann Peters.

Etwas berührt ihren Fuß, sie zuckt zusammen und starrt in die Dunkelheit hinab. Sieht etwas Weißes. Eine Hand, die nach ihrem Fußgelenk greift. Aber es ist nicht der Klauengriff der Wassernixe, sondern die Hand einer alten Frau, an der zwei Finger nur Stümpfe sind.

Der See trägt dich, Prinzessin, flüstert Heddas Stimme. *Und wir sind direkt hinter dir. Ich und dein kleines Mädchen. Den ganzen Weg zurück nach Hause.*

Ein schwaches kleines Stechen ist am Fuß zu spüren, genau da, wo die Hand ihn hält. Ein elektrischer Impuls, der durch ihren Körper strömt und die Narbe an ihrem Rücken aufflammen lässt. Die Wärme erweckt ihre Muskeln zum Leben. Sie will hier nicht sterben. Sie will kein Opfer sein. Nicht mehr. Laura strampelt mit den Beinen, und vielleicht ist dort eine Hand, die ihr hinaufhilft, oder sie existiert nur in ihrem sauerstoffarmen Hirn. Aber das spielt keine Rolle. Denn sie schwimmt um ihr Leben, schwimmt so schnell, dass das Wasser in ihren Ohren singt und aufjubelt, als sie die Wasseroberfläche durchbricht. Da oben ist es leer, es gibt nur ein paar auf und ab schaukelnde Eisschollen und den Nebel, der unter dem Nachthimmel herumwirbelt.

Sie sollte sich auf das Eis hinausziehen, bevor die Kälte sie wieder erstarren lässt, und zu dem Blaulicht und den Stimmen am Strand rennen.

Stattdessen holt sie zweimal tief Luft und taucht zurück in die Dunkelheit.

Denn jetzt hat sie keine Angst mehr. Weder vor der Dunkelheit noch vor der Kälte.

In ihrer Brust und auf ihrem Rücken brennt das Winterfeuer zum letzten Mal. Eine klare Flamme, die sie lange genug warm hält, um diejenige, die sie dort unten in der Tiefe sucht, zu finden und sie beide zurück an die Oberfläche zu befördern.

67

Alles, was von Heddas Haus übrig bleibt, ist ein verbranntes Skelett. Die Grundmauern, der untere halbe Meter einiger Wände. Ein verrußter Pfeiler, der ein Teil des Kamins war.

Überall Berge schwarzen, verbrannten Schutts. Reste von Möbeln, Maschinen, Hausrat, alles zugleich verkohlt und in Wasser getränkt. Im bleichen Licht des Nachmittags sieht alles noch jämmerlicher aus.

Der Schnee um das Haus herum, ja sogar das Eis direkt am Ufer sind vor Hitze geschmolzen. Was bleibt, ist ein Kreis aus Schlamm, Pfützen, verkohltem Gerümpel und zertrampeltem, gelblichem Gras.

Die Feuerwehr ist schon lange weg, ebenso wie die Polizei und der Krankenwagen. Die Krähen sind zu ihren Bäumen zurückgekehrt, starren sie unruhig an, flattern mit den Flügeln, aber ansonsten sind sie überraschend still und leise. Als hätten die letzten Ereignisse ihnen einen neuen Maßstab für Gefahr geliefert.

Laura und Peter stehen nebeneinander, ein paar Meter von dem entfernt, was einmal der Hauseingang gewesen ist. Ein Stück Geländer liegt zusammen mit einigen halb verkohlten Brettern im Schlamm, sonst ist nichts übrig. Elsa trägt Gummistiefel und steigt neugierig in dem Schutt herum.

Laura will ihr sagen, dass sie aufpassen und vorsichtig sein soll. Aber der Impuls ist nicht so stark, wie er für gewöhnlich war. Außerdem ist sie müde, vollständig erschöpft von den Ereignissen der letzten Tage.

»Furchtbar«, murmelt Peter leise.

Ohne zu antworten, tritt sie näher zu ihm und lehnt ihren Kopf an seine Schulter. Er zuckt kurz zusammen, entspannt sich dann aber wieder.

»Und was passiert jetzt?«, fragt sie. »Mit Iben …«

»Bengt Sandberg hat die Ermittlungen übernommen. Er fand, dass ich zu eng mit der Sache verbunden bin, womit er völlig recht hat. Im Grunde ist er ein guter Polizist. Vielleicht unnötig hart, aber gut in dem, was er macht.«

»Und Tomas?«

»Er wird wahrscheinlich überleben, sagen die Ärzte.«

»Warum hat er das gemacht, glaubst du? Warum hat er ihr blind gehorcht?«

»Tomas hat Iben wohl immer geliebt, schon seit sie klein waren.«

Laura stellt sich die beiden als Sechsjährige in Kent Rasks Auto vor. Wie sie sich erschrocken aneinanderklammern, während Källegården direkt vor den Fenstern des Wagens brennt. Die Flammen, die Schreie, der Rauch. Ibens Mutter, die um das Feuer herumtanzt. Sie denkt daran, wie das Erlebnis ihr restliches Leben beeinflusst haben muss. Sie aneinandergeschweißt hat. Sie schließt die Augen, versucht, das Bild loszuwerden.

Elsa schmeißt etwas in der Ruine um. Der Krach lässt sie zusammenfahren, aber Elsa winkt ihnen schnell beschwichtigend zu.

»Es tut mir leid, wenn ich dich neulich erschreckt habe«, sagt Peter. »Die Modelle sind eine Art Therapie. Eine Methode, um … ich weiß nicht … die Dinge zu verarbeiten.«

»Ich verstehe«, sagt sie.

»Also?«, fragt Peter kurz darauf. »Was hast du jetzt vor. Mit Gärdsnäset und …«

Er zögert einen Moment.

»… allem anderen.«

»Ich weiß es nicht.«

»Du könntest hierbleiben.«

Sie hat selbst schon daran gedacht. Aber so gerne sie auch würde, sie kann nicht.

»Ich habe ein Unternehmen zu leiten. Eine Familie, die von mir abhängig ist.«

Peter öffnet den Mund, um etwas zu sagen. Ein Teil von ihr hofft, dass er es tut. Stattdessen überlegt er es sich anders.

Sie stehen eine Weile schweigend da, während Elsa weiter in den Ruinen herumwühlt.

»Ich habe was gefunden«, ruft sie und hebt ein schwarzes Rechteck in die Luft.

Erst als Elsa ihr den Gegenstand entgegenstreckt, erkennt Laura ihn.

Eine Zigarrenkiste, die so verkohlt ist, dass man den Schriftzug *Montecristo* auf dem Deckel nicht mehr lesen kann. Trotzdem weiß Laura genau, was das für eine Kiste ist. Ihre alte Schatztruhe, die sie einst im Kriechkeller versteckt hat.

Zwei Bündel Briefe liegen darin. Die Hitze hat sie gelblich verfärbt, aber die Schrift auf den Umschlägen ist noch zu lesen. Krakelige Buchstaben in Heddas charakteristischer holpriger Handschrift.

Prinzessin Laura Aulin

128 Kotewall Road

Hongkong

Aber die Adresse auf dem Umschlag ist mit schwarzer Tinte durchgestrichen. Drei Worte wurden in einem eleganteren, effektiveren Stil darübergeschrieben, und auch den erkennt Laura.

Drei Worte, das ist alles, was ihre Mutter geschrieben hat. Die gleichen drei Worte auf jedem von Heddas Briefen.

Wieder und wieder, ohne die Umschläge auch nur zu öffnen.

Return to sender.

Der oberste Brief trägt einen Poststempel vom 23. Dezember 1987. Zehn Tage nach dem Brand.

Dann folgt ein neuer Brief genau eine Woche später, dann noch einer und noch einer.

Sie zählt die Briefe, während sich ihre Augen mit Tränen füllen.

Zweiundfünfzig Briefe, einer pro Woche, ein ganzes Jahr

lang, obwohl sie alle zurückkommen. Danach noch einmal fünf, je einer in den folgenden Jahren, kurz vor ihrem Geburtstag verschickt. Aber nicht einmal die Glückwunschkarten hat ihre Mutter durchgelassen.

Unter den beiden Bündeln liegt ein loser Brief. Ihr Name steht vorne darauf, aber im Unterschied zu den anderen hat er weder eine Adresse noch eine Briefmarke, einen Poststempel oder die schroffe Retourmitteilung ihrer Mutter.

Ein letzter Brief, der nie verschickt wurde.

Sie öffnet ihn.

Allerliebste Laura, beginnt er.

Ich habe dich von dem Moment an geliebt, als ich dich zum ersten Mal im Arm hielt. Vielleicht sogar schon vorher. Meine perfekte kleine Prinzessin.

Aber ich hatte Angst. Angst, dass jemand wie ich so etwas Kleines und Zartes wie dich nicht beschützen könnte.

Deshalb habe ich einen Fehler gemacht. Einen Fehler, den ich mein Leben lang bereut habe.

Heddas Brief geht noch weiter, aber ein kleiner Gegenstand, der zwischen den Seiten festgesteckt hat, fällt Laura in die Hand, weshalb sie aufhört zu lesen. Ein vergilbtes Armband von der Entbindungsstation in Ängelholm, fast genauso eines wie dasjenige, welches sie bereits zwischen Heddas Fotografien gefunden hat, außer dass dieses kleiner ist und für einen Säugling gemacht.

Die Welt gerät wieder ins Wanken, diesmal so stark, dass sie beinahe umfällt.

»Alles in Ordnung?«, fragt Peter beunruhigt.

Sie antwortet nicht. Hält nur das kleine Plastikband in der Hand.

Sie starrt es an, als könne sie nicht richtig begreifen, was es bedeutet. Ein Band, das eine Hebamme einmal am Handgelenk von Heddas und Johnny Millers Baby befestigt hat.

Das Kind, das Hedda weggab, das aber zu ihr zurückkam.

Das sie großgezogen und geliebt und für das sie ihr Leben riskiert hat.

Und von dem sie sich dann ein zweites Mal trennen musste, um es niemals wiederzusehen.

Tränen laufen ihr über die Wangen.

»Was ist das?«, fragt Peter und legt den Arm um sie.

Sie hält ihm das Band hin. Darauf stehen in blauen Buchstaben und Heddas Krakelschrift vier Worte.

Sie soll Laura heißen.

EPILOG 1

In dem fensterlosen Besuchszimmer sind drei Personen. Die Luft darin ist stickig, das Atmen fällt schwer. Bengt Sandberg, der Polizist mit der Boxernase, sitzt in einer Ecke, er hat die Arme vor der Brust verschränkt. Er reckt das Kinn, als würde er aufmerksam zuhören, aber bei diesem Gespräch ist er nur ein stiller Beobachter.

Ein Mann und eine Frau sitzen mitten im Raum an einem Tisch.

Der Mann ist um die siebzig, sieht aber älter aus. Sein Gesicht ist aschfahl, die Haut fast durchsichtig. Sein leerer Blick ist auf die Frau ihm gegenüber geheftet. Er kann nicht begreifen, was er da sieht, und das ist nicht wirklich verwunderlich. Die Frau, die er anstarrt, ist ein Gespenst, eine Wiedergängerin. Vielleicht sogar die Wassernixe selbst, die vom Grunde des Sees aufgestiegen ist? Zumindest behaupten das manche.

Die Frau ist zwischen vierzig und fünfzig und trägt den grünen Gefängnisoverall. Keine Schminke, die Haare zu einem strengen Pferdeschwanz gebunden. Die Spitzen sind immer noch blond, aber am Haaransatz sieht der Polizist ihre richtige, dunkle Haarfarbe.

»Ich habe vor, alles zu erzählen«, sagt die Frau zu dem Alten. Ihre Worte klingen stockend, als würde sie einen Dialekt sprechen, den sie seit Jahren nicht mehr benutzt hat. »Ich wollte, dass du das weißt, falls du stirbst, bevor der Prozess vorbei ist.«

Die Frau beugt sich über den Tisch und verzieht die Lippen zu einer verächtlichen Grimasse.

»Und wenn ich mit dir fertig bin, lieber Vater«, fährt sie fort, »wird niemand mehr den Namen Ulf Jensen oder Källegården in den Mund nehmen können, ohne hinterher auszuspucken. Das wird dein Erbe sein, alles, was du hinterlässt. Ein fauliger Geschmack im Mund.«

Die Frau lehnt sich zurück, verschränkt die Arme. Ihr Lächeln ist triumphierend, böse und schadenfroh zugleich.

Aber in ihrem Blick liegt noch etwas anderes, bemerkt Sandberg für sich. Etwas, das an ein verletztes, einsames kleines Mädchen erinnert, das von allen enttäuscht wurde, die es hätten beschützen sollen.

Er spürt ein Flattern in der Brust, das er sich nicht richtig erklären kann.

Ohne zu wissen, warum, muss er an seine eigenen Kinder und Enkel denken.

Und zum ersten Mal während seiner langen Polizeikarriere stellt Bengt Sandberg fest, dass er sich auf die Rente freut.

EPILOG 2

Der Winter, der sich im Dezember eine Weile zurückgezogen hatte, kam im Januar zurück. Bis weit in den März hinein hielt er die Welt in seinem eisigen Griff. Aber schließlich ist der Frühling am See aufgezogen. Das Licht, das Grün, die Zugvögel.

Der Wagen ist ein Jaguar, der so alt ist, dass es auf der Rückbank keine Gurte gibt. Das beunruhigt Laura ein bisschen. Peter bemerkt es, klopft ihr vorsichtig auf das Knie und deutet mit dem Kopf auf Johnny Miller, der am Steuer sitzt.

»Er fährt nie über fünfzig. Und wir fahren nicht sehr weit.«

Laura gibt sich mit der Antwort zufrieden, aber kontrolliert zur Sicherheit, dass Elsa sich zumindest auf dem Beifahrersitz angeschnallt hat. Die zwei da vorne plappern munter über irgendetwas, das wegen der lauten Musik aus der Stereoanlage kaum zu hören ist. Es ist einer von Johnnys eigenen Songs, das weiß sie. Sie hat sogar gelernt, ein paar davon zu mögen. Peter beugt sich zu ihr.

»Und, was hat dein Bruder gesagt? Gab es Probleme?«

»Nein. Marcus und Mama haben den Preis akzeptiert, den der Gutachter vorgeschlagen hat. Wir haben den Vertrag unterschrieben, es ist also alles geregelt. Die Firma ist jetzt ihr Problem.«

»Was willst du mit dem ganzen Geld machen?«

Sie denkt an Gärdsnäset, die zerfallenen Hütten, Heddas heruntergebranntes Haus, den alten Steg.

»Ach, es findet sich bestimmt ein Loch, in das ich es stopfen kann.«

An Peters Lächeln erkennt sie, dass er verstanden hat. Sie mag es, wenn er lächelt. Sehr sogar.

Sie nimmt seine Hand und drückt sie. Auf den Vordersitzen haben Elsa und Johnny angefangen, beim Lied mitzusingen.

Der Bauernhof liegt zehn Minuten entfernt.

Johnny führt sie in die Scheune, fast als würde der Hof ihm gehören, aber der Bauer scheint es ihm nicht übel zu nehmen.

»Hier«, sagt Johnny und zeigt eifrig zwischen ein paar Strohballen.

Die Katzenmutter liegt auf der Seite. Fünf grau getigerte Katzenbabys tummeln sich um sie herum.

»Siehst du ein passendes?«

Elsa beugt sich hinunter, mustert sorgfältig ein Kätzchen nach dem anderen. An einem, das ein bisschen für sich liegt und sich die Pfoten leckt, bleibt sie hängen.

»Das da«, sagt sie und hebt das Katzenjunge in ihren Arm. Die Katze beginnt sofort, mit den Troddeln an ihrer Jacke zu spielen.

»Das ist ein Weibchen«, sagt der Bauer.

»Gut!« Elsa lächelt und hebt die Katze über ihren Kopf. »Habe ich die richtige Wahl getroffen, Tante Laura?«

Laura nickt zur Antwort. Sie spürt, wie sich ein angenehmes Gefühl in ihrer Brust ausbreitet. Als würde die Frühlingswärme bis in sie hineinreichen. Sie nimmt wieder Peters Hand und drückt sie, so fest sie kann.

Elsa hebt das Katzenjunge noch ein bisschen höher, bis ihre Arme ganz gestreckt sind. Ein Frühlingssonnenstrahl bricht durch die Bretterwand des Schuppens herein, beleuchtet ihr Gesicht und lässt ihre Augen aufleuchten.

»Willkommen zurück in unserer Familie, kleine George.«